K. HANKE / C. KRÖGER

Heidegrab

MIT ALBTRAUMGARANTIE Während die Vorbereitungen für das Lüneburger Stadtfest auf Hochtouren laufen, werden in Geo-Caching-Verstecken nacheinander abgetrennte Körperteile entdeckt. Alle stammen von demselben Opfer, dessen Identität jedoch nicht geklärt werden kann. Kommissarin Katharina von Hagemann und ihre Kollegen tappen völlig im Dunkeln. Wird hier ein Mensch langsam und qualvoll zu Tode gefoltert? Hat die Studentengruppe um Moritz Bredenbeck, die gegen das Stadtfest hetzt, etwas damit zu tun? Warum ist die Tochter von Simon Minkwitz, einem Stadtfestverantwortlichen, verschwunden? Unverhoffte Unterstützung erhalten die Ermittler von Gerichtsmediziner Helge Conrad, der sie in die abgeschottete Geo-Caching Szene einführen kann, da er selbst diesem Hobby nachgeht. Doch sind Katharina von Hagemann und ihr Chef Benjamin Rehder überhaupt auf der richtigen Spur? Je weiter sie in den Ermittlungen vorankommen, desto mehr wird ihnen das tatsächliche Ausmaß dieses grausamen Falles vor Augen geführt ...

© Kirsten Köhler

Schreiben ist seit jeher ihre Leidenschaft und seit über 25 Jahren auch ihr Beruf. Als Kulturwissenschaftlerin beschäftigt sich Kathrin Hanke mit der menschlichen Gesellschaft – als Autorin mit deren dunkelsten Abgründen.

© studioline

Claudia Kröger ist gelernte Verlagskauffrau und heute als freiberufliche Redakteurin und Texterin tätig. Sie wohnt mit ihrem Mann in der Nähe von Lüneburg.

K. HANKE / C. KRÖGER

Heidegrab

DER 2. FALL FÜR
KATHARINA VON HAGEMANN

GMEINER

Spannung pur – mit unserem Newsletter informieren wir Sie
regelmäßig über Wissenswertes aus unserer Bücherwelt.

Gefällt mir!

Facebook: @Gmeiner.Verlag
Instagram: @gmeinerverlag

Besuchen Sie uns im Internet:
www.gmeiner-verlag.de

© 2014 – Gmeiner-Verlag GmbH
Im Ehnried 5, 88605 Meßkirch
Telefon 07575 / 2095-0
info@gmeiner-verlag.de
Alle Rechte vorbehalten
6. Auflage 2024

Lektorat: Claudia Senghaas, Kirchardt
Herstellung: Julia Franze
Umschlaggestaltung: U.O.R.G. Lutz Eberle, Stuttgart
unter Verwendung eines Fotos von: © LP12inch / photocase.de
Druck: CPI books GmbH, Leck
Printed in Germany
ISBN 978-3-8392-1597-5

Für Piffi.
Kathrin Hanke

∗

Für Andreas – weil das Leben mit dir voller Überraschungen ist.
Claudia Kröger

»Hühte Dich und thu kein Böses nicht,
So komstu auch nicht In s gericht«

(Inschrift auf einem Richtschwert)

PROLOG:

13.38 Uhr

Sie lag ausgestreckt auf dem Rücken. Normalerweise schlief sie ähnlich einer Katze zusammengerollt auf der Seite. In ihrem Kopf dröhnte es. Als hätte jemand von weit her einen tiefen Trompetenstoß hineingeblasen, der jetzt zwischen ihren Schädelknochen gefangen war und darin so schnell, wie es nur ein Schall vermochte, von einer Wand ihres Kopfes zur anderen geworfen wurde. Nur um ein ums andere Mal verzweifelt wieder abzuprallen, ohne den erlösenden Ausweg zu finden. Gleichzeitig schien ihr Kopf von außen in einem Schraubstock festzustecken, der übel machenden Druck auf ihre Schläfen ausübte.

Sie versuchte ihren Mund aufzusperren, in der Hoffnung, dass auf diese Weise der Trompetenstoß mitsamt der Übelkeit aus ihrem Schädel strömte. Es gelang ihr nicht. So sehr sie ihre Lippenmuskeln auch einsetzte, sie wollten sich nicht bewegen.

Nur langsam, erschwert durch das Dröhnen in ihrem Hirn, erkannte sie, dass ihre Lippen versiegelt waren. Versiegelt von einem fest haftenden Klebeband, das an ihren feinen Gesichtshärchen zerrte, wenn sie ihre Lippen um einen

7

Millimeter spielen ließ. Sie konnte den Leim schmecken, der sich mit einem anderen eigentümlichen Geschmack in ihrem trockenen Mund mischte, den sie jedoch nicht einzuordnen wusste. Sie versuchte ihre Hand zu heben, um ihren Mund zu befreien, doch ihre Arme lösten sich nicht von ihrer Unterlage. Wie sie ihre Lippen nicht öffnen konnte, so ließen sich auch ihre Arme nicht anheben. Zwar fühlte sie die Kraftanstrengung ihrer regelmäßig im Fitnessstudio gestählten Muskeln, aber ihre Arme blieben liegen, wo sie waren.

Panik stieg in ihr hoch. Trotz des Klebebandes war es ihr möglich, auszuatmen, das Atemloch schien aber zu klein, um die Übelkeit – geschweige denn das Dröhnen ihres Kopfes – daraus zu entlassen.

Mit nach wie vor geschlossenen Augen tasteten ihre Sinne ihren Körper weiter ab. Auch auf ihrem Nasenrücken lag etwas auf, das sich einmal um ihren gesamten Kopf wand und nicht abschütteln ließ. Zweimal versuchte sie es. Für ein drittes Mal war sie zu schwach. Außerdem hatte das Kopfschütteln tausend kleine Zwerge, die in ihrem rechten Ohr zu sitzen schienen, wachgerüttelt. Zunächst etwas verschlafen wurden sie jetzt munterer und meißelten in ihrer Ohrmuschel herum, als gäbe es dort pures Gold zu finden. Begleitet wurde die Zwergenarbeit von regelmäßigen tiefen Paukenschlägen, die ihr Trommelfell zum Pochen brachten, sodass es zu zerspringen drohte.

Die Panik hatte nun vollends von ihr Besitz ergriffen, und ihr Herz bummerte wild, als wolle es einen Hundertmeterlauf gewinnen.

Was war mit ihrem Ohr los – und was war das für ein Ding auf ihrer Nase?

Eine Sauerstoffmaske vielleicht?

Hatte sie einen Unfall gehabt und erwachte gerade in einer Klinik? Oder war das Ganze nur ein mieser Albtraum?

Sie hatte oft Albträume, doch drehten sich diese meist um Babys, die anstelle von Rasseln scharfe Fleischermesser in ihren Fäustchen hielten und sie verfolgten. Wie kleine Racheengel sahen diese Babys aus. Manchmal auch wie Chucky, die Mörderpuppe. Normalerweise waren diese Träume jedoch nie so real wie dieser. Sie wusste dann stets, dass sie in einem Traum gefangen war, jetzt war sie sich nicht sicher.

Mach einfach die Augen auf, und alles ist gut, schoss es ihr durch den schmerzenden Kopf, und das Dröhnen verstärkte sich, obwohl der Gedanke allerhöchstens eine Zehntelsekunde durch sie hindurch gewandert und in ihrem pochenden Ohr hängen geblieben war.

Widersinnigerweise kam ihr in diesem Moment ihr mechanisches Kopfmassageteil in den Sinn, das aussah wie ein Handquirl, dessen Stäbe auseinandergebrochen sind. Oder wie eine mutierte Spinne mit dünnem Körper und vielen, viel zu langen Armen, die mich gefangen halten, einlullen, um mich besser in die Netzspeisekammer tragen zu können, wo ich darauf warten muss, ausgesaugt zu werden, dachte sie voller Grauen. Ein Schauer durchrieselte ihren Körper.

Aufwachen, wach endlich auf!, schrie alles in ihr, und mit einem angestrengten Ruck öffnete sie die Augen.

Was sie sah, war nichts.

Weiterhin absolute Dunkelheit.

Hatte sie die Augen gar nicht geöffnet?

War sie nach wie vor in ihrem Albtraum gefangen?

Oder war sie tatsächlich ein Unfallopfer und lag jetzt im Koma?

Sie hatte hier und da etwas über Komapatienten gelesen, die daraus erwacht waren und von ihrer Zeit der Abwesenheit aus dem eigentlichen Leben berichtet hatten. Besonders gut konnte sie sich allerdings nicht erinnern. Hatten diese Menschen von einer undurchdringlichen Dunkelheit erzählt, die sie in diesem Moment umgab? War da nicht eher von einem hellen Licht die Rede gewesen, das so lockend war, dass man ihm entgegeneilen wollte? Oder waren das die Berichte von Menschen gewesen, die dem Tod ins Auge geschaut hatten? Sie wusste es nicht mehr.

Sie versuchte, ihre Beine zu bewegen. Was war mit ihren Beinen? Sie spürte sie genauso wie ihre Arme, obwohl sie sie nicht auseinanderspreizen konnte – ihre Füße schienen an den Fesseln wie siamesische Zwillinge miteinander verbunden zu sein.

War sie gelähmt?

Hatte der Unfall, von dem sie inzwischen fest ausging, ihr Rückenmark durchtrennt?

Anwinkeln konnte sie die Beine. Also konnte sie die Befürchtung einer Lähmung beiseiteschieben. Aber was war dann mit ihr?

Langsam zog sie ihre Knie hoch, doch sie wurden abrupt gestoppt. So sehr sie sie weiter anziehen wollte, es ging nicht. Da war irgendein kalter, ebenmäßiger Widerstand. Eine Decke, ja, das war es: eine niedrige Decke aus glattem, massivem Holz. War Holz so kalt? Es konnte auch Stahl oder ein ähnliches Material sein. Sie wusste es nicht. Sie wusste nur, dass etwas ihre Beine stoppte. Lag sie etwa immer noch unter dem Auto, das sie vermutlich überfahren hatte, und nicht sicher in einem Krankenhausbett? Aber dann wäre die Decke über ihr nicht so glatt und kalt … Und warum konnte sie das überhaupt so genau an ihrer Haut spüren?

Mit einem Mal wurde ihr bewusst, dass sie nackt sein musste.

Erneut breitete sich Panik in ihr aus. Ihr Herz begann wild zu hämmern, sodass sie es bis in den Hals spürte. Kalte Angst schnürte ihr obendrein die Kehle zu.

Wo war sie?

Warum kam ihr niemand zu Hilfe?

Die Erkenntnis schlug ein wie der unvorhergesehene Stich einer Wespe: Sie war tot, oder zumindest tot geglaubt, und lag gefangen in einem Sarg.

»In frühester Zeit war das Abschneiden der Ohren eine Strafe für Knechte, denn sie beließ diesem die volle Arbeitskraft. Im Mittelalter war Ohrenabschneiden häufig mit der Landesverweisung verbunden. Bei Diebstahl war es Strafe und zugleich Kenntlichmachung. Auch bei Gotteslästerung und Tragen verbotener Waffen fand diese Strafe Anwendung. Meist wurde nur ein Ohr, häufig aber auch beide abgeschnitten. Die alten Gerichtsurteile lassen erkennen, daß es sich um eine meist an Frauen vollzogene Strafe gehandelt haben muß. Verhältnismäßig selten wurde sie an Männern vollzogen. Die Ursache dafür mag darin liegen, daß man Männer bei Diebstahl henkte. Das Ohrenabschneiden war, da es ja nur geringen körperlichen Schaden zurückließ, eine Strafe, die dem Missetäter als Warnung dienen sollte, künftig ein ordentliches, den Gesetzen entsprechendes Leben zu führen.«

(aus: Gustav Radbruch, Heinrich Gwinner: Geschichte des Verbrechens, Die Andere Bibliothek, Frankfurt am Main 1990)

1. KAPITEL:

07.39 Uhr

Katharina von Hagemann stand am Fenster ihres Büros und schaute hinaus auf die noch verschlafene Stadt. Sie liebte es, diese frühe Stunde allein zu erleben, bevor der alltägliche Trubel im Kommissariat gegen acht Uhr begann. Sie beugte sich weiter vor und lehnte ihre Stirn an die kühle Fensterscheibe, um besser nach unten auf die Straßen blicken zu können. Ein wohliger Schauer überlief sie, als sie die vereinzelten Passanten beobachtete, die auf ihrem Weg zur Arbeit durch die Gassen liefen. Der eine oder andere huschte schnell in die Bäckerei, deren Schaufenster die junge Kommissarin von ihrem Platz aus sehen konnte, und holte sich sein Frühstück ab, während die Frühlingssonne langsam hervorkroch. Alles war angenehm ruhig und entspannt. Ein typischer Montagmorgen in Lüneburg. Hier im Stadtkern waren um diese Uhrzeit nur wenige Autos unterwegs. Der Berufsverkehr spielte sich auf den Ausfallstraßen ab, die auf die Autobahnen und in die nahe gelegenen Großstädte Hamburg oder Hannover führten.

Noch vor einigen Jahren hätte Katharina es nicht für möglich gehalten, dass sie diese Kleinstadtidylle einmal so zu schätzen wissen würde. Sie war ein Hamburger Großstadtkind und hatte in der Zeit, die sie beruflich nach München geführt hatte, den Trubel einer Metropole geliebt. Doch das hatte sich inzwischen komplett geändert. Wie so vieles in ihrem Leben.

Zwei Jahre lebte sie nun schon in Lüneburg und sie konnte sich besonders an Tagen wie diesen nicht vorstellen, das Heidestädtchen wieder zu verlassen. Hier war sie zur Ruhe gekommen, zum Vergessen. Fast jedenfalls. Nur noch selten suchten sie die Albträume heim, die ihr letzter Fall in München ihr beschert hatte. Dafür würde sie Lüneburg immer dankbar sein. Der Stadt und den Menschen, die sie hier kennengelernt hatte …

»Moin, schöne Frau! Darf man erfahren, wer der Glückliche ist, von dem du gerade träumst? Du hattest wohl ein romantisches Wochenende, wie?«

Erschrocken wirbelte Katharina herum und sah in das breit grinsende Gesicht von Kommissar Tobias Schneider.

»Mann, Tobi! Was machst du denn schon hier?«, fuhr sie den Kollegen an, konnte jedoch ein Lächeln nicht unterdrücken. »Kannst du nicht ganz normal Guten Morgen sagen? Auf nüchternen Magen sind deine dummen Sprüche noch schwerer auszuhalten als sonst.«

Tobias versuchte, beleidigt zu gucken, aber es gelang ihm nicht. Er war eine überzeugte Frohnatur, der ein schroffer Ton kaum etwas anhaben konnte. Schon rutschte ihm das schiefe Grinsen ins Gesicht, an das Katharina sich in den vergangenen zwei Jahren so gewöhnt hatte.

»Ich kann nicht anders, du kennst mich schließlich lange genug, Katharina. Und du hast doch selbst eben rausgeguckt: Heute wird ein traumhafter Frühlingstag, da muss ich einfach gut drauf sein, sogar an einem Montag!«

Tobias ließ sich schwungvoll auf seinen Schreibtischstuhl fallen und fuhr seinen PC hoch.

»Und, liegt irgendwas an?«, fragte er voller Motivation. Katharina verließ ihren Platz am Fenster und setzte sich an ihren Schreibtisch.

»Nein, nichts. Überhaupt gar nichts. Eigentlich sollte man sich in unserem Job wohl darüber freuen, doch ehrlich gesagt wird mir allmählich langweilig. Und das fühlt sich ziemlich schlecht an. Seit fünf Tagen herrscht im Landkreis Katastrophenalarm wegen des Hochwassers. Nicht weit von hier haben viele Menschen Angst um ihre Existenz und schleppen Sandsäcke an den Deich, während ich jammere, dass ich nicht genug zu tun habe. Lieber würde ich Säcke wuchten, aber bisher wurden wir nicht dafür freigestellt. Warum auch immer.« Katharina seufzte, bevor sie sinnierend fortfuhr: »Das ist wirklich krass. Erst schüttet es wie aus Eimern, und dann strahlt eitel Sonnenschein vom Himmel, und die Elbe schwappt trotzdem über. Na ja, nützt nichts, wenn ich da draußen schon nicht helfen kann, komme ich wohl nicht drum herum, die Zeit zu nutzen, um meinen Schreibtisch aufzuräumen.«

»Hm, könnte nicht schaden«, stimmte Tobias ihr mit einem Zwinkern zu und ließ seinen Blick bedeutungsvoll über ihren Schreibtisch gleiten, der in der Tat ziemlich chaotisch aussah. Dann warf er ihr eine kleine Brötchentüte zu: »Zuerst wird gefrühstückt. Ich hab dir ein Franzbrötchen mitgebracht!«

Er biss von einem Croissant ab und sagte schmatzend: »Genieß es lieber, solange es noch ruhig ist. In ein paar Tagen geht das Stadtfest los, und wir haben Rummel ohne Ende, da ist immer irgendwas zu tun. Und wenn es nur eine schnapsgefütterte Rauferei ist, die ausartet.«

»Ach stimmt ja, das Stadtfest! Da hab ich überhaupt nicht mehr dran gedacht!«, erwiderte Katharina und schlug sich gegen die Stirn.

Tobias sah sie schelmisch von der Seite an: »Du bist noch immer keine richtige Lüneburgerin, sonst würdest du das Stadtfest nicht vergessen. Denn was eine echte Lüne…«

»Das liegt wohl eher daran, dass ich es noch nie miterlebt habe, du Schlaumeier«, unterbrach Katharina ihn augenzwinkernd. »In meinem ersten Jahr hatte ich gerade die Geschichte mit diesem Psychopathen hinter mich gebracht und bin kurz danach ein Wochenende an die Nordsee gefahren. Genau an dem Wochenende, als es stattfand. Und im vergangenen Jahr hat es gar kein Stadtfest gegeben, wenn ich mich recht erinnere, oder?«

Tobias runzelte die Stirn und überlegte: »Stimmt, jetzt wo du es sagst – da ist es aufgrund der Hansetage ausgefallen … Okay, entschuldige, Kollegin. Aber dieses Jahr kommst du nicht dran vorbei, so oder so! Außerdem gibt es ein paar Aktionen, bei denen für die Flutopfer gesammelt wird. Wegen deines schlechten Gewissens, meine ich. Es gibt also keine Ausrede für dich, das Stadtfest nicht zu besuchen«, grinste Tobias sie an. »Vorm Kaffeekochen kannst du dich übrigens auch nicht drücken, ich habe schließlich schon für die Brötchen gesorgt. Und beeil dich lieber, der Chef ist im Anmarsch – er sieht aus, als ob er einen starken Kaffee gebrauchen könnte.«

Katharina drehte sich um und sah, was Tobias meinte. Von ungetrübter Frühlingslaune war in Benjamin Rehders Gesicht an diesem Morgen nichts zu lesen. Der Hauptkommissar sah eher so aus, als seien ihm gleich mehrere Läuse auf einmal über die Leber gelaufen.

Im ersten Augenblick glaubte sie, Lichtwesen zu sehen. Sie war nie wirklich esoterisch orientiert gewesen. Nur eben soweit, dass die Frauen aus ihren gesellschaftlichen Kreisen in ihr eine Gleichgesinnte gesehen und sie zu ihren Sitzungen eingeladen hatten.

Diese Sitzungen waren nichts anderes gewesen, als vormittags Tee mit Rum zu trinken, teures Gebäck aus dem Bioladen in sich hineinzustopfen und munter über Nicht-Eingeladene zu lästern. Oder über diejenige, die kurz ins Bad verschwunden war. Unter dem Siegel der spirituellen Lösungsfindung waren Probleme von anderen gewälzt worden, die so alltäglich daherkamen, dass sie ähnlich den eigenen waren. Aber es war nett und oft aufschlussreich gewesen. Außerdem hatte sie sich dadurch den Therapeuten gespart. Den besuchte sie erst regelmäßig, seit die Esoterik-Phase in ihren Kreisen abebbte und an dessen Stelle der Wellnesstrend Einzug hielt.

Sie sah keine Wesen wie Peter Pans Tinkerbell, die elfengleich durch ihr Bewusstsein flatterten. Hinter ihren geschlossenen Augen machte sie nur plötzlich Lichtpunkte aus. Da sie wusste, dass das nicht sein konnte, weil sie in diesem dunklen Kasten gefangen war, vermutete sie einfach, dass es Lichtwesen wären, die ihr den langsamen Tod so angenehm wie möglich gestalten wollten. Irgendeine der Frauen, ihr fiel nicht mehr ein, welche von ihnen, hatte davon einmal berichtet. Damals hatte sie es als versponnen abgetan und gemeint, die Frau wollte sich nur wichtig machen. Hier und in dieser Situation gab ihr die

17

Idee jedoch Halt, und sie fühlte sich nicht mehr ganz so allein. Aus Dankbarkeit und um die kleinen Wesen nicht zu verscheuchen, öffnete sie ihre Augen nicht, sondern verfolgte deren Spiralflug. Sie drehten strahlende runde Kreise, die stetig ihre Form von klein auf groß änderten. Dabei sahen sie aus wie die funkelnden Gestirne am Himmel. Dann, mit einem Mal, empfand sie Schmerzen auf ihren Lidern und hatte das Gefühl, das gleißende Licht würde anfangen, die zarte Haut darauf zu verbrennen. Aus purem Reflex schlug sie die Augen auf, aber das Licht war noch da und machte sie zunächst auf ganz andere Art als die Dunkelheit blind. Da wusste sie, dass sie keine Lichtwesen gesehen hatte, sondern endlich in ihrem Sarg gefunden worden war. Trotz des Schmerzes erfüllte sie ein tiefes Gefühl der Dankbarkeit. Sie war gerettet und musste nicht mehr im Dunkeln auf den Tod warten. Sie hatte nicht bemerkt, wie der Sarg geöffnet worden war. Hätte sie es nicht hören müssen?

Gern wollte sie etwas sagen, doch aus ihrem trockenen Hals drang kein Laut. Noch nicht einmal ein Krächzen. Daher drehte sie den Kopf zur Seite. In diesem Moment war das Glücksgefühl so schnell vorüber, wie es gekommen war, und machte erneut der Panik Platz, die seit ihrem ersten Aufwachen an diesem Ort zu ihrer ganz eigenen Welt gehörte.

Trotz ihres Dämmerzustands begriff sie sofort, dass die schemenhafte Gestalt, die sie nun ausmachte, nicht die ihres Retters war. Die Gestalt umflorte das Licht und gab ihm eine Aura von Kälte, die ihr Herz zu einem kleinen, festen Klumpen zusammenzog. Ohne die Kälte mitzunehmen, verflüchtigte sich langsam wabernd die Aura, und die schemenhafte Gestalt wurde zu einem Bild, das die feinen Härchen ihres Nackens, die ihr Mann früher einmal gern gestreichelt hatte, zu Berge stehen ließ: Sie hatte eine Henkersgestalt vor sich. So hatte sie sich den leibhaftigen Tod, den gefallenen Engel, vorgestellt. Holte er sie jetzt? Aber irgendwie ... Es war alles so echt. So lebendig ... auch sie selbst ...

Die Gestalt trug ein rotes Hemd und darüber ein schwarzes Wams. Die ebenfalls schwarze weite Pluderhose wurde von einem schwarzen breiten Gürtel gehalten. Das Erschreckendste an der Gestalt war aber fraglos die rote Henkersmütze, die das gesamte Gesicht bedeckte und lediglich Schlitze für Augen und Mund besaß.

Der Henker rührte sich nicht, sondern betrachtete sie nur eingehend. Dann beugte er sich mit einem Ruck über ihr Gesicht, sodass sie seinen faulen Atem einatmen musste. Er atmete schwer. Mit einer Zärtlichkeit, die sie überraschte, griff er wortlos ihren Kopf mit behandschuhten Händen und drehte ihn seitlich von sich weg. Sie glaubte, er wolle ihr das Genick brechen, wusste allerdings nicht, ob das auf diese Weise überhaupt möglich war. Sicherheitshalber wehrte sie sich nicht. In diesem Moment hatte sie nichts gegen einen schnellen Tod einzuwenden, hätte dann schließlich das andauernde Grauen ein Ende und ihr Gefängnis seine Berechtigung. Noch im Kopfwegdrehen schloss sie die Augen und wartete klopfenden Herzens darauf, dass es mit ihr vorbei sein würde, doch die erleichternde Stille der Ewigkeit blieb aus.

Stattdessen spürte sie, wie ihr Folterknecht den Schraubstock um ihre rechte Schläfe lockerte und sich an ihrem noch immer vor Schmerz glühenden Ohr zu schaffen machte. Merkwürdigerweise hörte sie dabei nichts. Keinen schweren Atem. Gar nichts. Nur ein Rauschen, das aus ihrem Inneren zu kommen schien. Auf ihrem linken Ohr lag sie, darum war es verschlossen wie im letzten Winter von ihren puscheligen cremefarbenen Ohrenschützern, die aussahen wie zu groß geratene Puderquasten. Sie hatte sie damals getragen, weil sie gerade in Mode gewesen waren, eigentlich jedoch nie gemocht.

Nach dem Ohr war jetzt ihr Arm an der Reihe. Erst wurde er lang gezogen, dann heruntergedrückt. Sie verspürte einen kleinen Stich in der Armbeuge und seufzte vor Seligkeit, als sich daraufhin das ersehnte Nichts in ihrem Körper ausbreitete und ihre Sinne zum Versiegen brachte.

08.09 Uhr

Er war von Anfang an lieber allein unterwegs gewesen. Natürlich hatte er es auch einige Male innerhalb einer kleineren Gruppe gemacht, vor allem zu Beginn, doch das hatte er schnell wieder gelassen. Er war ein Einzelgänger. Ihn nervten die Besserwissereien mancher Teilnehmer und das arrogante Geprotze mit ihrem Hab und Gut. Stets ging es darum, wer die bessere Ausrüstung, das bessere GPS-Gerät und so weiter hatte. Für ihn kam es darauf nicht an. Am Ende zählte nur das Ergebnis. Zumindest sah er das so, hatte es immer so gesehen.

Lorenz Winters Herz wummerte vor Aufregung. Gleich hatte er den Startpunkt erreicht, und die Schatzsuche konnte beginnen, mit der er dieses Mal noch ein weiteres

Vorhaben verband. Ein wichtiges. Er musste nur eben die große Willy-Brandt-Straße überqueren, in den Amselweg einbiegen, und schon würde er in einem herrlichen Naturschutzgebiet, den Lüneburger Ilmenau-Niederungen mit Tiergarten, ankommen. Er war hier früher oft mit seiner Frau spazieren gegangen, aber seit ihrem Tod hatte er die Gegend gemieden wie die Katze den Hund. Die Erinnerung an ihre harmonischen Spaziergänge war zu schmerzlich gewesen. Doch gestern hatte er beschlossen, sich diesem Schmerz zu stellen. Theresa war schon über fünf Jahre nicht mehr bei ihm, und er fand auch heute Morgen noch, dass es jetzt endlich an der Zeit war, seine Trauer zu überwinden. Dazu gehörten gleichwohl Schritte in die gemeinsame Vergangenheit, so schwer das auch fallen würde. Ein Phobiker sollte sich auch schonungslos seinem Panikauslöser stellen, um die Angst davor zu besiegen oder wenigstens zu lernen, damit zu leben.

Sachlich, wie er war, hatte er sich an seinen Computer gesetzt und im Internet gezielt nach GPS-Koordinaten zu einem Cache in den Ilmenau-Niederungen gesucht. Es hatte gedauert, doch dann hatte er ihn zu seiner eigenen Überraschung tatsächlich gefunden: den einzigen Cache in dieser Gegend. Er hatte das als Zeichen angesehen, dass dieser Umgang mit der Trauer um Theresa der richtige war.

Lorenz Winter war mit seinen 67 Jahren ein leidenschaftlicher Geocacher. Er hatte dieses Hobby nach dem Tod seiner Frau begonnen, um sich abzulenken, und seit seiner Pensionierung verging kaum eine Woche, in der er nicht unterwegs war, um einen Schatz, den Geocache, zu heben. Er war dafür sogar schon ein paarmal in Skandinavien gewesen, obwohl es in seiner Heimatregion Niedersachsen auch etliche gab. Doch er reiste gern und hatte bereits zu Jugendzeiten verschiedene Outdoor-Aktivitäten betrieben, weil er seit eh und je die Natur liebte. Mit dem Ingenieurstudium war seine Zeit dafür deutlich weniger geworden – und im Berufsleben dann erst recht. Er war Dozent an der Technischen Universität Hamburg-Harburg im Studiengang Umweltingenieurwesen gewesen. Dort hatte er damals auch Theresa kennengelernt. Sie war eine seiner Studentinnen gewesen, und sie hatten sich schon bei ihrer ersten Begegnung ineinander verliebt. Zu Beginn hatte er es kaum fassen können. Immerhin war er mehr als 20 Jahre älter als sie, doch Theresa hatte nicht locker gelassen, und kurz, nachdem sie ihre Doktorarbeit geschrieben hatte, hatten sie geheiratet.

Sie hatten viele wunderbare Jahre als liebende Eheleute miteinander verlebt und das Interesse an digitalen Karten und vor allem am Thema Global Positioning System geteilt. Hierüber hatten sie sich stundenlang bei ihren Spaziergängen unterhalten. GPS, das weltweit funktionsfähige Navigationssystem, war für sie ein faszinierendes Wunder innovativer Technologie. Lorenz war es daher nur konsequent erschienen, sich nach Theresas Unfalltod dem Geocaching zuzuwenden, anstatt sich ein anderes Hobby zu suchen.

Lorenz ließ den Amselweg hinter sich und trat in den Pfad, der in das Naturschutzgebiet hineinführte. Während er sein GPS-Gerät aus der Jackentasche holte und es einschaltete, wuchs die vertraute Spannung in ihm.

Er hatte schon ein paarmal versucht, Nicht-Geocachern diese Empfindung zu erklären, es dann jedoch bald aufgegeben. Nicht umsonst wurden solche Menschen in Geocachekreisen *Muggels* genannt. Lorenz mochte den Begriff nicht, zumal er aus den Harry-Potter-Büchern geklaut war, für die er nicht viel übrig hatte. Dennoch traf *Muggels* genau den Punkt; sie waren eben Außenstehende, die nichts verstanden.

»Wozu soll ich etwas suchen, von dessen Versteck ich bereits die Koordinaten kenne? Das ist doch total einfach, wo ist da der Kick?«, hatte ihn einmal ein Nachbar gefragt. Lorenz hatte sich eine Antwort darauf gespart und ihn stehen lassen.

Wie sollte man jemandem ein Hochgefühl erklären, der den Sinn der Schatzsuche – und nichts anderes war Geocaching – nicht begriff? Natürlich erschien es auf den ersten Blick simpel. Doch dieser Blick war trügerisch. Es war eine Sache, das Versteck eines Schatzes zu kennen. Die andere war es, dort hinzukommen und ihn auch zu finden. Das war schon bei den Piraten so gewesen. Nicht umsonst gab es unzählige Romane darüber.

Lorenz schaute auf sein GPS-Gerät und ging dabei gemächlich den Pfad entlang. Den Pfad, den er mit Theresa so oft gegangen war. Sie schien ihm in diesem Moment besonders nah, fast so, als würde sie neben ihm gehen. Dieses Gefühl war schön, und Lorenz war froh, dass er es heute gewagt hatte, seiner Trauer um die geliebte Frau ins Auge zu blicken. Vor allem durch die wohlbekannte Natur um ihn herum und das GPS-Gerät in seinen Händen fühlte er sich ihr sehr viel mehr verbunden als zu Hause auf seinem Sofa.

Er hatte auch ohne ständigen Blick auf das GPS-Gerät eine ungefähre Ahnung, wo der Cache versteckt war. Wenn er sich nicht irrte, musste es in der Nähe der kleinen hölzernen Bank sein, auf der Theresa mit ihm so gern eine Rast eingelegt hatte.

Tatsächlich stellte Lorenz etwa eine Dreiviertelstunde später voller Befriedigung fest, dass er sich nicht getäuscht hatte: Die im Internet angegebenen Koordinaten des Cacheverstecks stimmten mit dem Areal, auf dem auch die Bank stand, überein.

Da er es nicht eilig hatte und kein anderer Spaziergänger auf der Bank saß, ließ er sich nieder. Ihm war auf seinem Weg hierher niemand begegnet, was an einem frühen Montagmorgen nicht verwunderlich war, denn die meisten Lüneburger mussten um diese Zeit bereits ihre Brötchen verdienen.

Lorenz hatte sich in die Mitte der Bank gesetzt und seine Arme rechts und links weit über die Lehne ausgestreckt. Er legte seinen Kopf in den Nacken, schloss die Lider und ließ sich von den Sonnenstrahlen kitzeln, die es durch die sprießenden Baumwipfel zu ihm hinunter schafften. Sofort erschien vor seinem inneren Auge das lächelnde Gesicht von Theresa. Er musste unwillkürlich zurücklächeln. Dann änderte sich die Szenerie seines Kopfkinos, und das Lächeln gefror ihm auf den Lippen. Theresa lächelte ihn immer noch an, aber aus ihren Poren strömte jetzt Blut hervor, und das Strahlen ihrer Augen verlosch so langsam wie das Bild auf einem alten Schwarz-Weiß-Fernseher, wenn man ihn abschaltete.

Lorenz riss die Augen auf und sprang von der Bank auf. Aus seinem Mund drang ein qualvolles Stöhnen. Schwer atmend ging er in die Knie. Er hatte mit heftigsten Gefühlsschwankungen gerechnet, als er sich entschlossen hatte, heute hierher zu kommen. Doch dass die Erinnerung sich auf lautlosen Sohlen anschleichen und dermaßen ungestüm die noch eben gefühlte Harmonie in einen solch beißenden Schmerz

24

verwandeln würde, hatte er nicht erwartet. Erschöpft sank er auf den sandigen Boden vor der Bank. Jetzt oder nie, dachte er. Stell dich der Vergangenheit, stell dich deiner Schuld.

Er schloss erneut seine Lider und wehrte sich nicht länger gegen den Film, der sofort wieder in seinem Kopf aufflackerte und Theresas Tod vor ihm ablaufen ließ:

Es war ein Freitagabend, kurz vor 20 Uhr. Hand in Hand schlenderte er mit Theresa die dicht befahrene Reichenbachstraße entlang. Ihr Ziel war das *Cinestar*, damals Lüneburgs Filmpalast im Fährsteg auf dem Gelände einer ehemaligen Bundesgrenzschutzkaserne. Lorenz hatte den Kinoabend vorgeschlagen und Theresa, die nach einem langen Arbeitstag lieber zu Hause geblieben wäre, dazu überredet. Er hörte sich noch sagen: »Ach komm, Liebes, lass uns unser schönes Leben leben! Auf dem Sofa versauern, das können wir, wenn wir beide richtig alt sind! Aber bis dahin haben wir noch viel Zeit.« Wie furchtbar zynisch das aus heutiger Sicht erschien …

An der Kreuzung zur Bockelmannstraße blieben sie an der roten Ampel stehen, und Theresa begann den Refrain des Ampelmann-Liedes zu singen:

*»Ampelmann, du zeigst mir immer an
ob ich gehen oder stehen kann.
Ampelmann, keiner weiß es genau,
fehlt dir nicht eine Ampelfrau …«*

Für alles kannte seine Frau ein passendes Lied und entzückte ihn mit ihrer klaren Stimme auch noch nach Jahren. Lorenz wollte Theresa bei dem Wort *Ampelfrau* an sich ziehen, um ihr ins Ohr zu flüstern, wie glücklich er war, kein einsamer Ampelmann zu sein, doch just, als er sich zu ihr hinüberbeugte, löste sich ihre Hand mit einem Ruck aus seiner, und er musste voll Entsetzen zusehen, wie ein aufgemotzter roter Opel Kadett sie auf seiner Motorhaube in die Richtung mitriss, aus der sie gerade gekommen waren. Der Wagen fuhr in extremen Schlangenlinien, warf Theresa ein paar Meter weiter ab und brauste davon, ohne dass Lorenz das Autokennzeichen wahrnehmen konnte. Das alles geschah in Bruchteilen von Sekunden. Wie er später erfahren sollte, hatte keiner der vielen Unfallzeugen das Kennzeichen ausmachen können. Es war schlammverspritzt gewesen, unkenntlich.

Theresa lag am Straßenrand in einer großen Blutlache, wie ein verwundetes Tier. Als er bei ihr ankam, hatte einer der Zeugen bereits einen Rettungswagen gerufen, dessen Sirenen schon durch Lüneburg dröhnten. Langsam zog Lorenz Theresas Kopf auf seinen Schoß. Dass er mitten in dem vielen Blut hockte – ihrem Blut –, bemerkte er nicht. Genauso wenig, dass sie längst ihr Leben ausgehaucht hatte, als er voller Schmerz in ihre weit geöffneten, starren Augen schaute. Entsetzt ließ er seinen Blick über die geliebte Frau schweifen, und nur zäh drang es in sein Bewusstsein, dass Theresa von einer Sekunde auf die andere in das Totenreich hinübergewechselt hatte. Ihre Beine waren unnatürlich verdreht wie bei einer verhedderten Marionette, und ihr Rumpf durch die zertrümmerten Rippen eingefallen. Sein Blick langte wieder an ihrem Gesicht an. Zärtlich drückte er ihre Augen zu und wiegte ihren Oberkörper hin und her, wie man es mit einem Baby tat, um es zum Einschlafen zu bringen. Doch mitten in der Bewegung hielt er inne. Dort, wo ihr Ohr hätte sitzen müssen, klaffte ein dunkles blutiges Loch. Das war der Augenblick, in dem Lorenz zu schreien begann. Zuerst war es nur ein kehliger Laut, der aus den Tiefen seines Rachens hervorquoll wie das Blut aus dem Körper seiner

Frau. Dann manifestierte es sich in Worte: »Es ist meine Schuld«, schrie er immer und immer wieder, bis ihn ein gnädiger Notarzt an den Schultern fasste und mit sich in den Ambulanzwagen führte, um ihm eine Beruhigungsspritze zu geben. Das Medikament bekämpfte zwar seinen Schockzustand, aber es nahm ihm nicht das Schuldgefühl, das von diesem Moment an dumpf und stetig durch seine Seele dröhnte: Hätte er Theresa nicht zu einem Kinoabend gedrängt, wäre sie noch am Leben. Ab jetzt würde auch er ein Ampelmann sein.

Noch immer saß Lorenz auf dem vom Morgentau feuchten Boden am Fuß der Bank. Schweiß lief ihm von der Stirn, und er musste sich schütteln. Ihm war, als ob er aus einem bösen Traum erwacht war. So minutiös wie eben hatte er das Unglück bisher noch nie in seinem Kopf abgespult. Sonst hatte er stets nur Bruchstücke davon wieder und wieder erlebt. Noch einmal schüttelte er sich, bevor er seine Umgebung voll wahrnahm. Er sah auf seine Armbanduhr. Es war 9.30 Uhr durch – gut eine halbe Stunde hatte er bereits an diesem Ort verbracht.

Er blickte zur Bank hinauf. Daneben stand eine in Holz eingefasste Tonne, in der Spaziergänger ihren Müll loswerden konnten, um das Naturschutzgebiet nicht zu verschmutzen. An die Seite der Mülltonne, die zur Bank gewandt war, war ein etwa tellergroßer Stein gedrückt. Darunter schien ein Loch zu sein – zumindest blitzte ein dunkler Rand unterhalb des Steins hervor. Lorenz runzelte die Stirn. Hatte er etwa das Cacheversteck gefunden?

Er fühlte sich zu schwach zum Aufstehen, deswegen robbte er auf Knien zur Tonne. Dann duckte er sich unter die Bank und wuchtete den Stein weg, unter dem sich tatsächlich ein Loch auftat, das unter die Tonne führte.

Normalerweise bevorzugte Lorenz Rätselcaches oder wenigstens Multicaches, doch als er im Internet gezielt nach einem Cache in den Lüneburger Ilmenau-Niederungen gesucht hatte, war er nur auf diesen traditionellen und in der Regel recht simplen Cachetyp gestoßen. Es war ihm egal gewesen, da er dieses Mal einen anderen Grund für seine Schatzsuche gehabt hatte, aber dass es so einfach sein würde ... Bestimmt war hier ein Newbie am Werk gewesen. Solche Cacheanfänger hatten es eben noch nicht drauf.

Lorenz ließ seine Hand in das Loch gleiten und stieß schon bald auf eine Plastiktüte, in der sich etwas Hartes befand. Er zog die Tüte aus dem Loch, öffnete sie und schaute hinein.

In der durchsichtigen Tüte lag eine gelbe Brotdose, aus der ein ahnungsloser Finder nicht hätte schließen können, dass es sich um einen Cache handelte. Er als Geocacher wusste allerdings, dass so eine Dose ein häufig benutztes Cachebehältnis war. Er nahm sie heraus und klappte sie auf.

Die Dose war schmutzig. Den roten Schlieren auf ihrem Boden nach zu urteilen, hatte sie noch kurz zuvor als Aufbewahrungsbox für Kirschen oder ähnlich dunkelrotes Obst gedient. Es war nur ein einzelner Gegenstand darin, ein umgedrehtes Polaroidfoto, das ebenfalls rote Flecken aufwies. Wer macht denn heutzutage noch Polaroids und legt sie dann in einen verschmutzten Cachebehälter, fragte sich Lorenz verärgert – so etwas war ihm bisher nicht untergekommen. Was ihn aber mehr verblüffte, war das Fehlen eines Logbuches. Ein Logbuch war das einzige

Muss eines Caches. Es war eine Art Gästebuch, in dem Informationen über den Gründer des Caches standen, und die jeweiligen Cachefinder trugen sich darin ein, bevor sie den Cache wieder in sein ursprüngliches Versteck legten, damit der nächste Schatzsucher ihn finden konnte.

»Diese Newbies, also wirklich ...«, murmelte Lorenz in sich hinein, während er das Foto aus der Dose herausklaubte und umdrehte. Was er sah, raubte ihm den Atem, und trotzdem konnte er seinen Blick nicht davon abwenden. Erst allmählich tat sich ihm die Erkenntnis auf, dass es sich in der Dose vermutlich nicht um den Fruchtsaft einer roten Obstsorte handelte. Als hätte er sich daran verbrannt, warf er das Foto von sich und sah paralysiert zu, wie es langsam auf den sandigen Boden hinab segelte.

Er merkte, wie ihm die Tränen die Wangen hinunterliefen. All die Tränen, die er seit Theresas tragischem Ende nicht zugelassen hatte. Er hatte getobt, zerstört, gesoffen und geschrien, doch geweint hatte er bisher nicht. Er hatte erst dieses grausame Foto mit dem blutverschmierten abgetrennten Ohr darauf sehen müssen.

Dann verlor Lorenz Winter das Bewusstsein.

09.37 Uhr

»Das ist jetzt aber nicht dein Ernst, Chef, oder?« Tobias sah Hauptkommissar Benjamin Rehder ungläubig an. »Wir sollen eine Demo überwachen? Sollen wir uns dafür etwa auch in Uniform schmeißen, die wir als Kripo-Beamte gar nicht besitzen, oder wie haben die da oben sich das gedacht? Demonstrationen gehören doch überhaupt nicht zu unserem Aufgabenbereich!«

Ben blickte in seinen bereits zum dritten Mal geleerten Kaffeebecher. Auch der kräftige Koffeinschub hatte seine Laune nicht heben können. Im Gegenteil. Inzwischen war sie auf ihrem absoluten Tiefpunkt angelangt. Nachdem er das Büro betreten hatte, das er sich mit Katharina und Tobias teilte, wenn er sich nicht in sein eigenes kleines Zimmer im Kommissariat zurückzog, hatte Katharina ihm seinen ersten dampfenden Kaffee gebracht. Außerdem hatte sie ihm auf einem Teller ein halbes Franzbrötchen auf den Tisch gestellt, das er jedoch noch nicht angerührt hatte. Die Nachricht von Präsidiumsleiter und Kriminalrat Stephan Mausner am frühen Morgen war ihm auf den Magen geschlagen – auch weil er geahnt hatte, wie sein Team auf die frohe Botschaft reagieren würde.

Ben hatte Tobias und Katharina direkt nach seiner Ankunft an den Besprechungstisch gebeten, um dem bevorstehenden Gespräch den notwendigen offiziellen Touch zu verleihen. Insgeheim hatte er gehofft, das erwartete Gemaule dadurch zu verringern – das war ihm allerdings von vornherein nicht gelungen. Wahrscheinlich, weil er selbst ziemlich empört über Mausners Anweisung war. Natürlich hatte er das seinem Vorgesetzten deutlich zu verstehen gegeben, aber der hatte nicht mit sich reden lassen und Ben mit einer wedelnden Handbewegung ungeduldig aus seinem Zimmer geschickt, als sein Telefon geklingelt hatte.

»Ihr sollt nicht in vorderster Front mit den uniformierten Kollegen stehen, sondern nur den Einsatzleiter unterstützen«, erklärte Ben seinen zwei Kollegen. »Lediglich durch eure Anwesenheit. Mehr nicht. Mausner will vor den Demonstranten einfach Präsenz zeigen. Ihr kennt ihn doch. Er macht sich beim Bürgermeister gern lieb Kind. Es tut mir leid, ich kann es nicht ändern. Und du kannst mir glauben, Tobi: Mir passt das genauso wenig wie dir«, sagte er zu Tobias gewandt, der ihn aus verständnislosen Augen ansah.

»Mit einem kleinen Unterschied«, erwiderte Katharina anstelle ihres Kollegen. »Du kannst dich als Leiter unseres Teams in dein Büro verkrümeln und wichtigen Papierkram vorschieben, während Tobi und ich aufmarschieren dürfen – und nur ein paar Kilometer weiter Menschen das Wasser bis zum Hals steht!«

Genervt stand sie von ihrem Stuhl auf, griff sich ihren und Tobis Kaffeebecher und steuerte den Kaffeevollautomaten an, der glänzend auf der Anrichte an der Wand thronte. Auf halbem Weg blieb sie stehen, wandte sich um und fragte ihren Chef nicht gerade freundlich: »Du auch noch?«

Als Ben den Kopf schüttelte, drehte sie sich wieder um, trat an die Anrichte und setzte die Maschine in Gang. Sie war ihr Einstand gewesen. Gleich, nachdem sie in Lüneburg mit den beiden Kollegen ihren ersten Fall gelöst hatte, war sie nach Adendorf in den nächsten Technikmarkt gefahren. Mit der Investition hatte sie weniger ihr neues Team als sich selbst beglücken wollen, denn der Kaffee aus dem Automaten auf dem Kommissariatsflur war nicht zu trinken. Inzwischen hegten und pflegten sogar die beiden Männer das gute Stück. Keiner wollte mehr auf den deutlich gestiegenen Kaffeegenuss verzichten. Während Katharina für sich und Tobias Nachschub holte, herrschte Schweigen. Jeder von ihnen wusste, dass das laut röhrende

Mahlwerk jegliche Kommunikation im Keim erstickte. Nachdem Katharina an den Besprechungstisch zurückgekehrt war, ergriff Ben wieder das Wort, schaute dabei jedoch keinem seiner Mitarbeiter in die Augen, sondern starrte hingebungsvoll auf die Tischplatte, als gäbe es dort ein Kunstwerk zu bewundern.

»Ihr wisst selbst, dass wir im Moment keinen akuten Fall bearbeiten. Und Mausner weiß das ebenfalls. Daher seine klare Ansage: Geschlossenheit und Präsenz zeigen, auch wenn es nicht zu unseren eigentlichen Aufgaben gehört.«

»Der liebe Herr Kriminalrat …«, maulte Tobias. »Seine kreativen Ideen sind mir die liebsten. Warum freut er sich nicht, dass wir weder Mord noch Totschlag auf dem Tisch haben, und lässt uns in Ruhe mal Däumchen drehen?«

Katharina lehnte sich in ihrem Stuhl zurück und schaute aus dem Fenster. Schicksalsergeben zuckte sie mit den Schultern und meinte mehr zu sich als zu den beiden anderen: »Was soll's, ändern können wir es eh nicht. Und wenn ich mir das Wetter ansehe, da bin ich doch an der frischen Luft besser dran, als hier vor lauter Langeweile meinen Schreibtisch aufräumen zu müssen. Noch lieber wär ich allerdings im Hochwassergebiet. Schließlich brauchen die jede Hand, und ich hab' zwei gesunde davon. Aber daraus wird scheinbar nichts«, betonte sie ein weiteres Mal. Dann quälte sie sich ein Grinsen ab und suchte Bens Blick: »Also, Chef – schieß los, ich kann's kaum erwarten.«

Ben sah erleichtert auf. Sie saßen schon so lange zusammen und diskutierten über Mausners Entscheidung, nun lenkte sein Team endlich ein. Ben wusste: Katharina war die härtere Nuss seiner beiden Mitarbeiter. Sie war charakterlich weitaus stärker als Tobias, und wenn die junge

Kommissarin sich nicht mehr auflehnte, würde Tobias es ebenfalls nicht länger tun. Beinahe musste er siegessicher schmunzeln, verkniff es sich aber gerade noch rechtzeitig, um Katharina nicht zu verärgern. Stattdessen sagte er: »So ist es richtig, diese positive Einstellung lobe ich mir, Frau Kollegin! Da sollte sich so manch einer mal ein Beispiel dran nehmen.« Er schielte zu Tobias hinüber.

»Jaja, schon gut, ich hab' verstanden«, kam es mürrisch zurück, »Kriminalkommissar Tobias Schneider meldet sich höchst motiviert zum Streifendienst.«

»Also«, begann Ben sachlich, »dann geht ihr gleich los zur Überwachung der Demo und …«

»Wer demonstriert da überhaupt und wogegen?«, unterbrach Katharina ihn. »Hat es was mit dem Hochwasserschutz zu tun?«

Ben nahm seine Jacke vom Stuhl und griff in die Innentasche. Er holte einen zusammengefalteten Zettel hervor und blätterte ihn auf. »Nein, damit hat es gar nichts zu tun. Da wird mal nicht gegen, sondern für etwas demonstriert. Vordergründig zumindest. Die Gruppe nennt sich ›PRO HANSE‹. Laut Mausner besteht sie vorwiegend aus Studenten, sowohl von der Lüneburger Uni als auch aus Hamburg. Die jungen Leute kämpfen mit recht harten Bandagen für eine stärkere Beachtung der Hansehistorie.«

»Bitte *wie*?« Tobias sah irritiert von seinem Kaffeebecher auf. »Lüneburg ist doch seit 2007 wieder anerkannte Hansestadt, also was wollen diese Studis denn?«

»Mehr weiß ich auch nicht«, resignierte Ben. »Scheinbar war das genau der Stein des Anstoßes. Sie wollen, dass das Hanseatentum hier in der Stadt stärker beachtet und aktiver gelebt wird.«

»Nee, schon klar.« Tobias schüttelte den Kopf. »Ich hätte auch an der Uni studieren und mich nicht an der Fachhochschule für die Kommissarslaufbahn fit machen sollen. An der Uni hat man offensichtlich mächtig viel Freizeit. Mal ehrlich, sonst kommt man ja wohl nicht auf so einen Quatsch!« Er sah Katharina an. »Oder siehst du das anders?«

Katharina wollte sich dieser Diskussion nur zu gern entziehen. Sie war einige Semester zur Uni gegangen, um Jura zu studieren. Nicht weil sie eine juristische Laufbahn angestrebt hatte, sondern weil es schlicht die Erwartung ihres Vaters an sie gewesen war. Er hatte sich das schön zurecht gestrickt: Katharina sollte erfolgreich Jura studieren, im Anschluss ein paar Jahre Praxiserfahrung sammeln und dann in seine Kanzlei in Hamburg einsteigen. Später würde sie diese selbstverständlich übernehmen, am besten mit einem adäquaten Gatten an ihrer Seite. Wie immer, wenn Katharina daran dachte, stieg Wut in ihr hoch. Wie gut, dass sie noch rechtzeitig den Absprung geschafft und zur Polizei gewechselt hatte. Damit hatte sie es sich damals zwar endgültig mit ihrem Vater verscherzt, aber sie wollte keinen anderen Job der Welt haben. Selbst an Tagen wie diesem nicht.

»Ist doch völlig egal«, lenkte sie daher ab. »Wo und wann genau soll die Demo stattfinden?«, fragte sie, an Ben gewandt.

»Ab 10.30 Uhr. Sie wollen vor der Handelskammer Am Sande starten und durch die Innenstadt ziehen.« Er sah auf seine Armbanduhr. »Ihr könnt im Prinzip gleich losgehen. Meldet euch bei Bernd Richter, dem Einsatzleiter, der ist informiert. Sobald wir etwas anderes auf den Tisch bekommen, kann ich euch sofort abziehen.«

»Na, da will ich doch fast hoffen, dass irgendwer irgendwo so schlechte Laune hat wie ich inzwischen, das aber nicht so gut im Griff hat«, unkte Tobi. »Okay, ich geb's zu, der war nicht gut. Aber das ist nun mal mein Job. Ein Bäcker will schließlich Brötchen backen und keinen Fisch angeln.« Er schnappte sich seine ausgewaschene Jeansjacke, zog sie über das braune St. Pauli-Shirt mit dem Totenkopf und hielt die Bürotür auf. »Bitte schön, Frau Kollegin, dann wollen wir mal.«

Katharina stand ebenfalls auf und holte sich ihre Lederjacke, die sie sich locker um die schmalen Hüften schlang. Dann ging sie zurück an den Besprechungstisch, an dem Ben nach wie vor saß, und stellte mit hochgezogener Augenbraue fest: »Ich habe also tatsächlich recht gehabt, du bleibst hier im Büro. Wahrscheinlich auch eine Anweisung von Mausi, wie?«

Ben nickte dazu nur.

»Na, dann wirst du bestimmt Zeit haben, dir selbst ein Brötchen zu holen. Ach ja, und viel Spaß beim Papiere ordnen – wir gehen inzwischen das schöne Wetter genießen«, sagte Katharina schnippisch, schnappte sich das unangetastete halbe Franzbrötchen von Bens Teller und schloss sich Tobias an, der an der Tür auf sie wartete.

Als Katharina und Tobias auf dem Flur verschwunden waren, überlegte Ben kurz. Er würde die Zeit tatsächlich für überfälligen Schreibkram nutzen. Dafür brauchte er allerdings unbedingt noch einen Kaffee. Er nahm seinen Becher, füllte ihn unter dem Dröhnen der Maschine und ging in sein Büro. Als er die Mappe hervorholte, in der er Unerledigtes aufbewahrte, und sah, was da an Papierwust auf ihn zukam, stöhnte er innerlich. Katharina hatte es auf den Punkt gebracht: lieber draußen bei einer langweiligen, unsinnigen Demonstration Anwesenheit zeigen, als sich mit diesem lästigen Kram herumschlagen. Aber auch er musste sich den Anweisungen von Kriminalrat Mausner fügen und im Kommissariat die Stellung halten. Er blätterte den Papierberg durch und hatte sich gerade überlegt, mit welchem der unliebsamen Dinge er beginnen sollte, als sein Telefon klingelte.

09.43 Uhr

»Hallo? Hallo, hören Sie mich? Können Sie mich verstehen?«

Lorenz Winter öffnete die Augen und blinzelte ins Sonnenlicht. Zunächst nur schemenhaft nahm er eine Frau wahr, die neben ihm kniete. Sie sah ein bisschen aus wie Theresa … nein, doch nicht. Er richtete sich langsam auf, und der Schleier vor seinen Augen hob sich, sodass sein Blick klarer wurde. Die Frau berührte ihn unsicher an der Schulter.

»Sind Sie verletzt? Soll ich einen Notarzt rufen?«, fragte sie sanft. Winter registrierte, dass sie Joggingkleidung trug. Wo war er?

Was war passiert?

Als er sich umsah, kam die Erinnerung mit einem Schlag zurück. Das Foto!

»Mir geht es gut«, versicherte er schwächer als gewollt der Joggerin, die ihn ängstlich beobachtete. »Wirklich, ich brauche keinen Arzt, aber danke …«

Die Frau schien nicht überzeugt. »Ich weiß nicht, Sie sind sehr blass …«

»Bitte lassen Sie mich.« Winter schüttelte ihren Arm ab und nahm alle Kraft zusammen, um auf die Füße zu kommen. Er hoffte, dass die hilfsbereite Frau nicht merkte, wie seine Beine zitterten, denn er wollte nur, dass sie weiterging.

»Glauben Sie mir, ich bin in Ordnung. Das war nur … ich bin nur gestolpert. Vermutlich … also vermutlich habe ich zu viel getrunken«, versuchte Lorenz Winter es mit einer Notlüge, die ihr Ziel nicht verfehlte. Das zuvor besorgte Gesicht der Joggerin verzog sich zu einem widerwilligen Stirnrunzeln, und sie reagierte spöttisch: »Am frühen Morgen? Na bravo, und da mache ich mir Gedanken …« Sie erhob sich, setzte ihre Kopfhörer wieder auf, warf ihm noch einen abfälligen Blick zu und machte sich in leichtem Laufschritt davon. Lorenz Winter wartete, bis sie um die nächste Ecke verschwunden war. Dann setzte er vorsichtig einen Fuß vor den anderen, um auf wackeligen Beinen heil bis zur Bank zu gelangen. Wo war das Foto abgeblieben? Und die Brotdose – der Cache? Er wusste nicht, wie lange er bewusstlos gewesen war. Möglicherweise hatte vor der hilfsbereiten Frau jemand anderes bei ihm angehalten, das Foto entdeckt und sonstwas damit angestellt. Aber er musste es unbedingt noch einmal sehen, musste es haben. Irgendwie war er überzeugt, es sei seins und für ihn persönlich hier hinterlegt worden.

Winter sah auf die Uhr. Er war nur ein paar Minuten weggetreten gewesen, zum Glück. Die Situation war ihm im Nachhinein unsagbar peinlich. Was musste die Joggerin von ihm denken? Auf die Schnelle und in seiner leichten Verwirrung war ihm nichts Besseres eingefallen als die Ausrede mit dem Alkohol. Nun ja, es war nicht mehr zu ändern. Wenigstens kannte er sie nicht und würde sie wohl auch nicht wieder treffen.

Mühsam beugte er den Oberkörper vor, um unter die Bank zu sehen. Tatsächlich – dort lag das Foto, das er in seiner Panik fallen lassen hatte. Der leichte Wind hatte es dorthin geweht. Die blutverschmierte Seite des Polaroids war nach oben gekehrt. Ungefähr einen halben Meter dahinter, fast schon unterhalb eines Buschs, sah er die Brotbox. Hatte er sie ebenfalls weggeschleudert? Er konnte sich nicht daran erinnern.

Lorenz Winter blickte sich vorsichtig um. Inzwischen waren die Lüneburger Ilmenau-Niederungen nicht mehr so einsam wie noch in der Früh, als er hierhergekommen war. Nun gingen die Leute mit ihren Hunden Gassi oder trieben Sport wie die Frau, die ihm helfen wollte. Meistens handelte es sich um Hausfrauen, Studenten oder Pensionäre wie ihn selbst, nur dass er eben keinen Hund hatte. Vor einer Weile hatte er tatsächlich überlegt, sich einen anzuschaffen, sich am Ende jedoch dagegen entschieden. Er wollte sich an nichts und niemanden mehr binden. Nicht nur, weil er Angst vor einem erneuten Verlust hatte. Es lag vor allem an Theresa. Lorenz hatte das Gefühl, er würde sie verraten, wenn er sich einen Ersatz suchte. Selbst wenn es nur ein unvollkommener wäre …

Lorenz schüttelte sich, um die trüben Gedanken zu vertreiben, dann schaute er sich noch einmal um. Als er sicher sein konnte, allein zu sein, ging er auf dem sandigen Boden in die Knie und zog das Foto sowie die Box unter der Bank hervor. Ohne einen weiteren Blick darauf zu werfen, steckte er beides in die kleine Tasche, die er auf seinen Touren stets dabei hatte. Darin entdeckte er eine Flasche Wasser. Nach mehreren kräftigen Schlucken fühlte er sich merklich besser und etwas gestärkt. Auch sein Verstand wurde klarer.

Nach wie vor kniend straffte er die Schultern und nahm allen Mut zusammen. Warum sollte er bis zu Hause warten? Nochmals griff er in die Tasche und zog das Polaroid wieder hervor. Langsam drehte er es um, senkte seinen Blick darauf, und schon sprang ihm das Bild des blutigen Ohrs entgegen. Winter schluckte heftig und kämpfte den aufsteigenden Würgereiz mit ganzer Kraft hinunter. Durch tiefe Atemzüge versuchte er zu verhindern, dass der grausige Anblick ihm ein weiteres Mal das Bewusstsein raubte. Nach einer Weile hatte er sich soweit im Griff, dass er aufstehen konnte. Dabei hatte er nur einen einzigen Gedanken: Er musste handeln. Er musste wissen, was es mit dem abgetrennten, blutverschmierten Ohr auf dem Foto auf sich hatte. War es tatsächlich Theresas? Nach so vielen Jahren?

Das Foto in der einen öffnete er mit der zitternden anderen Hand das Reißverschlussfach an der Außenseite seiner Tasche und ließ seine Finger hineingleiten. Er zog sein Handy heraus. Einige Sekunden hielt er es nur in seiner Hand. Dann wählte er die Nummer der Polizei.

09.54 Uhr

Ben hörte seit Minuten der aufgeregten Stimme seines Bruders zu, ohne wirklich etwas zu dem Gespräch beizusteuern. Hin und wieder schmiss er ein »Hm«, ein

»Nein, im Ernst?« oder ein »Ach, wie toll« ein, doch das tat dem Monolog am anderen Ende der Leitung keinen Abbruch. Bens Bruder war mal wieder ganz stolzer Vater. Er erzählte von seiner Tochter Leonie, als wäre sie eben zur Welt gekommen und als könne er dieses Wunder der Natur noch immer nicht fassen. Aber immerhin war so ein Telefonat besser als diese vermaledeiten Papiere auf seinem Schreibtisch. Ben hasste den Papierkram, der zu seinem Job gehörte, vom ersten Tag an, doch er war nun einmal notwendig. Vor allem das Dokumentieren von vergangenen Tathergängen, der Täterprofile und -merkmale in der polizeiinternen Datenbank war wichtig, damit jeder befugte User über Lüneburgs Grenzen hinaus jederzeit Zugang dazu hatte, wenn er sie benötigte. Auch Rehder hatte mithilfe der Datenbank schon manches Mal einen Wiederholungstäter, der zuvor in einer anderen Stadt sein Unwesen getrieben hatte, zur Strecke bringen können. Im Prinzip hätte er Tobias oder Katharina diese Fleißarbeit der Computereingabe übertragen können. Schließlich war er ihr Vorgesetzter. Aber so war Benjamin Rehder nicht. Er teilte diese Bürojobs innerhalb seines Teams so gerecht wie möglich auf, und falls sich bei dem einen oder anderen von ihnen die Häufchen zu Haufen auswuchsen, war das deren Problem.

Während sein Zwillingsbruder am Telefon weiter von Leonie und den gemeinsamen Unternehmungen schwärmte, ließ Ben den Blick über seinen Schreibtisch wandern und blieb am Kalender hängen. Natürlich, heute war Montag, der übliche Anruftag seines Bruders. Er hätte es gleich wissen müssen, als das Telefon klingelte. Montags hatte sein Zwillingsbruder, der als Barchef im Hotel Heideglanz arbeitete, seinen freien Tag. Den nutzte er seit geraumer Zeit regelmäßig für gemeinsame Unternehmungen mit Leonie. Er begleitete die Neunjährige morgens zur Schule, kaufte ein und rief anschließend bei Benjamin an, um voller Vaterstolz von seiner Tochter zu berichten. Dann holte er sie mittags von der Schule ab, kochte ein leckeres Mittagessen und unternahm etwas mit ihr, bis er sie am Abend zu ihrer Mutter brachte. Seit ein paar Wochen schlief Leonie montags sogar manchmal bei ihrem Vater, was für diesen ein absolutes Highlight war. Bene überschlug sich an solchen Tagen nahezu, um es seiner Tochter so schön wie möglich zu machen. Oft musste der Hauptkommissar als ›älterer‹ Bruder von Bene und Patenonkel von Leonie als Ratgeber zur Seite stehen. Ben bezweifelte zwar, dass er der richtige Ansprechpartner war, da er selbst keine Kinder hatte, doch er gab sich redlich Mühe, seinen Bruder zu unterstützen. Er freute sich zu sehr über die Eifrigkeit, mit der Bene sein Vatersein lebte.

Am Ende eines Telefonats erkundigte sich sein Bruder immer nach Katharina und ließ sie grüßen. Auch das kannte Ben inzwischen.

Bens Gedanken drifteten bei den immer gleichen Worten seines Bruders in die Vergangenheit ab, und er hörte kaum mehr zu. Es hatte eine Zeit gegeben, da hatte er – wenn überhaupt – nur über ihre Mutter von seinem wenige Minuten später geborenen Zwilling erfahren, und das war dem Hauptkommissar ganz recht gewesen. Schließlich hatte er den Kontakt zu Benedict abgebrochen, nachdem sein ›kleiner‹ Bruder das Fass zum Überlaufen gebracht hatte. Anders als er hatte sein Zwilling eine ziemlich laxe Einstellung zum Leben. Vor etwa zehn Jahren hatte Bene, wie er überall genannt wurde, es jedoch mit seiner extrem gedankenlosen und oft egoistischen Art übertrieben, und es war auch für Benjamin äußerst unangenehm geworden. Sein Posten in Lüneburg war durch Benes rücksichtsloses Handeln arg ins Wanken geraten und von ganz oben stark hinterfragt worden. Stephan Mausner hatte damals für Benjamin mehr als ein gutes Wort eingelegt. Dafür war der Hauptkommissar dem Kriminalrat trotz vieler Meinungsverschiedenheiten auf ewig dankbar.

Bene war damals seiner latent vorhandenen kriminellen Ader erlegen und hatte bei Autoschiebereien mitgemischt. Benjamin hatte davon nichts gewusst. Zu allem Übel hatte er selbst diesen Fall auf dem Tisch gehabt, und es war ihm nach kurzer Zeit gelungen, die Drahtzieher ausfindig zu machen. Als er dabei jedoch feststellen musste, dass sein Bruder einer der Hintermänner war, hatte er sich nichts sehnlicher gewünscht, als dass sich der Boden unter ihm auftun würde und er für immer darin in Deckung gehen könnte. Glücklicherweise hatte sich herausgestellt, dass sein Zwilling gerade erst von den Autoschiebern angeheuert worden und an keinem Coup aktiv beteiligt gewesen war. So hatte Ben ihn aus dem nachfolgenden Verfahren heraushalten können, ohne das Gesetzesbuch, auf das er einen moralischen Eid geschworen hatte, zu hintergehen. Erschwerend kam allerdings die Tatsache hinzu, dass sie sich als eineiige Zwillinge zum Verwechseln ähnlich sahen. Die extreme Parallele der Namen tat ihr Übriges dazu, und so hatte Hauptkommissar Benjamin Rehder erst einmal an höherer Stelle belegen müssen, dass er selbst nicht bei den Autoschiebereien mitgemischt hatte. Speziell dieses Resultat aus der ganzen Geschichte nahm er seinem Bruder noch immer krumm.

Benjamin Rehder hatte schon als Kind nicht verstanden, was die Eltern sich dabei gedacht hatten, ihm und seinem Bruder fast identische Namen zu geben; in dieser aberwitzigen Situation hatte er es dann absolut nicht mehr nachvollziehen können. Nicht, dass er seinen Eltern die Schuld an dem Desaster gab, die trug allein sein lieber Zwillingsbruder, doch solch eine spleenige Namensgebung konnte ja nur zu Verwirrungen führen. Katharina war das beste Beispiel dafür. Bei dem Gedanken daran musste der Hauptkommissar schmunzeln. Mann, hatte die geguckt, als sie ihn und Bene das erste Mal zusammen gesehen hatte! Frisch aus München gekommen, hatte Katharina an dem Tag ihren neuen Dienst in seinem Lüneburger Team angetreten und war ihm schon beim Kennenlerngespräch recht merkwürdig vorgekommen. Sie hatte ihn die ganze Zeit ein wenig verschämt von der Seite gemustert. Warum, das hatte er sich in jenem Augenblick nicht erklären können, sondern einfach angenommen, sie sei jung und unsicher. Letzteres hatte sich schnell als Fehleinschätzung herausgestellt, als sie beide zu einem Leichenfund nahe des Hotels *Heideglanz* gerufen worden waren. Dort war Katharina sehr zielstrebig und professionell vorgegangen. Erst als sie mit ihm und seinem Bruder auf der Hotelterrasse zusammengetroffen war, hatte sie sichtlich konsterniert reagiert: Katharina hatte nicht nur die Überraschung darüber im Gesicht gestanden, zwei Männer vor sich zu haben, die sich glichen wie ein Ei dem anderen. Sie hatte außerdem, nur für eine Zehntelsekunde, ein Quäntchen Erleichterung ausgestrahlt, die seinem erfahrenen Auge nicht entgangen war. Der Hauptkommissar hatte sich seinen Reim darauf gemacht, der sich Tage später bestätigen sollte.

Ben musste in sich hineinlachen, als er sich an die durchaus pikante Konstellation und Situation für Katharina erinnerte: Sie hatte sich ihm gegenüber bei ihrem Kennenlernen so merkwürdig verhalten, weil sie ihn für seinen Zwillingsbruder gehalten hatte, dem sie am Abend zuvor in einer Bar nähergekommen war. Sehr viel näher, denn es war nicht bei einem Drink in der Bar geblieben, sondern hatte in Benes Bett geendet. Kein Wunder also, dass sie damals, als Benjamin ihr von Kriminalrat Mausner als neuer Vorgesetzter präsentiert wurde, so verunsichert gewesen war.

»Ben, warum lachst du? Dieser neue Mathelehrer von Leonie ist überhaupt nicht zum Lachen!«, unterbrach die Stimme seines Bruders Benjamins Gedanken. Er hatte gar nicht bemerkt, dass er bei der Erinnerung an Katharinas damaliges Dilemma laut aufgelacht hatte.

»Oh, entschuldige, was äh … was ist mit Leonies Mathelehrer?«, erwiderte Benjamin zerstreut. Noch immer war er gedanklich bei Katharina. Er konnte seinen Bruder verstehen: Sie war nicht nur eine attraktive Frau, sie war dazu intelligent und verfügte über ein hohes Maß an Empathie.

»Aber das hab' ich dir doch grad erzählt. Hörst du mir etwa nicht zu?«, fragte Bene. Während der Hauptkommissar nach einer passenden Antwort suchte, ließ er den Blick über seinen Schreibtisch wandern. Dabei stellte er fest, dass das rote Lämpchen an seinem Telefon blinkte. Es war das Zeichen dafür, dass jemand intern versuchte, ihn anzurufen, während er die Leitung belegte.

»Du, Bene, lass uns ein andermal weiterquatschen, ja? Ich bekomme gerade einen internen Anruf rein.«

»Jaja, Gott erhalte dir deine Ausreden«, maulte Bene. »Ich muss sowieso gleich los, Leonie hat heute früher

Schulschluss, und wir wollen zum Schwimmen ins *Salü* gehen. Grüß Katharina von mir und sag ihr, sie soll sich ruhig mal wieder bei mir melden.«

»Klar, mach ich, und du gib meiner Nichte einen Kuss von mir«, verabschiedete Ben sich, legte auf und nahm sogleich das interne Gespräch an. Es war die Zentrale, die ihm mitteilte, dass ein Anruf von einem Spaziergänger hereingekommen war, der in den Lüneburger Ilmenau-Niederungen das blutverschmierte Foto eines menschlichen Ohrs gefunden habe und dort nun auf das Eintreffen der Polizei warte.

Überrascht fragte Ben: »Warum informiert ihr mich, anstatt einen uniformierten Kollegen dorthin zu schicken?

Die Kollegin in der Zentrale klang gelangweilt: »Die meisten sind auf der Demo im Einsatz, und die restlichen sind auch gerade unterwegs. Na ja, und das Sekretariat von Kriminalrat Mausner hat uns am Morgen informiert, dass du und dein Team einsatzfähig sind.«

Im ersten Moment wollte Ben widersprechen und darauf pochen, dass die Kripo für solche Kleinigkeiten nicht zuständig sei und erst gerufen wurde, wenn es sich tatsächlich um ein schweres Delikt handeln könnte, dann besann er sich allerdings. Er dachte an Katharina und Tobias, die bestimmt nichts gegen einen Waldspaziergang im Naturschutzgebiet einzuwenden hatten. Insgeheim hoffte er, dass er die beiden mit diesem kleinen Ausflug versöhnen konnte. So bestätigte er der Zentrale, dass er sich kümmern würde, und rief auf Katharinas Handy an. Sie nahm sofort ab, hörte sich seine Order an und sagte schlicht: »Danke, Ben.« Dann legte sie auf. Auch Ben ließ seinen Hörer auf die Gabel sinken und wollte sich gerade seinem Schreibtisch widmen, als ihm auffiel, dass er Katharina gar nicht mitgeteilt hatte, wo sie und Tobi den Finder des Fotos treffen sollten. Die Kollegin aus der Zentrale hatte ihm gesagt, der Mann namens Lorenz Winter würde im Amselweg an einem Pfad warten, der in das Naturschutzgebiet führte. Ben griff zu seinem Handy, sandte Katharina eine SMS mit den Treffpunktdaten und machte sich mit Widerwillen an seine Papierberge.

10.07 Uhr

Moritz Bredenbeck lehnte betont lässig an einer Hauswand, von der aus er den gesamten Platz vor der Lüneburger Handelskammer überschauen konnte. Er genoss, was er sah. Das, was sich hier zusammenbraute, war sein Werk. Am liebsten hätte er sich eine der teuren Havannas aus dem Humidor seines Vaters angesteckt und in der anderen Hand einen alten irischen Whisky geschwenkt, um sich selbst zu feiern! Später, dachte er mit einem süffisanten Grinsen im Gesicht, jetzt käme das nicht gerade gut.

Er ließ seinen Blick erneut schweifen. Geschätzte 70 Leute hatten sich bisher zur Demo eingefunden, die meisten davon Studenten wie er. Viele von ihnen trugen altertümliche Kleidung. Es wären garantiert etliche mehr gewesen, wenn dieser dämliche Katastrophenalarm ihm nicht dazwischengeraten wäre. Einige seiner Kommilitonen fühlten sich aus irgendwelchen, ihm nicht verständlichen Gründen, verpflichtet, in den umliegenden Gemeinden an der Elbe beim Füllen und Schleppen der Sandsäcke zu helfen. Moritz Bredenbeck lachte verächtlich in sich hinein. Was für arme Trottel!

Genüsslich betrachtete er *seine* Demonstranten. Wenn er denen befehlen würde, nackt oder als Clowns verkleidet hier zu erscheinen, würden sie das machen, da war er sich ziemlich sicher.

Moritz Bredenbeck liebte es, als Anführer voranzuschreiten. In seiner Zeit im Internat war er mehrfach Klassensprecher oder im Sport der Mannschaftskapitän gewesen und hatte immer gewusst, wie er das für seine Zwecke ausnutzen konnte. Er war zum Chef geboren. Als er sein Studium der Umweltwissenschaften in Lüneburg vor vier Semestern begann, war er zudem älter als die meisten Studienanfänger gewesen. Nach dem Abitur hatte Moritz sich ein Jahr Pause gegönnt, das er mit teuren Partys, diversen Reisen und ausgedehnten Shoppingstreifzügen in alle Welt verbracht hatte. Seine Eltern hatten das missbilligend in Kauf genommen, waren aber froh, dass er an dem vereinbarten Studium zur Vorbereitung seiner Karriere festhielt. Nachdem sein älterer Bruder es vorgezogen hatte, als Arzt ins Ausland zu gehen, hingen all ihre Hoffnungen daran, das traditionelle Familienunternehmen an Moritz weitergeben zu können. Erst kurz vor Studienbeginn hatte er die Eltern in Kenntnis gesetzt, dass er Umweltwissenschaften anstelle von Wirtschaftswissenschaften studieren würde und sich bereits eingeschrieben hatte. Nicht, dass er große Lust auf ein Studium hatte oder dieses Themengebiet ihn gar interessierte, aber es schien ihm immer noch besser, als später im väterlichen Betrieb arbeiten zu müssen.

Schnell beeindruckte er mit dieser offen zur Schau gestellten Einstellung viele seiner Kommilitonen – ob mit ausgefallenen Partys, großzügigen Geschenken oder durch sein dominantes Wesen. Die einen kuschten, die anderen bewunderten ihn, und eine dritte Gruppe wollte an seiner Seite glänzen und Vorteile nutzen. Moritz waren die Gründe letztlich egal, ihm ging es um seine Position in der Gruppe. Und heute erntete er die ersten Früchte. Bis auf diese Hochwasserhelfer waren sie alle seinem Ruf gefolgt und würden gleich in Lüneburg für Unruhe sorgen. Oh, wie sehr er das genoss!

Einer seiner Kommilitonen kam auf ihn zu: »Hey, Moritz, gut, dass du da bist. Glaubst du, wir haben genug Transparente und Schilder?«, fragte er. »Ich könnte sonst schnell versuchen, ein paar mehr zu organisieren.«

»Schon gut, Martin«, erwiderte Moritz so freundlich wie möglich, »ich denke, das genügt für heute. Schließlich wollen wir uns steigern können, oder?«

»Okay, danke! Dann hol ich die Leute zusammen, es geht ja gleich los.« Der junge unscheinbare Mann verschwand in der Menge der Demonstranten.

»Was für ein armer Wicht«, murmelte Moritz Bredenbeck leise vor sich hin, »der glaubt wirklich an die Sache – lächerlich.«

10.11 Uhr

Nach Bens Anruf schnappte Katharina sich sofort Tobias, der mit einer hübschen Streifenpolizistin flirtete, und zog ihn mit sich zum Einsatzleiter der Demo. Tobias schaute sie verwundert an und wollte gerade fragen, was los sei, aber da waren sie bereits bei Bernd Richter angekommen. Der Einsatzleiter war sichtlich im Stress, da er seiner uniformierten Truppe in diesem Moment noch die letzten Anweisungen erteilte. So wedelte er die beiden Kollegen einfach fort, nachdem Katharina ihn informiert hatte, dass sie zu einem Fall abbeordert worden waren und er leider ohne ihre Anwesenheit bei der Demo auskommen musste.

»Stimmt das wirklich mit der Order, oder hast du dir das ausgedacht, damit wir uns vom Acker machen und einen entspannten Vormittag im Café verbringen können? Also dann hättest du mich wenigstens fragen können, die Kleine war echt süß«, murrte Tobias, als er Katharina folgte, die zielstrebig von der Handelskammer in Richtung St. Johannis, der ältesten Kirche Lüneburgs, wegsteuerte.

»Ach, Tobi, du und hübsche junge Frauen. Was sagt denn Jana dazu, dass du jedem Rock hinterher schielst wie in deinen besten Junggesellentagen?«, erwiderte Katharina, während sie in einen leichten Laufschritt verfiel.

»Helmchen? Mein Helmchen hat sich entschlossen, in die große weite Welt hinauszuziehen. Sie hat sich bei einem Kreuzfahrtschiff als Servicekraft im Barbereich beworben und wurde angenommen. Warum müssen wir denn jetzt so rennen?«

»Jana? Sprechen wir von derselben Jana Helm? Das hätte ich ihr, ehrlich gesagt, nicht zugetraut. Ich hab immer gedacht, sie möchte ein Reihenhäuschen, zwei blonde Kinder und dich als Mann. Hast du etwa Mist gebaut, Tobi?«, fragte Katharina verdattert.

»Ich? Nee! Ich will nur eben kein Reihenhaus und finde, das mit den zwei quengelnden Blondschöpfen hat auch noch mächtig viel Zeit. Helmchen ist anderer Meinung, und nachdem sie mich nicht überzeugen konnte, hat sie sich klammheimlich für diesen Dampfer beworben. Sie hofft wahrscheinlich, dort einen heiratswilligen, kinderlieben Millionär abzugreifen. Na und ich muss zusehen, wo ich bleibe«, antwortete Tobi in seinem typisch lockeren Ton, aber Katharina kannte ihn zu gut, um nicht auch eine Spur Traurigkeit herauszuhören.

»Das tut mir echt leid, Tobi. Ich dachte, ihr seid glücklich miteinander. Wieso hast du denn nichts gesagt? Ich meine, wir sehen uns tagtäglich und so …« Katharina suchte nach den richtigen Worten, um Tobi zu trösten, doch sie merkte selbst, dass es ihr nicht gelang – kein Wunder, in Sachen Beziehung war sie wahrlich auch keine Expertin.

»Ach, ist halb so wild. Ich weiß es erst seit gestern Abend, und wie ich mein Helmchen kenne, sagt sie den Kreuzfahrern eh ab. Vielleicht will sie mich damit in die Enge treiben. Sie hat ihre Stelle im Hotel noch nicht gekündigt. So, und jetzt Themenwechsel – klär mich endlich auf. Warum laufen wir vor der Demo weg und wohin? An den Stint geht es da lang, aber wenn ich mich nicht täusche, willst du gar nicht mit mir ins Café, um mit Blick auf die fröhlich dahinfließende Ilmenau die Seele baumeln zu lassen. Hab ich recht oder hab ich recht?«, fragte Tobi, der vom Laufen und dem gleichzeitigen Reden schon etwas aus der Puste war.

»Jaja, ist ja schon gut. Ich wollte von da hinten weg. Gleich fängt die Demo Am Sande an, und wer weiß, was dann dort für ein Aufmarsch ist und wie wir durch die Stadt kommen. Wir müssen uns nämlich schnell einen Wagen von der Dienststelle holen und zu einem Typen fahren, der ein merkwürdiges Foto gefunden hat und in den Ilmenau-Niederungen auf uns wartet. Hast du denn nicht mitbekommen, dass Ben mich eben angerufen hat?«, fragte Katharina und verfiel trotz der angeblich gebotenen Eile in ein gemütlicheres Schritttempo.

»Nö, die Kleine war so süß, ich hatte meine Augen und Ohren nur bei der. Aber dann stimmt es, was du Richter gesagt hast: Wir müssen tatsächlich zu einem Tatort?«, fragte Tobias.

»Na ja, ob es wirklich ein Tatort ist, ist noch gar nicht sicher. Nur weil da jemand ein komisches Foto gefunden hat ... Ich schätze mal, Ben plagt das schlechte Gewissen, weil er uns zur Demo geschickt hat und er sich einen Lenz im Büro macht, und als der Anruf von diesem Spaziergänger einging, dachte er, dass das eine gute Gelegenheit wäre, es bei uns wieder gutzumachen. Und wir müssen überlegen, ob wir es ihm so einfach machen oder ihn noch ein bisschen zappeln lassen«, grinste Katharina ihren Kollegen an.

»Hey, nicht so hart, Frau Kollegin. So kenne ich dich ja gar nicht. Sonst bist du die Erste, die für unseren Chef eine Lanze bricht«, staunte Tobias. Dann fragte er nach einer kleinen Pause, in der Katharina nichts erwidert hatte: »Und wohin müssen wir genau? Die Ilmenau-Niederungen sind groß.«

Katharina blieb abrupt stehen, starrte Tobias überrascht an und nestelte dabei in ihrer Jackentasche herum.

»Äh, was ist nun los? Was guckst du denn so? Hab' ich was Falsches gesagt? Oder willst du jetzt etwa eine rauchen? Ich denke, wir haben es eilig, und außerdem rauchst du doch nie auf der Straße ... Versteh einer die Frauen!«, wunderte sich Tobias über das Verhalten der Kommissarin.

»Nein, nein, alles gut, aber ob du es glaubst oder nicht, ich weiß nicht, wo wir hin müssen. Ben hat es mir nicht gesagt. Ich rufe ihn an«, erklärte Katharina und schwenkte ihr Handy vor Tobias' Nase, das sie endlich aus ihrer tiefen Jackentasche zusammen mit Kaugummipapier und einem Halsbonbon herausgefischt hatte. Als sie die Kurzwahl von Ben eingeben wollte, sah sie, dass er ihr eine SMS mit den Treffpunktdaten geschickt hatte. Voll Reue über ihr vorzeitiges Auflegen tippte Katharina in ihr Handy: *Danke für die Daten. Tobi und ich fahren hin. Sollen wir dir nachher ein Stück Kuchen mitbringen? Grüße K.* Dann schickte sie die SMS an Ben und war einigermaßen zufrieden mit sich. Sie mochte sich selbst nicht, wenn sie zickig war. Schon gar nicht Menschen gegenüber, die sie gern hatte, und letztlich konnte Ben nichts für Mausners blöde Anweisung, auf die Demo zu gehen.

10.18 Uhr

Nachdem er das Telefonat mit seinem Bruder beendet hatte, war Bene auf seinem Sofa sitzen geblieben. Es war sein ganzer Stolz: ein schwarzes Ledersofa, das er günstig bei Ebay ersteigert hatte. Man sah ihm nicht an, dass es gebraucht war. Ansonsten war es recht karg in seinem Wohnzimmer, weil er nicht dazu kam, es fertig einzurichten. Er lebte nun schon seit über zwei Jahren hier, aber die Zeit war wie im Flug vergangen. Außerdem hatte er einfach andere Prioritäten gesetzt.

Als er nach Lüneburg zurückgekehrt war, wusste er nicht, was ihn dort erwarten würde. Klar war nur, dass es nicht leicht werden würde. Am schwersten war es ihm gefallen, den Kontakt zu seinem Zwillingsbruder wieder herzustellen. Ben, sein *großer* Bruder … Benedict war dankbar, dass Ben ihm seine Eskapaden von damals verziehen hatte. Dass das Vertrauensverhältnis einen dauerhaften Riss bekommen hatte, okay, damit musste er leben. Aber vielleicht würde er das irgendwann kitten können. Er hatte seinem Bruder wirklich viel zugemutet mit seinen immer neuen krummen Touren. Mit der Autoschiebernummer hatte er sein Streben nach dem schnellen Geld gepaart mit einem Extrakick jedoch extrem ausgereizt. Er wusste, wie viel Glück er gehabt hatte, dass diese Geschichte glimpflich für ihn ausgegangen war. Und er wusste sehr genau, dass er das seinem Bruder verdankte. Die Aktion hatte ihn geläutert und diese *Denk nicht an morgen*-Zeiten aufgeben lassen. Nicht wegen der Sache an sich, sondern wegen Ben. Er war nach dem Zerwürfnis mit Ben erst nach Hamburg und später dann nach Berlin gegangen, hatte sich mit Gelegenheitsjobs, die anstrengend, aber nicht kriminell waren, über Wasser gehalten und von dem Geld, das übrig geblieben war, an der Berliner *Barakademie* eine Ausbildung gemacht. Nun war er ein von der IHK geprüfter Barmixer und über die Jahre ziemlich gut in seinem Job geworden. Nach der Ausbildung war er in Berlin geblieben, doch die Sehnsucht nach Lüneburg, nach seiner Familie und vor allem nach seinem Bruder wurde immer größer, auch wenn er das nie offen zugegeben hätte. Kurz entschlossen hatte er sich deshalb beim Hotel *Heideglanz*, dem besten Hotel Lüneburgs, initiativ als Barmixer beworben. Er war glücklich gewesen, als er zu einem Bewerbungsgespräch eingeladen worden war und danach einen Vertrag in der Tasche hatte. Zwei Monate später hatte er, nur mit seinem Saxofon in der einen und einem kleinen Koffer in der anderen Hand, Berlin den Rücken gekehrt und war zurück in die Heimat gekommen, um seinen neuen Job anzutreten.

Kurz nach seiner Rückkehr nach Lüneburg hatte er erfahren, dass er vor seiner Flucht aus der Heimat seine damalige Freundin Julie schwanger zurückgelassen und nun eine halbwüchsige Tochter hatte: Leonie. Spätestens zu diesem Zeitpunkt war er endgültig bereit gewesen, sein Leben konsequent in anständige Bahnen zu lenken. Die Probezeit hatte er mit Bravour gemeistert, was ihm sogar die erhoffte Position des Barchefs eingebracht hatte.

Er mochte seinen Job und langweilte sich auch nach zwei Jahren nicht, so wie es früher oft der Fall gewesen war. Vieles hatte sich geändert, seit es Leonie gab. Die süße kleine Leonie, dieses hübsche, kesse, intelligente Mädchen – sie war seine Tochter! Die Anfangszeit war nicht einfach gewesen, Leonie musste sich erst daran gewöhnen, plötzlich einen Vater zu haben, dessen Existenz man ihr bis dahin verschwiegen hatte. Aber die Tatsache, dass sein Zwillingsbruder für sie von Geburt an eine wichtige Bezugsperson war, hatte es erleichtert.

Julie gegenüber hatte Bene erst einmal beweisen müssen, dass er sich wirklich geändert hatte und sie sich auf ihn verlassen konnte. Zumindest als Vater ihres Kindes, denn eine Beziehung wollte sie nicht mehr mit ihm führen. Und auch er sah sie heute nur noch als eine besondere Freundin, die ihn fast so gut kannte wie er sich selbst.

Erst Monate später hatte Julie zugestimmt, dass Leonie erfahren durfte, wer ihr Vater war. Und inzwischen kamen sie alle drei mit der Situation bestens zurecht. Fand

Bene jedenfalls. Er sah Leonie so oft wie möglich sowie fest jeden Montag, und sie hatten viel Spaß miteinander. Er würde die fehlenden Jahre zwar nicht mehr nachholen können, aber er konnte jetzt für sie da sein.

Vater sein – in den kühnsten Träumen hätte er sich das nicht vorstellen können, als er nach Lüneburg zurück gekommen war. Aber die Zeiten änderten sich, und sogar ein Benedict Rehder wurde offensichtlich irgendwann erwachsen. Fast zumindest ... Noch immer hatte er Angst, zum Spießer zu mutieren. Heile Welt, Familienfeiern, Häuschen mit Garten am Stadtrand und der Wohnwagen für die Ferien vor der Tür – ein solches Leben war für ihn eine Horrorvorstellung. Darum war er dankbar, dass Katharina es ihm leicht machte. Ihm war klar, dass Ben nicht begeistert war, dass Katharina und Bene ihr Verhältnis in unregelmäßigen Abständen weiterführten – immerhin war sie eine sehr enge Kollegin seines Bruders. Aber es war ja immer noch nur eine sexuelle Beziehung, ohne Schwierigkeiten, ohne Zwang und ohne Verbindlichkeiten.

Aus seinem Leben mit Leonie und Julie hielt Bene Katharina weitestgehend heraus. Das war nicht ganz leicht: Katharina wohnte im gleichen Haus wie Julie, und die beiden waren in den vergangenen zwei Jahren zu recht guten Freundinnen geworden. Und Leonie vergötterte Katharina geradezu. Von deren spezieller Verbindung zu ihrem Vater musste sie nichts wissen.

Bene sah auf die Uhr: Zeit, für seine Tochter ein leckeres Mittagessen zu zaubern! Wenn er sich beeilte, konnte er alles vorbereiten, bevor er losging, um Leonie von der Schule abzuholen. Auf dem Weg in seine Küche ging er an einem Spiegel vorbei und musste sich angrinsen. Wer hätte gedacht, dass der Montag einmal sein ganz persönlicher Gute-Laune-Tag der Woche werden würde!

10.25 Uhr

Moritz Bredenbeck trat aus der schattigen Stelle an der Hauswand und schlenderte lässig zu der Gruppe von Demonstranten. Jetzt waren seine Leitwolf-Qualitäten gefragt.

»So, Leute, es geht los!«, rief er in die Menge. »Wie ihr seht, haben unsere Ankündigungen für Unsicherheit gesorgt, oder was glaubt ihr, warum sich die Bullen hier die Füße platt stehen!« Moritz zeigte mit einer ausschweifenden Armbewegung auf die uniformierten Beamten, die überall um den Platz herum zu sehen waren. »Dann wollen wir den Herrschaften auch einen Grund für ihr Kommen geben, oder?«

Moritz wies in die Richtung, in der das Rathaus lag. »Ihr lauft in zwei gleich großen Gruppen los. Die eine geht durch die Grapengießerstraße und dann rechts in die Schröderstraße bis zum Rathaus. Die andere marschiert durch die Bäckerstraße, ebenfalls bis zum Rathaus. Dort trefft ihr aufeinander und sorgt dafür, dass die Menschen in ihrer Mittagspause was zu sehen bekommen.«

»Und mit welcher Gruppe gehst du?«, fragte eine junge Studentin, die ihn keck und auffordernd ansah. Sie war Moritz bisher nicht aufgefallen, was ihn wunderte, weil sie genau seinem Typ entsprach: blond, blauäugig, langbeinig.

Wenn du willst, mit dir um die nächste Hausecke, dachte Moritz bei sich. Laut sagte er: »Ich habe noch etwas Wichtiges zu erledigen und treffe euch in circa einer Stunde am Rathaus. Geht langsam, bleibt vor den Läden stehen und erzählt den Leuten, was die ›PRO HANSE‹ bewegt. Verteilt auch die Handzettel, die ihr vorhin bekommen habt. Macht den Lüneburgern klar, dass sie das Hanseatentum in dieser Stadt wieder unterstützen müssen, und wie wichtig es ist, alte Bräuche am Leben zu erhalten, anstatt sich kommerziellen, der Kultur dieser herrlichen Stadt nicht würdigen Festivitäten wie dem Stadtfest hinzugeben!« Er hob einen Arm zum Himmel, machte eine kämpferische Geste und rief: »Es lebe das alte Lüneburg – es lebe ›PRO HANSE‹« Die einstudierte Parole tönte im Chor von der Gruppe zurück, und Moritz sah zu, wie die Demonstrantenmenge sich teilte und in die zwei von ihm vorgegebenen Richtungen gen Rathaus marschierte. Sein Herz klopfte vor Glück. Das war besser als jede Blondine. Zumindest für den Moment.

10.46 Uhr

Katharina und Tobias kamen in dem Moment auf dem Parkplatz des Kommissariats an, als die kleine, sonst so beschauliche Lüneburger Innenstadt von den Demonstranten und ihren Parolen heimgesucht wurde. Tobi besorgte kurzerhand einen Autoschlüssel von der Zentrale, dann sprangen sie in einen der bereitstehenden Dienstwagen, um zu den Lüneburger Ilmenau-Niederungen zu fahren. Gerade noch rechtzeitig fanden sie über die Lünertorstraße aus dem Stadtgetümmel heraus und bogen in die Schießgrabenstraße ein, die einige Hundert Meter weiter in die Willy-Brand-Straße überging.

Die beiden Kommissare fuhren langsam in den Amselweg hinein.

»Hat Ben geschrieben, wo wir den Mann im Amselweg treffen?«, fragte Tobi, der die ruhige, von Bäumen eingesäumte Straße stirnrunzelnd hinunterschaute.

»Ja, an einem Pfad, der ins Naturschutzgebiet hineinführt«, antwortete Katharina und ließ ihren Blick ebenfalls schweifen, bis er an einem Mann, der zusammengekauert auf dem Bordstein im Schatten saß, hängen blieb.

»Da vorn, siehst du, da sitzt jemand«, machte Katharina ihren Kollegen auf ihre Entdeckung aufmerksam.

»Okay, jetzt sehe ich ihn auch. Ob das unser Mann ist?«

Lorenz Winter hörte die Schritte auf sich zukommen, hielt jedoch seinen Kopf auf die Knie gesenkt. Er war einfach zu erschöpft. Erst als eine Männerstimme fragte: »Hallo, warten Sie hier zufällig auf jemanden?«, hob er ihn langsam und musterte die Ankömmlinge kritisch. Noch so eine Begegnung wie die mit der Joggerin konnte er nicht gebrauchen. Die beiden sahen aus wie ein junges Pärchen, das sich zu einem kleinen Waldspaziergang aufgemacht hatte.

»Wer will das wissen?«, fragte Winter mit heiserer Stimme zurück.

»Ich bin Tobias Schneider und das ist meine Kollegin Katharina von Hagemann, wir sind von der Polizei«, antwortete Tobias, zeigte Lorenz Winter seinen Dienstausweis und fragte weiter: »Haben Sie uns gerufen? Sind Sie Herr … äh …«

»Winter, Lorenz Winter?«, sprang Katharina ihrem Kollegen zu Hilfe, nachdem sie schnell in Bens SMS mit den Daten geschaut hatte.

»Ja, ich bin Lorenz Winter, und ja, ich habe Sie gerufen, aber warum tragen Sie keine Uniform?«

»Weil …«, fing die Kommissarin an und suchte nach den richtigen Worten. Diesmal vervollständigte Tobias ihren Satz: »Weil wir von der Kripo sind, da trägt man Zivil.«

»Von der Kripo?«, wiederholte Winter, und sein zusammengekrümmter Körper begann zu zittern, was Katharina veranlasste, näher an ihn heranzutreten und vor ihm in die Knie zu gehen. Sachte legte sie ihm eine Hand auf die Schulter: »Herr Winter, geht es Ihnen nicht gut?«

Lorenz Winter starrte sie entsetzt an und stammelte: »Von der Kripo! Dann glauben Sie also auch an ein mutwilliges Verbrechen … und dass es Theresas Ohr ist … und dass sie von diesem Autofahrer ermordet worden ist … und dass der mir eine Botschaft geschickt hat! Aber warum?«

Katharina wusste nicht, wovon der Mann redete, der da wie ein Häufchen Elend vor ihr hockte. Sie merkte allerdings, dass er unter Schock stand. Darum versuchte sie, ihn zu beruhigen: »Wir wissen es noch nicht, Herr Winter, aber jetzt sind wir bei Ihnen, und nichts kann Ihnen mehr geschehen, okay?«

Der Pensionär schaute sie mit starrem Blick an und nickte abwesend mit dem Kopf. Behutsam löste Katharina daraufhin seinen linken Arm, den er auf den Bauch gepresst hatte, und fühlte ihm den Puls. Er war deutlich zu hoch. Sie drehte sich zu Tobias um und raunte ihm zu: »Ruf mal den Notarzt«, dann wandte sie sich wieder an Winter: »Herr Winter, haben Sie etwas zu trinken dabei?«

»Ja … ja, hab ich. In der Tasche. Da ist auch das … das Foto von Theresa, ich meine von … von Theresas Ohr. Oh Gott, wer macht bloß so was?«, stotterte Winter mit gebrochener Stimme und deutete mit einer Kopfbewegung auf die kleine, kakifarbene Baumwolltasche, die neben ihm lag. Katharina griff nach ihr und öffnete die beiden Schnappverschlüsse. Sie nahm die halb volle Wasserflasche heraus, drehte sie auf und reichte sie Winter, der sofort gierig trank. Katharina schaute indessen erneut in die Tasche und sah das Foto. Es war ein mit Flecken verschmutztes Polaroid. Das Motiv konnte sie nicht erkennen, dazu musste sie das Foto herausholen und es im Licht betrachten. Zwar wusste sie, dass bereits die Fasern der Tasche und wohl auch Winters DNS-Spuren darauf sein würden, dennoch zog sie eine kleine Plastiktüte sowie ein Paar Einweghandschuhe aus ihrer Jackentasche und streifte sie über. Dann holte sie es heraus. Vorher hatte sie sich von Winter abgewandt. Sie vermutete, dass sein Schock mit dem Foto zu tun hatte, und wollte ihn in diesem Moment nicht noch einmal damit konfrontieren.

Tobias, der in der Zwischenzeit den Notarzt gerufen hatte, kauerte sich neben sie. Gemeinsam betrachteten sie das Foto. Keiner von ihnen sagte etwas. Die Flecken auf dem Foto waren offensichtlich getrocknetes Blut, und das Motiv war alles andere als eines, das auf Postkarten zu finden ist: Es war ein abgeschnittenes menschliches Ohr.

Tobias öffnete den Mund, um einen Kommentar abzugeben, doch als Katharina den Kopf schüttelte und ihre Augen Richtung Winter verdrehte, schloss er ihn wieder und hielt ihr die Plastiktüte auf, sodass Katharina das Polaroid hineingleiten lassen konnte.

Als Tobias die Tüte samt Inhalt in seiner Jackentasche verschwinden ließ, wandte Katharina sich wieder Winter zu, dem es etwas besser zu gehen schien, nachdem er den Rest der Wasserflasche geleert hatte. »Herr Winter, wo haben Sie denn das Foto gefunden?«

»Im Wald. Bei Theresas und meiner Bank.«

»Können Sie mir den Weg dorthin beschreiben?«

»Ja, aber nehmen Sie lieber den Zettel, da stehen die Koordinaten drauf. Er ist in meiner Tasche.«

»Sie haben einen Zettel bei sich, auf dem die Koordinaten einer Bank im Naturschutzgebiet stehen?«, wunderte sich Katharina und zog das Stück Papier hervor.

»Ich bin Geocacher. Das Foto ist ein Cache gewesen. Das Cacheversteck war unter dem Mülleimer, der neben der Bank steht. Die Cachedose, eine alte Brotdose, habe ich liegen gelassen. Ich habe nur das Bild eingesteckt«, erklärte Lorenz Winter matt. »Nehmen Sie sich auch mein GPS-Gerät, dann finden Sie den Weg dorthin leichter. Hier.«

Lorenz Winter richtete sich aus seiner gekrümmten Haltung auf und reichte Katharina sein GPS-Gerät, das er bislang fest in seiner rechten Hand gehalten hatte und das der Kommissarin nicht aufgefallen war. Katharina kannte sich mit Geocaching überhaupt nicht aus, aber mit einem GPS-Gerät konnte sie aufgrund ihrer Ausbildung umgehen. Sie war froh, den Mann in seiner schlechten Verfassung nicht auffordern zu müssen, sie zu begleiten. Dennoch wollte sie Lorenz Winter noch eine Frage stellen, die ihr unter den Nägeln brannte: »Sagen Sie, Herr Winter, wer ist Theresa?«

Winter riss seine Augen auf, sodass sie fast aus ihren Höhlen traten. Röchelnd sagte er: »Aber ich ... ich dachte ... Sie wissen das. Darum sind Sie doch hier! Theresa ist ... meine Frau. Sie wurde vor fünf Jahren von einem Auto... Autofahrer ermordet. Er ... er ist einfach weiter ... weitergefahren. Sie lag da auf der Straße ... tot... und neben ihr ... ihr Ohr. Es ... es ist alles ... meine Schuld ...Was ... was ist das ... ohhhhh ...« Lorenz Winter zuckte stöhnend zusammen und presste seine Hand auf die linke Brust. Katharina schaltete sofort. Der Mann hatte einen Herzinfarkt, jetzt kam es auf jede Sekunde an. Hätte sie ihm bloß die letzte Frage nicht gestellt.

»Wo bleibt der Krankenwagen?«, brüllte sie Tobias an, der von alldem nichts mitbekommen hatte, da er währenddessen eine Nachricht von seinem Helmchen bekommen hatte und aufgestanden war, um ihr zu antworten.

»Wie, was ist denn?«, fragte er deswegen ruhig, als er sich zu Katharina umdrehte, erkannte dann aber den Ernst der Situation und sprang ihr rasch zu Hilfe. Gemeinsam richteten sie den in sich zusammengesackten Mann auf. Er war nicht mehr bei Bewusstsein, sein Atem ging flach. Während Katharina dennoch sanft auf Winter einredete und ein ums andere Mal sagte: »Alles wird wieder gut, Herr Winter«, lockerte Tobias die Kleidung des Mannes.

»Ist es ein Kreislaufkollaps oder Herzstillstand?«, fragte Tobias leise.

»Das werden wir gleich wissen. Komm, hilf mir, ihn vorsichtig auf den Rücken zu legen, und dann halt seine Beine senkrecht hoch. So können wir es überprüfen.«

Tobias folgte Katharinas Anweisungen, sie zählte 30 Sekunden ab. Bei einem Kreislaufkollaps hätte Winter in dieser Zeit zu sich kommen müssen. Das war jedoch nicht der Fall, und so begann Katharina sofort mit einer Herzdruckmassage – der sinnvollsten Rettungsmaßnahme, bis der Notarzt hoffentlich jeden Moment eintreffen würde. Eine Herzdruckmassage konnte zwar Winters Herz nicht wieder zum Schlagen bringen, doch mit Glück einen Minimalkreislauf aufrechterhalten. Hundertmal pro Minute stemmte sich die Kommissarin in regelmäßigem Rhythmus mit übereinandergelegten Händen auf Winters Brustbein und drückte es Richtung Wirbelsäule. Tobias beobachtete ihr Tun und rief noch einmal in der Notarztzentrale an, um über die aktuelle Situation zu informieren und eindringlich zu fragen, wo der Rettungswagen blieb. Man erklärte ihm, dass der Wagen aufgrund einer Demonstration aufgehalten worden wäre, da alle möglichen Autofahrer die Stadt umfuhren, mit dem Ergebnis, dass die Straßen rund um Lüneburg verstopft wären und selbst ein Wagen mit eingeschaltetem Blaulicht Schwierigkeiten hätte, durchzukommen. Tobias musste diese Information wohl oder übel hinnehmen, straffte die Schultern und begann, Katharina mit zusätzlicher Mund-zu-Mund-Beatmung an Winter bei ihren Wiederbelebungsversuchen zu unterstützen: hatte Katharina 30 Mal Winters Brustbein niedergedrückt, gab Tobias zwei Atemspenden.

Erst knapp 20 Minuten nach dem ersten Anruf kam der Notarztwagen angebraust und hielt mit quietschenden Reifen vor Tobias, der beim Näherkommen der Sirenen aufgesprungen war und fuchtelnd mit den Armen auf ihre kleine Gruppe aufmerksam gemacht hatte.

Der Wagen war noch nicht gänzlich zum Stehen gekommen, da sprang der Notarzt schon heraus, gefolgt von einem Sanitäter, der einen Defibrillator trug. Beide kümmerten sich sofort um Lorenz Winter. Tobias informierte sie in knappen Worten über seine und Katharinas Erste-Hilfe-Maßnahmen. Katharina sagte nichts. Sie hockte neben Lorenz Winter auf dem Boden und beobachtete die Reanimationsmaßnahmen des Notarztes. Im Stillen zählte Katharina mit, wie oft der Defibrillator eingesetzt wurde. Nach dem neunten Mal blickte der Arzt niedergeschlagen auf und wendete sich mit erschöpfter Stimme an sie: »Wir sind leider zu spät gekommen. Sie beide haben sicherlich alles getan, was in Ihrer Macht stand, aber wir können nichts mehr ausrichten. Exitus. Der Patient ist tot.«

13.48 Uhr

Benjamin Rehder sah auf die Uhr. Kurz vor zwei. So allmählich müssten Katharina und Tobias mal wieder im Büro auftauchen. Er hatte lediglich eine knappe telefonische Info bekommen, dass es nicht ganz so einfach sei wie gedacht und sie vor Ort noch eine Weile zu tun hätten. Kurz darauf hatte er auf dem Kommissariat mitbekommen, dass Katharina die Spurensicherung angefordert hatte. Rehder wusste, dass die beiden ohne ihn zurechtkommen würden, aber es wurmte ihn, dass er nicht auf dem aktuellen Stand war. Und er hoffte, dass

Mausner nicht um die Ecke kommen würde, um nachzufragen, denn dann müsste er zugeben, dass er nicht gut informiert war. Mürrisch wandte er sich dem Durcheinander auf seinem Schreibtisch zu. Es war wie immer und genau, wie er befürchtet hatte: Er hatte aus einem großen Stapel etliche kleinere gemacht, ein totales Chaos in seinem Büro verursacht, ohne wirklich etwas weggeschafft zu haben.

»Jedes Mal die gleiche Scheiße«, murmelte Ben gerade, als die Tür aufging und seine Kollegen das Gemeinschaftsbüro betraten. Rehder stand auf.

»Da seid ihr ja endlich«, sagte er, bemüht um einen vorwurfsfreien Tonfall. »Ich hab mich schon gefragt, ob ihr ein Picknick in den Ilmenau-Niederungen veranstaltet, weil ihr weiteren Demo-Einsätzen entgehen wollt.«

»Verdient hättest du es eigentlich«, erwiderte Katharina, lächelte dabei jedoch und stellte ein in Papier eingewickeltes Tablett aus der Bäckerei gegenüber auf den Tisch.

»Nett, wie wir aber nun einmal sind«, setzte Tobias hinzu, »haben wir sogar Kuchen mitgebracht.«

Katharina sah Benjamin Rehder bedrückt an: »Mir ist allerdings gar nicht danach. Der Mann, zu dem du uns geschickt hast, ist unter unseren Händen gestorben.«

Rehder runzelte die Stirn: »Moment, ich denke, der wollte nur ein Foto oder so was melden. Ging es doch um eine Auseinandersetzung?«

»Nein«, erklärte Tobias, »der Mann hatte einen Herzinfarkt. Wir haben versucht, ihn am Leben zu erhalten, bis der Notarzt kam, aber er hat es nicht geschafft.«

»Konntet ihr denn vorher klären, was es mit diesem Foto auf sich hatte?«, fragte Ben nach einer Weile. Er

wusste, es war für Tobias und Katharina besser, zur Tagesordnung überzugehen.

»Nicht wirklich«, sagte Katharina gedehnt, tatsächlich dankbar, von ihrem Chef abgelenkt zu werden, »das
ist alles merkwürdig. Auf dem Foto ist ein abgetrenn-
tes menschliches Ohr zu sehen, und das Foto ist aller
Wahrscheinlichkeit mit Blut beschmiert, das muss die
KTU feststellen. Und Lorenz Winter, also der Mann,
der das Foto gefunden hat, hat irgendwas von seiner
Frau erzählt, die wohl tot ist, und dass das ihr Ohr auf
dem Foto sei.«

Ben sah Katharina an: »Wie bitte? Das Ohr seiner
Frau?«

»Winter war ziemlich verwirrt. So richtig habe ich die
Zusammenhänge nicht verstanden, er hat nicht viel sagen
können, bevor … na, du weißt schon.«

Ben sah Katharina aufmerksam an. Der Tod des älteren Herrn schien ihr wirklich sehr nahe gegangen zu sein.
Kein Wunder, wenn er in ihren Armen gestorben war.

»Möchtest du für heute Schluss machen?«, fragte er,
obgleich er wusste, welche Antwort er darauf erhalten
würde.

»Ganz sicher nicht«, kam es auch sofort von Katharina zurück. »Das gehört zu unserem Job, das stecke ich
weg. Aber ich will wissen, was das für eine Geschichte
ist.«

Tobi griff sich bereits das zweite Stück Kuchen vom
Tablett, als sich Ben für eines der Teilchen entschied.
Bevor er hineinbiss, fragte er in die kleine Runde: »Habt
ihr sonst noch irgendwas vor Ort entdeckt, das wichtig sein könnte? Also wenn das wirklich ein menschliches Ohr ist – so ein Foto kann man ja nicht mal eben

so machen. Wenn es ein Fake ist, scheint es gut gemacht zu sein, dann kommt ein Dummer-Jungen-Streich wohl eher nicht infrage. Und wenn es echt ist – dazu muss ich nicht viel sagen.«

»Die Spusi war schon vor Ort«, erläuterte Tobias seinem Chef. »Wir konnten den Fundort schnell ausmachen, weil wir die genauen Koordinaten hatten.«

Katharina sah Bens fragenden Blick: »Ach ja, das weißt du natürlich nicht. Winter war ein Geocacher, und das besagte Foto war in dem Cache, den er gesucht und gefunden hat.«

»Ein Geo-was?«, fragte Benjamin Rehder irritiert.

»Ein Geocacher, Chef.« Tobias konnte sich ein Schmunzeln nicht verkneifen. »Bist scheinbar nicht mehr ganz auf dem Laufenden, was?«, feixte er. Doch dann räumte er ein: »Das ist so eine Art moderne Schatzsuche und läuft per GPS. Viel mehr kann ich dir dazu allerdings auch nicht sagen, ich hab zwar mal was davon gehört, aber es hat mich nie wirklich interessiert.«

»Dann sollten wir uns am besten als Erstes schlaumachen. Wir müssen herausfinden, wer das Foto versteckt hat«, stellte Ben sachlich fest.

»Ja, müssen wir, aber ich gehe erst mal in die KTU und in die Rechtsmedizin mit dem Foto«, sagte Katharina, während sie aufstand und sich ihre Jacke schnappte. Zuvor machte sie eine Kopie von dem Polaroid. Die war leider nicht perfekt, weil es in der Asservatentüte steckte, aber sie wollte diese Kopie sicherheitshalber haben und legte sie auf ihren Schreibtisch.

»Okay«, erwiderte Tobi mit Blick zu Benjamin Rehder. »Dann versuche ich inzwischen rauszufinden, was mit Winters Frau passiert ist. Da gibt es ja sicher eine Akte.

Und danach recherchiere ich gleich zum Thema Geocaching.«

»Tja, Ben«, sagte Katharina schmunzelnd, als sie an der offenen Bürotür stand, »du kannst dich somit wieder deinem Papierkram widmen, würde ich sagen.«

Rehder fand das nicht witzig, konnte ihr die Schadenfreude aber nicht verdenken. Er hätte es umgekehrt nicht anders gemacht. So sah er ihr trotz der verwirrenden Umstände verständnisvoll hinterher, dachte jedoch nicht daran, zurück an seinen Schreibtisch zu gehen. Stattdessen gesellte er sich zu Tobi, der bereits an seinem Computer saß und nach der Akte *Theresa Winter* suchte.

18.07 Uhr

Katharina freute sich auf den Feierabend, sie war fix und fertig. Der Tag war komplett anders verlaufen, als sie heute Morgen vermutet hatte. Auch wenn sie so etwas nicht zum ersten Mal erlebt hatte, ließ der Tod des alten Herrn sie nicht kalt. Wie er von seiner Frau gesprochen hatte … Katharina wusste nicht, warum, denn viel hatte er ihr nicht mehr erzählen können, doch seine Verzweiflung hatte sich ihr geradezu ins Gedächtnis gebrannt. Sie hatte das untrügliche Gefühl, dass dieser Mann seine Frau außerordentlich geliebt haben musste und etwas Merkwürdiges an seiner Geschichte dran war. Vielleicht waren es aber auch Wahnvorstellungen gewesen, weil er mit ihrem

Tod nicht zurechtkam? Nichtsdestotrotz fühlte sie sich dem Mann verpflichtet, an dessen Tod auch sie sich irgendwie Schuld gab. Hätte sie ihm doch bloß die letzte Frage nicht gestellt ... Katharina schüttelte den Kopf. »Schluss jetzt«, befahl sie sich selbst, »Feierabend und abschalten, morgen geht es weiter.«

Sie hatte das Foto noch in die KTU gebracht, wo die Blutspuren untersucht werden sollten. Außerdem musste geprüft werden, ob das Ohr auf dem Polaroid echt war oder ein per Computer hervorragend bearbeiteter Fake. Dann hatte sie darum gebeten, es im Anschluss in die Gerichtsmedizin zu geben. Der Kriminaltechniker hatte sie bei diesem Wunsch verwundert angesehen und gemeint: »Ich dachte, in der Gerichtsmedizin werden nur menschliche Teile auseinandergepflückt?« Katharina hatte dem KTU-Mitarbeiter recht gegeben, ihm jedoch erklärt, dass sie lediglich zu der Abbildung auf dem Foto die zusätzliche Meinung eines Mediziners einholen wollte. Auch hoffte sie, man könnte ihr dort sagen, ob es sich um ein männliches oder weibliches Ohr handelte. Wenn es ein männliches wäre, wäre es schließlich definitiv nicht das von Theresa Winter. Der Kriminaltechniker hatte nur mit den Schultern gezuckt und ein undeutliches »Wie Sie meinen«, gemurmelt. Katharina hatte natürlich gemerkt, dass er etwas pikiert über ihre unübliche Bitte war und annahm, dass sie an der Kompetenz der KTU zweifelte. Das tat sie selbstverständlich nicht, doch sie hatte es für unnötig befunden, eine weitere Erklärung abzugeben. Stattdessen hatte sie auf Eile gedrängt und den Mitarbeiter gebeten, sein Ergebnis der Gerichtsmedizin nicht mitzuteilen. Sie wollte eine unvoreingenommene zweite Meinung. Wieder hatte der KTU-

Mitarbeiter mit der Schulter gezuckt. Katharina sah das als Zustimmung.

Im Anschluss war sie in die Gerichtsmedizin gegangen, um deren Leiter Helge Conrad zu informieren. Conrad war etwas schrullig, aber ein äußerst erfahrener Pathologe. Er sagte ihr zu, sich gleich am nächsten Morgen bei ihr zu melden. Zwar hatte die Kommissarin gehofft, dass er ihr noch am Abend Bescheid geben könnte, doch sie kannte den Kollegen Conrad lange genug, um zu wissen, wie akribisch er in seinem Job war. Also würde sie bis zum nächsten Tag warten.

Sie war danach nicht ins Büro zurückgekehrt, sondern hatte sich bei Ben per SMS abgemeldet. Außerdem hatte sie Tobi eine SMS geschrieben, in der sie ihn bat, die Akte *Theresa Winter* nach der Blutgruppe von Theresa Winter zu durchforsten. Zwar war es bei einem tödlichen Unfall mit Fahrerflucht unüblich, die Blutgruppe festzuhalten oder gar Blut zu sichern, da es für die Ermittlungen ohne Belang war, aber vielleicht hatten sie Glück. Ansonsten müssten sie einen ehemaligen Arzt von Theresa Winter auftreiben, was einiges an Arbeit kosten würde, da Lorenz Winter ihnen nicht mehr helfen konnte. Auf jeden Fall mussten sie irgendwie feststellen, ob das Blut auf dem Bild mit dem von Theresa Winter übereinstimmte. Schließlich könnte Lorenz Winter recht gehabt haben, obwohl Katharina es für sehr abwegig hielt, dass jemand Theresa Winters Blut über fünf Jahre konserviert hatte, um es auf ein Bild zu schmieren und ihren Ehemann damit zu quälen.

Mit diesen Gedanken im Kopf schlenderte Katharina durch die Fußgängerzone, doch die wahre Kauflaune wollte trotz der vielen einladenden Geschäfte nicht aufkommen. Stattdessen ging sie in den Supermarkt und holte sich eine fertige Salatmischung. Das würde als Abendessen genügen müssen.

Sie trat aus dem Laden heraus und dachte über ihre unregelmäßigen Essgewohnheiten nach. Selten hatte sie Lust, für sich alleine aufwendig zu kochen. Wenn sie Bene traf, kochten sie ab und zu gemeinsam, aber zum Essen kamen sie dann meist nicht mehr, weil der wahre Grund für ihre Treffen ein anderer war. Katharina lächelte in sich hinein. Vielleicht sollte sie Bene anrufen, das war überhaupt eine Idee. Er würde ihr heute guttun, und außerdem hatte sie sich schon länger nicht bei ihm gemeldet. Sie zog gerade ihr Handy heraus, als sie Leonies munteres Geschnatter hörte.

»Huhu, Katharina!«, rief die Kleine, »warst du einkaufen? Ich hatte einen total schönen Tag mit Papa, und jetzt darf ich mir was aussuchen!«

Katharina sah auf und direkt in Benes Gesicht, was ihr sofort zwei bis drei flatternde Schmetterlinge in der Bauchgegend bescherte. Stimmt ja, heute war Montag, Benes Leonie-Tag, an dem das Mädchen zuweilen bei ihrem Vater übernachtete. Bene grinste, während Leonie an seiner Hand zog, um schnell in den Supermarkt zu kommen, der ein ganz gutes Spieleangebot im Sortiment hatte.

»Hi, Katharina, sorry, ich muss rein«, lachte er, »mein Töchterchen will mir unbedingt noch irgendwas zeigen, was sie sich soooo dringend wünscht. Aber vielleicht sehen wir uns die Tage mal? Ich würde mich freuen. Du machst dich ein wenig rar«, setzte er so leise hinterher, dass Leonie es nicht hören konnte.

Katharina lächelte ihn an. »Klar, bis die Tage. Viel Spaß, ihr zwei!«, erwiderte sie so locker wie möglich und wandte sich zum Gehen. Dann würde sie sich eben einen gemütlichen Couch-Abend gönnen, entschied sie missmutig, und schlug den Weg zu ihrer Wohnung in der Münzstraße ein.

»*Item welcher vorm Richter oder Gericht ein gehörten Mayneid schwört, die zwei Finger, damit er falsch geschworen hat, abgehaut wird.*«

(aus: Landgerichtsordnung der Steiermark, 1574)

2. KAPITEL:

0.12 Uhr

Wieder sah sie Licht durch ihre geschlossenen Lider. Obwohl sie darauf vorbereitet war, machte die Angst sich in ihrem Körper breit. Wie ein Krebsgeschwür, das sie von innen nach außen hungrig auffraß. Was würde der Folterknecht diesmal mit ihr anstellen? Würde er sie auch jetzt nur betrachten und kurz an ihr herumtasten, um sie danach von Neuem ins Dunkel zu versenken? Wie das letzte Mal sah sie, als sie die Augen aufschlug, die schemenhafte Gestalt mit der pulsierenden Aura darum, die sich wie ein unheilschwangerer Nebel langsam lichtete. Die Gestalt beugte sich über sie und hauchte ihr den Atem des Todes ins Gesicht. Dieses Mal musste sie würgen. Es blieb dabei. Es war nichts in ihr, das sie der Gestalt hätte vor die Füße spucken können. Wie kam das? Warum war sie noch nicht verhungert oder verdurstet? Sie hatte zwar jegliches Zeitgefühl verloren, doch hätte sie nicht längst trinken und essen müssen? Sie war sicher, dass sie verdaute, fühlte sich jedoch nie besonders verschmutzt. Gab ihr die Gestalt flüssige Nahrung, wenn sie schlief? Wurde sie gesäubert, ohne es zu merken? Was stellte ihr Folterknecht womöglich noch mit ihr an? Sie mochte nicht daran denken, konnte die grauenvollen Fantasien aber auch nicht verdrängen.

Sie begann unkontrolliert zu zittern, und ein Wimmern brach aus ihr hervor, das sie nicht stoppen konnte.

Sie war schon einmal vergewaltigt worden. Vor ewigen Zeiten, als junges Mädchen. Doch ihr damaliger Peiniger hatte sie nicht gefangen gehalten. Er war ihr von der Disco gefolgt, hatte sie in einer dunklen Straße an eine Hauswand gepresst, ihren Rock hochgezerrt, ihre Strumpfhose mitsamt dem Höschen zerrissen und sie wie ein Tier genommen. Die ganze Zeit lang hatte er ihr ein Messer an die Halsschlagader gedrückt. Schreckensstarr hatte sie keinen Mucks getan und alles über sich ergehen lassen. Als er fertig gewesen war, hatte er sie zu Boden gestoßen und war davon gerannt. Sie war nach einer Weile aufgestanden, hatte ihre Kleidung notdürftig in Ordnung gebracht und war nach Hause gestolpert. In der elterlichen Wohnung hatte sie sich eine Plastiktüte geholt, war auf leisen Sohlen ins Bad gegangen, hatte sich ausgezogen und gewaschen. Die besudelten und zerfetzten Klamotten hatte sie in die Tüte gestopft, um sie in der hintersten Ecke des Schrankes in ihrem Zimmer zu verstecken. Anschließend hatte sie sich in ihr Bett gelegt und noch einige Zeit stumme Tränen geweint, bevor sie erschöpft eingeschlafen war. Am nächsten Morgen hatte sie die Tüte in der Mülltonne vor dem Haus entsorgt. Ihre Eltern hatten von alledem nichts mitbekommen.

Dieses Mal drehte sie von allein den Kopf von der Gestalt weg. Aber sie schloss ihre Augen dabei nicht. Hätte sie es bloß getan, dann hätte sie die zweite Gestalt nicht gesehen, die ähnlich gekleidet war wie ihr Folterknecht mit dem faulen Atem. Nur die Kappe und das Hemd waren nicht rot. Diese zweite Gestalt war komplett in Schwarz gekleidet. Sie stand breitbeinig etwas abseits. Reglos, abwartend, beobachtend.

Oh Gott, es sind zwei!, dachte sie in heller Panik und versuchte sich aufzubäumen, doch ihr Folterknecht drückte sie unsanft nieder, was ihr Wimmern stärker werden ließ. Sie hätte sich wegen ihrer gefesselten Füße und ihrer mit Schlingen am Boden des Sarges befestigten Hände sowieso nicht befreien können. Zudem hielt ein Riemen über ihrer Brust sie auf der harten Unterlage in Position. So war der Versuch, sich aufzubäumen, ihrer tiefen Angst entsprungen, die sie dann aber genauso schnell resignieren ließ. Als hätte das einmalige Aufbäumen gegen den Brustriemen ihre ganze Energie verbraucht, lag sie nun schlaff und schicksalsergeben da. Sie wimmerte nicht einmal mehr.

Sekundenlang passierte nichts, dann meinte sie, aus dem Augenwinkel ein kurzes Nicken der schwarzen Gestalt in der Ecke zu bemerken. Hatte das vermummte Ungetüm dem Folterknecht an ihrer Seite einen Befehl gegeben? Nahm der deswegen ihre rechte Hand? Ihr blieb keine Zeit, sich darüber Gedanken zu machen. Er strich einmal über ihren Handrücken, bevor er ihr den Zeigefinger und den Mittelfinger abspreizte und beide auf eine leicht erhöhte Auflage bettete. Dann kam der Schmerz, der ihr Sterne vor die Augen trieb und sie erneut aufbäumen ließ. Diesmal hielt der Knecht sie nicht zurück, nur ihren Arm, den drückte er hinunter. Dann fühlte sie den bekannten Stich in die Armbeuge, der das Dunkel brachte.

Benjamin Rehder schloss seine Haustür hinter sich, schaltete das Licht im Flur an und stöhnte beim Blick auf die Uhr leise auf. Es war inzwischen fast zwei Uhr morgens. Das letzte Glas Rotwein hätte er sich schenken sollen. Schon jetzt graute ihm vor dem Weckerklingeln, denn er konnte den Kater bereits schnurren hören. Er ging in die Küche und schenkte sich noch ein kleines Glas Rotwein aus einer offenen Flasche ein. Nun war es auch egal, dachte er, und setzte sich mit dem Glas und einem Zigarillo auf die Terrasse seines Häuschens, verdrängte den Gedanken an seinen Wecker und ließ den ausgesprochen schönen Abend noch einmal Revue passieren:

Als er vorhin aus dem Kommissariat nach Hause kam, wollte er es sich einfach nur vor dem Fernseher gemütlich machen. Nicht, dass das für ihn allein ein Vergnügen war, aber seit der Scheidung hatte er sich daran gewöhnt und konnte es oftmals durchaus genießen, wenn das Fernsehprogramm es denn zuließ. Gerade als er sich auf sein Sofa setzte und nach der Fernbedienung griff, klingelte jedoch das Telefon.

»Hi, Ben, hier ist Julie!«, flötete es ihm fröhlich entgegen. »Sag mal, Leonie bleibt heute bei Bene und ich sehne mich mal wieder nach einem guten Gespräch. Vor mir steht ein ausgezeichneter Rotwein, der unbedingt probiert werden möchte. Na und da dachte ich an dich. Hast du Lust, vorbeizukommen?«

Ben zögerte nur kurz. Er mochte Julie viel zu gern, um eine so charmante und spontane Einladung ohne triftigen Grund auszuschlagen. Sie war nicht nur die Mutter seiner

Nichte, sie war mehr für ihn. Eher eine kleine Schwester, die er liebevoll ins Herz geschlossen hatte und für die er sich in gewisser Weise verantwortlich fühlte. Er zog sich also ein frisches Hemd an, fischte aus seinem eigenen Vorrat ebenfalls eine Flasche Rotwein heraus und machte sich auf den Weg zu Julie.

Als Ben gegen acht bei ihr ankam, sah er, dass in der Nachbarwohnung bei Katharina Licht brannte. Kurz spielte er mit dem Gedanken, bei ihr zu klingeln und Hallo zu sagen, doch dann schalt er sich für die Idee. Katharina stand nach diesem Tag bestimmt nicht der Sinn danach, ihrem Chef auch noch nach Feierabend zu begegnen. Andererseits ... wahrscheinlich machte ihr das Erlebnis mit dem alten Herrn noch immer zu schaffen, und sie konnte vielleicht ein wenig Ablenkung gebrauchen. Bens Überlegung wurde unterbrochen, als Julie die Tür öffnete, ihn anlachte und ihm die Entscheidung dadurch kurzerhand abnahm. »Schön, dass du da bist, Ben, wir haben uns viel zu lange nicht gesehen. Komm rein!«

Es wurde ein außerordentlich entspannter Abend. Julie war ein angenehmer Mensch, und Ben genoss die Gespräche mit ihr seit jeher. Sie war erfrischend unkompliziert, und er bewunderte, wie sie ihr Leben meisterte und dabei eine so tolle Mutter für Leonie sein konnte.

Seit die Kleine montags regelmäßig bei Bene war, hatte Julie ihre Arbeitszeit in der Buchhandlung verlängert. Sie arbeitete gern dort und konnte zudem jeden Euro mehr gut gebrauchen, denn bisher sträubte sie sich dagegen, von Bene Unterhalt anzunehmen.

Strahlend berichtete Julie, dass sie seit Kurzem für die Organisation und Betreuung von Lesungen der Buchhandlung zuständig war.

»Dass dein Chef dein enormes Organisationstalent erkannt hat, wundert mich nicht«, freute sich Ben für sie. »Ich bin mir sicher, du machst das großartig.«

»Es ist auf alle Fälle eine spannende neue Aufgabe. Im Moment aber auch stressig. Wir haben kurzfristig beschlossen, während des Stadtfestes eine Benefiz-Lesung für die Flutopfer zu veranstalten, und das mit mehreren Autoren. Es ist eine echte Herausforderung, das alles schnell auf die Beine zu stellen.« Julie rollte vermeintlich gestresst mit den Augen, doch Ben wusste, dass es ihr mächtigen Spaß machte.

»Wenn das jemand schafft, dann du, Julie. Und du darfst ruhig mal ein bisschen stolz auf dich sein.«

Spontan nahm Julie Ben in den Arm. »Schön, dass es dich gibt, Ben«, sagte sie leise. »Selbst in den stürmischsten Zeiten meines Lebens warst du immer mein sicherer Hafen.«

Ben konnte mit solchen Komplimenten nicht gut umgehen. Es war ihm unangenehm, denn er empfand es als selbstverständlich, für Freunde da zu sein, wenn sie ihn brauchten. Darum lenkte er ab: »Wie poetisch – schon mal dran gedacht, selbst Bücher zu schreiben, statt sie zu verkaufen?« Er grinste, immer noch etwas verlegen.

»Nee, lass mal«, lachte Julie, »das überlass ich lieber anderen. Ich mag meine Arbeit so, wie sie ist. Und sie lässt mir genug Zeit für Leonie.«

So hatten sie munter drauflos geschwatzt, über dieses und jenes und Gott und die Welt. Kein Wort über Bene, Katharina, Bens Job oder andere heikle Themen, die die angenehm leichte Stimmung gefährden konnten. Dazu der gute Wein – und die Stunden waren nur so verflogen. Als Ben um eins zufällig auf die Uhr sah, erschrak er.

»Shit, schon so spät! Und fahren kann ich auch nicht mehr. Ich ruf mir schnell ein Taxi, mein Auto hole ich morgen früh.«

Julie grinste. Sie freute sich immer, wenn der sonst so beherrschte und kontrollierte Ben etwas über die Stränge schlug. Sie fand, das stand ihm und tat ihm gut. Zehn Minuten später verabschiedete er sich, und sie nahmen sich fest vor, einen solchen Abend bald zu wiederholen.

Auch jetzt, allein auf seiner Terrasse, fand Ben, dass er sich in letzter Zeit viel zu wenig um die Menschen bemüht hatte, die ihm etwas bedeuteten. Er würde das ändern. Mit diesem Gedanken stand er auf, ging ins Bad und im Anschluss direkt ins Bett, wo er sofort in einen traumlosen Schlaf fiel.

5.24 Uhr

Katharina war von Natur aus keine Langschläferin, aber als sie auf ihren Wecker schaute, entfuhr ihr unwillkürlich ein Seufzer. 5.24 Uhr! Das war eindeutig zu früh, um aufzustehen. Sie drehte sich noch einmal auf ihrem Futon um und versuchte, erneut in den Schlaf zu finden, doch es gelang ihr nicht. Sie war hellwach, was sicherlich daran lag, dass sie für ihre Verhältnisse ungewöhnlich zeitig ins Bett gegangen war.

Nachdem sie am Abend zuvor nach Hause gekommen war, hatte sie ihren Fertigsalat gegessen und ein bisschen im TV herumgezappt, aber es kam mal wieder nur Mist. Von den Privaten hatte sie nichts anderes erwartet, doch auch die öffentlich-rechtlichen Sender konnten sie nicht fesseln und sie von dem Gedankenchaos, das in ihrem Kopf herrschte, ablenken. Immer wieder, wie in einer auf Repeat gestellten DVD, sah sie das verzweifelte Gesicht von Lorenz Winter vor sich. Dazwischen mischten sich nicht seine verworrenen Äußerungen über seine tote Frau, sondern Benes »Hi, Katharina, sorry, ich muss …«, was dazu führte, dass Katharina sich unsagbar allein vorkam. Sie fühlte sich in ihre Kindheit zurückversetzt, wo sie sich in der großen alten Villa, die sie mit ihren Eltern bewohnt hatte, oft einsam gefühlt hatte. In solchen Momenten hatte sie sich meist in ihr Bett verkrochen, sich wie ein Embryo in ihre Decke eingemummelt und die Augen zugemacht, um nichts mehr von der Grobheit der Welt um sich herum mitzubekommen. Damals hatte es immer geholfen und gestern Abend auch. Zumindest war sie relativ schnell eingeschlafen, als sie sich auf ihrem Futon eingekuschelt hatte. Es war ein traumloser, tiefer Schlaf gewesen, doch nun, kaum dass sie aufgewacht war, war alles wieder da. Die erst verzweifelt blickenden, dann leeren Augen von Lorenz Winter, Leonies fröhliches »Huhu, Katharina« und Benes »Sorry«.

Irgendwie machte dieses kleine Wörtchen »Sorry« ihre und Benes gesamte Beziehung aus. Kurz nach ihrem Beginn vor etwa zwei Jahren war sie es gewesen, die »Sorry« gesagt hatte, weil ihr die ganze Konstellation als zu schwierig erschienen war. Bene war immerhin der Bruder ihres Chefs. Darüber hinaus war sie nach Lüneburg gekommen, um Ordnung in ihr Leben zu bekommen. Eine Affäre hatte da nicht hineingepasst, und für eine festere Beziehung war sie nach den Vorkommnissen in München noch nicht bereit gewesen. Obwohl Bene ihrer geschundenen Seele gut getan hatte und sie auf dem besten Wege gewesen war, sich in ihn zu verlieben, hatte sie beschlossen, ihn so schnell aus ihrem Leben zu verbannen, wie er hineingeplatzt war. Es war besser so. Als sie es ihm sagte, hatte er zwar durchaus betroffen gewirkt, sich aber mit einem brüderlichen Küsschen auf die Wange von ihr verabschiedet und ihren Wunsch kommentarlos hingenommen.

In der darauffolgenden Zeit hatte Katharina sich komplett auf ihren neuen Job konzentriert und ihre Kompetenzen als Profilerin vertieft. Zugute kam ihr dabei, dass das Lüneburger Kommissariat bisher keine Profilerin in seinen Reihen hatte und vor ihrem Dienstantritt bei Bedarf jemanden aus der Landeshauptstadt Hannover hatte anfordern müssen. Das war in der Regel üblich, aber »Kompetenz vor Ort kann nie schaden«, hatte Kriminalrat Stephan Mausner ihr kurz nach ihrem Wechsel nach Lüneburg freudestrahlend erklärt. Dementsprechend hatte sie jede Unterstützung für ihre bereits in München begonnene Ausbildung aus der Lüneburger Chefetage bekommen, zumal sie dennoch ihren eigentlichen Ermittlerjob zur vollsten Zufriedenheit erfüllte. Auf diese Weise zog Monat für Monat ins Land, und Katharina hatte nie das Gefühl gehabt, etwas zu vermissen; ihre Tage waren komplett ausgefüllt, weshalb sie abends oft todmüde ins Bett fiel.

Hin und wieder war sie Bene in dieser Zeit zwangsläufig über den Weg gelaufen – meist, wenn Bene seine Tochter zu Hause besuchte. War Leonie dabei gewesen, hatten die beiden Erwachsenen nur höfliche Floskeln miteinander gewechselt. Hatte Katharina Bene jedoch zufällig alleine angetroffen, hatte er sich stets lieb erkundigt, wie es ihr ging, und versucht, ein Gespräch in Gang zu bringen, doch Katharina war dem jedes Mal durch eine selbst auferlegte Einsilbigkeit ausgewichen und hatte sich so schnell wie möglich davongemacht.

Benedict Rehder hatte von ihrer ersten Begegnung an einen Reiz auf sie ausgeübt, den sie sich nicht erklären konnte, der allerdings bei jedem Zusammentreffen neu aufflammte, ob sie es nun wollte oder nicht. Vor etwa einem halben Jahr war sie diesem Reiz erlegen. Damals hatten sie sich nicht zufällig im Hausflur getroffen, sondern waren sich in dem Supermarkt begegnet, in dem Katharina auch gestern ihren Salat eingekauft hatte. Sie war an jenem Tag recht beschwingt gewesen, da sie nach Feierabend im Kommissariat auf das Neugeborene eines Kollegen angestoßen hatten, was ihr einen leichten Schwips eingebracht hatte. Im Supermarkt hatte sie sich auf ihrem Weg nach Hause nur schnell Toast für das Frühstück am nächsten Morgen geholt, als sie eine wohlbekannte Stimme in ihrem Rücken gehört hatte: »Na, schöne Frau, so allein hier?«

Katharina hatte sich umgedreht und sich den schalkhaft lächelnden Augen von Bene gegenübergesehen. In diesem Moment hatten sich alle guten Vorsätze mir nichts dir nichts in Luft aufgelöst. Sie hatte zurückgelächelt, und als sei es das Normalste von der Welt, war sie sofort auf Benes Vorschlag eingegangen, gemeinsam zu Abend zu kochen. Zusammen waren sie durch den Supermarkt geschlendert, hatten ihn, wie es ihr schien, halb leer gekauft und waren in Benes Wohnung gegangen, die gleich um die Ecke lag, nicht weit von Katharinas eigener. Noch bevor sie die Lebensmittel aus den Tüten gepackt hatten, waren sie in seinem Bett gelandet. Katharina hatte die menschliche Nähe mehr als genossen, und sie hatte sich in diesem Augenblick eingestehen müssen, dass ihr in den letzten eineinhalb Jahren doch etwas gefehlt hatte. Aber hatte ihr Bene gefehlt oder einfach nur zwei starke Arme, die sie hielten und in denen sie einmal nicht die toughe Katharina sein musste, wie es in ihrem Alltag der Fall war? Katharina wusste es nicht und hatte auch in jener Nacht keine Antwort auf ihre Frage gefunden. Sie wusste nur, dass dieser Mann ihr guttat, zumal ihr die Unverbindlichkeit ihrer Beziehung gefiel, die sie ab diesem Zeitpunkt in unregelmäßigen Abständen wieder aufgenommen hatte. Aber gefiel ihr das immer noch? Gestern Abend, ja, da hätte sie Bene gern bei sich gehabt. Sein »Sorry« hatte sie jedoch daran erinnert, dass Forderungen zwischen ihnen beiden tabu waren, nicht zuletzt, weil sie selbst im Geist diese Regel aufgestellt hatte. Wollte sie wirklich ihre eigenen Vorsätze brechen? Katharina versuchte, sich Bene als Partner vorzustellen, doch es gelang ihr nicht. Ihre Gedanken huschten zu Lorenz Winter und dem skurrilen Fall, den sein Fund dem Lüneburger Kommissariat eingebracht hatte. Sie schaute auf die Uhr. Inzwischen war es 5.42 Uhr.

Nun gut, dachte sie und verscheuchte Bene aus ihrem Kopf. Der frühe Vogel fängt den Wurm. Sie stand auf und machte sich bereit für den Tag.

6.32 Uhr

Moritz Bredenbeck sah auf sein Handy, das griffbereit neben dem Bett lag. Kurz nach halb sieben – für seine Verhältnisse viel zu früh, um aufzustehen. Er rekelte sich genüsslich unter seiner Bettdecke. Als sein Bein dabei gegen etwas Warmes, Weiches stieß, wurde er schlagartig munter. Die Erinnerung kam wieder und mit ihr ein wohliger Schauer. Er drehte sich um. Neben ihm lag, tief und selig schlummernd, ein zarter blonder Engel. Ihren Namen wusste er nicht mit Sicherheit, irgendwas Blumiges. Genauso wie der Sex mit ihr. Viola? Rosa? Jasmin? Ja, Jasmin, so war der Name. Richtig. Es war eine Jasmin gewesen, die ihm diese letzte genussvolle Nacht beschert hatte. So wie viele andere vor ihr und vermutlich etliche nach ihr. Sie alle hatten keine Gesichter, sie hatten nur Körper. Schöne Körper. Lustvolle, sich hingebende junge Körper. Und in der Regel lange, blonde engelsgleiche Haare. In seinem Beuteschema war die Auswahl üppig, vor allem unter den Studentinnen. Dabei kam es ihm nicht darauf an, ob es echte Blondinen waren. Hauptsache, sie waren willig und er hatte leichtes Spiel. Anstrengende Frauen mochte er nicht. Die nervten auch im Nachhinein noch rum.

Plötzlich musste Moritz an eine andere Blondine denken, und seine Stimmung verdüsterte sich wie gewohnt. Lisa. Sie war eine echte Blondine. Eine Vollblutblondine, die sehr wohl anstrengend war. Nicht, weil sie nach einem Stelldichein nicht locker ließ und ihn weiterhin mit ihren Avancen belästigte. Im Gegenteil. Er kannte sie schon seit dem ersten Semester und hatte bisher nicht wirklich bei ihr landen können. Noch bis vor ein paar Tagen hatte er es immer wieder bei ihr probiert, alle Register gezogen und kurz bevor er geglaubt hatte, sie soweit zu haben, hatte sie ihn abblitzen lassen. Ein ums andere Mal. Lisa war nicht so gewöhnlich wie alle anderen. Lisa war ihm ebenbürtig. Das hatte sie ihm oft vor Augen geführt und Vergnügen daran gehabt, wenn sie nach einem tiefen Blick aus ihren kristallblauen Augen, begleitet von einem Lächeln ihrer herzförmig geschwungenen und feucht glänzenden Lippen, ihre blonde Mähne nach hinten geschmissen und ihn stehen lassen hatte, als wäre er eine vertrocknete Zimmerpflanze. Doch dann hatte er den Spieß umgedreht und ihr Spielchen mit ihm beendet. Ihr gezeigt, was er drauf hatte. Sich das blonde Gift einfach genommen – und es schien ihr gefallen zu haben. Seitdem wollte er sie ganz haben. In Besitz nehmen, nicht nur ihren Körper so wie neulich. Er wollte auch die Seele dieser Hexe, und wenn er so weiter machte, würde es bald so weit sein. Er würde es schaffen, sie zu brechen und sich hörig zu machen. Das spürte er. Dann wäre es endlich vorbei mit seiner miesen Stimmung, die sich stets dann für einen Augenblick in ihm breitmachte, wenn Lisa sich in den unpassendsten Momenten in seine Gedanken schob.

Er wischte sich mit der Hand über die Stirn wie mit einem Putzlappen. So verschwand sie wieder vor seinem inneren Auge, bis zum nächsten Mal. Und doch trug er sie unentwegt in sich. Wie ein Parasit, den man nicht gebrauchen konnte, aber nur sehr schwer wieder loswurde, hatte Lisa sich in seinen Kopf hineingebohrt und dort eingenistet.

Noch einmal wischte Moritz sich über die Stirn und verscheuchte Lisa endgültig in tiefere Regionen seines Körpers. Dorthin, wo sie hingehörte: In seinen Lenden regte es sich, und ein Gefühl der Macht durchströmte ihn. Er grinste in sich hinein, während er die junge Frau neben sich musterte, die Lisa absolut nicht das Wasser reichen konnte. Mit solchen wie ihr, die blumige Namen trugen, aber kein Gesicht hatten, würde er sich die Zeit vertreiben, bis Lisa sie vollkommen ersetzte. Und danach vielleicht mit ihnen weitermachen. Oder parallel. Das würde er allein bestimmen.

Moritz überlegte kurz, ob er einmal mehr sein Spielchen mit dem Blumenmädchen treiben sollte, ließ es dann aber bleiben. Der kluge Genießer weiß, wann es genug ist. Es würde besser sein, sie nicht in ihrem Schlaf zu stören, sodass sie weiterhin von ihm als Prinzen träumen konnte. Sie war so dumm gewesen – oder netter ausgedrückt, so naiv, und er wollte diese Naivität nicht herausfordern. Genauso wie er es auch sonst nicht tat. Sie würde noch früh genug aus ihrem Traum erwachen.

Nie hatte er große Probleme, seine Lust mit einem dieser tumben Engel kurzfristig zu stillen. Sie waren alle nur zu gern bereit, mit ihm ins Bett zu hüpfen. Natürlich, sein Aussehen erleichterte ihm den Einstieg. Ebenso tat eine gute Portion frühzeitig erlernter Charme, den er sehr bewusst und gezielt einzusetzen wusste, sein Übriges. Er kannte die Knöpfe, die er drücken, die Sätze, die fallen, und die Getränke, die fließen mussten – und dies dank seiner stets vollen Brieftasche auch taten. Je mehr Alkohol bei diesen Mädels im Spiel war, desto leichter wurde es für ihn, sie rumzukriegen. Über kurz oder lang hörten sie das heraus, was sie von ihm hören wollten – und schwupps! waren sie sein. Hinzu kam seine anerkannte Position als Leader unter den Studenten, die er sorgsam pflegte und hegte. Bis auf Lisa hatte ihn bisher noch keine von der Bettkante gestoßen, wollten sie doch meist alle etwas von seiner Kraft, die ihn umgab, abhaben. Und sei es nur für einen kurzweiligen Augenblick, gab er schließlich jeder Einzelnen das Gefühl, besonders zu sein, wenn er sie um den Finger wickelte. All diese süßen kleinen Blondchen waren erpicht darauf, ihn zu erobern – und er ließ sie jedes Mal zumindest solange in diesem Glauben, wie es ihm in den Kram passte. Trotzdem, und hierauf war Moritz Bredenbeck äußerst stolz, war es ihm bisher gelungen, nicht den Stempel eines Casanovas aufgedrückt zu bekommen. Das hätte seiner eigentlichen Absicht schaden können. Mit Geschick und klug angewandten Lügen hatte er es meistens geschafft, dass die Mädchen, die in seinem Bett gelandet waren, nicht damit hausieren gingen und früher oder später diesem Blümchensex abschworen, den er am Anfang aus strategischen Gesichtspunkten mit ihnen hatte, um ihr Vertrauen zu gewinnen. Schnell steigerte er ab einem gewissen Punkt und mit gewissen Mitteln seine Sexspiele und brachte sie so in seinen Augen dazu, seine Leidenschaft zu teilen und zu praktizieren. Sie ließen sich von ihm demütigen und dominieren, mit allem, was für ihn zu seinen Sadomaso-Fantasien dazugehörte. Anschließend servierte er sie ab, denn dann begannen sie, langweilig zu werden. Und wenn er sie erst los war, quatschten sie meist schon aus reinem Selbstschutz nicht herum. Welch ein Meister er doch war!

Moritz setzte sich vorsichtig im Bett auf und sah sich im Zimmer um. So war es ihm am liebsten: Gehen zu können, wann es ihm passte und niemanden rausschmeißen zu müssen. Wieder ließ er seinen Blick über den blonden Engel neben ihm wandern. Sein Betthupferl schlief tief und fest, und er konnte sich in Ruhe ein Bild von der Lage und vor allem von ihrem Zuhause machen. Selbstverständlich hatte er die Kleine als fürsorglicher Gentleman gestern Nacht zu ihrer Wohnung begleitet, und ganz nach Plan hatte sie ihn noch auf einen Absacker hineingebeten. Für so was musste er sich am Anfang immer hergeben, um am Ende ans Ziel seiner Wünsche zu gelangen.

Sie bewohnte zusammen mit zwei Freundinnen eine WG. Ihr Zimmer war einfach, aber geschmackvoll eingerichtet. Innerlich beglückwünschte Moritz sich dafür. Da hatte er mal wieder ein gutes Händchen bewiesen. Auch was ihr Können anging, das war auf jeden Fall ausbaufähig, wenn auch nicht in einem profanen Bett. Natürlich waren sie schon während des Absackers ohne viel Federlesens in der Horizontalen gelandet. Er machte sich da nichts vor, so hatten sie es beide unausgesprochen vorgehabt. Höchstwahrscheinlich nicht mit demselben Ziel, aber das war ihm egal. Moritz grinste in sich hinein, kletterte vorsichtig aus dem warmen Bett, bemüht, sie nicht zu wecken. Er schlüpfte in seine verstreuten Klamotten und sah sich erneut in dem kleinen Mansardenzimmer um. Auf dem weißen Schreibtisch unter dem Erkerfenster entdeckte er, was er suchte: Unterlagen, auf denen ihr Name verzeichnet war. Er hatte sich richtig erinnert. Sie hieß Jasmin. Außerdem fischte er aus einem kleinen Kästchen einen Notizzettel und einen Stift. *Hey, Jasmin*, schrieb er, *ich muss leider los, hab' einen dringenden Termin und wollte dich nicht wecken. Du hast so süß geschlafen! Melde dich bei mir, falls du Lust auf eine Wiederholung hast! M.* Dahinter setzte er seine Handynummer. Nun kam das, was er in solchen Fällen gern tat, wenn sich die Möglichkeit bot. Er legte den Zettel, mit seiner klein und bewusst undeutlich geschriebenen Notiz auf den Bistrotisch in der Mitte des Raumes. Hier standen die Sektgläser der vergangenen Nacht, und ein paar klebrige Sektspritzer zierten die Tischplatte. Sicherheitshalber kleckste er aus einem der nicht ganz geleerten Gläser etwas hinzu. Mitten in eine der Pfützen platzierte er seine Nachricht. Mit Genugtuung sah er zu, wie das Papier die Flüssigkeit aufsog und seine

Handynummer bis zur zufriedenstellenden Unkenntlichkeit verlief. Perfekt! Er warf einen letzten Blick auf den blonden Engel im Bett. Jasmin schlief noch immer tief und fest, er hatte demnach ganze Arbeit geleistet. Dann nahm er seine Jacke, verstaute sein Handy darin und verließ mit leisen Schritten das Zimmer. Auch vom Rest der WG schien niemand wach zu sein. Mit einem selbstherrlichen Grinsen im Gesicht zog er kurz darauf die Wohnungstür sacht hinter sich zu und schaute auf das daneben angebrachte Klingelschild. *Jasmin Brunner* war neben zwei anderen Namen zu lesen. Nun wusste er ihren ganzen Namen und konnte sich immer noch entscheiden, wann er mit ihr weitermachen wollte. Fröhlich pfeifend trat er auf die Straße, die langsam zum Leben erwachte. Selbst die hartnäckigen Gedanken an Lisa konnten ihm den Moment nicht verderben. So musste ein perfekter Tag im Leben eines Moritz von Bredenbeck beginnen!

6.44 Uhr

Katharinas Schritte klackten stakkatoartig auf dem graubeigefarbenen Linoleumboden. Sie trug ausnahmsweise keine Turnschuhe, sondern die neuen schwarzen Stiefeletten, die sie sich im letzten Monat aus einer Laune heraus gegönnt hatte. Die Stiefeletten hatten es ihr spontan angetan und sie hatte nicht widerstehen können. Als sie sie zu Hause aus dem Karton genommen hatte, war sie sich der Sinnhaftigkeit ihres Kaufs allerdings nicht mehr so sicher gewesen. Die Stiefeletten hatten zwar hohe Absätze, waren dabei jedoch wieder so dezent chic, dass sie als äußerst elegant einzustufen waren. In der Regel mied die junge Kommissarin alles, was im Entferntesten den Eindruck von übertriebener Eleganz an ihr hinterlassen könnte. Schon als Kind hatte sie es gehasst, in Bluse und Faltenrock gekleidet bei den illustren Freunden und Bekannten ihrer Eltern vorgeführt zu werden. Mutter und Vater fühlten sich seit jeher als etwas Besseres, und dementsprechend hatten sie ihre Tochter zu erziehen und anzuziehen versucht. Doch Katharina hatte nie etwas Besseres sein wollen – zumindest nicht in dem Sinne, wie ihre Eltern es noch heute verstanden. Und sie hatte absolut nicht der jüngere Abklatsch ihrer Mutter sein wollen, die mit ihren feinen Zügen und ihrem formvollendeten Kleidungsstil jederzeit pure und zugleich kühle Eleganz ausstrahlte. Viel zu kühl für das kleine Mädchen, das sich nach liebevollen Armen gesehnt hatte, anstatt nach einer Mutter, die nur darauf achtete, ihr Kostüm nicht zu zerknittern. Aus dieser Abgrenzung von ihrem Elternhaus heraus war Katharina stets bedacht, leger gekleidet zu sein, wobei sie selbst ihr Auftreten als praktisch und zeitlos bezeichnet hätte. Dennoch strahlte sie – ob sie es nun wollte oder nicht – eine natürliche Eleganz aus. Katharina hatte einfach die edlen Gesichtszüge ihrer Mutter geerbt, ebenso die schlanken, langen Finger und die perfekten Körperproportionen. Lediglich die wilden roten Locken unterschieden die Tochter von der Mutter, was diese zu Katharinas stillem Vergnügen immer wieder zur Verzweiflung brachte. Katharinas Mutter hatte dunkelbraune gewellte Haare, die sie erst im Alter zu einem flotten Bob im Coco-Chanel-Stil schneiden ließ. Auch die übliche Kleidungswahl ihrer Tochter – vorwiegend enge Jeans, ein lässiges Shirt oder ein schlichter Pullover, Turnschuhe und schwarze Lederjacke – waren ein rotes Tuch für die adrette Mutter. Die Lederjacke besaß Katharina seit Studientagen, und sie war über die Zeit zu ihrem Markenzeichen geworden. Bei Kälte trug sie die Jacke, die inzwischen eine geschichtsträchtige Patina aufwies, meist mit einem Rolli darunter, bei Wärme locker um die Hüften geschlungen. Ein bisschen störte es die junge Frau, dass dieser Vintagelook aktuell in Mode war, doch sie konnte sich einfach nicht von dem geliebten Ding trennen.

Als sie sich heute Morgen anzog, hatte Katharina sich wie automatisch ihre Lederjacke geschnappt und übergeworfen. Beim Blick in den Schuhschrank waren ihr dann die neuen Stiefeletten ins Auge gesprungen. Mit einem Anflug von Generosität sich selbst gegenüber hatte sie sie angezogen. Dann war sie vor den großen Spiegel im Flur getreten, hatte sich einmal um die eigene Achse gedreht – und was sie sah, gefiel ihr. Ach, was soll's, wozu hab' ich sie denn, hatte sie spontan gedacht, hatte die Stiefeletten anbehalten und ihre Wohnung verlassen, bevor sie es sich anders überlegen konnte – irgendwann musste man die Rebellion der Kindheit auch hinter sich lassen. Nach wenigen Gehminuten auf der Straße bereute Katharina ihre Entscheidung – ihr Weg lenkte sie über Kopfsteinpflaster, das für Lüneburgs mittelalterlichen Stadtkern typisch war. Dennoch bezwang sie den Drang, in ihre Wohnung zurückzukehren und die Stiefeletten durch ihre Turnschuhe zu ersetzen. Sie hätte es als persönliche Niederlage empfunden.

Katharina drückte die große Schwingtür auf, die in das Allerheiligste der Gerichtsmedizin führte: den Autopsiesaal. Er war, wie der lange Flur davor, mit beigem Linoleum ausgelegt, das die ohnehin schon sterile Atmosphäre auch nicht heimeliger machte. Katharina wusste natürlich, dass das Linoleum gewählt worden war, weil es leicht zu reinigen war und darüber hinaus mit seiner antibakteriellen Wirkung äußerst hygienisch. Dennoch lobte sie in Gedanken ihr Büro, obwohl man es mit funktionalen Möbeln und seiner bereits mindestens zehn Jahre alten Auslegware auch nicht gerade als Traumarbeitsplatz bezeichnen konnte.

Sie machte einen Schritt in den kleinen Saal hinein und blieb enttäuscht stehen. Trotz der frühen Morgenstunde hatte die Kommissarin gehofft, Helge Conrad oder seine Assistentin Frauke Bostel anzutreffen, um sie nach ihrer Meinung zu dem Polaroid fragen zu können. Sie war sich sicher, dass die KTU wie versprochen gestern noch das Foto in die Rechtsmedizin gegeben hatte, nachdem sie die Blutproben abgenommen und es auf Fingerabdrücke untersucht hatte, denn in der Regel war auf die Kollegen Verlass.

Das Deckenlicht brannte, doch es war niemand im Raum. Unschlüssig, ob sie gehen oder warten sollte, ließ sie ihren Blick schweifen. Auf einem Stahltisch entdeckte sie das Polaroid. Daneben lag eine Vergrößerungslupe. Gerade als sie darauf zuging, öffnete sich eine Tür hinten im Saal. Es war der Durchgang zu den Kühlfächern, in denen die Leichen gelagert wurden, bis sie für ihre Beerdigung freigegeben wurden. Zu ihrer Freude war es Helge Conrad, der nun den Autopsiesaal betrat, allerdings wie angewurzelt stehen blieb, als er Katharina bemerkte.

»Das ist ja eine Überraschung«, stellte er nach einer kleinen erstaunten Pause ohne weitere Einleitung fest. Es klang alles andere als begeistert, und die Kommissarin beschlich

sofort ein schlechtes Gewissen, den Mediziner so früh aufgesucht zu haben. Dann setzte er jedoch etwas freundlicher hinzu: »Oh, das war keine nette Begrüßung ... par-
don. Was führt Sie so früh zu mir?«

»Na ja, ich dachte, ich schau mal schnell bei Ihnen vorbei, bevor ich ins Kommissariat gehe, um zu fragen, ob Sie
schon etwas zu dem Ohr sagen können.«

»Ja, ähm, das Ohr. Richtig.« Helge Conrad legte seine
Stirn in Denkerfalten. »Ich muss zugeben, ich habe mir
das Bild noch gar nicht angesehen, ich hatte gestern jede
Menge zu tun und habe es vergessen. Tut mir leid. Ich rufe
Sie nachher an, ja?«

»Haben Sie denn momentan viele atemlose Gäste zur
Betreuung hier?«, fragte Katharina mit einer Kopfbewegung zu der Tür hin, aus der Conrad gekommen war, und
grinste. Eigentlich hatte es ein lockerer Spruch sein sollen, doch sie merkte sofort, dass er ihr misslungen war.
Zumindest schien der Pathologe ihn nicht lustig zu finden – seine Miene war plötzlich wie versteinert. Katharina schalt sich innerlich. Sie hätte das nicht sagen sollen. Sie selbst mochte es auch nicht, wenn Witze über die
Opfer gemacht wurden, mit denen sie es in ihrem Job zu
tun bekam. Tobi war ein Meister in der Kunst der unpas-
senden Scherze, und sie hatte ihm schon des Öfteren deshalb den Kopf gewaschen, weil sie es respektlos fand. Und
jetzt benahm sie sich genauso.

»Entschuldigen Sie, das war wirklich nicht witzig. Und
ich möchte Sie nicht weiter aufhalten. Ja bitte, rufen Sie
mich doch an, wenn Sie das Foto begutachtet haben. Wie
gesagt, ich möchte Ihre professionelle Meinung dazu, ob
es ein weibliches oder männliches Ohr ist und ob das Bild
real ist, weil ...«

»Nein, nein, ich schau kurz drauf. Das geht sicher schnell«, fiel Conrad ihr ins Wort und lächelte sie unsicher an, während er auf den Stahltisch zusteuerte, auf dem das Polaroid lag. Fahrig strich er sich über seinen schütter werdenden schwarzen Haarschopf.

»Oh danke, das ist toll, dann können wir gleich mit den Ermittlungen loslegen, falls es echt sein sollte. Wobei ich ehrlich gesagt hoffe, dass es nur ein Dummejungenstreich war und das Bild auf dem Computer gebastelt und später mit einer Polaroidkamera abfotografiert wurde«, erwiderte Katharina, während sie neben Helge Conrad trat. »Natürlich ist das Bild in der KTU dahingehend untersucht worden, aber ich dachte, als Fachmann könnten Sie mir vielleicht unabhängig davon Ihre Meinung sagen. Auch was die Verteilung des Blutes auf dem Ohr angeht, ob das real sein könnte. Wissen Sie, was ich meine?«

»Aha«, meinte Conrad nur, der das Bild betrachtete. Andere Menschen hätten sich darüber gefreut, als Koryphäe angesehen und nach ihrer Meinung befragt zu werden, Conrad jedoch sah nicht glücklich aus. Eher teilnahmslos.

Katharina wurde nicht schlau aus diesem dünnen, schlaksigen Mann. Er war in etwa so alt wie die Rehder-Brüder, sah aber wesentlich älter aus. Er arbeitete schon seit Jahren in der Rechtsmedizin und war in seinem Job ein absolutes Ass. Von Ben wusste sie, dass ihn bereits einige Rechtsmedizinische Institute für sich hatten gewinnen wollen, unter anderem das in Hamburg, doch Helge Conrad hatte die Angebote bisher nicht angenommen, obwohl es in jedem Fall einen Karrieresprung bedeutet hätte. Er schien hier in Lüneburg verwurzelt zu sein.

Konzentriert nahm Conrad die Lupe hoch und beugte sich dicht über den Tisch, um das Polaroid in Augenschein zu nehmen. Katharina meinte, ein leichtes Zittern in seiner Hand zu bemerken. Trank der Mann heimlich? War er deswegen eben unangenehm überrascht gewesen, sie schon so früh hier zu sehen? Hatte sie ihn gestört? Sie schaute ein weiteres Mal auf seine Hand doch jetzt war sie ganz ruhig. Vermutlich hatte sie sich geirrt.

Der ledige Gerichtsmediziner hatte den Ruf eines Einzelgängers. Er galt als verschroben, was für viele der Kollegen Anlass war, sich über den kontaktscheuen Mann das Maul zu zerreißen. Katharina gab nichts auf solches Gerede, zumal Helge Conrad ihr gegenüber immer freundlich und hilfsbereit war. Und dass ein Mann mit diesem Beruf nicht unbedingt ein geselliger Partytyp war, fand sie mehr als logisch. So hatte sie sich konsequent aus den Spekulationen über ihn herausgehalten. Als sie daran dachte, fiel ihr etwas ein, das sie vor einigen Wochen in der Kantine mit angehört hatte. Es war ihr zuwider gewesen, aber in ihrer Erinnerung hängen geblieben: Jemand aus dem Streifendienst hatte Helge Conrad an irgendeinem Wochenende bei einem Spaziergang in der Heide getroffen, wo der Gerichtsmediziner auf Geocaching-Tour gewesen war. Für Katharinas Kollegen war das ein gefundenes Fressen, passte dieses Hobby doch in das kauzige Bild, das sie von ihm hatten. Jetzt kam der Kommissarin diese Information zupass.

»Sagen Sie, Herr Conrad, ich habe zufällig mal gehört, dass Sie Geocacher sind. Ist das richtig?«, fragte Katharina in die Stille hinein.

Conrads Kopf schnellte hoch, als hätte ihn etwas im Nacken gestochen. Überrascht schaute er Katharina aus seinen grauen Augen an: »Ja, das ist richtig. Woher … woher wissen Sie das?«

»Das hat ein Kollege im Kommissariat beiläufig erwähnt«, antwortete Katharina.

»Ach so«, stieß Conrad gequält aus und fuhr nach einer kleinen Pause fort: »Also meiner Meinung nach ist das Foto echt. Es sieht nach einem Frauenohr aus. Wo haben Sie das Bild eigentlich gefunden?«

»Oh, tatsächlich?« Katharina verstummte. Wieder erschien der sterbende Lorenz Winter vor ihren Augen, und sie schüttelte rasch den Kopf, um die düstere Erinnerung zu vertreiben. Sie atmete tief durch und blickte den Pathologen an: »Wir … also wegen der Fundstelle … Darum habe ich gefragt, ob Sie Geocacher sind. Ein älterer Herr aus Lüneburg hat es auf einer Geocaching-Tour in den Ilmenau-Niederungen gefunden. Vielleicht kennen Sie ihn? Er hieß Lorenz Winter.«

»Lorenz Winter? Nein, einen Lorenz Winter kenne ich nicht, doch das hat nichts zu sagen«, erwiderte Conrad. »Ich suche Caches grundsätzlich allein und nie in einer Gruppe.«

»Wäre ja auch zu schön gewesen«, murmelte Katharina mehr zu sich selbst als zu ihrem Gegenüber.

Helge Conrad wandte den Blick zu Katharina. »Wieso sagen Sie, er *hieß*?«

Katharinas Stimme wurde leiser: »Herr Winter ist gestern gestorben, kurz, nachdem er dieses Foto entdeckt hat.«

Katharina glaubte, einen leicht erschrockenen Ausdruck im Gesicht des Kollegen zu bemerken. Sympathisch, dass ein Mann mit diesem Job offensichtlich noch etwas empfinden kann, wenn er vom Tod eines Menschen erfährt, dachte sie und fühlte sich auf einmal nicht mehr so allein mit ihren trüben Gedanken. Dann kam ihr eine Idee: »Können Sie mir vielleicht ein paar allgemeine Informationen zum Thema Geocaching geben? Ich, also besser gesagt wir alle, Ben, Tobi und ich, kennen uns kaum bis überhaupt nicht aus, und es würde uns unter Umständen bei unseren Ermittlungen helfen.«

Wieder war es Katharina, als ob ein leichtes Erschrecken in Conrads grauen Augen aufblitzte, und diesmal hatte es sicher nichts mit ihrer Information zu tun, dass ein Mensch gestorben war. Was hatte der Mann nur? Lag es vielleicht daran, dass sie eine Frau war? Hatte er Angst vor Frauen? Fühlte er sich etwa von ihr bedrängt? Möglich war es, denn der Gerichtsmediziner hatte seinen Blick auf Katharinas Stiefelettenspitzen gesenkt und musterte sie eingehend, ohne sich sonst zu regen. Unangenehm berührt trat Katharina von einem Fuß auf den anderen. Als sie den Mund öffnen wollte, um ihm zu sagen, dass er gern Ben zu dem Thema anrufen könne, hob Conrad den Blick, schaute ihr in die Augen und sagte mit unerwartet kräftiger Stimme: »Dann schlage ich vor, Sie begleiten mich einmal auf Cachetour. Was halten Sie von morgen? Da habe ich frei und wollte eh in die Heide bei Undeloh fahren. Da ist ein Cache beim Wilseder Berg versteckt.«

Katharinas Erstaunen über Conrads spontanen Vorschlag hätte nicht größer sein können. »Ja gern«, stimmte sie zu. »Muss ich irgendetwas mitbringen?«

»Festes Schuhwerk«, kam es wie aus der Pistole geschossen. »So, und nun muss ich mich um meine *atemlosen Gäste* kümmern, wie Sie sie so hübsch nennen. Wir treffen uns morgen früh um neun Uhr vor den Toren der Gerichtsmedizin. Nehmen Sie das Foto wieder mit?«

Beim letzten Satz hatte Helge Conrad sich bereits wieder zum Gehen gewandt. Er steuerte auf die Tür zu, aus der er vor einigen Minuten herausgekommen war. Dort angekommen drehte er sich zu Katharina um und sagte aufgeräumt: »Es freut mich, Ihnen behilflich sein zu können. Bis morgen dann.«

»Ja, bis morgen«, erwiderte die Kommissarin verdattert. Sie verstaute das Foto in einer Asservatentüte, steckte es ein und schaute sich im Raum um. Dabei fiel ihr Blick auf ein Regal, in dem verschieden große, mit Alkohol gefüllte Gläser standen, in denen diverse Körperteile konserviert wurden. Auch Ohren waren darunter.

»Sagen Sie, fehlt Ihnen zufällig ein Glas mit Ohren oder nur ein einzelnes Ohr?«, fragte sie das, was ihr just in den Sinn gekommen war.

»Bitte was?«, reagierte Helge Conrad überrascht. Er schien nicht gleich verstanden zu haben, was Katharina meinte, darum deutete sie auf das Regal.

»Ach so, das meinen Sie.« Conrad war ihrer Handbewegung mit dem Blick gefolgt. Er lachte auf, prüfte aber mit den Augen kurz seine kleine Sammlung. »Nein, da fehlt nichts.«

»Hätte ja sein können«, meinte Katharina. Dann stöckelte sie so leichtfüßig es ging dem Ausgang zu, um mit dem, was sie eben erfahren hatte, und dem Foto der KTU einen erneuten Besuch abzustatten.

8.17 Uhr

Hauptkommissar Benjamin Rehder eilte mit einem schlechten Gewissen den Kommissariatsflur entlang. Natürlich hatte er heute Morgen verschlafen. Er hatte den Wecker nicht gehört, was ihm äußerst selten passierte, selbst nach solchen weinseligen Abenden wie gestern. Im Grunde war es nicht schlimm, dass er zu spät kam. Er konnte sich einige Minuten Zuspätkommen durchaus leisten, doch unter den gegebenen Umständen wollte er sein Team nicht weiter verstimmen. Gestern hatten Tobi und Katharina schließlich nicht nur die Demonstration aufsuchen müssen, während er mehr oder minder Däumchen gedreht hatte, sie hatten obendrein den Tod eines Menschen miterleben müssen. Bisher hatte er sich nicht allzu intensiv mit dem skurrilen Foto-Fund des verstorbenen Mannes auseinandergesetzt. Er hatte noch mitbekommen, dass Tobi ziemlich schnell die Akte *Theresa Winter* im polizeiinternen Netz gefunden hatte. Als der ihm anbot, er könne den Bericht erst einmal allein durchsehen, hatte Ben sich dankbar in sein Büro verkrümelt. Eigentlich mit der Absicht, seinen Papierstapel zu verringern, aber dazu hatte er dann doch wieder keine Muße gehabt. Ben wusste, woran das lag. Die relative Ruhe, die seit einigen Tagen auf der Dienststelle herrschte, hatte ihn in einen Trägheitsmodus versetzt, und wenn er in so einem Moment auch noch verhasste Aufgaben erledigten sollte, schaltete seine Motivation auf nahe null. Er war eben jemand, der unter Druck am besten arbeiten konnte. Erst dann lief er zu Höchstleistungen auf. Vielleicht würde ihn der *Fall Polaroid*, wie er ihn für sich nannte, aus seiner Lethargie hinauskatapultieren. Selbst wenn sich das Polaroid als vorzeitiger Halloweenspaß entpuppen sollte, war es seine Pflicht als Kommissar, genau das rasch zu klären. Denn falls dem nicht so war, mussten sie dringend nach dem Opfer suchen, zu dem das abgeschnittene Ohr auf dem Foto gehörte. Und wenn es tatsächlich das von Theresa Winter war, müssten sie umgehend Nachforschungen anstellen.

Leicht außer Atem kam er zeitgleich mit der Hauspostauslieferung vor seiner Bürotür an. Seit seiner Scheidung hatte er einige Kilos zugelegt, das merkte er nicht nur an seiner mangelnden Kondition. Ben beschloss, dass er unbedingt etwas dagegen tun musste – demnächst. Er grüßte den älteren Herrn freundlich, der ein Faktotum auf der Dienststelle war und bereits vor 20 Jahren, als Ben seinen Dienst hier angetreten hatte, als Bote für die externe Post und die internen Akten zuständig gewesen war.

»Morgen, Herr Brandt, so früh schon auf den Beinen?«

»Moin, Herr Kommissar, tja, die Post verteilt sich nicht von allein. Wollen Sie Ihre direkt mitnehmen?«, grüßte Brandt zurück und drückte Ben einen Stapel Briefe und zwei Akten in die Hand.

»Bleibt mir wohl nichts anderes übrig«, lachte Ben, wünschte Willibald Brandt noch einen schönen Tag und öffnete die Bürotür.

Gleich stieg ihm herrlicher Kaffeeduft in die Nase, und er bereute sofort, nicht weitere fünf Minuten Verspätung in Kauf genommen zu haben, um beim Bäcker ein paar Frühstücksbrötchen für sein Team und sich zu besorgen.

»Tach, Chef«, wurde er fröhlich von Tobi begrüßt. »Dein Kaffee wartet schon auf dich.«

»Na, wenn der mal nicht inzwischen kalt ist«, kam es prompt von Katharina, die an ihrem Schreibtisch saß und Ben kritisch musterte, was diesem nicht entging.

Verunsichert fragte er, während er auf sein Büro zusteuerte: »Ist was? Habe ich noch Rasierschaum am Kinn?«

Aus den Augenwinkeln sah er, wie Katharina und Tobias sich einen belustigten Blick zuwarfen.

»Mann, ja, ich habe verschlafen. Und? Tut mir leid, aber

auch mir passiert das mal«, warf er unwirsch in die Runde, mit der Folge, dass die beiden in Gelächter ausbrachen.

»Waaas?«, fragte er laut in das Lachen seines Teams hinein und machte dabei eine ausladende Geste mit seinen Armen.

»Ach nichts, Ben«, kicherte Katharina, wischte sich eine Lachträne fort und erklärte: »Du hast was von einem großen Kind, wenn du ein schlechtes Gewissen hast, aber irgendwie steht dir das.«

»Ich habe gar kein schlechtes Gewissen«, kam es trotzig von Ben zurück. Noch während er die Worte aussprach, merkte er selbst, dass er gerade damit Katharina recht gab, und musste ebenfalls lachen.

Er ging in sein Büro, warf die Post auf den Schreibtisch und trat wieder zu Katharina und Tobias in den Raum: »So, genug gelacht, der Schlendrian hat ein Ende, und ihr beide könnt mich wieder für voll nehmen! Was ist? Haben wir jetzt einen Fall, Katharina, oder nicht? Hat die KTU schon Ergebnisse zu dem Blut geliefert, und was hat Helge zum Polaroid gesagt?«

»Also«, begann Katharina bedächtig, »wie es aussieht, haben wir wirklich einen neuen Fall ...«

»Wird auch Zeit«, fiel Tobias ihr ins Wort, verstummte jedoch sofort, als ihn gleich zwei Augenpaare anfunkelten.

Ernst fuhr Katharina fort: »Die KTU hat bisher nur das Blut in der Brotdose mit dem auf dem Foto abgeglichen. Es ist identisch. Weiter sind sie noch nicht gekommen, weil sie auf meine Bitte hin gestern Abend das Polaroid in die Gerichtsmedizin gebracht haben. Nur eines konnten sie mir sagen: Verwertbare Fingerabdrücke, außer denen von Lorenz Winter, haben sie nicht gefunden. Weder auf der Brotdose oder der Plastiktüte noch auf dem Bild, aber das war unter diesen Umständen zu erwarten gewesen. Wenn sich schon jemand die Mühe macht, ein blutverschmiertes Foto als Cache zu hinterlegen, wird er kaum seine Fingerabdrücke als Absender hinterlassen. Momentan hat die KTU wieder das Foto in Arbeit, unter anderem, um zu klären, auf was für einer Unterlage das Ohr lag, als es aufgenommen wurde. Außerdem meinen sie in der KTU, dass das Foto echt ist, müssen hierzu aber noch exaktere Bestimmungen machen. Irgendwas mit Pixeln, also der Bildauflösung. Falls es sich um einen Fake handelt, könnte es sein, dass kleinste Details wie zum Beispiel die Ohrhärchen vergessen worden sind. Oder die Schnittstelle nicht ganz real wiedergegeben ist. Die Spurenauswertung der Fundstelle kommt anschließend dran.«

»Okay«, nickte Rehder zu Katharinas Ausführungen, »und was meint Helge zu dem Bild? Oder hast du mit seiner Assistentin gesprochen?«

»Nein, mit Conrad. Er meint unabhängig von der KTU, dass das Ohr auf dem Polaroid echt ist. Übrigens fehlt in der Pathologie kein konserviertes Ohr. Auch danach habe ich gefragt. Hätte ja sein können, dass sich jemand dort eines für sein makabres Foto *ausgeliehen* hat. Zur Sicherheit werde ich nachher die Krankenhäuser der Gegend abtelefonieren. Ich weiß nicht, ob die so was überhaupt haben, aber schaden kann es ja nicht. Zurück zu Conrad: Er hält es klar für ein Frauenohr, womit wir, wenn die Krankenhäuser nichts hergeben, wieder bei Theresa Winter angelangt sind. Tobi, hast du gestern noch die Akte zu der Frau gefunden?«

»Allerdings«, antwortete Tobias, »ein Lob für die Bürokratie der Polizei. Ein, zwei Klicks und ich hatte die Akte auf meinem Bildschirm. Da war einer richtig fleißig. Schätze, die Akte hat ein Praktikant angelegt, der sich damit seine Sporen verdienen wollte.« Er grinste.

»Na, das kann uns nicht passieren, nicht wahr, Chef?«, konnte Katharina sich nicht verkneifen zu sagen, mit der Folge, dass Ben eine Grimasse zog.

»Der Bericht ist für den damals festgestellten Tatbestand *Tödlicher Verkehrsunfall mit Fahrerflucht* sehr ausführlich und liefert uns zumindest eine Erkenntnis ...«, fuhr Tobias fort, als hätte er Katharinas Einwurf nicht gehört. Normalerweise wäre es seine Art gewesen, ihren Spruch aufzugreifen und einen Witz hinterherzuschieben. Da er es nicht tat, wussten seine Kollegen, dass er ihnen etwas Wichtiges mitzuteilen hatte. Sie schauten ihn gespannt an.

Tobias genoss es sichtlich, die volle Aufmerksamkeit für sich beanspruchen zu können, und machte eine kleine Kunstpause.

»Nun mach schon, spann uns nicht so auf die Folter«, forderte Ben den jungen Kommissar auf, während Katharina still blieb und angespannt an ihren Fingernägeln knibbelte.

»Also, wegen des Ohrs. Katharina, du sagst doch, dass Helge Conrad es als weiblich identifiziert hat, oder?«

»Jaha, Mann, Tobi, sag schon: Könnte es das Ohr von Theresa Winter sein? Sollte jemand es tatsächlich so lange konserviert haben, um es jetzt wieder unter die Leute zu bringen? War es kein Zufall, dass Lorenz Winter es gefunden hat?«, fragte Katharina schnell hintereinander weg.

»Okay, ich lass die Katze aus dem Sack, sonst ruinierst du dir endgültig deine Fingernägel: Nein, es ist nicht das Ohr von Theresa Winter!«

Ben entließ einen Atemstoß aus seinen gespitzten Lippen, und Katharina fragte mit gerunzelter Stirn: »Und wieso nicht? Wie kannst du dir so sicher sein?«

Tobias rückte seinen Stuhl zurecht und setzte sich gerade hin. Dann begann er zu dozieren: »Erstens wurde das Ohr von Theresa Winter bei dem Autounfall mehr oder minder abgerissen. Das Ohr auf dem Foto sieht dagegen wie abgeschnitten aus. Zweitens war es nicht komplett abgetrennt, sondern nur zerfetzt, also die Ohrmuschel war ab. Auf dem Foto haben wir es mit einem vollständigen Außenohr zu tun. Drittens wurden die abgerissenen Ohrteile auf der Unfallstraße von den Einsatzpolizisten gefunden und später, naja ... später entsorgt. Ja, anders lässt es sich nicht sagen. So ist die Realität. Und viertens, was eigentlich erstens sein könnte, weil dann das Spekulieren über die anderen Dinge eh Verschwendung von Gehirnschmalz wäre, viertens handelte es sich bei Frau Winter um das linke Ohr. Das Ohr auf dem Foto ist ein rechtes. Ich habe mir gestern die Kopie von dem Polaroid auf deinem Schreibtisch angeschaut. Es ist ganz deutlich ein rechtes.« Tobias verschränkte seine Arme auf der Brust und sah seine Kollegen auffordernd an: »Na, was sagt ihr?«

»Respekt«, sagte Ben.

»Scheiße«, sagte Katharina.

Tobi schaute sie verwirrt an: »Äh, wieso scheiße? Das versteh ich nicht. Das ist doch gut, dass wir das wissen.«

»Ja, natürlich ist es gut, und du hast super recherchiert, aber Theresa Winter war unsere einzige Spur. Wir haben bis auf ein gruseliges Foto nichts, wo wir ansetzen können, aber vielleicht irgendwo eine Frau, die gefoltert wurde oder wird. Toll«, stellte die Kommissarin deprimiert fest.

»Möglicherweise hat jemand van Gogh gespielt«, wollte Tobi seine Kollegin aufmuntern, zog jedoch seinen Kopf ein, als er ihren finsteren Blick auffing.

»Und was ist mit dem Versteck?«, fragte er vorsichtig

in die Runde. »Ich mein, das war ja kein normales, sondern so ein Geocache …«

Katharinas Miene hellte sich bei seinen Worten auf, und Ben nickte anerkennend: »Tobi, Tobi, aus dir wird mal was, du hast zurzeit richtige Gedankenblitze.«

Tobias strahlte über das ganze Gesicht. »Danke, Chef. Übrigens hab' ich mich gefragt, wer heute noch mit einer Polaroidkamera fotografiert. Na ja, und ich hab' mir gedacht, so jemand braucht auch einen Film dazu. Falls er den in Lüneburg gekauft hat, werde ich das herausfinden. Viele Leute kaufen so was bestimmt nicht mehr«, setzte er noch einen oben drauf.

»Wow, sehr gut, Tobi. Dann können wir nur hoffen, dass derjenige kein Internetbesteller ist. Jetzt aber zurück zum Geocaching. Da müssen wir uns unbedingt einarbeiten. Tobi, schau du mal, was du im Netz dazu findest, und du Katharina, trittst der KTU ein bisschen auf die Füße, was die über das Versteck sagen können, und ich, ich werde … ach nee, wisst ihr was? Ich geh in die KTU, und du unterstützt Tobi, okay, Katharina?«, war Benjamin Rehder plötzlich wieder in seinem Element, sah er doch eine Möglichkeit, zwei Fliegen mit einer Klappe zu schlagen: seinem vollem Schreibtisch zu entkommen und seinem Team zu zeigen, dass er mit ihnen auf Augenhöhe zusammenarbeitete.

»Ehrlich, du gehst freiwillig in die KTU? Wie lange ist es her, dass du da zuletzt gewesen bist?«, fragte Katharina umgehend. »Den Weg findest du aber schon noch alleine, oder?«

»Haha«, erwiderte Ben trocken und wollte schon aufstehen, als Katharina ihn zurückhielt: »Warte kurz, Ben, ich habe noch was von wegen Geocaching und Schlaumachen.«

»Ja?«

»Conrad ist zufällig Geocacher und will mich morgen in die Geheimnisse dieser modernen Schatzsuche einführen. Er hat mich eingeladen, mit ihm einen Cache zu suchen. Ich bin also bis zum Nachmittag nicht im Büro.«

»Moment mal, Helge hat was? Der einsame Wolf hat dich … ich glaub's nicht. Wie hast du das denn bewerkstelligt?«, war Benjamin Rehder ehrlich verblüfft.

»Betriebsgeheimnis«, grinste Katharina ihre beiden Kollegen an. »Aber wenn einer von euch eine kleine Wanderung durch die Heide machen möchte – ich trete die Einladung gern ab.«

»Nee, lass mal«, winkte Rehder ab. »Wenn Helge dich dazu aufgefordert hat, hat das schon seinen Grund. Ich habe ihn früher oft gefragt, ob er mit mir mal was trinken geht, und er hatte immer eine Ausrede. Irgendwann habe ich es dann akzeptiert. Er ist lieber für sich allein – aber irgendwie mag ich ihn trotzdem.«

»Ja, er ist echt ein Kauz, allerdings ist das morgen keine Privatveranstaltung. Ich denke, er will uns in unserem Fall weiterhelfen. Ich melde mich bei euch, wenn ich absehen kann, wann ich wieder im Büro bin, okay?«, schloss Katharina das Thema ab.

»Gut, mach das. Ich gehe jetzt in die KTU.« Ben stand auf und wandte sich zum Gehen. Er steuerte auf die Tür zu, als ihm die Post auf seinem Schreibtisch einfiel. Er schlug einen Haken, stapfte in sein Büro und griff sich den Stapel, um ihn kurz durchzusehen. Die Post war allesamt für ihn bestimmt, bis auf einen Brief, der an Katharina gerichtet war. Über ihrem Namen prangte in Versalien geschrieben *PERSÖNLICH/VERTRAULICH*. Neugierig drehte er den Brief um und besah sich den Absender: eine Postfachadresse in München. Das konnte alles bedeuten, doch Ben sah seine Chance gekommen, Katharina ihre kleinen Spitzen auf, wie er in diesem Moment fand, lustige Art heimzuzahlen. Grinsend ging er wieder in das Gemeinschaftsbüro zurück und legte ihr den ansonsten unscheinbaren Brief augenzwinkernd auf den Schreibtisch: »Post für dich, und zwar ganz persönlich. Der Absender hat nur ein Postfach draufgeschrieben. Hast du etwa Heimlichkeiten vor uns, Katharina? Ein amouröses Abenteuer vielleicht? Deswegen heute die schicken Schuhe? Also, ich geh dann mal in die KTU. Falls du dir einen Bänderriss beim Stolpern holst, ist Tobi ja da.«

Katharina schaute ihrem Chef, der soeben durch die Tür verschwand, perplex hinterher. Normalerweise war sie die Schlagfertigkeit in Person, doch jetzt fehlten ihr tatsächlich die Worte. Was hatte der denn plötzlich für eine lockere Art drauf? Und dass er ihre Stiefeletten überhaupt bemerkt hatte, grenzte an ein Wunder. Der Ben, den sie kannte, interessierte sich absolut nicht für die Kleidung seiner Kollegen. Und als wirklich witzig hätte sie ihn niemals bezeichnet.

Auch Tobi schien wie vor den Kopf gestoßen – von seinem Schreibtisch kam kein Mucks. Katharina schaute zu ihm hinüber, und erst als sich ihre Blicke trafen, mussten sie beide lachen.

»Was ist denn mit dem los? Hat der heute Morgen einen Clown gefrühstückt, oder was?«

»Vielleicht liegt's am kalten Kaffee. Sollten wir ihm öfter geben«, meinte Katharina und grinste breit.

»Oder er hat gestern Abend eine Frau kennengelernt und ist deswegen zu spät gekommen«, sinnierte Tobi.

Katharina zog ihre Brauen hoch. Irgendwie gefiel ihr dieser Gedanke nicht. Ben und eine Freundin?

»Quatsch, das kann ich mir nicht vorstellen. So ist er nicht«, wischte sie diese These vom Tisch.

»Na, dann eben doch einen Clown gefrühstückt und zusätzlich auf einem Comic geschlafen«, meinte Tobi abschließend und fing an, etwas in seinen Computer einzugeben.

Katharina nahm den Brief von ihrem Schreibtisch und schaute auf den Absender. Ihr Herz setzte für einen Augenblick aus, als sie las, dass es eine Münchner Postfachadresse war. München, ihre alte Heimat, die sie vor zwei Jahren aus Gründen verlassen hatte, an die sie sich nicht erinnern wollte, die sie aber ab und an noch in ihren Träumen heimsuchten. Wer schrieb ihr aus München? Sie hatte jeden Kontakt von damals abgebrochen und alle verwaltungstechnischen Dinge längst erledigt. Nun gut, natürlich konnte es dennoch ein offizieller Brief sein. Schließlich hatte sie ihn auf das Lüneburger Kommissariat bekommen, und in ihrer alten Dienststelle war es selbstverständlich bekannt, dass sie sich hierher hatte versetzen lassen. Wahrscheinlich ging es um irgendeinen Rentenbescheid oder ihre Ausbildung zur Profilerin, die sie in München begonnen hatte. Ganz bestimmt würde es so sein. Trotzdem zitterten Katharinas Finger, als sie den Umschlag aufriss und den Brief herausholte. Sie sah gleich, dass er nicht von offizieller Seite stammen konnte, da das Blatt eines war, das aus einem Collegeblock herausgerissen worden war. Das verrieten ihr die ausgefranste linke Blattseite und die feinen Schreiblinien, mit denen es bedruckt war. Katharinas Herz begann bei dieser Erkenntnis hart gegen ihren Brustkorb zu klopfen. Gott, warum stellte sie sich denn so an, versuchte sie sich selbst zu beruhigen und atmete ein paar Mal tief durch. Wahrscheinlich hatte ihr nur eine alte Kollegin geschrieben. Aber warum dann die Postfachadresse?

Katharina gab sich einen Ruck und faltete das Papier auseinander, sodass sie die beschriebene Seite sehen konnte. Ohne die Worte darauf zu entziffern, erkannte sie die groß geschwungene Schrift sofort. Als hätte sie sich an einem Streichholz verbrannt, wedelte sie das Papier weit von sich und sah entgeistert dabei zu, wie es langsam zu Boden segelte und vor ihrem Papierkorb liegen blieb.

»Hey, was machst du denn da? Ist das die neue Art, seinen Schreibtisch aufzuräumen?« Tobi blickte erstaunt von seinem Computerbildschirm auf.

»Nein, ähm, ich weiß auch nicht …«, brachte Katharina nur mühsam hervor. Obwohl sie auf ihrem Schreibtischstuhl saß, hatte sie das Gefühl, gleich umzukippen. Ihr Herz raste und sie merkte, wie sie zu hyperventilieren begann. Nur das nicht, das war ihr doch so lange nicht mehr passiert, und sie hatte gedacht, das alles bereits hinter sich gelassen zu haben. Wie aus weiter Ferne hörte sie einen Stuhl rücken und Schritte auf sich zukommen.

»Katharina, was ist los? Du bist ja ganz blass. Soll ich dir ein Glas Wasser holen? Geht es dir nicht gut? Hat es etwas mit diesem Brief zu tun?«, drang Tobis Stimme an ihr Ohr. Dann fühlte sie, wie er ihr eine Hand auf die Schulter legte.

»Fass mich nicht an!«, schrie sie wie von der Tarantel gestochen auf, dann kamen die Tränen.

»Hey, ist ja schon gut. Beruhige dich!« Tobias nahm sofort seine Hände von Katharina. Die Situation überforderte ihn. Er wusste nicht, was er machen sollte. So kannte er seine Kollegin, zu der er insgeheim aufschaute, nicht. Normalerweise war sie beherrscht und zeigte ihre Gefühle nie so offensichtlich. Vor allem nicht, wenn es um ihr Privatleben ging, was er in diesem Fall stark annahm.

Für einen Moment starrte er auf Katharinas zuckende Schultern. Sie hatte beide Arme auf die Schreibtischplatte gelegt und den Kopf darauf gesenkt. Tobi ging in die Knie und hob das Blatt Papier auf. Er war sich unschlüssig. Durfte er es lesen?

Verstohlen warf er einen kurzen Blick auf das Geschriebene. Der Brief fing an mit *Meine liebste Katha ...* Tobias schaute wieder weg. Nein, der Inhalt des Briefes war, wie es schien, wirklich privat und ging ihn nichts an. Wenn Katharina es wollte, würde sie schon darüber sprechen, und wenn nicht, hatte er das zu akzeptieren.

Tobias Schneider faltete das Blatt zusammen, nahm behutsam den Umschlag von Katharinas Schreibtischplatte, ohne dass sie es bemerkte, und steckte den Brief hinein. Dann legte er ihn auf den Schreibtisch seiner Kollegin, ging rüber zum Kaffeevollautomaten und schaltete ihn ein.

Das wohlbekannte surrende Geräusch der Maschine holte Katharina aus ihrer Verzweiflung zurück: Sie war hier in ihrem Büro, im Kommissariat, und nichts konnte ihr passieren. Schließlich hatte sie nur einen Brief bekommen. Ein Stück Papier, mehr nicht. Der Brief war von Maximilian. Dem Maximilian, den sie einst geliebt hatte und den sie in München zigfacher Morde überführt hatte. Fast wäre sie selbst sein Opfer geworden. Sie hätte seine Schrift unter Tausenden wiedererkannt.

Langsam hob sie den Kopf und blickte auf den Umschlag auf ihrem Schreibtisch. Sie nahm ihn auf. Tobi schien den Brief hineingesteckt zu haben. Sollte sie ihn jetzt lesen? Nein, dafür war sie zu aufgewühlt. Wahrscheinlich würde sie ihn gar nicht lesen. Und was sollte auch schon drinstehen, außer dem quälenden Geschwafel von Maximilian. Und dass es sie bis ins Mark erschüttern würde, wusste Katharina, denn noch immer suchten sie die Geschehnisse von vor knapp drei Jahren heim. Gut, es war weniger geworden, aber ihre Reaktion eben hatte ihr gezeigt, dass sie längst nicht genug Abstand gefunden hatte.

Sie schaute sich den Absender genau an. Ja, in der Tat, er könnte der von der JVA in München sein, wo Maximilian dank ihrer Ermittlungsarbeit noch etliche Jahre seines Lebens einsitzen würde.

Mit dem Brief in der Hand sah sie zu Tobi, der ihr den Rücken zugekehrt hatte und hingebungsvoll darauf wartete, dass der Kaffee durchlief. Wie hatte sie sich vor ihrem Kollegen nur so gehen lassen können? Was er wohl jetzt von ihr dachte? Sie war ihm auf jeden Fall eine Erklärung für ihr Verhalten schuldig. Als sie dazu ansetzen wollte, ging die Tür auf und ein gut gelaunter Ben betrat den Raum. »Hm, duftet das nach frischem Kaffee? Na, dann komm ich ja gerade recht. In der KTU waren die noch nicht soweit. Sie wollen sich in einer Stunde bei uns melden. Was haltet ihr also von einem zweiten Frühstück? Ich habe ein paar Kuchenteilchen und belegte Brötchen mitgebracht. Ihr habt die Wahl!«

Hatte Ben Applaus erwartet, wurde er enttäuscht. Ihm schlug nur betretene Stille entgegen.

»Was ist denn hier los? Ist euch eine Laus über die Leber gelaufen? Habt ihr euch gezofft?«, fragte Ben irritiert, woraufhin Tobias und Katharina einen kurzen Blick wechselten.

Nahezu unmerklich schüttelte Katharina den Kopf, und Tobias verstand. Er lächelte seiner Kollegin aufmunternd zu, die den Brief schnell in ihrer Tasche verschwinden ließ, damit er nicht für Gesprächsstoff sorgte, und sagte in seiner üblich fröhlichen Manier: »I wo Chef, wir doch nicht. Alles bestens. Wir wollten auch gerade eine kleine Pause einlegen. Zweites Frühstück passt da optimal rein!«

16.19 Uhr

Anna Bechstein saß an ihrem Schreibtisch. Das gelbe Reclamheft lag aufgeschlagen vor ihr: *Das kalte Herz* von Wilhelm Hauff. Bis morgen musste sie es komplett gelesen haben, aber sie war erst auf Seite 13. Sie konnte sich nicht konzentrieren, und außerdem ödete das Märchen sie an. Eigentlich war Anna eine Leseratte, doch die altertümliche Sprache nervte sie. Warum musste man so etwas lesen? Warum konnten sie im Deutschunterricht nicht Gegenwartsliteratur behandeln wie zum Beispiel *Die Tribute von Panem* von Suzanne Collins. Sie hatte die Trilogie, wie fast alle ihre Freundinnen, verschlungen. Und wenn es kein US-Import sein sollte, könnte man so was lesen wie *Faserland* von Christian Kracht, da gäbe es auch eine Unmenge drin zu analysieren und zu interpretieren, fand Anna. Aber leider machte sie nicht die Lehrpläne für die 9. Klasse.

Während sie sich eine ihrer langen lockigen Haarsträhnen um den Finger wickelte, senkte Anna ihren Blick auf die kleingedruckten schwarzen Buchstaben und begann weiterzulesen, doch schon nach einem Absatz wurde ihr bewusst, dass sie überhaupt nichts von dem Geschriebenen aufnahm. Ihre Gedanken drifteten immer wieder ab.

Es lag nicht allein an Hauffs Erzählweise. Anna hatte einen viel besseren Grund, sich nicht konzentrieren zu können – und der hieß Martin.

Sie hatte Martin Gravert am Freitag in der *Garage* kennengelernt. Zuvor war sie noch nie in einer Diskothek gewesen, schließlich war sie erst 14, und ihre Eltern hätten es ihr ohnehin nicht erlaubt, doch sie hatte bei ihrer neuen Freundin Melly übernachtet, und die hatte sie zu dem heimlichen Discobesuch überredet. Die eineinhalb Jahre ältere Melly war seit Anfang des Halbjahres in ihrer Klasse. Sie war aus Berlin zugezogen und eine echte Großstädterin, die sich nichts aus Verboten machte. Mellys Eltern hatten sich getrennt, und sie lebte mit ihrer Mutter, einer Krankenschwester, die im Städtischen Klinikum Lüneburg arbeitete, in der Lisa-Meitner-Straße. Von dort aus waren es zu Fuß gerade mal fünf Minuten bis zur *Garage*, die an der Ecke Auf der Hude und Bei der Keulahütte lag.

Am Freitag hatte Mellys Mutter Nachtdienst gehabt, sodass die Mädchen sich in der Wohnung allein überlassen waren. Irgendwann hatte Melly dann den Vorschlag gemacht, noch tanzen zu gehen. Anfänglich hatte Anna gezögert, außerdem hatte sie nur Leggings und ein schlabbriges Sweatshirt angehabt, und so wollte sie sicher nicht ihren ersten Discobesuch erleben. Melly hatte Annas Zweifel nicht gelten lassen, ihr einen Minirock, ein Glitzertop und hochhackige Schuhe geliehen, und dann waren sie los zur *Garage*. Dort hatten beide kein Problem gehabt, am Türsteher vorbeizukommen, sahen sie doch dermaßen zurechtgemacht um einige Jahre älter aus, als es in ihrem Pass stand, den ohnehin niemand hatte überprüfen wollen.

Anna hatte ihn sofort gesehen. Er hatte nahe dem Eingang mit einem Bier in der Hand gestanden und einfach nur toll ausgesehen in seinem weißen Blusenhemd ohne Kragen und mit der Kordelschnürung am Ausschnitt. So ganz anders als die Bubis in ihrer Klasse. Als hätte er Annas Blicke auf sich gespürt, hatte auch er seine Augen auf sie gerichtet und ihr nach einer eingehenden Musterung ein breites Grinsen geschenkt. Schon dabei waren Annas Knie ganz weich geworden, und sie hätte sich gern gesetzt, doch das war in der *Garage* nicht angebracht. Außerdem hatte Melly sie an die Bar weitergezogen, wo sie ihnen umgehend je eine Cola mit Jägermeister bestellt hatte. Für Anna hatte das Getränk wie bittere Medizin geschmeckt, aber Melly hatte ihr erklärt, dass das nach ein paar Schlucken aufhören würde. Sie hatte recht behalten, wie Anna einige Minuten später festgestellt hatte.

Irgendwann war Melly auf die Tanzfläche gegangen, und sie war allein an der Bar zurückgeblieben. Trotz des wohligen Wattegefühls, das sich in ihrem Kopf breitmachte, hatte Anna eine gewisse Befangenheit verspürt. Wie sollte sie sich am besten verhalten? Wie stand man in einer Disco möglichst cool da? Oder setzte man sich auf einen Barhocker? Als Anna den letzten Schluck aus ihrem Glas getrunken und es auf dem Tresen abgestellt hatte, hatte sie eine Stimme neben sich bestellen hören: »Noch einmal das Gleiche für die Prinzessin hier.«

Sie hatte sich nach der Stimme umgedreht und sich dem Traumtypen vom Eingang gegenübergesehen.

»Hi, ich bin Martin. Du trinkst doch noch einen, oder?«, hatte er sich ihr vorgestellt und Anna hatte dazu nur nicken können, so überwältigt war sie gewesen. Mit dem Drink in der Hand waren sie ins Reden gekommen – vielmehr hatte Martin die meiste Zeit geredet. Er hatte ihr erzählt, dass er aus Uelzen komme und hier in Lüneburg im vierten Semester an der Leuphana Universität Betriebswirtschaft studiere. Anna hatte außerdem erfahren, dass er in einer WG in der Goethestraße wohne, sich aber nach was Eigenem für sich allein umschaue. Irgendwann hatten sie dann miteinander getanzt. Dabei hatte er sie fest an seinen durchtrainierten Körper gedrückt und ihr die Frage ins Ohr geraunt, wie alt sie sei. 17, hatte sie schnell geantwortet, weil Melly sie auf diese Frage schon zu Hause vorbereitet hatte: »Falls wer nach deinem Alter fragt, sag 17«, hatte sie gesagt. »So wie du aussiehst mit deiner tollen Oberweite und in meinen Klamotten glaubt dir das eh jeder, und wir bekommen keinen Ärger.«

Selbst wenn Melly ihr das vorher nicht eingetrichtert hätte, hätte Anna sich bestimmt vor Martin in diesem Moment älter gemacht. Sie fand ihn einfach nur toll, und seine Berührungen beim Tanzen hatten ihr gefallen. So war sie bisher noch nie von einem Jungen berührt worden. Wenn er gewusst hätte, dass sie erst 14 Jahre alt war, hätte er sie bestimmt noch nicht einmal mit der Kneifzange angefasst.

Martin hatte die Mädchen zum Abschied noch bis vor die Disco begleitet. Dort hatte er Anna um ihre Handynummer gebeten, die sie ihm bereitwillig gegeben hatte. Dann hatte er sie in die Arme genommen und vor Mellys Augen geküsst. Anna hatte das überhaupt nichts ausgemacht, in diesem Moment waren alle Gedanken aus ihrem Kopf verschwunden. Mann, war das schön gewesen. Anna hatte noch keine rechte Erfahrung im Küssen, aber so hatte sie es sich immer vorgestellt. Sie hatte richtig nach Luft schnappen müssen, als Martin sie nach einer kleinen Ewigkeit wieder freigegeben hatte. Zum Abschied hatte er ihr zugezwinkert und versprochen, sich bei ihr zu melden. Das war jetzt knapp vier Tage her.

Anna seufzte auf. Sie hatte einen Absatz im *Das kalte Herz* zum zweiten Mal gelesen, doch nichts von dem Sinn der Worte in sich aufgenommen. Als sie gerade ansetzen wollte, ihn ein weiteres Mal anzugehen, vibrierte ihr Handy, das sie neben dem Buch auf ihrem Schreibtisch liegen hatte. Sofort nahm sie es zur Hand und sah, dass eine SMS von einer ihr unbekannten Telefonnummer eingegangen war. Sie öffnete die Nachricht, und ihr Herz machte einen Sprung. Martin. Endlich!

Wieder und wieder las sie die Worte des Studenten. Glückseligkeit durchströmte das junge Mädchen. Er schien es wirklich ernst mit ihr zu meinen und hatte sein Versprechen gehalten. Er wollte sie treffen. Heute Abend um 22 Uhr am Wasserturm in der Altstadt. Er hatte darüber hinaus geschrieben, dass er vorher leider keine Zeit hätte, da er noch zu einer Vereinssitzung der ›PRO HANSE‹ müsse. Wie lieb er war! Er gab sich richtig Mühe und erklärte ihr, warum er erst so spät konnte!

Anna wusste nicht genau, was die ›PRO HANSE‹ war, sie hatte nur mitbekommen, dass die gestern in der Stadt demonstriert hatten. Warum, war ihr egal. Viel wichtiger fand sie, dass Martin sie nicht vergessen hatte. Er wollte sie sehen! Nur, wie sollte sie das hinkriegen? Ihre Eltern würden ihr niemals erlauben, um 22 Uhr wegzugehen. Kurz entschlossen rief Anna bei Melly an, um sich mit ihr zu beratschlagen. Tatsächlich wusste Melly sofort, wie sie es anstellen sollte. Sie sollte ihren Eltern einfach erzählen, dass sie mit Melly zusammen ein Referat vorbereiten musste und dann bei Melly schlafen wollte. Mellys Mutter hatte Nachtdienst und würde es nicht merken, wenn Anna nach ihrem Date mit Martin bei ihr in der Lisa-Meitner-Straße klingeln würde, um tatsächlich dort den Rest der

Nacht zu verbringen und mit Melly am nächsten Morgen in die Schule zu gehen.

»So machen wir das«, war Anna begeistert von Mellys Plan. »Es wird nur ein bisschen kniffelig, meinen Eltern beizubringen, dass ich unter der Woche nicht zu Hause schlafe.«

»Ach, das schaffst du schon«, erwiderte Melly optimistisch, dann legten sie auf. Anna war überglücklich. Sie hatte nicht nur eine tolle Freundin, sondern auch einen Jungen gefunden, der sie richtig gern mochte. Nein, stopp, keinen Jungen. Einen Studenten! Das hätte Anna in ihren kühnsten Träumen nicht zu hoffen gewagt.

17.12 Uhr

Katharina saß in einem kleinen Biergarten direkt an der Ilmenau und hatte sich ein großes Alsterwasser bestellt. Es war während des Tages sehr warm geworden, und sie war froh, einen Platz unter einem der Sonnenschirme gefunden zu haben.

»Mögen Sie vielleicht eine Laugenbrezel dazu?«, fragte der Kellner freundlich und riss Katharina aus ihren Gedanken.

»Wie bitte?«, fragte sie erschrocken.

»Ich wollte nur wissen, ob Sie zu Ihrem Alster vielleicht eine Laugenbrezel haben möchten, sie sind frisch gebacken«, wiederholte der junge Mann geduldig, als er ihr jetzt das Getränk auf den Tisch stellte.

»Nein, vielen Dank«, lehnte die Kommissarin ab. »Ich möchte sicher keine Laugenbrezel.«

Katharina schüttelte stumm den Kopf. Schön dämlich, ausgerechnet in einen Biergarten zu gehen, obwohl es in Lüneburg nun wahrlich mehr als genug Bistros, Restaurants und Cafés gab, die nicht einen solchen Bezug zu München hatten. Aber sie war hier, würde ihr Alsterwasser austrinken und wieder gehen. Punkt. Als ob sie sich selbst bestätigen wollte, nahm sie einen tiefen Schluck aus dem hohen Bierglas. Das hatte nichts mit München zu tun, es gab für Katharina kaum etwas, das bei diesen sommerlichen Temperaturen besser erfrischte. Außerdem hätte ein Münchner sie gar nicht verstanden, hätte sie ein *Alsterwasser* bestellt. Die Bajuwaren kannten es als *Radler*. Und selbst wenn sie es wussten, stellten sie gern auf stur, falls man es nicht genau unter diesem Namen bestellte.

Sie griff in ihre Tasche, um die Zigarettenschachtel hervorzuholen. Dabei kam ihr der Brief zwischen die Finger, und sie stoppte ihre Bewegungen abrupt. Der Brief. Katharina überlegte, ob sie ihn lesen sollte, aber sie entschied sich schnell dagegen und vergrub ihn tiefer in der Tasche. Er hatte sie den ganzen Tag belastet, wenigstens jetzt wollte sie ein paar Minuten durchatmen können. Ihr war klar, dass sie ihn nicht ignorieren konnte, aber sie wollte es zumindest hinauszögern.

Bewusst lenkte sie ihre Gedanken auf den *Fall Polaroid*. Ben hatte ihn so getauft, und sie und Tobi hatten die Namensgebung sofort übernommen. Nachdem Ben aus der KTU zurückgekehrt war und keine weiteren Ergebnisse vermelden konnte, hatten sie ihr zweites Frühstück vertilgt. Danach hatte Katharina alle umliegenden Krankenhäuser durchtelefoniert und nachgefragt, ob irgendwo ein abgeschnittenes Ohr fehlen würde. Natürlich hatte sie ihre Frage etwas geschickter formuliert, dennoch hatte sie am anderen Ende das Kopfschütteln über solch eine merkwürdige Frage der Polizei schier hören können. Als sie mit ihren Telefonaten durch gewesen war, hatte sie gewusst, dass nirgendwo ein Ohr fehlte und es auch keine Patientin gab, der eines abgetrennt worden war. Ben war derweil die Vermisstenanzeigen durchgegangen. Wenn das Ohr wirklich zu einem Folteropfer gehörte, war dieses möglicherweise entführt worden, und ein Angehöriger oder sonst jemand hatte die Person als vermisst gemeldet. Auch diese Recherche war erfolglos geblieben. In Deutschland gab es einfach zu viele Vermisstenanzeigen, die konnten sie nicht alle überprüfen – das würde Staatsanwalt Dr. Bent-Ove Friedberg niemals bewilligen, und in der Region schien niemand eine Frau oder ein Mädchen zu vermissen. Mit einem müden Lächeln hatte Ben geunkt, es würden alle Kriminellen wohl gerade Urlaub machen. Tobi wiederum hatte überprüft, ob jemand in der Lüneburger Region einen Polaroidfilm gekauft hatte, was nicht der Fall war. Danach hatte er sich an seinen Computer gesetzt und sich bis zum Mittag auf Geocache-Foren herumgetrieben, um sich auf diese Weise zu dem Thema schlauzumachen. Zwischendurch hatte er neu gelernte Geocachebegriffe zum Besten gegeben. Eine Person, die einen Cache versteckt hatte, hieß zum Beispiel *Owner*. Irgendwann hatte Katharina genervt abgewunken, und sie hatten sich darauf geeinigt, dass sie im Kommissariat die Dinge so nannten, wie es ihnen natürlich erschien, weil sie nicht auch noch Vokabel lernen wollten. Tobi hatte dazu nur mit den Schultern gezuckt und bei Google die Cache-Koordinaten eingegeben, die sie vom verstorbenen Lorenz Winter hatten. Er war schnell fündig geworden und hatte aufgeregt die Seite geöffnet, auf der der Cache verzeichnet worden war.

»Wenn jemand eine Cachestation eingibt, muss er sich vorher auf der Homepage registrieren und zumindest einen Nickname eingeben. Vielleicht kommen wir so auf die Spur des Ohrabschneiders«, hatte er erklärt. Tatsächlich hatte der Cache mit seinen Koordinaten noch im Verzeichnis gestanden. Derjenige, der ihn eingestellt hatte, hatte das unter dem Nickname *Meyneid* getan.

»Hm, was soll denn das bedeuten?«, hatte Tobi sich laut gefragt, sich dann aber nicht weiter drum gekümmert, sondern umgehend bei den Computerspezialisten angerufen, die versuchen sollten, diese Eingabe zurückzuverfolgen. Schon eine Stunde später hatten sie die Nachricht, dass die Eingabe aus einem Internetcafé in der Nähe der Universität getätigt worden sei. Auch diese Spur war also im Sand verlaufen, denn solche Cafés waren für jeden zugänglich und wurden stark frequentiert. Die Betreiber des Cafés zu fragen, ob sie sich an jemanden erinnern könnten, der zu einer bestimmten Zeit dort gewesen war, wäre reine Zeitverschwendung gewesen. Auch die zur Registratur notwendige E-Mail-Adresse hatte keine Hinweise geliefert, da sie vermutlich eigens zu diesem Zweck angelegt worden war und keine Hintergrunddaten wie Namen und Anschrift einer realen Person hergab. Inzwischen war es später Nachmittag geworden. Die KTU hatte sich gemeldet, jedoch ebenfalls nichts beisteuern können. Ben hatte daraufhin in die Hände geklatscht und »Schluss für heute, wir kommen grad eh nicht weiter«, durch den Raum gerufen. Katharina war das nur recht, und so hatte sie ihre wenigen Sachen zusammengepackt und war eilig nach draußen verschwunden, bevor einer der beiden Kollegen sie noch in ein Gespräch hatte verwickeln können. Ja, und jetzt saß sie hier …

Sie griff erneut in ihre Tasche und zog schnell ihre Packung Zigaretten hervor. Sie zündete sich eine an und wollte den Kellner um einen Aschenbecher bitten, als ihr einer vor die Nase geschoben wurde.

»Na, schöne Frau – den brauchen Sie doch bestimmt!«, erklang eine äußerst vertraute Stimme hinter ihrem Rücken.

Ohne sich umzudrehen, antwortete sie: »Hallo, Bene, was machst du hier? Konkurrenzbeobachtung?«

Benedict Rehder trat vor und setzte sich ihr gegenüber an den Holztisch. »Warum, du bist allein. Welchen Konkurrenten sollte ich da beobachten?«, fragte er mit Unschuldsmine.

»Spinner«, sagte Katharina schnippisch, »ich meinte deine gastronomische Konkurrenz.«

»Das hab ich nicht nötig«, erwiderte er selbstbewusst, »die können hier nichts, was ich nicht auch kann.«

Er lächelte die junge Kommissarin ehrlich und offen an. »Mein Dienst beginnt um 18 Uhr, weißt du doch. Und als ich dich hier allein hab sitzen sehen, dachte ich mir, ich leiste dir noch ein paar Minuten Gesellschaft. In meine Bar kommst du ja nicht.«

»Das kann ich mir nicht erlauben, ihr seid zu teuer in eurem schönen Hotel«, antwortete Katharina schlagfertig. Bene hatte recht, sie hatte Besuche in der Bar des Hotels *Heideglanz* in letzter Zeit vermieden.

»Wenn du kommst, ist für mich immer Happy Hour«, witzelte Bene. Er war offensichtlich in bester Flirtlaune.

»Nicht deine dummen Barmann-Sprüche, Bene, echt nicht. Du solltest eigentlich wissen, dass die bei mir nicht ziehen.«

Der Gesprächsverlauf, wenn man es überhaupt so nennen konnte, gefiel Katharina nicht, zumal sie anders als noch am Abend zuvor momentan nicht auf eine intime Begegnung aus war. So schnell konnte sich das Karussell der Bedürfnisse drehen. Sie musste zusehen, dass sie einen Themenwechsel einschlug. »Wie war dein Tag gestern mit Leonie? Hast du sie nach dem Supermarktbesuch wieder zu Julie gebracht? Ich habe euch gar nicht gehört.«

»Nein, sie hat bei mir geschlafen«, erklärte er. »Pyjama-Party mit Papa sozusagen.« Er grinste, und Katharina sah ihm an, dass ihm die Tage mit seiner Tochter wirklich gefielen. »Ich habe sie heute Morgen zur Schule gebracht und dann das Chaos bei mir zu Hause beseitigt. Unglaublich, was für ein Durcheinander so ein süßer Wildfang anrichten kann.«

»Sei froh, dass du nur eine Tochter hast – oder sollte man mit weiteren Überraschungen rechnen?« Katharina hatte sich diesen kleinen Seitenhieb nicht verkneifen können, wusste aber im selben Moment, dass das keine gute Idee gewesen war. Einzige Entschuldigung war ihre miese Laune. »Sorry, Bene – ich hab's nicht so gemeint, das war blöd von mir«, entschuldigte sie sich sofort.

»Kein Problem«, antwortete Bene unerwartet entspannt und ruhig. »Du hast ja nicht ganz unrecht. Aber nein, ich denke, sollte ich jemals ein zweites Kind zeugen, werde ich davon wissen.«

»Touché«, gab Katharina sich geschlagen. »Spaß beiseite, ich freu mich sehr für euch alle, dass ihr das so gut hinbekommt. Und vor allem, dass du und Leonie euch so gut versteht. Ich denke, das tut euch beiden gut.« Sie sah Bene an. »Du hast dich verändert, zum Positiven.«

»Ach so?«, fragte Bene überrascht. »Hab ich das?«

Katharina wurde ernst. »Du weißt, was ich meine. Ich kenne deine Vorgeschichte nur flüchtig und aus Erzählungen, aber mit deinem Verantwortungsbewusstsein und einem geregelten Leben war es nicht weit her. Und das sieht mir heute ganz anders aus.«

Er blickte sie überrascht an: »Aber zum Spießer wie mein lieber Zwillingsbruder bin ich hoffentlich noch nicht mutiert, oder?«

»Ben ist doch kein Spießer«, reagierte Katharina schärfer als gewollt. »Er ist halt ... sehr vernünftig ...«

»... und langweilig«, ergänzte Bene. »Ich glaub, ich muss ihm mal 'ne hübsche Braut besorgen, damit er wieder lernt, wie man Spaß im Leben hat.«

Katharina hatte keine Lust, dieses Thema weiter zu vertiefen. »Musst du nicht langsam los, zu deinem Dienst?«, fragte sie Bene und nahm einen kräftigen Schluck ihres bereits etwas schalen Alsterwassers. Dann zündete sie sich eine neue Zigarette an.

»Verstanden«, antwortete Bene. »Ich bin schon weg. Falls du noch jemanden erwartest ... viel Vergnügen.« Er grinste, doch das kam in seinen Augen nicht an. Etwas ernster setzte er hinterher: »Ich hoffe wirklich, wir zwei sehen uns bald wieder. So richtig, meine ich, nicht auf zwei zufällige Minuten.« Er hob die Hand, drehte sich um und verschwand in Richtung Altstadt.

Katharina sah ihm nach. Sie hatte Bene unnötig vor den Kopf gestoßen. Er konnte nichts für ihre miese Stimmung. Daran war allein dieser vermaledeite Brief schuld. Katharina gab sich einen Ruck, griff in ihre Tasche und zog den Umschlag hervor. Ohne weiteres Zögern nahm sie den Brief heraus und las:

Meine liebste Katha,

du ahnst ja nicht, wie oft ich an unsere gemeinsame Zeit denke. Wir waren ein starkes Team, eine mächtige Gemeinschaft, findest du nicht? Aber dann habe ich dich verloren. Doch glaub mir, es ist nicht alles so, wie es scheint. Und ich bin sicher, dass wir uns wiedersehen werden, irgendwann.

Ich wünsche dir eine großartige Karriere, du hast sie verdient!

In ewiger Liebe und Treue,
Maximilian

Katharinas Hände zitterten. Sie brauchte eine Weile, um den Brief wieder in den Umschlag zu bekommen. Während sie ihn dann in der Tasche verstaute, fischte sie mit der anderen Hand ihr Portemonnaie heraus, griff einen Zehn-Euro-Schein und hielt ihn dem verdutzten Kellner hin, der gerade vorbeikam.

»Hier«, sagte sie gehetzt, »stimmt so.« Sie musste weg, nach Hause, in ihr Nest. Auch wenn ihr davor graute, allein zu sein.

Wenige Minuten später erreichte sie ihr Wohnhaus und betrat den Hausflur.

»Katharina, alles okay mit dir?« Julie stand in ihrer Wohnungstür und sah ihre Nachbarin und Freundin besorgt an. »Du bist weiß wie eine Wand. Ist was passiert?«

Das ehrliche Mitgefühl von Julie war zu viel für Katharina, sie konnte dem inneren Druck nicht mehr standhalten, und die Tränen schossen ihr aus den Augen. Tränen, in denen sich Angst, Wut, Trauer und Panik vermischten – so wie heute Morgen auf dem Kommissariat. Hilflos sah sie Julie an, sprechen konnte sie in diesem Moment nicht.

Die Freundin nahm ihren Arm und zog Katharina

in ihre Wohnung. Sie lenkte sie in Richtung Küche und drückte sie auf einen Stuhl.

»Warte kurz, ich bin gleich wieder da«, sagte sie sanft und schloss die Küchentür hinter sich. Katharina hörte, dass sie telefonierte, dann ein leises Gemurmel auf dem Flur und dann die Wohnungstür, die ins Schloss fiel. Im nächsten Augenblick stand Julie wieder in der Küche.

»So«, sagte sie bestimmt und griff dabei nach Katharinas Händen. »Ich habe Leonie zu Laura geschickt, sie wird dort schlafen. Wir sind also allein und haben alle Zeit der Welt. Erzähl mir einfach, was passiert ist.«

Die Kommissarin sah Julie an und versuchte zu lächeln. »Danke«, presste sie hervor. Dann liefen erst mal wieder die Tränen.

»Lass dir Zeit«, beruhigte die Freundin sie und hielt wie selbstverständlich weiterhin Katharinas Hände fest. Katharina war hin und her gerissen. Dies war einer der Momente, in denen sie spürte, wie wichtig eine gute Freundin war. Doch seit Helens Tod hatte sie sich geschworen, sich nicht mehr so sehr an eine Freundin zu binden – der Schmerz nach Helens Tod war schier unerträglich gewesen.

Der Tränenfluss versiegte allmählich, und sie blickte Julie in die Augen. »Oh, Julie, bist du sicher, dass du dir das antun willst?«, fragte Katharina. »Das ist nicht in zwei Sätzen erzählt, und du kannst dir bestimmt einen entspannteren Feierabend vorstellen.«

»Quatsch keine Opern, Katharina, wofür sind Freunde denn da! Ich weiß nicht, ob ich dir helfen kann, aber ich kann dir auf jeden Fall zuhören.«

Also begann die Kommissarin zu erzählen. Julie wusste, dass Katharina in München gelebt und gearbeitet hatte, aber außer Ben und Kriminalrat Mausner kannte niemand die wahren Gründe für ihren Neustart in Lüneburg. Und so musste sie weit ausholen, damit Julie verstand, worum es ging und warum sie so aufgelöst war.

»Oh mein Gott«, stöhnte Julie, als Katharina die groben Zusammenhänge geschildert hatte. »Lass mich das kurz zusammenfassen: Du hast einen Staatsanwalt geliebt, Maximilian. Gemeinsam mit deiner Kollegin und Freundin Helen und diesem Staatsanwalt hast du einen mehrfachen Prostituiertenmörder gesucht. Dann hast du herausgefunden, dass Maximilian dieser Mörder ist, und der hat dann deine Freundin Helen getötet.« Julie schlug die Hände vors Gesicht. »Wie erträgt man das, ohne auszurasten?«

»Gar nicht«, sagte Katharina leise. »Das Schlimmste war, dass ich ihn wirklich geliebt habe. Wir haben zusammengelebt, ich habe mit ihm meine Zukunft geplant. Es ist so verstörend, dass man sich dermaßen in einem Menschen täuschen kann, der einem so nah ist.«

»Es muss sehr schwer für dich sein, überhaupt wieder jemandem zu vertrauen«, vermutete Julie. »Und nun hast du einen Brief von diesem Maximilian bekommen?«

Wortlos griff Katharina in ihre Tasche, reichte der Freundin den Brief und nickte stumm, als Julie fragte, ob sie ihn lesen dürfe.

Kurz darauf legte Julie das Blatt Papier auf den Küchentisch und sah die Kommissarin ratlos an. »Katharina, ich verstehe, dass allein die Tatsache, dass er weiß, wo du bist, und dir schreibt, dich aus der Bahn wirft, keine Frage«, sagte sie. »Doch du hast vorhin angedeutet, er würde dir drohen. Das lese ich aus dem Brief ehrlich gesagt so nicht heraus. Du solltest dich vielleicht nicht zu sehr verrückt machen, er sitzt hinter Gittern.«

Katharina verzog das Gesicht. Es spiegelte eine Mischung aus Angst, Ironie und Hass wider. »Das kannst du nicht verstehen, das ist eine Art geheime Botschaft.« Katharina musste gegen die erneut aufsteigenden Tränen ankämpfen. »Maximilian ist extrem intelligent. Und er weiß genau, dass Briefe von Insassen kontrolliert werden, bevor sie die JVA verlassen, er hätte mir also gar nicht offensichtlich drohen können. Aber schau genau hin. Siehst du die kleinen Zahlen, die am Rand wie zufällig notiert sind? Das war eine Art Geheimschrift, mit der Maximilian mir am Anfang auf der Dienststelle Liebesbotschaften geschickt hat, damit keiner etwas bemerkt. Einfach und doch sehr wirkungsvoll.«

Julie sah die Freundin fragend an. »Ich verstehe nicht ganz. Was bedeuten denn die Zahlen? Ich sehe 3, 29, 30, 66, 70 ...«

»Zähle die Buchstaben des Textes ab. Der dritte ist ein I, der 29. ein C, der 30. ein H«, unterbrach Katharina und erklärte: »Wenn du das bis zum Schluss durchspielst, ist das Einzige, was Maximilian mir mit diesem Brief mitteilen will, die Botschaft *ICH KRIEGE DICH*.«

22.00 Uhr

Anna Bechstein stellte ihr Fahrrad ordentlich in den Fahrradständer und schloss es ab. Zum Glück war es Juni und die Tage länger. So war es noch nicht richtig dunkel, und die Lichter der Stadt taten ihr Übriges, dass sie sich nicht allein und unwohl fühlte. Auch der Wasserturm, vor dem sie stand, war hübsch beleuchtet. Vereinzelt kamen Leute vorbei, doch niemand blieb stehen oder beachtete sie. Meist waren es jüngere Menschen, die es an diesem lauen Frühsommerabend an den Stint zog, die Kneipenstraße Lüneburgs, die nur wenige Gehminuten vom Wasserturm entfernt lag.

Anna guckte auf die Uhr ihres Handys. Inzwischen war es fünf Minuten nach zehn. Ob Martin wirklich kommen würde? Sollte sie ihn kurz anrufen? Nein, das würde ihn bestimmt nerven, und dass er nicht auf die Sekunde pünktlich war, war nicht weiter schlimm. Sicherlich hatte diese komische Vereinssitzung länger gedauert.

Das junge Mädchen strich sich nervös durch die Haare und schaute an sich herunter. Melly hatte ihr für das Date ein paar Sachen geliehen, die denen ähnelten, die sie am Freitag in der *Garage* getragen hatte. Sie hatte ihr zudem eine kleine Handtasche in die Hand gedrückt. So eine ohne Schulterriemen, die man nur in den Händen hielt. Melly hatte gesagt, man nenne solch eine Tasche *Clutch*, und das würde man jetzt tragen. Eigentlich fühlte Anna sich gut in den Klamotten und mit der Clutch, doch wusste sie auch, dass sie aufreizend aussah. Aber genau das wollte sie schließlich. Aufreizend wirken. Normalerweise war das nicht so, für Martin allerdings schon. Ob sie ihm heute sagen sollte, dass sie erst 14 war? Sie hatte ein schlechtes Gewissen, ihn angelogen zu haben, auf der anderen Seite: Würde er sich mit ihr abgeben, wenn er ihr wahres Alter erfuhr? Anna beschloss, mit ihrem Geständnis noch eine Weile zu warten und es ihm zu sagen, wenn sich ihre Beziehung gefestigt hatte. Genau so würde sie es machen. Sie wollte Martin ja nicht gleich wieder verlieren. Wenn er dann gemerkt hatte, wie viel reifer sie war als andere Neuntklässlerinnen, würde er sie weiterhin lieben, da war Anna sich sicher.

Sie hörte ein leises Knacken von rechts und schaute in die Richtung. Unwillkürlich musste sie lächeln, als sie Martin Gravert langsam auf sich zukommen sah. Er sah total cool aus, wie er da so lässig mit einer Zigarette im Mund den Weg entlang kam. Und er kam ihn ihretwegen entlang! Wieder hatte er sein ungewöhnliches weißes Blusenhemd an, und dazu trug er eine weit ausgestellte Hose, wie man sie an Zimmermännern auf der Walz sah.

»Hey, Prinzessin, toll siehst du aus«, sagte der Student zur Begrüßung, nahm Anna ohne Umschweife in seine Arme und küsste sie. Dieser Kuss war noch viel inniger als der vor der Disco, und Anna konnte nicht mehr klar denken. Ihr ganzer Körper war nur noch Gefühl, und sie erwiderte Martins Leidenschaft, indem sie sich fest an ihn drückte und mit sich geschehen ließ, was neben seinen weichen Lippen und der sie ausfüllenden Zunge seine Hände an ihrem Rücken taten. Sie schmeckte seinen von Rauch und Alkohol geschwängerten Atem und nahm ihn genüsslich in sich auf, sodass er ihre Kehle süß hinunterrann und ihren Körper von innen ausfüllte. Sie fühlte sich eins mit Martin, und es war, als hätte sie eine Zigarette geraucht und mit Bier nachgespült. Sie würde diesen Geschmack niemals vergessen.

Als Martin sich unter leisem Stöhnen von ihr löste, war es, als hätte jemand das Licht ausgeknipst und sie allein in einem dunklen Keller eingesperrt. Doch dieser einsame Moment war so schlagartig vorbei, wie er gekommen war, als Martin ihre Hand in seine nahm. »Gott, machst du mich verrückt. Komm«, sagte er mit belegter Stimme und zog sie mit sich fort. Er ging schnell, und Anna hatte Mühe, ihm auf ihren ungewohnt hochhackigen Pumps hinterherzukommen.

»Wohin gehen wir?«, fragte sie.

»Dahin, wo wir ungestört sind«, gab Martin zur Antwort. Kurz darauf waren sie im Clamart-Park. Schemenhaft erkannte Anna das Dragonerdenkmal auf der Wiese, hatte jedoch keinen Sinn dafür. Sie war viel zu aufgeregt. Ob Martin sie zu sich nach Hause brachte? Und dann? Ob er dort mehr von ihr wollte als nur leidenschaftliche Küsse? Ganz bestimmt, schließlich war er ein Student, und so, wie sie gekleidet war, musste er von ihr denken, dass sie es nur darauf angelegt hatte, mit ihm ins Bett zu kommen.

Anna spürte, wie ein mulmiges Gefühl in ihr aufstieg. Sie wusste, dass einige Mädchen in ihrer Klasse bereits mit einem Jungen geschlafen hatten – Melly gehörte dazu, aber sie eben noch nicht. Und sie hatte es nicht vor. Sie nahm auch nicht die Pille und hatte sich immer vorgestellt, dass sie erst eine Weile mit jemandem zusammen war, bis *es* geschehen würde. Natürlich, Martin war in ihren Augen der Richtige, und sie wollte sich nie von ihm trennen, aber ... Oh je, worauf hatte sie sich da eingelassen? Musste das denn alles so schnell gehen? Hätte sie Martin bloß nicht wegen ihres Alters angelogen. Doch vielleicht irrte sie sich und Martin wollte wirklich nur allein mit ihr sein, ohne dass immer wieder Leute an ihnen vorbeimarschierten.

Anna irrte sich nicht. Als Martin mit einem Mal abrupt stehen blieb, wäre sie fast in ihn hineingerannt. Er verkannte das. Martin nahm sie sofort in seine Arme, was ihr fester als zuvor vorkam, und drückte seinen Unterleib gegen ihre schmalen Hüften.

»Hey, so stürmisch, Prinzessin? Hast du es so eilig? Dann freu dich, wir sind nämlich da«, meinte er, während seine Hände unter ihr Top glitten und anfingen, ihre vollen Brüste zu befingern.

Anna war hin- und hergerissen. Ihrem Körper gefiel, was der junge Mann mit ihr tat, doch ihr Verstand sagte etwas anderes … Vor allem: Wieso hatte Martin gesagt, sie seien da? Sie standen mitten im Park vor einem großen Rhododendronbusch. Gut, momentan lief keine Menschenseele herum, aber jeden Augenblick konnte sich das wieder ändern, was Anna sehr recht gewesen wäre, denn plötzlich war aus dem eben noch mulmigen Gefühl blanke Angst geworden. Was machte sie hier? Sie kannte den Mann, der sie in den Schutz des Rhododendrons zu ziehen begann, gar nicht. Sie wusste gerade mal seinen Namen, woher er kam und dass er in Lüneburg Betriebswirtschaft studierte. Okay, sie hatte seine Handynummer, doch die SMS von heute Nachmittag hatte sie sicherheitshalber gelöscht, damit ihre Eltern sie nicht zufällig sahen. So war er für andere nur einer von vielen Kontakten in ihrem Telefon, mehr nicht! Nur Melly wusste Bescheid, aber sie wusste auch nicht, wo Anna war!

Die Schülerin begann, sich gegen den Griff des Studenten zu sträuben.

»Was soll das, was machst du da?«, sagte sie mit kläglicher Stimme.

»Komm schon, stell dich nicht so an, hier haben wir es schön – und du willst es doch auch«, erwiderte Martin hart und zerrte sie mit einem Ruck unter den großen Busch, der in seinem Inneren eine kleine Höhle barg. Anna prallten die Äste ins Gesicht, sie kam ins Straucheln und fiel bäuchlings hin.

»So ist es gut«, kommentierte Martin ihren Sturz und machte sich daran, ihr den kurzen Rock hochzuschieben. Sein Atem ging dabei stoßweise.

»Nicht, lass das«, flehte Anna und versuchte, ihn mit ihren Händen abzuwehren. Der junge Mann war stärker. Inzwischen hatte er sich rittlings auf ihre Kniekehlen gesetzt. Anna hörte, wie er seine Gürtelschnalle öffnete. Mit aller Kraft bäumte sie sich gegen Martin auf, doch es half nichts. Sie konnte nichts sehen. Nicht nur wegen der Dunkelheit, sie hatte bei dem Sturz Erde in ihre Augen bekommen. Sie wollte schreien, brachte jedoch keinen Ton heraus, nur ein Schluchzen.

Als ihre Oberschenkel hart auseinandergedrückt wurden, geriet Anna vollends in Panik. Endlich gelang ihr ein lauter Schrei, der im Park verhallte.

»Sei ruhig«, herrschte Martin sie an und drückte für einen Moment ihren Kopf hinunter, sodass ihr Gesicht mit dem Boden zu verschmelzen schien. Dieses gnadenlose Vorgehen veranlasste Anna, mit dem Schreien aufzuhören, als sie daraufhin wieder den Kopf anhob. Sie schluchzte leise Tränen der Verzweiflung. Immerhin schwemmten sie auch die Erde aus ihren Augen heraus.

Intuitiv hielt Anna still, um Martin in Sicherheit zu wiegen. Sie musste ihm das Gefühl geben, dass er sie wie ein Tier erlegt hatte und nun mit ihr tun und lassen konnte, was er wollte. Tatsächlich erhob er sich ein wenig von ihr. Wahrscheinlich knöpft er seine Hose auf, dachte das Mädchen voll Grauen, aber so ist er wenigstens mit sich beschäftigt. Vorsichtig streckte sie einen Arm seitlich aus, in der Hoffnung, einen Ast oder Stein zu ertasten. Da, da war etwas. Anna schloss ihre Hand darum, dann hielt sie wieder still. Als Martin jedoch begann, ihre

Unterhose im Schritt beiseitezuschieben, konnte sie nicht mehr anders. In einer heftigen Regung zog sie gleichzeitig ihre Ellenbogen unter ihre Brust, stemmte ihren Oberkörper mit all der ihr verbliebenen Kraft hoch, drehte ihn in einer Bewegung nach vorn, hob ihren Arm mit dem zufällig vom Boden aufgeklaubten Gegenstand in der Hand und drosch in ihrer Panik wild auf den Studenten ein. Ihre Schläge waren nicht wirklich hart, dennoch veranlassten sie Martin, für einen Moment von ihr abzulassen. Anna sah ihre Chance gekommen und rammte den Gegenstand in seine bloßgelegten Weichteile. Martin bäumte sich vor Schmerz auf und rollte sich zur Seite, während seine Hände einem Reflex folgten und sich auf seine Körpermitte legten. Das junge Mädchen kroch auf allen Vieren unter dem Rhododendron hervor, streifte ihre Pumps, die sie noch immer anhatte, von den Füßen, sprang auf und lief barfuß den Weg zurück, den sie vor 15 Minuten an Martins Hand gegangen war. Niemand begegnete ihr, bis sie beim Wasserturm angekommen war. Mit Tränen in den Augen starrte sie auf ihr angeschlossenes Fahrrad. Das würde sie hier nicht wegbekommen, der Schlüssel zum Schloss sowie ihr Handy waren in ihrer kleinen Handtasche, und die war bei Martin unter dem Rhododendron. Sie musste anders zu Melly kommen, zu Fuß, nur weg.

Eine Dreiviertelstunde später drückte Anna die Klingel mit dem Namen von Mellys Familie. Erschöpft lehnte sie sich gegen die Eingangstür und wartete darauf, dass der Summer betätigt wurde. Normalerweise hätte sie für den Weg vom Wasserturm bis hierher nur etwa 20 Minuten gebraucht und zu Beginn war sie sogar gerannt, und mit jedem zurückgelegten Meter hatte die Angst vor Martin und davor, dass er ihr folgen könnte, nachgelassen. Dafür hatten die Seitenstiche hinter ihren Rippen zugenommen. An der großen Kreuzung Altenbrückertorstraße und Schießgrabenstraße hatte sie nicht mehr gekonnt. Da ihr offensichtlich niemand folgte, war sie ab hier langsam gegangen. Erst dabei hatte sie bemerkt, dass sie ihre *Waffe* noch immer in der Hand hatte: eine dreckige Brotdose, ähnlich der, die ihre Mutter ihr täglich mit in die Schule gab, nur dass diese blau war und ihre eigene rot. Bei dem Anblick musste Anna hysterisch auflachen – sie hatte Martin mit einer Brotdose abgewehrt! Zuerst wollte sie sie einfach wegschmeißen, doch dann entschied sie sich dagegen. Immerhin hatte dieses Ding sie vor Schlimmerem bewahrt. Beim Gedanken daran lief Anna ein Schauer über den Rücken, und sie wusste, dass sie Glück im Unglück gehabt hatte. Wie hatte sie sich nur auf einen wildfremden Typen einlassen können? Sie schalt sich selbst für ihre Naivität.

Ob das schon unter Vergewaltigung fiel? Wahrscheinlich nicht, denn bis auf Striemen im Gesicht, die ihr die Rhododendronzweige zugefügt hatten, und aufgeschundene Fußsohlen hatte sie keine Verletzungen davongetragen. Außer natürlich dieses schreckliche Gefühl der Angst. So schnell würde sie sicher keinen Jungen mehr näher an sich heranlassen!

Anna musste noch zweimal Sturm klingeln, bevor der Summer ihr endlich die Haustür öffnete. Müde schleppte sie sich das Treppenhaus bis zu der Wohnung von Melly und ihrer Mutter hoch, wo ihre verschlafene Freundin sie im Türrahmen erwartete.

»Wie siehst du denn aus – und wo sind meine Pumps?«
Melly war bei Annas Anblick sofort hellwach. Wortlos
drängte Anna sich an Melly vorbei, legte die Brotdose auf
die kleine Anrichte im Flur, ging in Mellys Zimmer und
setzte sich auf das Bett. Melly war ihr gefolgt und setzte
sich neben sie, woraufhin Anna ihr unter Tränen berichtete. Sie ließ nichts aus. Auch nicht das, was sie inzwischen über ihre eigene Dummheit dachte. Dann nahm
Anna Melly den Schwur ab, niemandem etwas davon zu
erzählen. Sie schämte sich zu sehr.

Nideriu minne heizet diu sô swachet,
daz der lîp nâch kranker liebe ringet.
diu minne tuot unlobelîche wê.
hôhiu minne heizet diu daz machet,
daz der muot nâch hôher wirde ûf swinget.
diu winket mir nû, daz ich mit ir gê.
mich wundert wes diu mâze beitet:
kumet diu herzeliebe, ich bin iedoch verleitet.
mîn ougen hânt ein wîp ersehen,
swie minneclîche ir rede sî,
mir mac wol schade von ir geschehen.

(aus: Aller werdekeit ein füegerinne, Walther von der Vogelweide)

Niedre Minne kann dich zwar erregen,
Dass der Leib in kranker Lust sich windet,
Diese Minne macht nur schwach und leer.
Hohe Minne kann dich neu bewegen,
Dass der Geist nur edle Ziele findet,
Doch Erfüllung, die winkt nimmermehr.
Mäßigung, wohin wollt Ihr mich führen?
Wird die Liebe neu mein Herz berühren?
Mein Aug das hat ein Weib gesehen,
So lieblich sie nun auch sprechen mag –
Ach, wird mir ein Leid nun durch sie geschehn?

(Nachdichtung: Lothar Jahn)

3. KAPITEL:

MITTWOCH, 12. JUNI 2013,
2 TAGE VOR DEM LÜNEBURGER STADTFEST

7.46 Uhr

Christiane Radlowski fühlte sich wie gerädert, als sie nach Hause kam. Seit einer Woche schob sie Nachtschichten im Krankenhaus, weil die mehr Geld brachten. Heute Morgen war sie nach dem Dienst noch zum Wochenmarkt auf dem Rathausplatz gefahren, um frisches Obst und Gemüse für die nächsten Tage zu besorgen. In der Wohnung war es still, die Mädchen – ihre Tochter hatte Schlafbesuch von einer Klassenkameradin gehabt – waren bereits unterwegs zur Schule. Im Flur sah es aus wie auf einem Schlachtfeld. Überall lagen Mellys Schuhe herum, die Jacken hingen nicht ordentlich an der Garderobe, sondern waren nur achtlos darüber geschmissen, und die Post stapelte sich auf der kleinen Anrichte und teilte sich ihren geringen Platz mit einer nicht eben sauberen Brotdose.

Mellys Mutter stieß einen Seufzer aus, streifte sich die flachen Schuhe von den Füßen, stellte sie in den Schuhschrank und räumte Mellys ebenfalls hinein. Nachdem sie ihre leichte Jacke ausgezogen und aufgehängt hatte, hängte sie die ihrer Tochter auf einen Bügel. So, nun sah es schon etwas besser in ihrem Eingangsbereich aus. Die Post würde sie später durchgehen, dazu war sie jetzt zu erledigt. Der Großteil waren wahrscheinlich sowieso nur Rechnungen oder Schreiben vom Anwalt ihres Exmannes. Sie wollte noch schnell ein Glas Wasser trinken und dann ab ins Bett.

Auf dem Weg in die Küche griff Christiane Radlowski automatisch nach der Brotdose. Sie hatte sie nie vorher gesehen, doch war das nicht weiter verwunderlich, Melly kaufte so was hin und wieder selbst, wenn die Mutter keine Zeit dafür hatte und ihre Tochter damit beauftragte. Der Teenager ging nie besonders achtsam mit solchen Dingen des Alltags um. Christiane hatte schon einiges an Geld in Brotdosen, Trinkflaschen und Co. investiert. Noch im Gehen klappte sie den Verschluss der Brotdose auf, um das alte Essen in den Mülleimer zu befördern, und rümpfte mit angehaltenem Atem die Nase. Die Erfahrung hatte sie gelehrt, dass in diesen Dosen grundsätzlich etwas Vergammeltes lag. Die Schimmelsporen wollte sie nicht einatmen. Sie hob den Deckel an, und was sie sah, ließ sie schnaubend vor Entsetzen sofort ausatmen und den Blick abwenden. Sie entdeckte kein verschimmeltes Brot oder schmierigen Apfelgriepsch in der Brotdose, sondern zwei blutbeschmierte, abgeschnittene Finger! Voll Widerwillen schaute Christiane Radlowski ein weiteres Mal vorsichtig hinein. Sie musste sich einfach überzeugen – und tatsächlich, sie hatte richtig gesehen. Es waren zwei abgeschnittene Finger, beim näheren Betrachten ein Zeige- und ein Ringfinger, eventuell ein Mittelfinger. Zwar waren sie nicht selbst darin, sondern nur ein Foto davon, doch das machte den Anblick nicht weniger widerlich, zumal das Papier dieses Polaroids, wie man sie eigentlich nicht mehr benutzte, blutverschmiert war.

Gestern um diese Zeit hätte Christiane Radlowski noch gedacht, ihre pubertierende Tochter wolle sie aus Jux mit so einem Brotboxinhalt schockieren, heute Morgen ahnte sie jedoch, dass dies nicht der Fall war. Als sie am Abend zuvor ihren Dienst in der Klinik angetreten hatte, war eine Kollegin beim Schichtwechsel grinsend auf sie zugekommen, um zu berichten, dass eine Polizistin auf der Station angerufen und nach einem abgeschnittenen Ohr gefragt hatte. »Als ob wir hier in der Klinik abgeschnittene Ohren verlieren, geschweige denn welche haben«, hatte die Kollegin ihren Bericht beendet und sich dabei Augen rollend gegen die Stirn getippt.

Christiane Radlowski jedenfalls hielt jetzt das Foto von zwei abgeschnittenen Fingern in der Hand und ihr Gefühl sagte ihr, dass es nicht schaden könnte, ihren Fund der Polizei zu melden. Sie fragte sich nicht, was ihre Tochter mit der Angelegenheit zu tun hatte und wie die Brotbox mit dem Foto überhaupt in ihre Wohnung gekommen war. Dafür war sie zu bestürzt und zu müde. Außerdem wollte sie dieses widerliche Überraschungspaket so schnell wie möglich loswerden. Und dann wollte sie endlich schlafen.

Die Krankenschwester klappte die Dose wieder zu, holte ihre Schuhe und die Autoschlüssel, verließ die Wohnung und fuhr geradewegs zur Polizei.

8.06 Uhr

Sie lag mit geöffneten Augen da, doch eigentlich war es gleich, weil die Dunkelheit sie umschlang wie die Fesseln ihren Körper. Ein paarmal hatte sie die Augen deswegen wieder geschlossen, aber dann erschienen Bilder, die sie nicht sehen wollte. So, mit offenen Augen, waren es wenigstens nur ihre Gedanken, die sie malträtierten.

Plötzlich ruckelte es, und um sie herum wurde es sachte hell. Es war wie an einem Frühlingsmorgen in ihrer Kindheit, wenn im aufkommenden Tageslicht der Raureif der Wiesen der Sonne entgegen stieg und die Sicht vernebelte.

In ihrer Kindheit hatte sie die Frühlingsferien stets bei ihrer Großmutter auf dem Land verbringen müssen, während ihre Eltern weiter malochten. Ihre Großmutter wohnte damals in Ashausen – vor 40 Jahren noch ein kleines Dörfchen zwischen Hamburg und Lüneburg, heute ein Ort mit durchaus betuchter Bevölkerung, der zum Hamburger Speckgürtel zählte. Vor einigen Jahren hatte ihr Mann ihr vorgeschlagen, dorthin zu ziehen. Er hatte es gut gemeint, wollte sie auf diese Weise trotz des großen Angebots an kulturellen und gesellschaftlichen Möglichkeiten aus der anonymen Großstadt herausholen. Um ihre Wangen vom Grau zu befreien und wieder rosig erblühen zu lassen, hatte er gesagt. Wie poetisch … Sie hatte spontan abgelehnt. Ihn sogar ausgelacht. Hätte sie es nur nicht getan. Womöglich läge sie dann nicht hier in diesem Sarg.

»Mach die Augen zu«, sagte eine gedämpfte Stimme. Sie folgte sicherheitshalber dem Befehl, da sie nach wie vor nicht wusste, ob die Stimme echt war oder nur in ihrem Kopf existierte. Allerdings meinte sie, die Stimme noch nie gehört zu haben. Und war es mit Stimmen im Kopf nicht wie mit Träumen? Man sah – oder in diesem Fall hörte – nur das, was man kannte.

Die Stimme klang dumpf. Geflüstert und zwischen den Lippen herausgepresst. Möglicherweise war es die ihres

Peinigers. Die, die ihr schon einmal befohlen hatte, die Augen zu schließen, doch da hatte die Stimme gezischt. War unwirsch gewesen.

Sie fühlte ein Streicheln auf ihren Wangenknochen und zuckte vor Schreck leicht zurück, doch dann schmiegte sie sich in die vermeintliche Liebkosung. Die Stimme war also echt. Ihr war es im Moment nicht wichtig, von wem sie kam. Die Berührung ließ sie hoffen und senkte ihr Herzklopfen, verscheuchte ein wenig die Angst, denn sie hatte trotz der bizarren Situation etwas Zärtliches an sich. Von der Form her konnte es ein gekrümmter Zeigefinger sein, der auf ihrer Haut entlang strich, aber er war zu glatt und zu kühl. War die Hand, die ihn führte, behandschuht? Ihre Lider flatterten und wollten sich öffnen, doch sie bezwang die Muskeln und kniff sie fest aufeinander. Vielleicht bekam sie dann die Chance auf eine weitere Berührung ...

»Es tut mir leid, aber ich muss es tun, weil es so verlangt wird«, flüsterte die Stimme – jetzt klang sie kehlig und hatte tatsächlich Ähnlichkeit mit der unwirschen. Als hätte die Stimme einen Stöpsel gelöst, sprudelte augenblicklich wieder die Angst in ihren Körper, verdrängte alles andere und presste gegen ihre Eingeweide, die sich sofort verkrampften. Einem Impuls folgend, als wollten sie der Angst Platz machen und helfen, aus ihrem Körper zu entkommen, verlor sie die Kontrolle über ihre Lider und riss sie auf. Zeitgleich drehte sie den Kopf in die Richtung, aus der die Stimme kam, und starrte in zwei schwarze Löcher, aus denen es herausblitzte. Schnell wurde ihr klar, dass die Blitze die Lichter von Lampen waren, die ihren Weg durch die Sehschlitze der ihr bereits bekannten Henkerskapuze gefunden hatten und auf der Netzhaut eines menschlichen Auges reflektierten.

»Augen zu«, herrschte die Stimme sie an und klang barsch wie beim ersten Mal, als sie sie gehört hatte. Sie gehorchte, noch während die Worte ausgesprochen wurden. Dann erbebte ihr Sarg durch einen kurzen Ruck. Das war es, nichts weiter geschah.

Erst nach einer Weile wagte sie es, ihre Augen zu öffnen. Was sie sah, ließ den letzten Rest Hoffnung in ihr ersterben: wieder nur absolute Dunkelheit.

8.17 Uhr

Ben trommelte mit den Fingern auf der Tischplatte herum. Er hatte eben seinen Computer gestartet und wartete ungeduldig darauf, dass das Login-Feld erschien, in das er sein Passwort eingeben konnte, um mit der Arbeit zu beginnen. Er wollte gleich heute Morgen prüfen, ob eine neue Vermisstenanzeige bei der Polizei eingegangen war.

Tobi saß ebenfalls hinter seinem Schreibtisch am Computer und loggte sich ins Geocache-Forum ein, auf dem es einen Chatroom gab. Er hatte sich gestern eigens dafür registriert, weil er schauen wollte, ob es Neuigkeiten gab. Im Stillen hatte er außerdem die Hoffnung, dass *Meyneid* sich irgendwann hier herumtreiben würde, aber wie Ben an seinem Computer wurde auch er enttäuscht. Die Geocacher schienen um diese Zeit alle noch zu schlafen oder auf Cachejagd zu sein, denn er war der Einzige im Chat, wie er in dem Moment feststellte, als er bei seinem Chef das Telefon klingeln hörte. Kurz darauf stand Hauptkommissar Benjamin Rehder im Gemeinschaftsbüro und forderte den Kollegen auf: »Tobi, ruf die KTU an, unten in der Dienststelle wurde eine Brotdose mit einem Polaroid darin abgegeben! Einer soll sie dort abholen und sofort auf Spuren untersuchen! Die Finderin wartet unten, ich geh schnell und bring sie hierher zu uns. Das kann kein Zufall sein!«

Keine fünf Minuten später bat Benjamin Rehder Christiane Radlowski, im Besprechungsraum Platz zu nehmen. An Tobias richtete er die Bitte, für sie alle Espresso zu machen. Bereits am Empfang hatte er bemerkt, wie müde die Frau war. Auf dem Weg nach oben hatte sie ihm fast schon entschuldigend erzählt, dass sie Krankenschwester sei und geradewegs von der Nachtschicht käme, doch darauf konnte der Hauptkommissar im Moment keine Rücksicht nehmen. Je eher er an die Informationen kam, die er brauchte, desto besser war es für die Ermittlungen. Denn dass das neue Foto mit dem *Fall Polaroid* in Verbindung stand, war für Ben nach einem einzigen Blick darauf klar gewesen. Dazu musste er nicht erst die Ergebnisse aus der KTU abwarten.

Während Tobi mit den Espressi beschäftigt war, betrachtete Benjamin Rehder die Krankenschwester. Sie sah erschöpft aus. Ihre Gesichtsfarbe war fahl, und unter ihren Augen lagen tiefe Schatten. Unwillkürlich musste er an Katharina denken, die so ganz anders daherkam, selbst wenn sie wenig Schlaf abbekommen hatte. Katharina sah stets aus wie das blühende Leben mit ihren rosigen Wangen, den lebendigen grünen Katzenaugen und den vollen

Lippen. Ob sie sich noch mit seinem Bruder traf? Dessen ewige Fragerei nach ihr und seine konsequenten Grüße für Katharina, die Ben meistens nicht überbrachte, ließen darauf schließen, dass dem nicht so war. Aus einem Grund, den Ben lieber nicht hinterfragte, gefiel ihm das. Aber worüber dachte er da eigentlich nach? Er hatte einen Fall zu lösen und nicht seinen privaten Gedanken nachzuhängen. Benjamin Rehder räusperte sich und begann Christiane Radlowski zu befragen, während Tobias die Espressi auf den Tisch stellte und sich anschließend lässig an die Wand lehnte.

»Frau Radlowski, wo haben Sie die Brotdose mit dem Foto gefunden?«

»Bei mir zu Hause. Auf der Anrichte in unserem Flur. Ich nehme an, Melly, also meine Tochter, hat sie da abgelegt, aber genau weiß ich es nicht. Vielleicht war es auch ihre Freundin. Die hat von gestern auf heute bei uns geschlafen«, gab die Krankenschwester zur Antwort.

Ben und Tobias tauschten einen überraschten Blick: Waren die Fotos doch nicht echt? Waren Sie hier durch Zufall auf die Bestätigung gestoßen, dass es sich nur um einen unschönen Scherz von Jugendlichen handelte?

Ben war klar, dass er sich sofort darüber Gewissheit verschaffen musste. Nicht nur um die kostenintensiven Untersuchungen der KTU zu stoppen, sondern auch um sich selbst zu beruhigen. So makaber solch ein Scherz sicher wäre, er wäre 100-prozentig besser als die qualvolle Folterung einer Frau.

Tobias schien den gleichen Gedanken gehabt zu haben, denn er stellte die Frage, die Ben formulieren wollte: »Wo halten sich Ihre Tochter und deren Freundin im Moment auf?«

»Ich hoffe doch sehr in der Schule«, antwortete Christiane Radlowski mit einem Seitenblick auf Ben, der ihm bedeuten sollte, dass sie diese Frage für befremdlich hielt. Wo sollten die Mädchen wohl sonst sein?

Benjamin Rehder lächelte der Frau entschuldigend zu: »In welcher Schule und in welcher Klasse? Wir müssen dringend mit den beiden reden. Wie heißt die Freundin Ihrer Tochter?«

»Anna Bechstein. Sie geht zusammen mit meiner Melly in die 9b der Wilhelm-Raabe-Schule. Meinen Sie etwa, die Mädchen haben Dummheiten gemacht?«, fragte Christiane Radlowski plötzlich erschrocken, und man sah ihr an, dass sie ihrer Tochter das durchaus zutrauen würde. Dann setzte sie jedoch hinzu: »Also meine Melly hat es zwar faustdick hinter den Ohren, aber wenn Sie denken, sie hat etwas mit diesem ... diesem grausigen Foto zu tun, dann ... nein, das glaub ich einfach nicht ... Im Krankenhaus hab ich was von einem abgeschnittenen Ohr gehört, das die Polizei sucht. Ist es deswegen? Glauben Sie, dass dieses Foto hier damit in Zusammenhang steht?«

Benjamin erhob sich von seinem Stuhl. Auf die letzte Frage der Frau, die ebenfalls aufstand, ging er nicht ein: »Frau Radlowski, es wäre zu früh, sich Sorgen zu machen. Wir wollen die Mädchen nur fragen, woher sie die Brotbox mit dem Foto haben. Falls Sie möchten, können Sie als Erziehungsberechtigte gern dabei sein. Allerdings geht es im Moment lediglich um eine Auskunft, mehr nicht«, erklärte Benjamin der Mutter, die bei seinen Worten einigermaßen beruhigt erschien und abwinkte, während sie mühsam ein Gähnen unterdrückte.

»Nein, nein, wenn das so ist, ist es ja gut. Ich fahr dann lieber nach Hause, ich bin ...«, brach Christiane Radlowski mitten im Satz ab, weil ihr auffiel, dass es nicht unbedingt für eine sorgenvolle Mutter sprach, sich mit Müdigkeit zu rechtfertigen, wenn es um das eigene Kind ging. Sie wandte sich zur Tür. Noch einmal wiederholte der Hauptkommissar: »Machen Sie sich vorerst keine Sorgen, wir halten Sie auf dem Laufenden.«

Benjamin und Tobias hatten kaum ein Wort im Auto gesprochen. Jetzt saßen sie im Zimmer des Direktors der Wilhelm-Raabe-Schule und warteten ungeduldig, dass dieser Melanie Radlowski, genannt Melly, und Anna Bechstein zu ihnen bringen würde. Zuvor hatten sie den Direktor informiert, dass bisher nichts gegen die beiden Mädchen vorliegen würde, sie nur ein paar Fragen wegen eines aktuellen Falls an sie hätten. Der Direktor hatte nicht weiter insistiert, jedoch darauf bestanden, bei der Befragung dabei zu sein. Ansonsten hatte er auf Bens Frage hin berichtet, dass die Mädchen durchschnittlich gute Schülerinnen und in keiner Weise auffällig seien.

»Gut, Melly ist noch nicht lange bei uns, und ich kann nicht viel über sie erzählen, aber was ich von ihren Lehrern gehört habe, ist durchaus positiv. Sie hat sich schnell in die Klassengemeinschaft eingelebt und scheint recht selbstständig zu sein«, hatte er hinzugesetzt, bevor er losgezogen war, um die Mädchen aus dem Unterricht zu holen. Er wollte niemand anderen schicken, hatte er erklärt, weil er es als seine Pflicht als Schuldirektor ansah, die beiden auf den Besuch der Polizei vorzubereiten.

Als die Mädchen, gefolgt vom Direktor, eintraten, errieten die Kommissare sofort, welche von beiden Melly war. Nicht nur, dass sie wie eine jüngere Ausgabe ihrer Mutter schien, ihr selbstbewusstes Auftreten unterstrich die vorangegangenen Worte des Direktors. Anna Bechstein hingegen schaute scheu im Raum herum und vermied jeden Augenkontakt. Ben nahm an, dass sie schon ahnte, weswegen Tobi und er hier waren. Sie schien sich unwohl zu fühlen oder gar ein schlechtes Gewissen zu haben. Der Hauptkommissar wusste aus seiner langjährigen Erfahrung heraus, dass er schneller zum Ziel kam, wenn er sich bei seiner Befragung an das schwächere Glied wandte. Das war zweifelsohne Anna, und so blickte er sie an, als er sagte: »Euer Direktor hat euch bereits informiert, dass wir euch nur einige Fragen stellen möchten. Ihr müsst euch keine Sorgen machen, wenn ihr ehrlich antwortet, ist alles gut und ihr helft uns enorm weiter.«

»Dürfen Sie das denn so einfach?«, schaltete sich Melly ein. »Ich meine, müssen unsere Eltern nicht ihre Zustimmung geben, wenn die Polizei uns Fragen stellen möchte?«

Ben lächelte. Das Mädchen war wirklich plietsch. »Nun, du bist Melanie, nehme ich an? Also, wenn du es so genau wissen möchtest: Es handelt sich hier um eine sogenannte informatorische Befragung. In diesem Fall müssen wir euch nicht belehren und können das durchaus ohne die Zustimmung eurer Eltern machen. Nichtsdestotrotz haben wir mit deiner Mutter bereits gesprochen. Sie weiß, dass wir hier sind, um ein paar Fragen zu stellen, und hat, was dich angeht, ihre Zustimmung dafür gegeben. Durch sie sind wir überhaupt erst auf euch gekommen.«

»Ach?«, entfuhr es Melly, und sie runzelte dabei fragend die Stirn. Dann meinte sie forsch: »Und was ist mit Annas Eltern?«

»Anna, deine Eltern haben wir bisher nicht informiert. Aber wie gesagt, es handelt sich hier um keinerlei Fragen, für die wir ihre Erlaubnis einholen müssten, zumal ihr über 14 seid. Im Grunde ist es sogar nur eine Frage. Außerdem bleibt Direktor Schmidt während unseres Gesprächs anwesend. Sozusagen als eure Aufsichtsperson.«

Die beiden Mädchen sahen sich stumm an, bis Melly erneut das Wort ergriff: »Na gut, dann fragen Sie mal. Ich bin nämlich echt gespannt, was meine Mutter damit zu tun hat.«

Auch Anna war nun nicht mehr ganz so nervös, was sich schlagartig änderte, nachdem der Hauptkommissar seine Frage gestellt hatte.

14.37 Uhr

Mit gemischten Gefühlen betrat Katharina das Gemein-schaftsbüro im Kommissariat. Sie war nicht sicher, ob Tobias ihren kleinen Ausraster vom Vortag für sich behal-ten oder Ben doch davon erzählt hatte. Sie würde ohne-hin mit ihrem Chef über den Brief von Maximilian spre-chen müssen, aber darauf wollte sie sich vorbereiten. So etwas wie gestern wollte sie sich vor Ben auf gar keinen Fall erlauben.

Der Abend mit Julie hatte Katharina gutgetan, und sie fühlte sich besser. Das änderte zwar nichts an den Umstän-den, jedoch hatte der Austausch mit ihrer Freundin Katha-rina geholfen, wieder ein bisschen runterzukommen. Vor allem schien das Eis des selbst verordneten Schweigens gebrochen, und sie hatte endlich wenigstens ansatzweise mit jemand Unbeteiligtem über die schreckliche Zeit in München sprechen können. Sie hatte in der letzten Nacht sogar einige Stunden geschlafen. Beim Aufwachen waren die Gedanken dann aber sofort wieder nach München gewandert. So hatte es ihr ganz gut in den Kram gepasst, dass sie – anstatt gleich am Morgen auf die Dienststelle zu gehen – erst den Termin mit Helge Conrad hatte. Ein paar Stunden später sah sie das allerdings schon etwas anders …

»Na wie war es – hat Helge Conrad aus dir eine waschechte Geocacherin gemacht?«, neckte Tobias Katharina, als sie eintrat. Er zwinkerte ihr zu, und sie war sich auf einmal ziemlich sicher, dass Ben von ihm bisher nichts erfahren hatte. Dankbar lächelte sie ihn an.

»Hör bloß auf«, grinste sie. »Sogar mein Futon ist gesprächiger als dieser Typ.«

»Dein Futon hat bestimmt auch spannendere Dinge zu berichten«, murmelte Tobi leise vor sich hin, sodass Katharina ihn nicht verstehen konnte.

»Nee, mal ehrlich«, fuhr sie fort, »das war wirklich kein Vergnügen.«

»Sollte es ja vordergründig auch nicht sein«, mischte Benjamin Rehder sich ein. »Es sollte dich vielmehr in der Thematik Geocaching voranbringen.«

»Schon klar«, erwiderte Katharina etwas gereizt, »aber da hat es mich jetzt nicht wirklich weitergebracht. Er hat zwar ein paar interessante Dinge dazu erzählt, aber meiner Meinung nach nichts, was uns im aktuellen Fall weiterhilft. Darüber hinaus ist Conrad die personifizierte Langeweile.« Katharina verdrehte die Augen.

»Na nun übertreib mal nicht«, versuchte Benjamin Rehder den Gerichtsmediziner in Schutz zu nehmen.

»Du hast mir doch selbst erzählt, dass du ihn nicht mal zu 'nem Feierabendbier überreden konntest. Glaub mir, da kannst du echt glücklich drüber sein. Das wäre ein wenig vergnüglicher Abend für dich gewesen«, konterte Katharina. »Conrad ist zwar nett, aber viel zu verklemmt.« Sie ermahnte sich selbst, es dabei zu belassen, weil solche Worte für sie bereits in die Kategorie Lästern fielen. »Wir sind eben noch nicht weit genug«, ruderte sie deshalb zurück. »Wenn ich ihm schon konkretere Fragen hätte stellen können, wäre sicherlich mehr dabei rausgekommen.«

»Zumindest wissen wir, dass wir im eigenen Haus einen Profi für dieses merkwürdige Hobby haben«, mischte Tobias sich ein und sah Katharina an. »Du weißt es noch nicht: Es wurde ein weiteres Polaroid gefunden.«

Katharina fuhr zu ihrem Kollegen herum. »Etwa wieder von einem menschlichen Ohr?«, fragte sie alarmiert.

»Nein«, antwortete Tobias trocken, »diesmal von zwei Fingern.«

»Oh Gott«, meinte Katharina und ließ sich auf ihren Bürostuhl fallen. »Es geht also tatsächlich weiter.«

»Ja, das tut es«, bestätigte Ben. Dann erzählten er und Tobias abwechselnd, was während Katharinas Abwesenheit geschehen war.

Die Kommissarin hörte die ganze Zeit fassungslos zu. Als die beiden mit ihrem Bericht fertig waren, sammelte sie sich kurz und sagte daraufhin sachlich: »Ich fasse mal zusammen: Heute Morgen hat die Mutter von dieser Melly das Foto in der Brotdose vorbei gebracht, weil sie gestern an ihrer Arbeitsstelle mitbekommen hat, dass ich nach abgetrennten Körperteilen gefragt habe. Dann waren meine Telefonate ja nicht vergeblich, auch wenn wir mit so etwas nun überhaupt nicht gerechnet haben.«

»Jepp«, stimmte Tobias zu.

»Und dann seid ihr in die Schule zu den Mädchen gefahren und habt sie befragt«, fuhr Katharina fort. »Die beiden haben euch erzählt, dass sie die Brotdose im Clamart-Park bei einem bestimmten Busch gefunden und mitgenommen haben. Ist doch irgendwie komisch, oder? Wenn ich früher heimlich mit meiner Freundin Johanna nachts los war, um feiern zu gehen, dann habe ich unterwegs sicherlich keine herumliegenden Dinge eingesammelt. Zumindest hätte ich auf keinen Fall eine alte Brotdose eingesteckt!«

»Du bist heimlich nachts um die Häuser gezogen?«, grinste Tobias seine Kollegin an.

»Ja, du hast recht, das kam uns auch merkwürdig vor«, überging Ben Tobis Frage, »aber wir wollten schnell zum Fundort, und da dachte ich mir, dass die Mädchen uns ja nicht weglaufen.«

»Auch wieder wahr«, gab Katharina zu. »Überraschend finde ich allerdings, dass die beiden euch den Busch so genau beschreiben konnten. Erstens haben sie ihn euch nicht gezeigt, weil ihr sie in der Schule gelassen habt, was ich nicht ganz verstehe, und zweitens: Wer merkt sich den Busch, bei dem er etwas gefunden hat?«

»Darum hatten wir ja auch sicherheitshalber einen Suchhund dabei, aber das tut nichts zur Sache. Wir wollten in der Schule nicht für unnötigen Wirbel sorgen und die Mädchen mitnehmen. Wir haben den Busch gefunden, und gut«, gab Benjamin bärbeißig zurück, weil es ihm schien, als würde Katharina seine Kompetenz hinterfragen.

»Tut mir leid, wenn ich mit meiner Fragerei nerve«, erwiderte Katharina ruhig. »Ich möchte mir nur ein Bild machen.«

»Ist schon okay«, lächelte Ben versöhnlich und schalt sich selbst, weil er so empfindlich reagiert hatte.

»Ihr habt ja mit den Mädchen gesprochen. Glaubt ihr, sie haben etwas mit dem *Fall Polaroid* zu tun, oder meint ihr, sie sind wirklich nur zufällig auf das Foto gestoßen? Also, dass sie nicht die ganze Wahrheit gesagt haben, wissen wir ja wohl.«

»Du meinst, weil uns der Hund nicht neben, sondern unter den Rhododendron geführt hat, und wir da eindeutige Spuren eines Kampfes gefunden haben?«, brachte Tobi sich wieder in das Gespräch ein.

Katharina nickte. »Ja, und die beiden Mädchen werden nicht miteinander gekämpft haben«, dachte sie laut nach. »Vielleicht waren sie gar nicht zusammen unterwegs. Vielleicht hat die eine der anderen nur ein Alibi gegeben, damit die sich mit jemandem treffen kann. Auch das machen Mädchen in diesem Alter so. Wenn dem so ist, schätze ich, dass das diese Anna Bechstein war, denn ihre Freundin Melly hätte, unbemerkt von ihrer Mutter, abends verschwinden können, weil die Nachtschicht im Krankenhaus hatte. Nehmen wir mal an, es war Anna. Kann doch sein, dass sie sich im Park zunächst freiwillig mit jemandem getroffen hat, das Ganze dann aber aus dem Ruder gelaufen ist. Hm. Was ist eigentlich mit diesem Flyer, den ihr in der Nähe des Gebüschs gefunden habt?«

»Ja, so könnte es gewesen sein. Gut, gehen wir mal davon aus. Und zu dem Flyer könnte tatsächlich eine Verbindung bestehen. Der sah nicht so aus, als hätte er da schon länger gelegen. Er könnte unserem großen Unbekannten aus der Tasche gefallen sein, während er Anna angegriffen hat, oder so«, beantwortete Ben ihre Frage.

»Er kann aber auch noch von der Demo dort liegen. Die ist noch nicht lange her. Der Flyer ist schließlich von der ›PRO HANSE‹«, warf Tobias ein.

»Könnte, könnte, könnte! Mann, wie ich diese Vermutungen hasse, wir müssen endlich Fakten haben. Höchstwahrscheinlich leidet da draußen jemand tausend Folterqualen, wenn er, das heißt sie, nicht schon tot ist«, brauste Ben auf. Seine beiden Mitarbeiter schauten ihn überrascht an. In der Regel war ihr Chef besonnener. Doch seine Worte hatten in Katharina etwas angerührt und sie versuchte, es an die Oberfläche zu holen. Angestrengt dachte sie nach und erschauderte: »Glaubt ihr … glaubt ihr, derjenige, mit dem Anna sich getroffen hat – und ich geh jetzt mal davon aus, dass sie es war – ist unser Polaroid-Täter? Meint ihr, sie sollte sein nächstes Opfer sein?«

»Möglich ist es«, nickte Ben langsam, warf Tobi einen Blick zu und wandte sich wieder an Katharina: »Wir haben das auch schon überlegt, und wenn dem so ist, ist sie möglicherweise in Gefahr. Dann kennt sie ihn und könnte ihn beschreiben. Tobi hat vorhin bereits in diesem Geocacherportal gecheckt, ob unsere neue Brotdose wie die mit dem Ohr als zu suchender Schatz …«

»Cache«, korrigierte Tobias leise.

»Jaja, Cache, eingegeben wurde.«

»Und?«, fragte Katharina schnell.

»Nichts, Fehlanzeige. Stand nicht drin. Ich habe auch andere Portale überprüft, aber das hätte ich mir schenken können«, informierte Tobias sie.

»Okay, bleib auf jeden Fall dran. Vielleicht ist unser Mann nur noch nicht dazu gekommen, den Scha…, den Cache in das Portal zu stellen. Und überprüf diese ›PRO HANSE‹. Wir müssen überall stochern, wer weiß, unter Umständen wühlen wir was auf«, nahm Rehder den Faden wieder auf. »Und was die Mädchen angeht, und vor allem Anna, sind sie, wie es aussieht, derzeit der einzige Hebel, an dem wir konkreter ansetzen können. Das solltest du übernehmen, Katharina. Also mit Anna reden. Von Frau zu Frau ist das sicher ergiebiger. Sieh zu, dass Melly nicht dabei ist. Und mach Anna klar, dass sie auf sich aufpassen muss. Für einen Personenschutz ist es zu früh. Das bekommen wir nie durch, solange wir nichts Stichhaltiges haben. Außerdem brauchen wir wegen der Brotdose Annas Fingerabdrücke für einen Abgleich. Besorg du die bitte. Und wir brauchen die von Melly und ihrer Mutter. Darum kümmere ich mich.«

15.03 Uhr

Martin Gravert betrat den Raum, in dem sich die Mitglieder der ›PRO HANSE‹ regelmäßig zu ihren Treffen versammelten. Die heutige Veranstaltung sollte gegen sechs beginnen. Er gehörte diesmal zu den Leuten, die für den Aufbau zuständig waren. Stühle mussten gerückt, das Podium aufgebaut und die Technik eingestellt werden, darauf hatte Moritz Bredenbeck bestanden, denn heute wollte er etwas ganz Besonderes verkünden. Der Aufbautrupp wollte sich zwar erst um 15.15 Uhr treffen, doch Martin hoffte, vorher noch auf Moritz zu stoßen, der es sich bestimmt nicht nehmen ließ, seine Anweisungen persönlich zu geben. Heute würde es Martin sicher gelingen, einen weiteren Punkt auf der Beliebtheitsskala seines Idols hochzurutschen. Seit ihrer ersten Begegnung hatte der selbstbewusste Kommilitone ihm imponiert, und Martin war eigentlich nur seinetwegen

Mitglied der ›PRO HANSE‹. Das Motiv der Gruppe, die mittelalterlichen Gebräuche zu erhalten, hatte ihm damals nicht wirklich was bedeutet. Um Moritz Bredenbeck zu beeindrucken, hatte er sich aber sofort intensiv mit dem Thema befasst und sich in seiner knapp bemessenen Freizeit, die ihm neben mehreren Studentenjobs blieb, in die Materie vertieft. Inzwischen hatte er sich dermaßen in die mittelalterlichen Strukturen, Rituale und Lebensweisen eingelebt, dass er darin förmlich aufging. Endlich gab es etwas, worin er gut war, so richtig gut. Wo er anderen einiges voraushatte. Er war sicher – bald würden es alle anerkennen. Auch Moritz. Vor allem Moritz. Der nutzte Martins Wissen zwar bereits unter dem Siegel der Verschwiegenheit für seine Zwecke, doch in Gegenwart anderer behandelte er Martin nach wie vor wie irgendeinen Beliebigen aus seinem Bewundererkreis. Bisher galt Martin deswegen bei seinen Kommilitonen eher als Mitläufer, der unscheinbar war und nie durch irgendetwas hervorstach. Moritz dagegen hatte alles, was Martin vermisste: Geld, Ansehen, gutes Aussehen, ein starkes Selbstbewusstsein und eine beeindruckende Ausstrahlung. An seiner Seite wollte Martin endlich aus dem Schatten heraustreten, und gerade heute hatte er das Gefühl, dass dazu nicht mehr viel fehlte. Immer wieder hatte er den Kontakt zu Moritz gesucht, was nicht einfach war, denn alle wollten ständig etwas von ihrem gemeinsamen Anführer. Aber heute würde Martin noch einen oben draufsetzen und Moritz deutlich machen, dass er auch im Alleingang gut war. Er war sicher, dass diese Methode eher zum Erfolg führte, und dann würde Moritz ihn voll und ganz akzeptieren. Nicht mehr nur als Vasallen, sondern auf Augenhöhe.

Martin warf einen Blick durch den Raum, in dem vereinzelte Mitglieder der Gruppe eintrudelten. Dann entdeckte er Moritz, der, wie der Zufall es wollte, im Moment allein am Rand stand und in seiner Tasche kramte. Mit schnellen Schritten und leichtem Herzklopfen trat Martin Gravert auf ihn zu.

»Hey, Moritz«, sagte er so lässig, wie es ihm möglich war.

Moritz Bredenbeck drehte sich um und sah Martin scheinbar freundlich an, doch der merkte deutlich, dass das Lächeln gequält war.

»Hallo, Martin, gibt es was?«, antwortete der Anführer der ›PRO HANSE‹ und drehte sich wieder weg.

In Martin stieg eine Mischung aus Wut und Empörung auf. So wie jedes Mal, wenn Moritz ihm nicht die gewünschte Beachtung schenkte. Natürlich, er kannte das, aber gerade in den vergangenen Tagen hatte Martin sich mächtig reingekniet, genauso wie Moritz es von ihm erwartete. Wäre da nicht ein wenig Dankbarkeit angebracht? Martin unterdrückte das negative Gefühl und fuhr fort: »Du, stell dir vor, ich habe gestern Abend ein echt scharfes Ding klargemacht! Das hätte dir auch gefallen«, versuchte Martin erneut, die coole Art seines Vorbilds nachzuahmen. Er merkte, dass es ihm nicht gänzlich gelang, doch er wollte nicht so schnell aufgeben.

»Entschuldigung«, sah Bredenbeck ihn fragend an, »ich hab nicht ganz verstanden: Was hast du gestern gemacht?«

»Na ja«, stotterte Martin etwas verunsichert weiter, »da war so eine süße Schnecke, neulich in der *Garage*. Und gestern Abend hab ich ihr gezeigt, wie der Hase läuft.«

Moritz Bredenbeck sah den Studenten fragend an. »Das ist ja im Prinzip schön für dich. Aber warum erzählst du mir das?«

Martin Gravert war irritiert, mit so einer Frage hatte er nicht gerechnet. Er war fest davon ausgegangen, dass Moritz bei diesem Thema sofort einsteigen würde, wo er doch aus seiner Vorliebe für hübsche Mädchen kaum einen Hehl machte. Gerade ihm gegenüber nicht. Er musste das durchziehen, bevor es noch peinlicher wurde. Kumpelhaft knuffte er Bredenbeck in die Seite: »Na ja, also ... du bist ja auch kein Kostverächter. Da dachte ich mir, es interessiert dich bestimmt, wo ich so an meine Bräute rankomme.« Gravert merkte, dass er sich immer mehr in die falsche Richtung bewegte, fand jedoch keinen Weg heraus aus dieser unangenehmen Situation. »Die ist blutjung, hat mir weismachen wollen, dass sie 17 ist, aber ich glaube, die ist in Wahrheit noch keine 15. Und garantiert noch Jungfrau.« Nun sah Martin, dass sein Gegenüber hellhörig wurde und setzte unüberlegt noch einen drauf: »Fast hätte ich das gestern geändert, aber im letzten Moment ist sie mir aus dem Park entwischt. Aber ich mach sie noch klar, glaub mir!« Gravert hatte die letzten Worte noch nicht zu Ende gesprochen, als ihm bewusst wurde, dass er einen Fehler begangen hatte. Bevor er zurückrudern konnte, packte Moritz ihn hart am Arm und fauchte: »Du hast was? Bist du völlig bescheuert?« Ihm war anzusehen, dass er am liebsten laut geschrien hätte und nur aufgrund der anderen Personen im Raum die Lautstärke seiner zornigen Stimme im Zaum hielt. »Willst du mir erzählen, dass du beinahe eine Minderjährige vernascht hast, noch dazu gegen ihren Willen, und damit jetzt hausieren gehst? Gehst du etwa auch mit unserem kleinen gemeinsamen Geheimnis so um?« Bredenbecks Gesicht war inzwischen rot angelaufen, während Martins immer blasser wurde. »Wie blöd bist du eigentlich? Glaubst du ernsthaft, dass dein Rumgelabere dem Ruf unserer Vereinigung zu Ruhm und Ehre verhilft? Ich sehe schon die Pressemeldung: *Mitglied der ›PRO HANSE‹ wegen versuchter Vergewaltigung an Minderjähriger festgenommen.* Na schönen Dank auch.« Schnaufend ließ Moritz von Martin ab, als er mitbekam, dass einige der Umstehenden bereits Notiz von ihnen nahmen.

»Aber ... also ganz so war es ja nicht ...«, versuchte Martin verzweifelt, sich herauszureden. »Schließlich hat sie mir gesagt, sie sei 17. Und sie ist freiwillig mit mir in den Park gegangen.« Er begann zu schwitzen. »Die Kleine hat mich förmlich angehimmelt! Aber zum Schluss hat sie plötzlich Panik geschoben und mir irgendwas zwischen die Beine gehauen, und dann war sie weg.«

Als Moritz nun anfing, schallend zu lachen, verstand Martin Gravert gar nichts mehr.

»Du hast es nicht mal geschafft, mit einer kleinen Göre fertig zu werden, du Weichei?«, zischte Moritz ihm grinsend zu. »Du bist also nicht nur ein Schwachkopf, sondern auch ein Schwächling. Wahrscheinlich wolltest du mich gleich noch bitten, dir das nächste Mal das Händchen zu führen, was?« Er lachte weiter, während er sich von Martin wegdrehte und wieder in seiner Tasche kramte. Dann wandte er sich noch mal zu dem Studenten um, der ihn leichenblass anstarrte. »Wenn du weiterhin Mitglied in dieser Vereinigung sein möchtest – und eigentlich steht mir der Sinn danach, dich jetzt und hier rauszuschmeißen – also, wenn du länger dabei sein willst, rate ich dir, dich in Zukunft ganz still zu verhalten.« Bredenbeck senkte die Stimme erneut und sah Martin aus eiskalten Augen an. »Du wirst ab sofort nur noch genau das tun, was ich dir sage. Außerdem lässt du die Finger von fremden Mädchen. Das sollte ja nicht allzu schwer sein, außer diesen kleinen Rotzgören wird dir wohl keine freiwillig zu nahe kommen.« Er grinste breit. »Schwöre es, so wie es unsere mittelalterlichen Vorfahren getan haben – in diesen alten Bräuchen bist du doch bestens bewandert. Also beweise mir zumindest das. Jetzt!«

Auffordernd starrte Moritz Bredenbeck den inzwischen sichtbar verschreckten Kommilitonen an. »Schwöre – oder du kannst die Versammlung sofort verlassen.«

Martin Gravert zitterte, und es kostete ihn unendlich viel Überwindung. Er war mal wieder verspottet worden. Aber er würde sich nicht die Blöße geben, aufzugeben. Er würde es noch schaffen, es würde nur länger dauern als erhofft. Und in der Zwischenzeit würde er weiterhin das tun, was Moritz von ihm verlangte, bis er ihm nicht nur ebenbürtig, sondern sogar überlegen war. Irgendwann würden die Mitglieder der ›PRO HANSE‹ ihn, Martin Gravert, feiern und Moritz vergessen haben. Er atmete tief durch, straffte, so gut es ging, die schmalen Schultern und hob Zeige- und Mittelfinger seiner rechten Hand: »Ich schwöre es.«

17.07 Uhr

Katharina holte den Schlüssel mit dem emaillierten Anhänger aus der Clutch heraus, als sie auf das Haus der Familie Bechstein zuging. Der Anhänger stellte ein buntes, graziles Reh dar, und Katharina musste lächeln, als sie sich erin-

161

nerte, wie oft sie als junges Mädchen ihre Schlüsselanhänger gewechselt hatte. Dieser hätte ihr damals auch gefallen.

Das Haus von Annas Eltern stand in der Narutostraße im Stadtteil Ochtmissen, einem typischen Neubaugebiet, und es konnte höchstens ein paar Jahre alt sein. Vor der Tür parkten zwei Autos, ein penibel gepflegter Mercedes und ein kleines Cabrio. Der Vorgarten war akkurat bepflanzt, nirgendwo sah man das geringste Anzeichen von Unkraut. Hier schien die klassische Vorzeigefamilie zu wohnen, aber Katharina wusste sehr genau, dass es gerade hinter solchen Fassaden oft ganz anders aussah. Auch bei diesem Gedanken wanderte ihre Erinnerung zurück in die eigene Kindheit, doch sie unterband das kurzerhand, indem sie auf den Klingelknopf unter dem glänzend polierten Namensschild mit der Aufschrift *Hier wohnt Familie Bechstein* drückte.

»Ja bitte?« Eine blasse Frau hatte die Tür einen Spalt geöffnet und sah Katharina aus geröteten Augen an. Die Kommissarin vermutete, dass die Frau geweint hatte, und sie konnte sich denken, warum.

»Guten Tag, Frau Bechstein«, sagte die Kommissarin freundlich, »mein Name ist Katharina von Hagemann, Kripo Lüneburg.« Sie registrierte sofort den erschrockenen Blick der Frau und fuhr schnell fort. »Sie müssen keinen Schreck bekommen. Ich hätte ein paar Fragen an Ihre Tochter Anna. Und ich glaube, ich habe etwas für sie. Wäre es möglich, dass ich hineinkomme und sie sprechen kann?« Katharina hielt ihr mit der einen Hand den Schlüssel hin und zückte schon mit der anderen ihren Dienstausweis, doch Sabine Bechstein nickte nur und starrte dabei erleichtert auf den Schlüsselbund, machte jedoch keine Anstalten, ihn Katharina aus der Hand zu nehmen. Wortlos gab sie den Weg in den geräumigen Flur frei und sah sich ängstlich um, ob auch keiner der Nachbarn in Sichtweite stand. Daraufhin schloss sie die Tür und drehte sich zu Katharina um.

»Aber wieso … also, ich meine, was wollen Sie von meiner Tochter? Bringen Sie ihr nur den Schlüssel wieder? Wo haben Sie ihn gefunden, und weshalb Kripo? Hat sie etwas angestellt?« Mehr zu sich schob sie hinterher: »Bitte nicht auch das noch!«

»Keine Sorge«, versuchte die Kommissarin zu beruhigen, »Anna hat nichts angestellt, aber ich würde trotzdem gern mit ihr sprechen und ihr den Schlüssel geben. Ich habe nur ein paar Fragen zu der Stelle, wo wir ihn gefunden haben.«

»Ach so, ja dann, wenn Sie es sagen. Anna ist in ihrem Zimmer«, sagte Sabine Bechstein ein wenig ruhiger. »Ich hole sie.«

Katharina haderte kurz mit sich, bevor sie sagte: »Wenn es Ihnen recht ist, würde ich gern erst mit Anna allein sprechen.«

»Treppe hoch, die erste Tür rechts«, wies Annas Mutter den Weg und zeigte nach oben. Katharina hatte nicht gedacht, dass es so einfach sein würde, das Mädchen unter vier Augen zu sprechen. Normalerweise versuchten Eltern, bei Gesprächen mit ihren Kindern dabei zu sein, selbst wenn sie rein rechtlich bei über 14-Jährigen nicht darauf bestehen konnten, doch Frau Bechstein schien völlig energielos. Katharina glaubte auch, einen leichten Schnapsgeruch an ihr wahrzunehmen. Schnell wandte sie sich der Treppe zu, bevor die Mutter es sich anders überlegen konnte, und ging hinauf. Die Tür zu dem beschriebenen Zimmer war geschlossen, aber auf Katharinas Klopfen erklang ein weinerliches »Ja?«, und so trat sie ein.

»Hallo, Anna«, sagte sie und zog die Zimmertür hinter sich zu. »Ich bin Katharina, Katharina von Hagemann. Du hast heute Vormittag ja schon mit zwei Kollegen von mir gesprochen, und jetzt hätte ich noch ein paar Fragen an dich.« Sie machte einen Schritt ins Zimmer hinein, während das Mädchen sie ängstlich ansah. »Darf ich mich kurz zu dir setzen?«

Anna Bechstein nickte stumm. Sie saß auf einem großen Bett, neben sich einen geöffneten Laptop, den sie etwas zur Seite schob. Wie ihre Mutter schien auch sie geweint zu haben, denn ihre Augen waren leicht verquollen. Katharina nahm auf der Bettkante Platz, bedacht, dem verängstigten Mädchen nicht zu dicht auf die Pelle zu rücken. Sie öffnete die Hand, in der sich der Schlüsselbund verbarg, und hielt sie Anna entgegen. »Ist das dein Schlüssel?«, fragte die Kommissarin und beobachtete dabei die Reaktion ihres Gegenübers. Anna versuchte erst gar nicht, es abzustreiten. Ihre Augen füllten sich mit Tränen, als sie nickte und nach dem Schlüsselbund griff. Schniefend streichelte sie das kleine Reh und sagte leise: »Danke. Wo haben Sie ihn gefunden?«

»Im Clamart-Park, in dieser Clutch«, antwortete Katharina sanft und legte das Täschchen aufs Bett. Daneben stellte sie eine Tüte, in der die ebenfalls im Park gefundenen Pumps waren. »In der Nähe des Buschs, unter dem deine Freundin und du die Brotdose gefunden habt. Einer von euch scheint seine Schuhe dort verloren zu haben. Die sind hier in der Tüte.«

Ein rosiger Schimmer huschte über Annas Gesicht, und sie senkte den Blick, was Katharina nicht verborgen blieb.

»War in der Tasche auch mein Handy drin?«, fragte das Mädchen und starrte auf die Clutch, berührte sie jedoch nicht. »Nein, nur der Schlüssel, aber möchtest du mir nicht erzählen, was genau passiert ist?«, forderte Katharina das Mädchen leise auf. Die Handyangelegenheit konnten sie später klären. Jetzt ging es um Wichtigeres. Die Kommissarin hatte das Gefühl, dass lange Vorreden keinen Sinn machten. Anna Bechstein war nicht der Typ, der gut und standhaft lügen konnte. So wie Ben und Tobi die beiden Mädchen vorhin beschrieben hatten, schien ihre Freundin die selbstbewusste und toughe zu sein. Ohne sie an ihrer Seite würde Anna ihre Geschichte nicht lange aufrechterhalten können. Katharina ließ ihr Zeit. Plötzlich sah das Mädchen auf und schluchzte. »Das ist jetzt auch schon egal, ich habe sowieso Mega-Ärger mit meinen Eltern, weil ich meinen Schlüssel verloren habe. Papa ist deswegen extra in seiner Mittagspause nach Hause gekommen. Es … es ist ein Sicherheitsschlüssel, und wir müssen alle Schlösser austauschen. Na ja, jetzt wohl nicht mehr.« Mit einer fahrigen Handbewegung wischte sie sich die Tränen aus dem Gesicht. »Ein Glück, haben sie das mit dem Handy noch nicht gecheckt. Wobei, eigentlich sind sie nicht so sehr wegen des Schlüssels wütend auf mich, sondern weil ich sie angelogen habe.« Anna wirkte so verzweifelt, dass sie Katharina leidtat. »Was genau war denn die Lüge?«, hakte sie sanft nach.

Anna schaute auf die Bettdecke, während sie weitersprach. »Ich habe gesagt, ich gehe zu meiner Freundin Melly, um was für die Schule zu tun.« Sie verstummte, und Katharina musste ihr erneut eine Brücke bauen.

»Aber ihr hattet gar nicht vor, zu lernen, stimmt's? Was hattet ihr stattdessen vor – wolltet ihr euch mit Jungs treffen?« Anna schluchzte bei den letzten Worten auf, sodass die Kommissarin wusste, dass sie ins Schwarze getroffen hatte. Sie hatte also heute Mittag auf dem Kommissariat richtig gelegen.

Behutsam rutschte Katharina weiter auf dem Bett an Anna heran. Sie ließ ihr Zeit, sich etwas zu fangen, und drängte sie nicht. Wie erwartet, begann das Mädchen kurz darauf von allein zu sprechen, während es sich ein weiteres Mal die Tränen aus dem Gesicht wischte.

»Ich …«, erklang es zögernd, »ich wollte mich mit einem Jungen treffen. Aber meine Eltern würden das nie erlauben. Schon gar nicht so spät.« Anna schniefte. »Darum hab' ich mich mit Melly verabredet. Bei ihr zu Hause ist das alles lockerer. Ihre Mutter ist meistens nicht da, und Melly darf sowieso viel mehr als ich.« Annas Stimme bekam allmählich einen sichereren und leicht trotzigen Unterton. »Dabei bin ich schon fast 15!«

Katharina unterdrückte ein Lächeln. Sie konnte die Kleine nur allzu gut verstehen, denn sie erinnerte sich bestens an die Zeit, als sie selbst ein Teenager war. Auch sie hatte sich wahnsinnig erwachsen gefühlt, während ihre Eltern in ihr noch immer das kleine Kind gesehen hatten.

»Magst du mir erzählen, was genau ihr geplant hattet?«, forderte sie Anna auf, ihren Bericht fortzusetzen.

»Da war nichts großartig geplant«, sagte das Mädchen beinahe verwundert. »Ich wollte mich mit … mit ihm um 22 Uhr am Wasserturm treffen. Also bin ich erst zu Melly gegangen. Sie hat mir ein paar coole Klamotten geliehen, und dann bin ich zum Treffpunkt gegangen. Allein. Melly war bei sich zu Hause. Sie war einfach nur mein Alibi.« Sie zupfte an ihrer biederen Bluse, als ob ihr gerade wieder bewusst würde, wie anders sie an dem Abend ausgesehen hatte.

»Aber als du dich mit ihm allein getroffen hast, ist nicht

alles so gelaufen, wie du es dir vorgestellt hast, richtig?«,
fragte Katharina vorsichtig nach. Erneut errötete das Mädchen.

»Nein«, antwortete sie leise, und ihre Stimme zitterte
dabei. »Er war ganz anders als vorher. Nicht mehr so lieb.«

Ein Schreck fuhr durch Katharinas Glieder. Sie musste
sich zusammenreißen, um das Mädchen ihr eigenes Entsetzen nicht spüren zu lassen, denn das, was Anna sagte,
konnte gut auf den *Polaroid*-Täter zutreffen. Ob er sich
zuvor an das Mädchen herangemacht hatte, um es in seine
Gewalt zu bringen? Warum war Anna unter dem Busch
mit der Brotdose gelandet? Katharina hoffte, dass es der
pure Zufall gewesen war. Noch hatte die Kleine schließlich nicht den Namen ihres Peinigers preisgegeben oder
dessen Alter. Die Kommissarin atmete tief ein, bevor sie
fragte: »Hat er dir wehgetan?« Sie wusste, dass sie sensibel sein musste, wenn sie Genaueres erfahren wollte, und
sprach mit betont weicher und freundschaftlicher Stimme.

Anna schluckte, dann antwortete sie: »Nicht wirklich.
Ich konnte mich wehren und weglaufen. Dabei habe ich
aber nicht mehr an die Handtasche mit meinen Sachen
gedacht und sie dort vergessen. Die Pumps habe ich ausgezogen, um besser laufen zu können. Es sind Mellys,
aber das war mir egal. Es ging alles so schnell und ... und
ich hatte Angst.«

Sanft legte Katharina ihre Hand auf die des Mädchens.
»Anna, ich weiß, das ist unangenehm für dich. Aber es
wäre sehr wichtig, dass du mir exakt beschreibst, wie es
abgelaufen ist.« Sie machte eine kurze Pause und registrierte, dass Anna ihre Hand nicht weggezogen hatte.
»Er ... er war doch bestimmt viel stärker als du. Wie hast
du es trotzdem geschafft, ihn abzuwehren?«

Das Mädchen hob den Kopf und sah Katharina schüchtern an. »Vielleicht ist es meine Schuld, ich ... ich habe ihn geküsst. Aber danach wollte er mehr und ... und er hat mich irgendwie unter den Busch gezerrt. Da lag ich dann ... ich ... ich lag auf dem Bauch, weil ich hingefallen bin. Er ... er hat sich auf mich gesetzt und meinen Rock hochgeschoben, und dann wollte er noch ... Es war so schrecklich! Ich ... also ich habe mit den Händen etwas gesucht, womit ich ihn abwehren kann. Auf einmal habe ich was gegriffen und damit zugeschlagen. Da hat er dann losgelassen. Ich bin sofort aufgesprungen und losgelaufen. Erst bei Melly zu Hause habe ich gemerkt, dass ich die Brotdose noch immer in der Hand hatte.«

»Du hast ihn mit der Brotdose geschlagen?«, fragte Katharina überrascht. »War es das, wonach du gegriffen hattest?« Anna nickte. »Was hast du mit der Dose gemacht, als du sie in deinen Händen bemerkt hast?«, hakte Katharina nach.

»Nichts. Das war ja nur so ein olles Ding, das da glücklicherweise rum lag. Ich habe sie irgendwo bei Melly hingelegt und nicht mehr dran gedacht.« Nach einer kurzen Pause setzte sie hinzu: »Ich habe andere Sachen im Kopf gehabt als diese komische Dose.«

»Das kann ich mir vorstellen«, stimmte Katharina zu und ließ bewusst ein paar Sekunden verstreichen. »Du glaubst aber, dass die Dose dort schon gelegen hat und ... er ... sie nicht mitgebracht hat?«, fragte sie zögernd.

Anna sah die Kommissarin verwundert an. »Sicher bin ich mir nicht, aber warum hätte Martin eine Brotdose mitnehmen sollen? Und was ist überhaupt damit? Ihre Kollegen haben auch schon so komisch danach gefragt«, erwiderte sie irritiert. Im gleichen Moment erkannte Katharina in dem jungen Gesicht den Schrecken darüber, dass sie den Namen ausgesprochen hatte. Diese Chance musste sie nutzen. »Er heißt also Martin? Wo hast du ihn eigentlich kennengelernt?« Katharina hatte die 14-Jährige richtig eingeschätzt. Sie war nicht stark genug, dagegenzuhalten und versuchte es erst gar nicht. Der Damm war gebrochen. Sie wirkte zwar verzweifelter als zuvor, sprach aber nach kurzem Stocken weiter: »In der Disco. Da war ich letztes Wochenende. Auch heimlich mit Melly, ich dürfte da gar nicht rein.«

»Weißt du, wie alt Martin ist?«, fragte Katharina.

Anna schüttelte den Kopf. »Nicht genau. Er ist Student, also wohl so Anfang 20, denke ich.«

»Weißt du sonst noch irgendwas von ihm?«, hakte die Kommissarin nach. »Seine Adresse, seinen Nachnamen oder irgendwas?«

»Nein, nur dass er in einer WG wohnt. Ich glaube, in der Goethestraße, hat er gesagt. Und er kommt nicht aus Lüneburg, sondern aus Uelzen oder so. Mehr weiß ich nicht«, gab Anna zurück. »Außer ... außer, dass es total dämlich und unvorsichtig von mir war, mich heimlich mit ihm zu verabreden, ohne ihn näher zu kennen. Aber er war total nett, als er mich in der Disco angesprochen hat. Ehrlich. Ich konnte ja nicht wissen ... Ich habe nicht mal mehr seine Telefonnummer. Die habe ich nur in meinem Handy. Haben Sie es gefunden?« Sie brach ab und schaute die Kommissarin erwartungsvoll an. Als Katharina nun bedauernd den Kopf schüttelte, zuckte es verdächtig um Annas Lippen. Katharina befürchtete, dass sie erneut zu weinen beginnen würde. Doch plötzlich hob Anna den Kopf und sagte: »Er war bei irgend so einer Versammlung, davon hat er erzählt. Irgendwas mit Pro. Darum konnten wir uns erst so spät treffen.«

»›PRO HANSE‹?«, fragte Katharina erstaunt nach. »Hieß das vielleicht ›PRO HANSE‹?«

»Ja genau«, stimmte Anna zu. »Aber ich habe keine Ahnung, was das ist.«

»Das macht nichts«, sagte Katharina. »Du hast mir für den Moment schon sehr geholfen.« Vorsichtig setzte sie hinzu: »Darf ich dich anrufen oder besuchen, falls ich noch eine Frage habe?«

Anna nickte stumm. Katharina stand vom Bett auf und lächelte Anna an. »Das war sehr mutig von dir, Anna. Ich weiß, dass es nicht leicht für dich war, mir das alles zu erzählen. Aber es war richtig so. Natürlich warst du unvorsichtig, aber das weißt du ja inzwischen selbst.«

Das Mädchen nickte erneut, blieb aber weiterhin stumm.

»Außer, dass du zu vertrauensvoll warst, hast du nichts falsch gemacht, Anna. Und es ist absolut nicht deine Schuld, was geschehen ist. Das darfst du dir nicht einreden, hörst du?« Katharina strich ihr über den Arm. »Er ist es, der sich strafbar gemacht hat.«

Erschrocken sah Anna auf. »Aber … was geschieht denn jetzt? Muss Martin … muss er ins Gefängnis? Und was ist mit meinen Eltern? Müssen sie davon erfahren? Es … es ist doch nichts passiert.«

Katharina wollte das nicht weiter ausdehnen als nötig: »Was deine Eltern angeht, mit denen solltest du schon reden, denn ja, wir werden der Sache nachgehen, das müssen wir. Und dazu werden wir dich befragen müssen. Ob und wie er unter Umständen bestraft wird, entscheiden nicht wir, sondern das Gericht.« Sie sah Anna an. »Da du freiwillig mit ihm gegangen bist und rechtzeitig weglaufen konntest, wird die Strafe vermutlich nicht so hoch ausfallen. Das hängt von anderen Dingen ab, zum Beispiel, ob er vorbestraft ist. Mach dir keine zu großen Gedanken, aber sei in Zukunft unbedingt vorsichtiger. Vor allem, bis wir Genaueres wissen. Versprichst du mir das?« Anna nickte und sah dabei sehr traurig aus.

»Das mit deinen Eltern kommt schon wieder in Ordnung«, versuchte Katharina sie aufzumuntern. Dann zog sie eine Visitenkarte aus der Tasche und reichte sie dem Mädchen. »Hier, da stehen meine Telefonnummern drauf, auch die vom Handy. Das ist ständig an. Wann immer du ein Problem hast und vor allem, wenn du diesem Martin wieder begegnest, ruf mich an. Ganz egal, wie spät es ist. Okay?« Sie wartete das stumme Nicken von Anna ab.

»Da ist noch eine letzte Sache, Anna – ich brauche deine Fingerabdrücke«, versuchte Katharina ihr Anliegen so locker wie möglich vorzubringen, dennoch schaute das Mädchen sie bestürzt an: »Wieso das denn? Ich habe doch nichts gemacht. Das … das haben Sie eben selbst gesagt.«

»Nein, Anna, du hast nichts getan. Aber du hast die Brotdose angefasst, und wir benötigen deine Abdrücke zum Vergleich. Weißt du, wenn noch andere Fingerabdrücke drauf sind, wissen wir, welche von dir stammen.«

»Aha«, meinte Anna skeptisch, hielt jedoch Katharina beide Hände hin.

Katharina beeilte sich, holte das vorhin aus der KTU abgeholte mobile Fingerabdruckset aus der Tasche und machte sich an die Arbeit.

Ben beendete das Telefonat und ging zu Tobi an den Schreibtisch, der erwartungsvoll von seinem Computer hochblickte. »Und, was sagt Katharina? Das war sie doch, oder? Hat sie was aus dem Mädchen herausbekommen?«

»Ja, hat sie«, erwiderte Ben nachdenklich. »Anna hatte gestern Nacht tatsächlich ein Date, das aus dem Ruder gelaufen ist. Aber es ist glimpflich abgegangen, und sie konnte dem Mann entkommen.«

»Date bedeutet freiwillig. Date und Mann? Das passt irgendwie nicht. Anna ist doch erst 14«, warf Tobi ein.

»Eben. Sie hat sich freiwillig mit dem Typen getroffen. Allein. Ihre Freundin hat ihr das Alibi für die Eltern gegeben. Der Typ ist wohl Student und heißt Martin. Falls Anna sich richtig erinnert, wohnt er in einer WG in der Goethestraße, kommt aus Uelzen und ist, wie es scheint, Mitglied dieser ›PRO HANSE‹. Mehr wusste sie nicht. Wobei dieser Martin nicht der *Polaroid*-Täter sein muss, auch wenn er den ›PRO HANSE‹ Flyer verloren haben sollte. Aber egal. Hast du den Verein schon überprüft?«

Tobias nickte »Ja, ich habe allerdings nichts Auffälliges gefunden, außer dass die mit ihrem mittelalterlichen Getue da alle irgendwie einen Knall haben müssen. Wenn die Stadtführer in Lüneburg mittelalterlich gekleidet sind, um die Touristen zu beeindrucken, ist das eine Sache. Aber die ›PRO HANSE‹-Leute scheinen das echt ernst zu meinen und in ihrer Freizeit total auszuleben, und zwar nicht nur, indem sie auf die Straße gehen und gegen das Stadtfest demonstrieren.«

»Wie meinst du das: ausleben?«, fragte der Hauptkommissar, hellhörig geworden.

»Na ja, die spielen das Mittelalter nach. Tun so, als würden sie im 12. Jahrhundert leben. Es ist mir ein Rätsel, wie man so was machen kann. Also ich leb' gern im 21. Jahrhundert, wo die Wärme aus der Heizung kommt, ich meine Tante in Amerika einfach anrufen kann und so. Selbst wenn die das nur als Rollenspiel verstehen, abgefahren ist das trotzdem. Ich meine, die meisten Mitglieder sind Studenten, die sollten doch einigermaßen intelligent sein und …«, redete sich Tobias in Rage, wurde jedoch von seinem Chef mit einer Handbewegung gestoppt.

»Moment mal, Tobi, mir kommt da ein Gedanke. Im Mittelalter war Folter an der Tagesordnung. Stellen die so was auch nach? Hast du dazu was gefunden? Haben wir hier vielleicht unsere Verbindung?«

»Mann, Chef, du hast recht! Mittelalter und Folter gehören zusammen wie Arsch und Eimer!«, erkannte Tobias und setzte sich vor Aufregung aufrecht auf seinen Stuhl, um jedoch gleich wieder die Schultern hängen zu lassen: »Aber nee, darüber habe ich nichts gefunden. Das würden die auch kaum öffentlich machen, oder?«

»Wohl nicht«, räumte Benjamin Rehder ein. »Dennoch, wir sollten diesem merkwürdigen Verein mal auf die Füße treten. Müssen wir sowieso wegen diesem ominösen Martin. Mist, dass das so ein Allerweltsname ist.«

»Warte, vielleicht haben die auf ihrer Internetseite ein Mitgliederverzeichnis«, meinte Tobias, rief die Homepage von ›PRO HANSE‹ auf seinem Computer auf und klickte das Menü durch.

»Voilà, da ist es. Hm, also da stehen zwei Martins als

Mitglieder drin, leider ohne Anschrift. Ein Martin Gravert und ein Martin Hensler. Das ist doch was. Und schau mal hier: Heute Abend haben die eine große Versammlung. Vielleicht sollten wir ...«

»... hingehen!«, ergänzte Ben den Satz seines Mitarbeiters und klopfte ihm anerkennend auf die Schulter. »Gut gemacht, Tobi. Bitte ruf gleich bei Katharina an und gib ihr die Adresse durch, ich möchte, dass sie dabei ist. Ich kläre noch schnell, ob Christiane Radlowski und ihre Tochter wegen der Fingerabdrücke da waren. Danach machen wir uns gleich auf den Weg.«

»Ai, ai, Käpt'n«, sagte Tobias, und es schwang Stolz in seiner Stimme mit. Als Ben sich zum Gehen wandte, schob der junge Kommissar hinterher: »Apropos Fingerabdrücke und Brotdose: Als du mit Katharina telefoniert hast, habe ich in dieses Cacheforum geguckt. Die Brotdose ist inzwischen als Cache eingestellt worden. Die Koordinaten stimmen mit dem Rhododendron überein, wo Anna die Dose gefunden hat.«

»Und das sagst du erst jetzt?«, fuhr Benjamin herum.

»Ja, ähem, sorry, aber wir haben die ganze Zeit über diesen komischen Verein gesprochen ...«, meinte Tobias kleinlaut, setzte dann jedoch selbstbewusst hinzu: »Und außerdem habe ich es ja jetzt gesagt.«

»Entschuldige, Tobi, du hast recht. Ich habe dir gar keine Gelegenheit gelassen«, gab Ben zu. In seinem Gesicht spiegelte sich wider, wie es in seinem Kopf ratterte. Bedächtig sagte er: »Das heißt, dass der Täter nicht weiß, dass wir seinen Cache bereits gefunden haben. Und das wiederum bedeutet, dass er nicht derjenige sein kann, der Anna Bechstein Gewalt antun wollte.«

»Wieso?«, fragte Tobias verwundert.

»Katharina hat mir erzählt, dass Anna ihn mithilfe der Brotdose abgewehrt hat«, erklärte Ben.

»Ach so«, meinte Tobias. »Aber warte mal – das kann der Typ doch im Dunkeln nicht wirklich erkannt haben, oder? Also, dass das eine Brotdose war. Andererseits … wenn es sein Cache war, wäre er mit der Kleinen ja überall hingegangen, aber nicht gerade dahin.« Er sah Ben an, und ein Grinsen huschte über sein Gesicht. »Mit einer Brotdose, tz, tz. Da muss die Kleine gut getroffen haben, massiv ist so eine Dose nicht gerade. Wozu die Dinger doch alles gut sind …«

Auch Ben lächelte bei dem Gedanken, dann fuhr er in seiner Überlegung fort: »Oder aber, der Typ weiß es ganz genau und will uns auf diese Weise bewusst in die Irre führen.«

»Hm, also sind wir in dieser Hinsicht eigentlich keinen Schritt weiter«, schloss Tobias. »Es steht 50 zu 50.«

18.51 Uhr

Moritz Bredenbeck stand an einem improvisierten Rednerpult im Versammlungsraum und sah in die Gesichter der Mitglieder der ›PRO HANSE‹. Eigentlich hatte er sich auf dieses Treffen gefreut und sich auf eine Art Zuckerbrot und Peitsche vorbereitet, denn er liebte solche Spielchen. Zuerst wollte er ihnen die Laune versüßen und vom vermeintlichen Erfolg der Demonstration erzählen. Anschließend sollten sie zusammenzucken, wenn er ihnen vorwarf, dass das noch längst nicht genügte und sie sich alle viel mehr engagieren müssten. Das würde seine Position als Anführer weiter stärken – und genau das wollte er. In Wahrheit hatte er keine Ahnung, ob und was die Demonstration in der Lüneburger Innenstadt bewirkt hatte, und es war ihm auch schnuppe. Niemand von diesen Idioten würde ihn hinterfragen, da war er sich sicher. Durch das Gespräch mit Martin Gravert war Moritz jedoch schon vor Beginn jegliche Motivation für seine große Ansprache verloren gegangen. Was für ein Idiot! Er hätte ihn am besten gleich rausschmeißen sollen, aber schließlich brauchte er ihn noch. Moritz grinste in sich hinein. Von dem konnte er nun alles kriegen, und zwar noch viel einfacher als bisher. Der kleine Schlappschwanz würde alles tun, um in seiner Gunst wieder zu steigen. Und wer weiß, wofür das noch gut sein konnte.

Das war aber nicht das Einzige, was den Anführer der Studentengruppe heute aus dem Tritt gebracht hatte. Da war noch etwas: Er konnte seine Gedanken nicht von Lisa befreien. Ihm war, als säße sie in der ersten Reihe, provozierend schön, dabei war es nur das Blumenmädchen Jasmin, das da mit Stiefeln bis zum Rockanschlag saß und ihn unverwandt ansah. Aber von seinem Rednerpult aus sah sie Lisa verdammt ähnlich. Seine Nummer mit dem durchfeuchteten Zettel hatte bei ihr also nichts gebracht, sie hatte einen anderen Weg gefunden, ihn wiederzusehen. Er musste sich zusammenreißen, wenn er diesem Treffen noch irgendetwas Positives entlocken und seine Leute zudem beeindrucken wollte.

Moritz Bredenbeck stützte sich auf das provisorische Pult, sah eindringlich in die Runde und verfiel schneller als erhofft in seine selbstsichere Anführerrolle. »Werte Mitstreiter«, begann er fest und klar. Er brauchte nicht mal ein Mikrofon, es waren auch so jegliche Plaudereien unter den circa 50 Anwesenden abrupt verstummt. »Werte Mitstreiter«, wiederholte er, »ihr wart gut auf eurem Weg durch unsere geliebte historische Hansestadt.« Bewusst machte er eine kurze Pause, in der er beobachtete, wie sie stolz zu ihm nach vorn sahen und nach mehr Lob gierten. Er erhob die Stimme, als er fortfuhr: »Doch gut ist noch lange nicht gut genug! Wir müssen mehr erreichen, als ein paar uninteressierten Vergnügungstouristen einen Flyer in die Hand zu drücken, den sie an der nächsten Straßenecke in den Müll werfen. Wir müssen die Menschen stärker erreichen, unsere Botschaft lebendig machen!« Erneut machte Moritz eine Pause, in der er seinen Blick über die Reihen seiner Anhänger wandern ließ. Sie alle schienen pikiert, verunsichert – nur Jasmin nicht. Sie grinste – mein Gott, so würde auch Lisa grinsen. Wie er das hasste! Aber er würde es dem Blumenmädchen nachher schon zeigen. Schnell wandte er seine Augen von ihr ab, um sich nicht aus dem Konzept bringen zu lassen. »Aber keine Sorge, ich habe mir bereits Gedanken gemacht, Gedanken, die ich mir von euch erhofft hatte. Schließlich wollen wir alle dasselbe, oder etwa nicht?« Betretenes Schweigen schlug ihm entgegen, er hatte es nicht anders erwartet. Sie waren so dumm. »Ihr werdet ab sofort jeder eine Rolle übernehmen«, fuhr Moritz fort. »Die meisten von euch spielen bereits Rollenspiele in festen Kreisen, das weiß ich. Jetzt werden wir den Rahmen vergrößern.« Gespannte Gesichter, wohin er auch schaute. Bewusst überging er die erste Reihe, um Jasmins Reaktion nicht wahrnehmen zu müssen. Für sie hatte er sich eben kurzerhand eine besondere Rolle ausgedacht, doch das würde sie nachher erfahren. So wie sie da saß und ihn ansah, wusste er, dass sie später auf ihn warten würde, um mit ihm allein zu sein. Die würde von ihm ein ganz spezielles Einzeltraining für ihre Rolle bekommen …

»Die Stadt wird eure Bühne sein, und ihr alle ein lebendiges Stück Geschichte. Es gibt dabei die unterschiedlichsten Figuren. Ich werde euch jetzt mitteilen, wem von euch ich welche Rolle zugedacht habe.«

19.18 Uhr

Ben, Katharina und Tobias hatten sich vor dem Campingplatz Rote Schleuse getroffen, um sich ungesehen zu beratschlagen, wie sie vorgehen sollten. Sie überlegten, ob es Sinn machte, zusammen in die Versammlung der ›PRO HANSE‹ hinein zu marschieren. Außer, dass sie inzwischen von der KTU wussten, dass das Blut auf beiden Polaroids und beiden Brotdosen identisch war, gab es momentan keine anderen Ermittlungspunkte, an denen sie ansetzen konnten. Niemand von ihnen wollte sich ausklinken und einfach Feierabend machen – und so würden sie sich eben alle drei ein Bild von dem Verein machen. Außerdem hatten sie keine Ahnung, wie viele Mitglieder diese Versammlung besuchten, da konnte es nicht schaden, sich zu dritt vor Ort nach dem potenziellen Verdächtigen namens Martin umzuschauen.

Nachdem sie sich besprochen hatten, war Ben in Katharinas Wagen gestiegen, und Tobias hatte den Dienstwagen genommen, mit dem er und sein Chef gekommen waren. Sie waren wenige Hundert Meter gefahren und hatten die Wagen erneut geparkt. Nun gingen sie auf das im Flyer und auf der Internetseite beschriebene Versammlungshaus zu. Es handelte sich um eine alte Scheune am Waldrand, gleich um die Ecke vom Campingplatz, vor deren großem, halb geöffnetem Tor sich mehrere Grüppchen von Rauchern versammelt hatten. Die drei Kommissare hatten beschlossen, getrennt aufzutreten. Katharina und Ben würden sich offiziell als Kripobeamte zu erkennen geben. Tobias dagegen sollte sich unabhängig von ihnen unter die Studenten mischen und versuchen, sich als vermeintliches Neu-Mitglied auszugeben. Da sie nicht einschätzen konnten, wie offen die Leute mit ihnen reden würden, erhofften sie sich auf diese Weise größere Chancen, möglichst viel in Erfahrung zu bringen.

Während Tobias durch das Scheunentor schlüpfte, um sich drinnen umzusehen, gingen Ben und Katharina jeweils auf eine der kleineren Gruppen draußen zu. Katharina zog eine Zigarette aus ihrer Schachtel und bat einen jungen Mann um Feuer.

»Du bist spät dran«, sagte der junge Mann, während er ihr die Flamme des gezückten Feuerzeugs entgegenhielt. »Der Hauptteil der Sitzung ist vorbei. Moritz verteilt nur noch die Rollen.«

»Die Rollen?«, fragte Katharina nach und ärgerte sich ein wenig, dass Tobi inkognito hier war und nicht sie selbst. Sie hätte durchaus Lust, sich nicht gleich zu erkennen zu geben. Aber es war so abgesprochen, und Tobi entsprach definitiv mehr dem optischen Klischee eines Studenten, das musste sie zugeben.

»Na ja, die Rollen, die wir beim Stadtfest spielen sollen. Bist du auch dabei?«, fragte der junge Mann. »Ich habe dich an der Uni übrigens noch nie gesehen, bist du neu in Lüneburg?«

»Ehrlich gesagt bin ich aus einem anderen Grund da«, erwiderte Katharina und zog ihren Ausweis aus der Hosentasche. »Katharina von Hagemann, Kripo Lüneburg.« Die Augen ihres Gegenübers blickten überrascht. Katharina merkte, dass einige der Umstehenden auf das Wort *Kripo* reagierten, und die Gespräche verstummten. »Keine Sorge«, versuchte sie, die Reaktion abzuschwächen. »Wir haben nur ein paar Fragen an eines eurer Mitglieder. Er heißt Martin – könnt ihr mir sagen, wo ich ihn finde?«

Tobias sah sich in der alten Scheune um, als er eintrat. Den aufgebauten Stühlen nach zu urteilen, war die Versammlung gut besucht, auch wenn jetzt nur noch vereinzelte Plätze besetzt waren, während ein Teil der Mitglieder draußen stand und einige sich vor dem Rednerpult tummelten. Erst beim zweiten Hinsehen erkannte Tobias, dass die Studenten dort anstanden, um zu einem Typen zu gelangen, der hinter dem Pult stand und gestikulierend auf eine schüchtern wirkende junge Frau einredete. Der Kommissar trat näher heran, um ein paar Worte aufzuschnappen.

»... ist keine Modenschau, verdammt!«, hörte er den Mann pöbeln. »Pinkfarbenen schillernden Firlefanz hat es im Mittelalter nicht gegeben, da hatten die Leute andere Sorgen.« Er hielt der jungen Frau ein schäbiges Kleid aus grauem Leinen entgegen: »Also entweder du trägst deiner Rolle als Magd entsprechend dieses Kleid oder du bist raus, ganz einfach!« Die junge Frau nahm wortlos und mit starrem Gesicht das Kleid entgegen und ging, während einige der Umstehenden grinsten und andere wiederum ängstlich guckten.

Tobias fand das interessanter als gedacht. Der Typ hatte seine Leute ganz schön im Griff. Mit Demokratie hatte diese Organisation offenbar nicht viel am Hut, was fast schon konsequent war, wenn sie sich so sehr dem Mittelalter verschrieben hatten. Er würde sich das Treiben auf jeden Fall noch einen Moment länger ansehen, bevor er sich aktiv unter die Menge mischte. Vielleicht konnte er so bereits einiges mitbekommen.

Der Mann, der hier offensichtlich das Sagen hatte, hielt jetzt eine Holzkonstruktion vor sich, in der drei unterschiedlich große, kreisrunde Ausschnitte zu erkennen waren. Tobias trat noch ein paar Schritte näher heran und hörte einen jungen Kerl, der nun an der Reihe war, sagen: »Das ist nicht dein Ernst, Moritz!« Der angesprochene Anführer am Pult grinste hämisch, als er erwiderte: »Und ob das mein Ernst ist. Dieser Schandkragen ist ein extrem typisches Merkmal des Mittelalters. Wer etwas verbrochen hatte, musste Hände und Kopf genau durch dieses lustige Ding stecken und sich von den anderen ansehen und beschimpfen lassen. Ab und an flog dann auch schon mal faules Obst oder Schlimmeres dagegen. Damit wirst du eine besondere Rolle auf dem Stadtfest spielen, Martin – eigentlich solltest du stolz sein, dass ich ausgerechnet dir eine Hauptrolle zuteile! Aber du hast sie dir schließlich redlich verdient.« Er drückte dem erschrocken wirkenden jungen Mann den Schandkragen an die Brust. »Keine weitere Diskussion, ich verteile die Rollen, und ich denke kaum, dass du momentan in der Situation bist, Ansprüche zu stellen. Also, los, es warten noch andere.«

Tobias stutzte: Martin? Das hieß, der junge Mann mit dem

Schandkragen war einer der beiden Martins von der Mitgliederliste. Er musste ihn im Auge behalten und eine Möglichkeit finden, Ben oder Katharina unauffällig zu informieren. Er zog sein Handy aus der Hosentasche und tippte eine SMS an seine beiden Kollegen: *Ein Martin ist hier drinnen!*

Während Tobias auf *Senden* drückte, überlegte er, ob er ein Foto von diesem Martin machen sollte, um es noch hinterher zu senden, entschied sich aber dagegen. Er wollte nicht auffallen, und möglicherweise hatten die hier etwas gegen Fotos. Er ließ seinen Blick kurz schweifen. Fast hätte er laut gepfiffen, was er sich im letzten Moment noch verkneifen konnte. Der Grund war eine bemerkenswert hübsche junge Frau, die hier irgendwie nicht her passte. Sie wirkte zu chic, obwohl sie keine sehr auffälligen Klamotten trug. Der kurze Jeansrock betonte allerdings die langen Beine, die in hohen Stiefeln steckten, und Tobias' Blick besonders auf sich zogen. Sie stand eher gelangweilt am Rand des Saals, strich sich in diesem Moment ihr blondes Haar aus dem Gesicht und beobachtete das Treiben am Rednerpult. Tobias schien es, als würde sie vor allem diesen Moritz beobachten.

Die Gruppe um das Pult herum hatte sich inzwischen deutlich vergrößert. Augenscheinlich war ein Teil der Raucher zurückgekehrt und hatte sich angestellt. Tobias versuchte, den Typ mit dem Schandkragen in dem Gewusel auszumachen, konnte ihn jedoch nirgends entdecken. Shit, ärgerte er sich über sich selbst. Er hatte sich von dem hübschen Mädchen ablenken lassen. Sein Chef würde nicht begeistert sein. Der Kommissar war unsicher, was er tun sollte. Kurz entschlossen drückte er die Kurzwahl von Benjamin Rehder, der umgehend abnahm: »Tobi, was gibt es?«

Mit dem Rücken zu den anderen gedreht und mit gesenkter Stimme beeilte Tobi sich, zu erklären: »Chef, ihr müsst euch draußen nach einem jungen Kerl mit einem Schandkragen umsehen. Ich weiß nicht, ob er unser Mann ist, aber er heißt Martin! Ich kann ihn hier drin im Gewühl nicht mehr sehen, er muss gerade raus sein.«

»Was für ein Schandkragen?«, fragte Benjamin Rehder, ebenfalls leise. »So ein Holzgestell mit drei Löchern«, versuchte Tobias so knapp wie möglich zu erklären. »Das schleppt er mit, dürfte nicht zu übersehen sein.«

»Okay«, bestätigte sein Chef und legte auf. Tobias überlegte, ob er auch Katharina informieren sollte, doch bis dahin wäre der Typ wahrscheinlich längst weg. Vermutlich würde Ben sich mit ihr verständigen, hoffte er zumindest. Tobias dachte angestrengt darüber nach, wie er seine Unachtsamkeit gutmachen und mit irgendetwas Brauchbarem rausgehen konnte. Er sah sich erneut in der alten Scheune um und trat auf eine kleine Gruppe zu, die etwas entfernt vom Rednerpult zusammenstand.

»Hallo, Leute«, rief er möglichst fröhlich in die Runde, »ich bin Tobi. Ich habe vor ein paar Tagen in einer Kneipe am Stint einen von eurer Truppe kennengelernt. Der hat mir von dem Treffen hier erzählt und gefragt, ob ich nicht mitmachen will.« Tobias bemühte sich um einen kumpelhaften Ton, als er weitersprach. »Na ja, ich bin da, aber er nicht. Ich weiß leider nur, dass er Martin heißt, den Nachnamen weiß ich nicht, könnt ihr mir weiterhelfen?«

Die fünf jungen Leute sahen sich an und schienen ernsthaft zu überlegen, bis einer von ihnen sagte: »Soweit ich weiß, gibt es bei uns zwei, die Martin heißen. Also zumindest kenn ich zwei. Martin Hensler kannst du nicht meinen. Das ist ein Freund von mir, der seit einer Woche im

Urlaub ist.« Der Typ grinste, bevor er fortfuhr: »Weißt du, der nimmt das mit seinem Studium nicht so ernst und fährt gern mal während des Semesters los. Er kommt irgendwann nächste Woche wieder.« Ein junges Mädchen mischte sich ein: »Aber Martin Gravert ist hier, den habe ich vorhin bei Moritz gesehen. Meinst du den vielleicht?« Tobias machte innerlich einen Freudensprung, ließ sich aber nichts anmerken, als er freundlich erwiderte: »Dann hab ich mich doch nicht verguckt, dann war er das, der den Schandkragen aufgedrückt bekommen hat, oder?« Er grinste: »Ich war mir nicht sicher, das war ziemlich dunkel in der Kneipe und … na ja, ich hatte 'n bisschen was getankt, ihr wisst schon.« Der Typ, der zuerst gesprochen hatte, grinste verständnisvoll: »Schon klar, Kumpel. Aber du hast richtig gesehen – Martin Gravert ist die arme Sau, die den Schandkragen bekommen hat. Deswegen ist er sicherlich auch gleich abgedampft.« Er lachte laut. »Kann ich verstehen, eine blödere Rolle hätte er nicht kriegen können. Das kommt halt davon, wenn man sich bei unserem Oberguru immer so einschleimt.«

Auch die anderen der kleinen Gruppe lachten, und es schien klar, dass Martin Gravert nicht zu ihren besten Freunden gehörte. Doch Tobias hatte erfahren, was er wissen wollte, eigentlich fast mehr, als er zu hoffen gewagt hatte. Er verabschiedete sich mit einem lockeren »Okay, danke Leute, vielleicht bis demnächst mal«, und ging in Richtung Scheunentor.

Wieder draußen angelangt sah er sich nach Ben und Katharina um, konnte jedoch keinen von beiden entdecken. Auch von Martin Gravert war nichts zu sehen, und wenn die Studenten recht hatten, was er sich gut vorstellen konnte, dann war er längst verschwunden. Tobias zog sein Handy aus der Hosentasche und schrieb eine SMS an seine Kollegen: *Ich habe den kompletten Namen – falls keine heißere Spur bei euch, Treffen in fünf Minuten auf dem Parkplatz.* Er steckte das Handy weg, sah sich um und schlenderte zu den abgestellten Autos.

Innerhalb weniger Minuten trafen sowohl Ben und Katharina als auch Tobias am Parkplatz zusammen. Nachdem sie sich vergewissert hatten, dass außer ihnen niemand in der Nähe war, setzten sie sich gemeinsam in den Dienstwagen, und Tobias berichtete, was er herausgefunden hatte.

»Schade, dass er uns entwischt ist«, sagte Benjamin Rehder, zu Tobias' Erleichterung vorwurfsfrei, »aber immerhin haben wir seinen vollen Namen.«

Katharina ergänzte: »Wenn wir morgen früh gleich eine Abfrage machen und er in der Goethestraße gemeldet ist, haben wir ihn, dann ist er unser Mann aus dem Clamart-Park.«

»Das mach ich heute noch«, erwiderte Tobi. Auch wenn seine Achtlosigkeit nicht offensichtlich für die beiden Kollegen war, wollte er sie zumindest für sich wieder gutmachen. »Ich habe mein Portemonnaie im Büro liegen gelassen und muss eh noch mal hin, dann kann ich das fix checken«, flunkerte er, als er die verwunderten Blicke von Katharina und Ben bemerkte. »Ich gebe euch per SMS Bescheid, was ich herausfinde.«

»Okay«, sagte Ben Rehder und unterdrückte ein Gähnen. »Ich würde sagen, dann machen wir Schluss für heute und sammeln morgen früh unsere Eindrücke von heute Abend.«

»Ben, hättest du Lust auf einen Absacker?«, fragte Katharina daraufhin und vermied es, Tobias dabei anzugucken. Ihr war spontan die Idee gekommen, die Gelegenheit zu nutzen, um ihren Chef über Maximilians Brief zu informieren. Dann hätte sie es hinter sich. Außerdem war sie nicht müde und ahnte, dass sie sonst zu Hause nur dunklen Gedanken zu ihrer Vergangenheit nachhängen würde, wovor ihr graute.

»Oh, Katharina, sei mir nicht böse, aber das geht nicht«, erwiderte Ben sichtlich zerknirscht, denn Katharinas Vorschlag, mit dem er nicht gerechnet hatte, freute ihn. »Leider habe ich meiner Nachbarin versprochen, einen alten Schrank abzubauen und an die Straße zu stellen. Morgen kommt bei uns nämlich die Sperrmüllabfuhr.« Er wandte sich an Tobi: »Ich fahre mit dir zur Dienststelle und setz' dich ab.«

Katharina griff zur Klinke der Beifahrertür und hob die Hand. Ihre Enttäuschung über Bens Absage ließ sie sich nicht anmerken: »Okay, schade, dann düse ich los. Bis morgen und schönen Abend für euch!«

»Welcher, oder welche person ain falschen Aid schwerdt,
derselben die Zungen abzuschneiden (…)«

(aus: Laibach Malefizordnung, 1514)

4. KAPITEL:

DONNERSTAG, 13. JUNI 2013,
1 TAG VOR DEM LÜNEBURGER STADTFEST

7.08 Uhr

Das warme Wasser plätscherte sanft auf Katharina hinab. Sie war eine bekennende Warm- und vor allem Langduscherin. Besonders morgens nahm sie sich gern viel Zeit. Für sie war dieses morgendliche Duschen wie für andere der erste Kaffee nach dem Aufstehen: Nur unter der warmen Brause, wenn das Wasser über ihren Körper strömte, wurde sie wirklich munter. Hier ordnete sie ihre Gedanken, schmiedete Pläne, überlegte sich, was zu erledigen war, und wappnete sich für den Tag. Heute fiel es ihr jedoch überhaupt nicht leicht, ihre Gedanken in geregelte Bahnen zu lenken. Zum einen war da der *Fall Polaroid*, von dem sie bei allen Indizien nicht genau wusste, ob es überhaupt ein Fall war. Außerdem beschäftigte sie der Brief von Maximilian. Was hatte ihn dazu veranlasst, ihr nach mehr als zwei Jahren in Haft plötzlich diese nur für sie erkennbare, aber gleichzeitig unmissverständliche Drohung zu schicken? Warum hatte er es nicht schon früher getan? Wieso jetzt? Gab es dafür einen Auslöser? Katharina nahm sich vor, so bald wie möglich in München mit ihrer alten Dienststelle zu telefonieren und nachzufragen.

Sie musste das klären, um wieder unbeschwerter sein zu können. Sie griff nach ihrem Aprikosen-Shampoo, hielt es sich über die Hand, drückte ein wenig heraus und begann, sich die Haare einzuschäumen. Sie schloss dabei die Augen und versuchte, soviel wie möglich von dem Aprikosenduft, der die Duschkabine erfüllte, in sich aufzunehmen. Sie liebte Fruchtshampoos in allen erdenklichen Variationen und wechselte oft zwischen den verschiedenen Duftrichtungen hin und her.

Gerade als sie die Haare ausspülen wollte, glaubte sie durch das Rauschen der Dusche hindurch ihr Handy klingeln zu hören. Sie drehte das Wasser ab und lauschte. Tatsächlich, es klingelte. Um diese Uhrzeit hatte ein Anruf meist nichts Gutes zu bedeuten. Nackt, wie sie war, und mit Schaum in den Haaren sprang sie aus der Duschkabine und lief in den Flur, wobei sie kleine Wasserlachen auf dem Dielenfußboden hinterließ. Die Lüneburger Festnetznummer auf dem Display kannte sie nicht.

»Ja hallo? Von Hagemann.«

»Frau von Hagemann? Katharina?«, flüsterte eine leise Stimme am anderen Ende der Leitung.

»Ja, am Apparat, wer spricht denn da?«, wollte Katharina wissen.

»Hier ist Anna Bechstein. Sie ... Sie haben doch gesagt, ich soll anrufen, wenn was ist.«

Jetzt erkannte Katharina die Stimme des Mädchens. Warum rief es um diese frühe Uhrzeit an? Unwillkürlich verfiel Katharina ebenfalls in einen Flüsterton: »Warum flüsterst du, was ist passiert?«

»Es ist nichts passiert, also doch, irgendwie schon, sonst würde ich Sie nicht anrufen. Aber ich rufe vom Telefon meiner Eltern an, weil ich doch kein Handy mehr habe, und die sollen nicht mitbekommen, dass ich Sie anrufe«, erklärte das Mädchen nervös.

»Ach so«, meinte Katharina beruhigt. »Was ist denn passiert? Hat dieser Martin sich bei dir gemeldet?«

»Nee, nicht direkt. Ich muss Ihnen was zeigen. Können wir uns gleich treffen? Ich habe um acht Uhr Schule, darum vielleicht noch vorher? Können Sie um 20 vor acht an die Ecke Schillerstraße/Feldstraße kommen? Oh, ich muss auflegen, mein Vater …«

Überrascht starrte Katharina auf ihr Handy – die Verbindung war beendet worden. Mannomann, was hatte das Mädchen für eine Angst vor ihrem Vater. Hoffentlich konnte sie sich irgendwann davon befreien. Als sie das Handy weglegen wollte, bemerkte sie eine SMS auf dem Display. Die Nachricht war gestern am späten Abend von Tobi gekommen, als sie schon geschlafen hatte. Kurz überflog Katharina die knappe Information des Kollegen: *Martin Gravert ist unser Mann – gemeldet in der Goethestraße 12, Gruß Tobi.*

Katharina freute sich, dass sie immerhin einen kleinen Schritt weiter waren, als ihr plötzlich bewusst wurde, dass sie noch immer splitternackt und mit eingeschäumten Haaren dastand. Ihre Augen huschten zum Fenster, um zu prüfen, ob irgendein Nachbar von gegenüber sie hier im Evakostüm stehend beobachtete, doch sie konnte niemanden entdecken.

»Na wenigstens das«, murmelte sie, eilte ins Bad und machte sich schnell fertig. Wenn sie es rechtzeitig zu dem Treffen mit Anna schaffen wollte, musste sie sich extrem beeilen. Vorbei war es mit der Morgenruhe.

Benedict Rehder reckte sich und blinzelte in die Morgensonne, die in sein Schlafzimmer fiel. Selbst schuld, dachte er, als er auf seinem Wecker die frühe Uhrzeit erkannte. Wieder mal vergessen, gestern Nacht die Rollos runterzuziehen. Er rekelte sich genüsslich und bemerkte, dass er sich ziemlich ausgeruht fühlte, obwohl er durch die Spätschicht am Vorabend nicht lange geschlafen hatte. Nach kurzer Überlegung beschloss er, den schönen Sommertag lieber zu nutzen, als sich zum Weiterschlafen zu zwingen.

Bene griff zur Fernbedienung und schaltete den großen Flachbildschirm an, der an der gegenüberliegenden Wand hing. Er ließ sich vom Frühstücksfernsehen berieseln, zappte hin und her und grübelte, was er mit dem ungewohnt langen Tag anfangen könnte. Er würde sogar am Abend nicht arbeiten müssen, wie ihm spontan einfiel, weil der Hoteldirektor ihn dazu bestimmt hatte, den *Heideglanz*-Cocktailstand auf dem Stadtfest zu führen, ihm im Gegenzug dafür jedoch den Abend davor freigegeben hatte. Und das war heute. Bene kam das gerade recht – von Freitag bis Sonntag würde es hart genug werden. Ihm standen bis morgen also alle Möglichkeiten offen. Er beschloss, einen Teil der freien Zeit zu verwenden, um ein bisschen Ordnung in die Bude zu bringen. Am besten gleich am Vormittag, wenn es noch nicht so warm war. Außerdem musste er dringenden Schreibkram erledigen, was er gern vor sich herschob. Aber wenn er schon so motiviert früh in den Tag startete, sollte er das nutzen. Blieb nur der Abend … Prompt kam ihm eine Idee. Da gab es definitiv etwas, was längst überfällig war. Er lächelte bei dem

Gedanken an sein Vorhaben. In seinem Kopf füllte sich bereits der Einkaufswagen mit leckeren italienischen Köstlichkeiten von eingelegtem Gemüse über frische Tomaten, zu duftenden Kräutern, hausgemachter Pasta bis hin zu einer Flasche ausgesprochen guten Weißweins. Obwohl Wein nicht zu seinen Lieblingsgetränken zählte – zu einem solchen Essen gehörte er dazu. Der Martini für den Aperitif stand ohnehin seit einiger Zeit stets in seiner privaten Bar. Spezielle Geschmäcker besonderer Personen waren ihm als Barmann halt schnell vertraut ... Noch immer vor sich hin lächelnd griff Benedict zum Telefon und tippte eine Kurzwahlnummer.

7.33 Uhr

Um kurz nach halb acht stand Katharina an der Stelle, die Anna ihr genannt hatte, und hielt Ausschau nach dem Mädchen. Als sie es von Weitem erblickte, klingelte ihr Handy. Herrje, was war denn heute Morgen bloß los? Dann fiel Katharina ein, dass es Benjamin Rehder sein könnte. Er fragte sie manchmal kurz vor Dienstbeginn, ob er ihr ein Brötchen zum Frühstück mitbringen sollte. Meistens per SMS, aber ab und zu rief er auch kurz an. Ihr Chef hatte diese kleine Aufmerksamkeit etwa vor einem halben Jahr begonnen. Er hatte mitbekommen, dass Tobias ihr immer mal was vom Bäcker mitbrachte, und Katharina hatte den Verdacht, Ben wollte sich nicht nachsagen lassen, er kümmere sich nicht um seine Teammitglieder. Darüber hinaus schwang wohl ein bisschen Hahnenkampf um die einzige Frau im Team mit, wobei keiner von beiden ihr je Avancen gemacht hatte. Benjamin Rehder hatte seinen Brötchendienst, wie er es nannte, damit begründet, dass Katharina sonst vom Fleisch fallen würde, und das Frühstück außerdem die wichtigste Mahlzeit des Tages war, um Energie zu schöpfen, die sie in ihrem Job so dringend brauchten. Sie hatte das zwar lächelnd abgetan, sich insgeheim aber über diese Aufmerksamkeit gefreut, die er ihr in unregelmäßigen Abständen erbrachte. Bei Tobias betrachtete sie es als normal. Er aß einfach gern und mochte dabei Gesellschaft, doch bei Ben war das irgendwie anders. In den letzten Wochen hatte Bens Engagement in dieser Hinsicht jedoch nachgelassen, und Katharina hatte sich bereits nach dem Grund gefragt, und so freute sie sich jetzt umso mehr über den unverhofften Frühstücksservice.

Sie holte ihr Handy aus der Jackentasche und nahm das Gespräch an, noch bevor sie das Telefon an ihr Ohr geführt hatte.

»Hallo? Katharina? Bist du dran?«, fragte zu Katharinas Überraschung nicht Ben, sondern dessen Bruder. Katharina erkannte ihn sofort an seiner fröhlichen Stimme, mit der er sich deutlich von seinem ruhigen Zwillingsbruder unterschied.

»Ja sicher, Bene, wer soll denn sonst an mein Handy gehen?«, erwiderte Katharina etwas schroff und runzelte verdutzt die Stirn. Warum war sie ihm gegenüber wieder so barsch? Er hatte ihr nichts getan und konnte nichts dafür, dass sie einen anderen Anrufer erwartet hatte.

»Oh, habe ich dich auf dem falschen Fuß erwischt?«, kommentierte er ihre Stimmung.

»Nein, entschuldige bitte, ich … ich treffe gleich jemanden, der mir was geben will. Im Gegensatz zu dir muss ich am frühen Morgen schon arbeiten«, erklärte Katharina betont freundlicher und lenkte ihre Aufmerksamkeit gleichzeitig auf die näherkommende Anna.

»Ja, dann möchte ich nicht lange stören«, lachte Ben in den Hörer. »Ich wollte nur fragen, was du heute Abend machst. Ich habe nämlich frei. Wollen wir nicht mal wieder zusammen kochen? Und ich meine wirklich kochen!«, setzte er nach, und Katharina sah förmlich, wie Bene in den Hörer grinste. Sie musste schmunzeln. Dieser Mann schaffte es immer wieder, sie mit seiner guten Laune anzustecken, und das konnte schließlich nicht schaden. Doch Katharina hatte keine Zeit für fröhliches Geplauder – Anna stand vor ihr, weshalb sie in den Hörer rief: »Ja, Bene, machen wir. Ich rufe dich nachher an wegen der Uhrzeit. Ich weiß jetzt noch nicht, wie spät es heute bei mir wird, okay?«

»Okay, ich freu mich auf dich. Bis später«, erwiderte Bene und legte auf, während die Kommissarin ihr Handy bereits zurück in die Jackentasche schob.

»Hallo, Anna«, begrüßte Katharina die Schülerin, die ihr schüchtern die Hand gab. »Was willst du mir denn so dringend zeigen?«

»Das hier«, sagte das Mädchen und zog einen USB-Stick aus ihrer Hosentasche. »Da sind Bilder drauf, die ich nicht gemacht habe. Die wollte ich Ihnen zeigen oder besser gesagt geben.«

»Und woher hast du die Bilder?«, fragte Katharina und nahm den Stick entgegen.

»Also ich schätze, sie sind von meinem Handy.«

»Ich dachte, das ist weg? Hast du es wieder gefunden oder hat es dir jemand gebracht?«, fragte Katharina erstaunt. Hatte Anna doch Kontakt zu diesem Typen? Für Katharina stand fest, dass er das Handy eingesteckt haben musste. Wieso sonst hatten ihre Kollegen im Clamart-Park nur die Pumps und die Clutch mit Annas Schlüssel gefunden, jedoch nicht das Handy, das nach Aussage von Anna in der kleinen Tasche gesteckt hatte? Sicherlich hatte dieser Martin Gravert es an sich genommen, weil er annehmen musste, dass seine SMS an Anna darauf gespeichert war. Warum er allerdings nicht die komplette Clutch hatte mitgehen lassen, war Katharina ein Rätsel.

»Nein, leider habe ich es nicht zurück«, antwortete Anna, »sonst hätte ich vorhin nicht heimlich vom Telefon meiner Eltern anrufen müssen. Aber eben weil ich es nicht habe, müssen Sie sich die Bilder auf dem Stick angucken. Vielleicht finden Sie damit mein Handy wieder. Das wäre so toll, denn wenn mein Vater mitbekommt, dass ich es verloren habe ... Das wird dann noch heftiger als mit dem Schlüssel – und die Vorwürfe wegen meiner Lügerei gehen von vorn los«, meinte Anna und blickte Katharina hoffnungsvoll an.

Katharina hätte aufgrund des traurigen Blicks der Kleinen gern etwas Positives gesagt, doch wollte sie keine falschen Hoffnungen wecken. »Das wird schon wieder, Anna. Aber eines verstehe ich nicht: Weshalb hast du Bilder von deinem Handy, wenn du das Handy gar nicht hast? Und wieso meinst du, sie sind von jemand anderem gemacht worden?«

Das Mädchen schaute Katharina überrascht über deren Unkenntnis an: »Na, wegen meiner Dropbox. Das Handy ist das alte Smartphone von meinem Vater. Ich habe es mit meinem Computer synchronisiert, wo ich auch die Dropbox geladen habe. Das heißt, immer wenn ich mit meinem

Handy ein Foto mache, dann gehen die Bilder automatisch in die Dropbox auf meinem Computer, wenn das Handy mit W-LAN verbunden ist. Kennen Sie das etwa nicht?«

»Äh, doch, doch, klar«, beeilte sich Katharina zu sagen, weil sie Anna nicht weiter verunsichern wollte. Tatsächlich hatte sie davon gehört, nutzte es zwar nicht, wusste aber, wer es tat: Tobias Schneider, ihr technikbegeisterter Kollege. Von dem würde sie sich das genauer erklären lassen.

»Was sind denn das für Fotos?«, fragte Katharina.

»Das ... ähm ... das, ach die sind ganz furchtbar. Ich möchte nicht darüber reden, schauen Sie sie sich bitte an. Ich muss los, sonst komme ich zu spät in die Schule«, sagte das Mädchen und verabschiedete sich eilig. Katharina hatte das Gefühl, dass die Sache der Kleinen peinlich war.

»Danke, dass du mich angerufen hast, Anna. Das war genau richtig von dir«, rief die Kommissarin ihr noch hinterher, doch die Schülerin drehte sich nicht mehr um, sondern ging mit gesenktem Kopf und schnellen Schritten in Richtung ihres Gymnasiums.

08.14 Uhr

»Na, na, na, Frau Kommissarin, da sind Sie ja gerade noch im akademischen Viertel gelandet«, tönte Tobias ihr spaßig entgegen, als Katharina das Kommissariat betrat.

»Du meinst c.t.?«, konterte Katharina, legte ihre Lederjacke ab und nahm sich einen sauberen Kaffeebecher aus dem Regal.

»CT? Warst du bei einer Computertomografie? Wieso das denn, hast du gar nicht erzählt. Was Ernsthaftes?«, mischte sich Ben besorgt ein, der aus seinem Büro getreten war und nur Katharinas letzte Worte aufgeschnappt hatte.

»Wie, du bist krank?«, fragte auch Tobias erschrocken, was Katharina dazu veranlasste, ihre Augen gen Zimmerdecke zu rollen.

»So kommen Gerüchte auf. Oder bin ich hier in einer Comedy gelandet und habe es nur nicht mitbekommen? Nein, ich bin nicht krank und war nicht bei der Computertomografie. Ich habe nur auf deine neunmalkluge Begrüßung reagiert, Tobi. C.t. heißt cum tempore, was so viel bedeutet wie *mit Verspätung* und auf dein akademisches Viertelstündchen gemünzt war. C.t. ist die Abkürzung an der Uni, wenn eine Vorlesung eine Viertelstunde später als angegeben beginnt. Ich kann nämlich auch neunmalklug sein!«, schloss Katharina leicht gereizt. Sie brauchte unbedingt einen Kaffee.

»Weiß ich doch«, erwiderte Tobi, aber das klang wenig überzeugend. Er merkte es und biss schnell von seinem Brötchen ab. Dann fragte er schmatzend: »Machst du mir einen Kaffee mit? Ich habe ein Franzbrötchen hier, wenn du möchtest, kannst du es haben.«

»Klar, beides gern«, war Katharina sofort wieder versöhnt. »Für dich auch einen Kaffee, Ben?«

Ben nickte. »Gern. Ich würde vorschlagen, wir nehmen ihn mit zum Besprechungstisch. Wir müssen weiterkommen, ich habe leider keine Idee, wie. Darum möchte ich noch mal durchgehen, was wir im *Fall Polaroid* bisher haben, und wissen, was ihr zu der Versammlung gestern meint.«

»Okay, die Herren, Kaffee kommt gleich. Aber nicht

zum Besprechungstisch, sondern an Tobis Computer. Meine Verspätung hat tatsächlich mit Computer zu tun, aber nicht mit Tomografie. Dafür mit Fotografie«, verkündete Katharina daraufhin bestimmt.

»Wieso? Hast du was Neues?« Benjamin Rehder schaute seine Mitarbeiterin gespannt an.

»Vielleicht, das weiß ich nicht genau. Lassen wir uns überraschen. Und Tobi, kannst du mir, bis der Kaffee fertig ist, erklären, was es mit einer Dropbox auf sich hat?«

Das ließ der Computerfreak Tobias Schneider sich nicht zweimal sagen, und so fragte er gar nicht erst, warum seine Kollegin das wissen wollte, sondern fing gleich an, zu dozieren. Dabei wurde er immer lauter, um das Dröhnen des Kaffeevollautomaten zu übertönen: »Dropbox ist ein Webdienst. Viele nutzen ihn als Speichermedium für Dateien – Fotos, Videos und so. Ich auch. Das ist ziemlich praktisch, denn wenn die Festplatte auf meinem Rechner mal abschmiert, habe ich noch meine Dateien in der Dropbox. Zumindest wenn ich sie da parallel gesichert habe. Ich muss dann nur ins Internet gehen, mich in der Dropbox einloggen und schwupps, habe ich alles wieder. Ist also eine Online-Datensicherung, an die nur ich herankomme, sofern niemand anderes meine Login-Daten kennt. Wenn ich will, kann ich einzelne Dateien, die in bestimmten von mir festgelegten Ordnern sind, aber mit anderen teilen. Dazu muss ich denjenigen mit einer E-Mail per Dropbox einladen, und der muss dann die Einladung annehmen. So kann man gemeinsam an einer Datei arbeiten. Viele Unternehmen nutzen das, vor allem die, bei denen Homeworking betrieben wird.«

»Puh«, kommentierte Katharina Tobis exakte Ausführungen, während sie das kleine Tablett, auf dem drei gefüllte

Kaffeebecher standen, vorsichtig zu seinem Schreibtisch hinüber trug. »Ich glaube, den grundsätzlichen Dropbox-Gedanken habe ich verstanden, aber um sie zu nutzen, brauche ich eine Demonstration am Rechner.«

»Jetzt?«, fragte Tobias eifrig.

»Nein, nicht jetzt. Im Moment reicht mir die Theorie, allerdings habe ich noch eine Frage. Wie ist das mit der Übertragung von Fotos, die ich auf meinem Handy mache, auf diese Dropbox?«

»Sag mal, Katharina, wollten wir nicht über den Fall sprechen? Dein Interesse an moderner Technik ist ja schön, aber ...«, wandte Ben ein, wurde jedoch von Katharina unterbrochen: »Das hat mit unserem Fall zu tun. Hoffe ich zumindest. Also, Tobi, wie ist das nun?«

Ben zuckte zu Katharinas Aussage nur mit den Schultern, zog sich einen Stuhl heran und setzte sich erwartungsvoll neben Tobias an dessen Schreibtisch. Wenn Katharina sagte, ihre Fragerei hätte etwas mit ihrem Fall zu tun, dann würde das schon stimmen. Er kannte ihre Zielstrebigkeit inzwischen sehr genau, aber er wusste auch, dass sie sich gern erst ihren eigenen Kopf machte, bevor sie sich mitteilte. Dabei ließ sie sich meist nicht beirren.

»Also, für eine solche Übertragung braucht man ein internetfähiges Handy«, erklärte Tobias. »Oder besser gesagt ein Smartphone. Darauf kann ich mir die Dropbox-App herunterladen und einstellen, in welcher Form ich meine auf dem Handy gemachten Fotos, Videos oder Musik in meine Dropbox laden möchte. Bei mir passiert das automatisch, sobald mein Smartphone über W-LAN mit dem Internet verbunden ist. Ich bekomme das gar nicht mit und muss nichts weiter machen. Da wird alles immer automatisch übertragen.«

»Hm, verstehe«, meinte Katharina. »Dann wollen wir mal sehen ...«

Kurz berichtete sie ihren Kollegen, was Anna ihr am Morgen erzählt hatte, steckte den USB-Stick in Tobis Computer und hielt den Atem an. Was würden sie und ihre Kollegen gleich präsentiert bekommen?

Auch Tobias war gespannt, doch als der auf dem Stick gespeicherte Fotoordner auf seinem Computerbildschirm erschien, bewegte er den Mauszeiger nur langsam darauf zu, um ihn zu öffnen.

»Nun mach schon, klick drauf«, forderte Ben Tobias ungeduldig auf. In dem Ordner lagen 17 Fotos. Tobias öffnete das erste Foto, das sogleich den halben Bildschirm ausfüllte. Die Ermittler trauten ihren Augen nicht. Tobi zog scharf die Luft ein. Er tippte mit dem Finger auf das Foto: »Das ist doch Moritz Bredenbeck, der Präsident der ›PRO HANSE‹.«

»Aber wer ist das Mädchen? Mein Gott, was stellt er da mit ihr an?«, fragte Katharina entsetzt.

Tobias saß noch immer mit offenem Mund da. Als er sich wieder einigermaßen gefangen hatte, meinte er leise: »Ich weiß nicht, wie sie heißt, aber sie war gestern Abend auf der Versammlung. Da ... da war sie noch ganz fröhlich und okay.«

Eine Pause trat ein, bis Katharina ihn zaghaft aufforderte: »Mach mal weiter.«

Stumm schauten sie sich die nächsten 16 Fotos an. Es war eine Serie von Bildern, die einen Tatablauf chronologisch dokumentierten. Das letzte Foto ließ Tobias stehen. Sie alle starrten angewidert darauf.

Ben räusperte sich. »Kann man sehen, wann die Fotos gemacht wurden?«

»Ja, warte«, meinte Tobi und fuhr mit der Maus auf den oberen Rand des offenen Bildes, in dem der Dateiname zu sehen war. »Es sieht so aus, als wurden diese Fotos gestern um 20.51 Uhr gemacht.«

»Ihr schaut Fotos an?«, kam eine Stimme von der Tür her. Die Köpfe der drei Kommissare wandten sich um und sahen einem pikierten Stephan Mausner entgegen. Vor lauter Konzentration hatte ihn keiner bemerkt. Allerdings hatte er vorher auch nicht angeklopft. Es war eine Unart des Kriminalrats, einfach so in die Büros zu platzen. Anklopfen hielt er in seiner Position für überflüssig.

»Ich habe etwas von äußerster Brisanz für euch«, sagte Mausner in die Stille hinein und schloss die Tür mit übertriebener Sorgfalt hinter sich. »Darum müsst ihr euch kümmern, aber diskret, hört ihr?«

»Stephan, wir sitzen gerade an einem Fall, ich komme später zu dir, okay?« Ben sprach zu Stephan Mausner wie zu einem Kind, dem man sagt, dass es keine Schokolade essen soll, weil das Mittagessen gleich fertig ist.

»Du meinst diese Polaroidgeschichte? Ist das überhaupt ein Fall für euer Kommissariat? Bis auf ein paar blutverschmierte Fotos habt ihr doch keinen Anhaltspunkt, ob eure Foltertheorie stimmt!«, tat Mausner Benjamins Einwand ab. Dann fuhr er fort: »Also passt auf: Ein Freund von mir, mit dem ich Golf spiele, Simon Minkwitz ...«

»Simon Minkwitz?«, runzelte Ben die Stirn. »Ist das nicht einer der Verantwortlichen für die Ausrichtung des Stadtfestes?«

»Ja genau«, bestätigte Mausner, »und da liegt der Hase im Pfeffer, wenn ich das so sagen darf. Simon ist recht einflussreich und bringt unserer Stadt mit seinem Unternehmen viel Geld. Außerdem gehört er zu den wenigen wirklich großzügigen Sponsoren, die Lüneburg hat. Das Clubhaus unseres Golfvereins zum Beispiel wäre ohne ihn nicht so repräsentativ – ach, ist ja egal. Also, was ich eigentlich sagen will: Seine Tochter Lisa ist verschwunden, seit Tagen wie vom Erdboden verschluckt. Zuerst dachte er, es wäre eine ihrer Launen, dass sie sich zu Hause nicht blicken lässt, doch inzwischen hat er Angst, dass sie vielleicht entführt worden ist.«

»Wie alt ist seine Tochter? Gibt es eine Lösegeldforderung? Hat sich jemand bei ihm gemeldet, gibt es irgendwas, was diese Angst begründet?«, fragte Ben, hellhörig geworden.

»Lisa ist 22 und studiert hier an der Leuphana Universität Politikwissenschaften. Sie ist zwar etwas schwierig, dennoch zieht ihr Vater eine Entführung in Betracht. Als erfolgreicher Marmeladenfabrikant hat er eine Menge Geld, das weiß jeder. Und nein, bisher ist keine Forderung eingegangen. Aber Simon macht sich trotzdem Sorgen. Allerdings möchte er verständlicherweise kein Aufsehen erregen. Gerade jetzt nicht. Das Stadtfest ist sehr wichtig für ihn und wird seine Position als Unternehmer, wie er hofft, auch überregional festigen. Außerdem will er aktiv in die Politik einsteigen und kann einen Skandal im Moment gar nicht gebrauchen. Eine an die große Glocke gehängte Entführung würde sofort die Medien auf den Plan rufen. Er will sich und seine Familie schützen. Ihr wisst doch, wie das ist. Die Presse würde alles über die Familie Minkwitz rauskramen. Nicht, dass er etwas zu verheimlichen hätte, aber irgendwo findet sich ja immer eine kleine Jugendsünde … Deswegen hat er seine Tochter bisher nicht als vermisst gemeldet, sondern mich gebeten, ihm zu helfen«, erklärte Mausner nicht ohne einen gewissen Stolz, dass so ein einflussreicher Mann ihm vertraute.

»Das hört sich alles mehr als vage an«, gab Ben zu bedenken. »Wahrscheinlich macht das reiche Töchterchen sich einen Lenz und verbringt ein paar Tage in der Sonne. Sag den Kollegen, sie sollen die Flugdaten der vergangenen Tage überprüfen, ob diese Lisa als Passagier gelistet ist. Wir haben im Moment Wichtigeres zu tun«, fügte Ben hinzu und schaute demonstrativ auf den Computerbildschirm.

Einen Augenblick lang war es totenstill im Raum. Man konnte das leise Rauschen des Rechners hören, dann sagte Mausner in für ihn ungewohnt scharfem Ton: »Was auf dieser Dienststelle wichtig ist oder nicht, entscheide immer noch ich. Und ich entscheide, dass ihr euch um Lisa Minkwitz kümmert und diese Polaroidgeschichte liegen lasst, bis Lisa wieder bei ihrem Vater ist!«

»Stephan, nun hör aber auf! Höchstwahrscheinlich wird gerade irgendwo eine Frau zu Tode gefoltert!«, polterte Benjamin Rehder los. Er hatte generell ein Problem, Mausner in seiner Position als oberster Kripochef ernst zu nehmen, riss sich jedoch in der Regel zusammen. Vor allem, seit sein Chef ihm damals bei der Geschichte mit Bene so unerwartet den Rücken gestärkt hatte. Doch jetzt, ohnehin angespannt durch die Eindrücke, die die eben gesehenen Fotos hinterlassen hatten, schaffte der Hauptkommissar es nicht, mit seiner Meinung hinter dem Berg zu halten. Zunächst guckte Mausner deutlich pikiert – immerhin war Benjamin Rehder ihm unterstellt, doch Mausner wäre nicht Mausner gewesen, wenn er sich nicht schnell gefangen hätte. Er setzte das neutrale Lächeln auf, das er sonst vor allem für seine Politikerfreunde und andere einflussreiche Menschen übrig hatte, und lenkte ein: »Dann klär mich auf, Ben: Gibt es etwas, wovon ich noch nichts weiß? Neue Erkenntnisse?«

»Das kann man laut sagen«, erwiderte Ben versöhnlicher. »Komm am besten her und sieh es dir an.«

»Okay«, sagte Stephan Mausner erwartungsvoll und setzte seine schlaksige Gestalt in Bewegung, was immer ein bisschen unbeholfen aussah. »Aber nichtsdestotrotz brauche ich eure Unterstützung in der anderen Geschichte. Ihr seid nun mal mein bestes Team. Das bin ich meinem Freund Minkwitz ...« Mitten im Satz brach Mausner ab und starrte fassungslos auf den Bildschirm. »Das ... das gibt es doch nicht, das Mädchen da ... die sieht aus wie Lisa! Ich ... ich glaub, das ist sie – Lisa Minkwitz. Mein Gott!« Mausner stützte sich mit den Händen auf dem Schreibtisch ab, während er noch näher an den Bildschirm rückte. »Wer ist der Kerl mit der Kappe? Was ... was macht der mit ihr? Woher ... woher habt ihr diese Aufnahmen? Und wo ist das?« Stephan Mausner war kreidebleich geworden, nachdem er das von Tobias zuletzt geöffnete Bild aus nächster Nähe betrachtet hatte.

Das Foto zeigte zwei Menschen: eine Frau und einen Mann. Beide waren nackt, der Mann hatte sich lediglich eine Henkerskappe über seinen Kopf gezogen und trug seine überdeutlich aufgestellte Männlichkeit zur Schau. Der Raum, in dem die beiden sich aufhielten, sah aus wie eine klassische Folterkammer: An den Wänden hingen an dicken Nägeln die verschiedensten Folterinstrumente, von denen kaum eines den vier Kriminalern mit Namen bekannt war. So etwas hatten sie bisher höchstens in Filmen, die im Mittelalter spielten, gesehen. In einer Ecke stand ein Richtblock, in dem eine mächtige Axt steckte, die nur darauf zu warten schien, endlich in Aktion treten zu dürfen. Daneben lehnten ein gewaltiges Richtschwert, eine rostige Säge und eine siebenschwänzige Peitsche. In einer anderen Ecke stand ein aufgeklappter einfacher Holzsarg, und brennende Kerzen tauchten den Raum in gleißendes Licht. Die junge Frau saß in einem großen Holzstuhl. Ihre Beine waren gespreizt. Ihre Hand- und Fußgelenke steckten in eisernen Klammern, die an den Armlehnen und auch an den Stuhlbeinen befestigt waren. Die Augen der Frau wirkten unnatürlich geweitet. Sogar ihr Kopf war in einer Art Schraubzwinge eingezwängt, wobei das Kinn auf einem schmalen, eisernen Steg auflag. Es schien so etwas wie eine Schädelpresse zu sein. Ihr Mund war geknebelt.

»Du meinst, das ist die Lisa, von der du eben gesprochen hast?«, fragte Ben entsetzt und ungläubig.

»Ja, ich denke schon. Ich habe meine Brille nicht auf, aber ... Herr Schneider, können Sie das Gesicht des Mädchens vergrößern?«

Tobias nickte zu der Aufforderung Mausners, und nach ein paar Klicks in das Bild hatte er die Frau darauf vergrößert, sodass sie nun deutlich zu erkennen war.

»Und?«, fragte Ben. Seine Stimme klang heiser.

Stephan Mausner stieß einen erleichterten Atemzug aus. »Dem Himmel sei Dank, nein, das ist nicht Lisa«, sagte er. »Mein Gott, wie hätte ich das ihrem Vater erklären sollen?«, fügte er etwas theatralisch hinzu.

»Aber wer ist es dann?«, fragte nun Katharina. »Auch wenn das nicht Lisa Minkwitz ist ... Auch dieses Mädchen hat wahrscheinlich Eltern, die zu Hause sitzen und sich um ihre Tochter sorgen.« Sie hatte sich diese Bemerkung nicht verkneifen können, denn es kam ihr beinahe so vor, als sei ein möglicher Erklärungsnotstand Mausners größtes Problem. »Und seht mal«, tippte sie auf das Gesicht der jungen Frau auf dem Foto, »sie hat die Augen nicht freiwillig so weit aufgerissen – sie sind mit Klebestreifen fixiert! Sie kann sie gar nicht schließen!«

»Mannomann«, sagte Tobias leise in die Runde, »dieser Bredenbeck ist doch krank. Gestern, als wir beim Treffen dieser ›PRO HANSE‹ waren, habe ich seine dominante Art hautnah mitbekommen. Wie er da an seinem Pult stand und die Rollen verteilt hat, das war echt diktatorisch und vor allem: Keiner hat gewagt, Einspruch zu erheben! Gut, dieser Martin Gravert hat erst ein wenig gemuckt, weil er den Schandkragen bekommen hat, aber das war es dann auch. Einem anderen hat er übrigens so eine Axt, wie auf dem Bild, in die Hand gedrückt. Krank, absolut krank.«

»Von wem reden Sie? Wer ist dieser Bredenbeck?«, fragte Mausner irritiert.

»Na, dieser perverse Typ mit der Henkerskappe«, erklärte Tobias Schneider.

»Woher wissen Sie, wer das ist? Man erkennt ihn doch gar nicht«, wunderte Stephan Mausner sich.

»Auf den ersten Bildern hatte er noch keine Kappe auf«, klärte Benjamin Rehder seinen Vorgesetzten auf. »Tobi, lass uns die noch mal ansehen.«

»Also ich habe definitiv mit dem einen Bild genug gesehen«, meinte Mausner und ging demonstrativ um den Schreibtisch herum, sodass er hinter dem Monitor stand. »Gut, Ben, du meinst also, diese Bilder könnten mit eurem Polaroid-Fall in Verbindung stehen?«

»Es ist zumindest eine Möglichkeit, der wir nachgehen müssen«, erwiderte der Hauptkommissar zögernd. »Bisher haben uns unsere Ermittlungen zur ›PRO HANSE‹

geführt, und wir haben diese Bilder, auf denen der Anführer dieses Vereins ein Mädchen foltert.«

Mausner räusperte sich, dann gab er zu bedenken: »Aber vielleicht haben die Bilder nur ein perfides Sexspiel festgehalten.«

»Vielleicht, vielleicht auch nicht«, sagte Katharina scharf, die sich nicht vorstellen konnte, dass das Mädchen auf den Fotos das Ganze als lustvoll empfunden und freiwillig mitgemacht hatte. »Das wird uns nur die junge Frau sagen können. Wir müssen herausbekommen, wer sie ist, sie finden und befragen. Hoffentlich können wir das noch.«

»Gut, gut, gut«, gab Mausner sich geschlagen. »Ich sehe ein, dass ihr eine Spur habt, was euren Polaroid-Fall angeht. Braucht ihr noch Unterstützung? Denn, so leid es mir tut – aber im Fall Lisa Minkwitz müsst ihr auch ermitteln, davon lass' ich nicht ab.«

Katharina und Ben schauten sich an. Sie dachten beide das Gleiche. Katharina schluckte, als sie dies in Bens Augen erkannte, und ergriff das Wort: »Herr Mausner, nach dem, was wir eben gesehen haben und was Sie uns über Lisa Minkwitz erzählt haben, liegt die Vermutung nahe, dass Lisa Minkwitz' Verschwinden mit dem *Fall Polaroid* in Verbindung steht.«

»Wie, Sie meinen …«

»Ja, genau«, schaltete Ben sich ein, »wir müssen in Betracht ziehen, dass die Polaroids, die wir gefunden haben, Aufnahmen von Lisas Körperteilen sein könnten. Sie könnte unser Folteropfer sein. Bisher ist es natürlich nicht mehr als eine vage Vermutung, aber ausschließen können wir es auch nicht. Du selbst hast die junge Frau auf den Fotos mit Lisa verwechselt. Es ist immerhin möglich, dass hübsche blonde Studentinnen das Beuteschema von Moritz Bredenbeck, dem mutmaßlichen Folterer, sind. Dennoch sollten wir die Flughäfen, wie geplant, abfragen. Jetzt erst recht.«

»Mein Gott, wenn das stimmt – der arme Simon, von Lisa ganz zu schweigen. Ich kenne sie schon, seit sie einen Golfschläger schwingen kann«, sagte Mausner mit brüchiger Stimme und suchte erneut Halt an der Schreibtischplatte. Dann besann er sich auf seine Position und meinte sachlicher, als ihm offensichtlich zumute war: »Gut, wie ist der Plan? Wie wollt ihr vorgehen? In jedem Fall vor allem diskret, okay? Keine Medien! Und was ist jetzt, braucht ihr Unterstützung?«

»Wir brauchen einen vorläufigen Haftbefehl gegen Moritz Bredenbeck. Kannst du den bitte beim Staatsanwalt besorgen? Das würde die Sache immens beschleunigen. Dann holen wir uns den Kerl. Mal sehen, was er zu den Aufnahmen sagt. Außerdem muss er uns sagen, wo diese ... diese Folterkammer ist. Vielleicht finden wir Lisa dort«, forderte Ben, und Mausner bestätigte durch ein kurzes Kopfnicken.

»Gut, dann müssen wir dringend diesen Martin Gravert finden. Abgesehen davon, dass er Anna Bechstein sexuell belästigt hat, müssen wir von ihm wissen, unter welchen Umständen er die Fotos von Bredenbeck und diesem Mädchen gemacht hat. Die Kollegen vom Dezernat Sexualdelikte sind bereits auf ihn angesetzt. Ich werde mit ihnen sprechen und die Brisanz der Lage betonen. Die sollen alles mobilisieren, um Gravert zu finden. Und wir müssen das Mädchen von den Fotos finden, vielleicht ist sie auch noch in der Kammer«, sagte Rehder.

»Ja, aber die meisten Beamten sind bereits abgerufen

worden wegen des morgigen Stadtfestes. Wir gehen davon aus, dass es nicht überall friedlich zugehen wird. Diese Studenten, die letztes Wochenende demonstriert haben, haben angekündigt, das Stadtfest zu stören.«

»Sie meinen die ›PRO HANSE‹-Gruppe?«, fragte Katharina. »Wie gesagt: Da ist Moritz Bredenbeck der Präsident!«

»Stimmt, das sagten Sie«, meinte Mausner. »Mir kam der Name gleich bekannt vor, allerdings handelt es sich bei meiner Erinnerung um den Bredenbeker Teich in Hamburg-Volksdorf. Da bin ich in meiner Jugend manchmal baden gegangen, ich hatte nämlich eine Freundin, die von dort kam, und …«

»Schön«, unterbrach Benjamin Rehder Mausners Erinnerungen. Er kannte dessen Eigenart, unangenehme Dinge durch Erinnerungen an die guten alten Zeiten wegzuschieben. »Aber trotzdem brauchen wir Unterstützung. Und du hast eben gefragt und sie uns zugesichert!«

»Ist richtig«, gab der Kriminalrat zu. »Wenn dieser Fall solche Ausmaße annimmt, seid ihr drei zu wenig. Das sehe ich ein, aber die Kollegen aus dem Dezernat für Sexualdelikte müssen vorerst reichen. Und was die sensiblen Themen angeht, darum kümmert ihr euch bitte selbst. Ich rufe gleich bei Friedberg an und kündige mich an«, sagte Mausner und nahm das Telefon auf Tobias' Schreibtisch, um den Staatsanwalt anzurufen. Während er in den Hörer sprach, steckten die drei Ermittler die Köpfe zusammen und überlegten, wie sie die anstehenden Aufgaben am sinnvollsten aufteilen könnten. Katharina schlug vor, dass sie und Ben zu Bredenbeck fahren sollten, während Tobias herausfinden sollte, wer das Mädchen auf den Fotos war. Die Kommissarin hatte trotz der sich überschlagenden Ereignisse zusätzlich etwas anderes im Sinn: Sie wollte die kurze Autofahrt nutzen, um Benjamin endlich von Maximilians Brief zu erzählen. Sie hatte es zwar noch nicht geschafft, ihre alte Münchner Dienststelle zu Maximilian zu befragen, doch brannte ihr das Thema unter den Nägeln. Eine kurze Autofahrt würde reichen – letztlich wollte sie ihren Chef nur informieren. Zu Katharinas Missmut machte ihr Mausner jedoch einen Strich durch die Rechnung.

»Ben, Staatsanwalt Friedberg möchte dich sehen. Du kannst die bisherigen Ergebnisse im *Fall Polaroid* viel besser schildern als ich, zumal mit der Familie Bredenbeck vorsichtig umzugehen ist. Friedberg kennt den alten Bredenbeck und meint, mit ihm und seinem Anwalt ist nicht gut Kirschen essen. Er möchte schlicht und ergreifend puren Aktivismus vermeiden und die Sache vorab genau durchleuchten, bevor er den Haftbefehl ausstellt. Vorher kannst du die Kollegen auf diesen anderen Typen, der die Fotos geschossen hat, ansetzen«, meinte Mausner und wandte sich an Tobias und Katharina: »Ihr zwei fahrt trotzdem zu Moritz Bredenbeck und bringt ihn hierher. Vielleicht ist er kooperativ und nennt uns den Namen des Mädchens und den Ort, wo er sie … Sagt ihm, ihr holt ihn offiziell zur Zeugenvernehmung, das nehme ich auf meine Kappe – es geht, wenn ihr recht behalten solltet, auch um Lisa. Und wenn unser verehrter Herr Staatsanwalt dann überzeugt ist, gibt es später den Haftbefehl.«

Der Schmerz durchfuhr sie unerwartet. Wie zu den Zeiten, als sie noch Amalgafüllungen hatte und manches Mal aus Versehen auf Stanniolpapier gebissen hatte, weil sie das Bonbonpapier nicht ordentlich entfernt hatte. Doch der Schmerz war nicht nach einer Zehntelsekunde weg, sondern hielt an. Und er war um ein Vielfaches stärker. Die Betäubung hatte also nachgelassen. Auch konnte sie sich wieder bewegen.

Diesmal kam der Schmerz nicht von ihrem Ohr oder von der Hand, sondern aus ihrem Mund. Sie wusste, warum. Sie roch es in ihrem Sarg, in dem es nach verbranntem Fleisch stank. Ihrem Fleisch.

Die Erinnerung an das, was der Henker vorhin mit ihr angestellt hatte, ließ sie heftig zittern. Sie war schlimmer als der Schmerz, denn der war nur körperlich, wohingegen das Denkmal, das in ihrem Mund gesetzt worden war, sie nie wieder verlassen würde. Wieso hatten er und der andere Kapuzenmann sie ausgewählt? Warum lag sie hier und spürte ihre schreckliche Lebendigkeit, obwohl sie sich nichts mehr als den schnellen Tod wünschte? Dann wäre mit einem Schlag alles ausgelöscht. Erinnerung und Schmerz. Weshalb hielt sie das überhaupt alles aus? Weil sie schon in Freiheit immer alles ausgehalten hatte? Sie hatte sich nie viel Gedanken über ihr Handeln gemacht. Nur das getan, was getan werden musste, um ihre Existenz zu sichern oder ihr Leid zu verringern.

Sie fasste einen Entschluss und hatte sogleich das Gefühl, dass der Schmerz weniger wurde. Ebenso fiel nahezu die ganze Angst von ihr ab, die sie begleitete, seit sie das erste Mal in ihrem Gefängnis erwacht war, und auch das Zittern ebbte ab.

Noch einmal, ein letztes Mal, holte sie kräftig Luft und sog damit den Geschmack ihres verbrannten Fleisches bis tief hinab in ihre Lungen, ließ die Luft hinaus und hielt den Atem an, was ihr trotz der Nasenschläuche, die ihr ständig Sauerstoff zuführten, zu ihrer Genugtuung gelang. Wie praktisch, dass sie bereits in ihrem Grab war.

Vorhin, als der Henker sich an ihrem Mund zu schaffen machte, hatte er den Schlauch gelöst und ihn nicht wieder angebracht. Wahrscheinlich hielt er es nach vollbrachter Tat für unnötig. Sie hatte alles mitbekommen und sich dennoch nicht regen können, da er ihr, gleich, nachdem er den Sargdeckel geöffnet hatte, eine Spritze in die Armbeuge gestochen hatte, die sie zwar lähmte, jedoch bei vollem Bewusstsein gelassen hatte. Die Sauerstoffmaske hatte er ihr abgenommen. Dafür hatte er ihr zur Beatmung zwei Schläuche in die Nase gesteckt.

Die Augen hatte sie nicht schließen können, weshalb sie sehen konnte, mit welchen Marterinstrumenten er sie bearbeitete, denn der andere Henker – der, der sonst wortlos, in Schwarz gehüllt, in der Ecke stand – reichte sie ihm so über ihren Kopf hinüber, dass sie den Blick nicht abwenden konnte. Einmal hatte sie dem Schwarzen dabei durch seine Sehschlitze hindurch direkt in die Augen gesehen, was nicht minder erschreckend war als das Instrument, das er über sie hinweg hob. In seinen Augen hatte eine wilde Erregung geflackert, die ihr das Blut in den Adern gefrieren ließ.

Nachdem ihr die Nasenschläuche gelegt worden waren, hatte der erste Henker ihr ein Gerät in den Mund gerammt, mit dem er durch ein paar Drehungen an einem Gewinde ihren Kiefer weit aufsperrte. Zuvor hatte er sich mit einem Blick auf seinen teuflischen Partner die Erlaubnis für diesen Schritt abgeholt und mit einer knappen Handbewegung bekommen. Also hatte er ihre schlaffe Zunge, so weit es ging, herausgezogen und die Zange entgegengenommen, die sein Gegenüber ihm hinhielt. Die Zange leuchtete rot und lüstern, da der Schwarze sie zuvor über einem Bunsenbrenner zum Glühen gebracht hatte. Kurz glaubte sie, ein Zögern bei ihrem Folterknecht wahrzunehmen, doch kaum hatte der Schwarze erneut seine Hand gebieterisch gehoben, war die Zange in ihrem Mund verschwunden und hatte ihre Zunge gegriffen. Daraufhin war ihr gewesen, als würde eine Nähmaschine lauter kleine Stiche darauf setzen. Es war unangenehm, aber wirklichen Schmerz hatte sie nicht empfunden. Sie hatte den verbrannten Fleischgeruch an ihrem Gaumen schmecken können und sich gefragt, ob sie wie ein Vieh gebrandmarkt wurde. Erst als ihr Folterer die Zange aus ihrer Mundhöhle gezogen und dem anderen übergegeben hatte, brach die Erkenntnis wie ein Blitz auf sie ein: Wie eine Trophäe schwenkte der Schwarze die noch immer glühende Zange langsam vor ihren Augen hin und her – mitsamt ihrer Zunge in den Greifern. Sie hatte schreien wollen, doch nicht mehr als ein raues Glucksen hervorgebracht.

Noch immer hielt sie die Luft an. Sie fühlte, wie ihre Schläfen zu pochen begannen. Dann widersetzte sich ihr Körper ihrem Willen, und sie spürte den lebensspendenden Sauerstoff über die Nasenschläuche in ihr Gehirn strömen.

»Herr Minkwitz, es ist außerordentlich wichtig, dass Sie mir alles sagen, was Ihnen zu dem plötzlichen Verschwinden Ihrer Tochter einfällt, wenn Sie möchten, dass wir sie finden«, erklärte Benjamin Rehder dem Mann, der ihm gegenübersaß.

Simon Minkwitz fuhr sich bei Bens Worten durchs schüttere Haar und machte ein betrübtes Gesicht: »Glauben Sie mir, Herr Hauptkommissar, mir fällt nichts ein. Ich habe schon alle unsere Ferienhäuser abtelefoniert. Sie müssen wissen, alle drei werden auch in unserer Abwesenheit bewirtschaftet, doch keiner der Zugehleute hat bemerkt, dass sich dort jemand aufhält. In der Zeit, seit Lisa verschwunden ist, wurde keines der Häuser benutzt, das steht fest. Das habe ich auch Stephan Mausner gesagt. Hat er Ihnen das nicht erzählt? Na ja, übrigens wird eine Handyortung nicht funktionieren. Meine Frau hat Lisas Handy in ihrer Wohnung gefunden. Ebenso hat sie die Kleidung von Lisa durchgeguckt. Leider weiß sie nicht, ob was fehlt. Unsere Tochter hat einfach zu viel in ihrem Schrank.«

»Hm«, meinte Ben nachdenklich. »Wann haben Sie Ihre Tochter denn zum letzten Mal gesehen?«

»Das kann ich Ihnen ganz genau sagen: heute vor einer Woche. Da saß Lisa auf dem Stuhl, auf dem Sie jetzt sitzen«, sagte der Unternehmer.

Als wenn es ihm helfen könnte, den Aufenthaltsort des Mädchens zu ermitteln, strich Ben fast bedächtig mit beiden Händen über die dicken Armlehnen des ledernen Besucherstuhls, in dem er Platz genommen hatte. Benjamin Rehder war zu dem Marmeladenfabrikanten gefahren,

215

gleich, nachdem er das Büro von Staatsanwalt Bent-Ove Friedberg verlassen hatte. Friedberg hatte sich konsequent quer gestellt, was den Haftbefehl gegen Moritz Bredenbeck anging. Er hatte erklärt, die Beweislage sei ziemlich dürftig, und er bräuchte Konkreteres, um den jungen Mann festzusetzen.

Ben vermutete stark, dass Friedberg anders entschieden hätte, wenn es sich nicht um den Sohn des alten Bredenbeck gehandelt hätte. Er verfluchte den Staatsanwalt innerlich und mit ihm Mausner, dass beide dermaßen von persönlichen Motiven getrieben handelten. Wie sich nämlich im Verlauf des Gesprächs mit dem Staatsanwalt herausgestellt hatte, war dieser mit Bredenbeck senior gesellschaftlich verbandelt und hoffte auf dessen Unterstützung, um in Hamburg Fuß fassen zu können. Friedberg wollte es sich nicht mit dem wohlhabenden Hamburger verscherzen – genauso wie Mausner es dem Lüneburger Minkwitz recht machen wollte, selbst wenn die Aufklärung eines Kriminalfalles dadurch erschwert wurde.

Zornig hatte der Hauptkommissar nach Friedbergs Entscheidung dessen Büro verlassen, sich ins Auto gesetzt, Tobi und Katharina über seine Absicht kurz per SMS informiert und Simon Minkwitz aufgesucht. Falls er und Katharina richtig lagen, war Lisa Minkwitz nicht nur in Gefahr oder gar bereits tot, sondern auch der Schlüssel zum *Fall Polaroid* und damit zum Haftbefehl für Moritz Bredenbeck, ihrer momentan einzigen wirklichen Spur.

»Und was hat Lisa von Ihnen gewollt?«, fragte Ben.

»Das, was die meisten Töchter in diesem Alter von ihrem Vater wollen: Geld.«

»Und, haben Sie es ihr gegeben? Um welche Summe handelte es sich?«

»Ja, ich habe es ihr gegeben. 2.000 Euro. Natürlich habe ich sie bei dieser Summe gefragt, wofür sie sie braucht, allerdings keine zufriedenstellende Antwort bekommen. Sie hat mir erzählt, sie braucht das Geld fürs Studium, aber geglaubt habe ich ihr nicht. Lisa studiert Politikwissenschaften, wohnt in einer Einliegerwohnung bei meiner Frau und mir zu Hause in Bockelsberg und hat einen Sportwagen vor der Tür, der da im Übrigen nach wie vor steht. Wozu benötigt man dann 2.000 Euro zusätzlich für sein Studium? Ich nehme an, sie wollte sich Klamotten kaufen gehen – ihre Lieblingsbeschäftigung, wenn Sie mich fragen.« Aus Simon Minkwitz sprach der enttäuschte Vater, der sich die Liebe seiner Tochter erkaufen musste. Für einen kurzen Moment tat er Ben sogar ein wenig leid. Minkwitz musste diese Regung in den Augen seines Besuchers erkannt haben, denn sogleich sagte er: »Lisa war nie ein einfaches Kind. Sie ist hochintelligent, hat aber von klein auf ihren eigenen Kopf gehabt und ist immer schon anspruchsvoll gewesen. Beides hat sich verstärkt, seit sie erwachsen ist. Meine Frau und ich haben viel falsch gemacht. Wir haben sie zu sehr verwöhnt. Na ja, und seit einiger Zeit ist es noch schwieriger mit ihr geworden. Vielleicht hängt das mit ihrem Politikstudium zusammen, ich weiß es nicht. Auf jeden Fall stellt sie infrage, was ich mache, obwohl sie doch recht gut von meinen Marmeladen lebt.« Minkwitz lachte zynisch auf, dann fuhr er fort: »Seit Neuestem sympathisiert sie mit einer Gruppe von Studenten in Lüneburg, die es unter anderem auf Unternehmer wie mich abgesehen haben. Sagt Ihnen ›PRO HANSE‹ etwas?«

Ben stutzte und fühlte seine Ahnung bestätigt: »Lisa hat mit der ›PRO HANSE‹ zu tun?«

»Allerdings«, sagte Minkwitz, und Verachtung lag in seiner Stimme. »Vordergründig setzt sich die ›PRO HANSE‹ für eine stärkere Beachtung der Hanse-Historie ein und gegen die Kommerzialisierung in unserer Stadt. Dabei haben Leute wie ich es überhaupt erst ermöglicht, dass Lüneburg im Jahr 2007 wieder zur Hansestadt erklärt worden ist! Die ›PRO HANSE‹ fordert ständig Zuschüsse von der Stadt, um die Geschichte Lüneburgs populärer zu machen, aber bisher ist noch kein Geld geflossen. So weit käme das noch! Die wollen das nur für ihre eigene Tasche und sich persönlich bereichern! Aktuell hetzt dieser vermaledeite Verein gegen das Stadtfest, für das ich mich, wie Sie sicher wissen, sehr stark einsetze. Wir Veranstalter haben Bedenken, dass diese Möchtegern-Historiker unser Stadtfest, das bekanntlich viele auswärtige Besucher anzieht, sabotieren wollen. Natürlich hat das Fest einen kommerziellen Charakter, doch das bringt unserem lokalen Einzelhandel und damit unserem schönen Lüneburg viel mehr als ...«

»Kennen Sie Moritz Bredenbeck?«, unterbrach Benjamin Rehder Simon Minkwitz, da dieser in eine politische Rede abzugleiten drohte.

»Diesen selbst ernannten Hanseatensprössling, dessen Großeltern eigentlich aus Thüringen stammen? Natürlich kenne ich den, glücklicherweise aber bisher nicht persönlich. Er ist der Rädelsführer der ›PRO HANSE‹«, sagte Minkwitz.

»Und wissen Sie, ob Lisa mit ihm Kontakt hatte? Sie meinten eben, dass sie mit ›PRO HANSE‹ sympathisiert.«

»Sie sympathisiert mit diesem lächerlichen Verein lediglich, um mich zu ärgern! Mehr steckt da nicht dahinter, da bin ich mir 100-prozentig sicher, denn wie gesagt, Lisa ist hochintelligent. Sie wäre nicht so dumm, sich der ›PRO HANSE‹ ernsthaft anzuschließen. Aber der Name Moritz Bredenbeck ist tatsächlich ein paarmal zwischen uns gefallen.« Minkwitz hatte sich ziemlich in Rage geredet und machte nun eine kleine Pause, bevor er deutlich ruhiger weitersprach. »Ja, sie kennt ihn, hat ihn ein paarmal getroffen, soweit ich mich erinnere, allerdings eher an der Uni. Mehr weiß ich nicht darüber.«

»Aha«, sagte Benjamin, überlegte kurz und fuhr fort: »Sagt Ihnen der Name Martin Gravert etwas, Herr Minkwitz?«

»Martin Gravert? Wenn Sie den Sohn des Tierarztes Manfred Gravert aus Uelzen meinen, dann schon. Der heißt Martin. Er hat manchmal in der Praxis seines Vaters ausgeholfen, der übrigens ein hervorragender Veterinär ist. Vor allem für Pferde gibt es in der ganzen Lüneburger Heide keinen besseren. Ich verstehe gar nicht, warum der Sohn nicht auch Tiermedizin studiert, er ist seinem Vater nämlich oft zur Hand gegangen. Meines Wissens studiert er hier in Lüneburg BWL. Typisch für die Jugend heutzutage, die weiß doch überhaupt nicht zu schätzen, was wir Eltern …« Minkwitz brach mitten im Satz ab, als er merkte, dass er in seiner Wut erneut vom Thema abwich. Gefasster fügte er hinzu: »Meine Frau ist aktive Reiterin und besitzt einige Pferde. Sie lässt ihre Tiere ausschließlich von Dr. Gravert behandeln, und daher weiß ich, was ich Ihnen gerade erzählt habe«, schloss Simon Minkwitz. »Aber was hat das alles mit dem Verschwinden meiner Tochter zu tun?«

Benjamin Rehder erwog, wie viel er Minkwitz von ihren Überlegungen offenbaren wollte, und kam zu dem Schluss, den Unternehmer nicht unnötig mit der Folteropfertheorie zu beunruhigen. So antwortete er ausweichend: »Herr

Minkwitz, wir müssen momentan alles in Betracht ziehen, solange wir keine konkrete Spur haben. Die Verbindung Ihrer Tochter zur ›PRO HANSE‹ müssen wir überprüfen. Sie sagen selbst, dass der Verein Sie auf dem Kieker hat. Eventuell will er Sie unter Druck setzen und …«

»Sie meinen, die haben Lisa entführt?«, fragte Minkwitz fassungslos. »Aber dann hätten die mir doch ein Erpresserschreiben oder irgendeine Forderung geschickt!«

»Nicht unbedingt. Schließlich wissen wir nicht genau, was die ›PRO HANSE‹ gegen das Stadtfest plant.« Ben war eine weitere Idee gekommen nach dem, was Simon Minkwitz ihm über seine Tochter erzählt hatte. Vorsichtig fuhr er fort: »Ich sehe da noch eine andere Möglichkeit: Halten Sie es für vorstellbar, dass die Sympathie Ihrer Tochter gegenüber dem Verein so weit geht, dass sie sich freiwillig bei ihm versteckt hält? Noch wissen wir nicht, was wirklich passiert ist, und es wäre verfrüht, sich mit Gedanken an eine Entführung zu quälen.«

»Zuzutrauen wäre es Lisa«, murmelte Minkwitz mehr zu sich. Dann sagte er wieder direkt an Ben gewandt: »Stephan Mausner hat Ihnen ja bereits erklärt, dass ich diese Sache unbedingt diskret behandelt wissen möchte. An dem Stadtfest hängt zu viel für mich und die Zukunft meiner Familie. Finden Sie meine Tochter!«

»Gut, dann brauche ich zuallererst ein aktuelles Foto von ihr und am besten gleich ein Haar oder Ähnliches für eine DNS-Probe«, sagte Ben.

Minkwitz hatte bei Bens ersten Worten begonnen, ein Foto seiner Tochter aus dem Fotorahmen herauszutrennen, der auf seinem Schreibtisch stand. Er hielt überrascht inne: »Sie wollen eine DNS-Probe von Lisa? Wieso das? Verschweigen Sie mir etwas, Hauptkommissar Rehder?«

»Wir möchten einfach alles ausschließen«, begann Ben vorsichtig und merkte, dass er dem Vater doch ein wenig mehr Offenheit schuldig war. »Es besteht unter Umständen die Möglichkeit, dass Ihre Tochter einem Verbrechen zum Opfer gefallen ist. Wir verfolgen aktuell einen Fall, über den ich Ihnen momentan nichts Genaueres sagen darf, und wir müssen überprüfen, ob es da eine Verbindung zu Lisas Verschwinden gibt.«

Inzwischen hatte Simon Minkwitz das Foto seiner Tochter aus dem Rahmen genommen und reichte es Rehder über den Schreibtisch zu. »Tut mir leid, aber eine DNS-Probe von Lisa kann ich Ihnen nicht geben. Das ... das kommt nicht infrage.«

Minkwitz' Gesicht war fahl geworden, seine Worte erschienen Ben unsicher. Was hatte der Mann zu verbergen? Was sprach gegen eine DNS-Probe, wenn sie helfen könnte, etwas über den Verbleib der eigenen Tochter herauszufinden? Sicher, er hatte Simon Minkwitz keine Details genannt, dennoch: Unterstützte man in solch einem Fall nicht selbstverständlich die Arbeit der Polizei?

»Ich glaube, Sie verstehen nicht, Herr Minkwitz – eine DNS-Probe würde uns sehr helfen und ...«

»Tut mir leid«, sagte Minkwitz scharf, erhob sich von seinem Bürostuhl, ging um den Tisch herum und reichte Ben seine Hand zum Abschied. »Wie gesagt, eine DNS-Probe kommt nicht infrage. Finden Sie einfach meine Tochter. Das ist schließlich Ihr Job. Ich sehe nicht ein, wie eine Probe Ihnen dabei helfen sollte. Jetzt muss ich zu einem dringenden Termin. Sie finden sicher allein hinaus.«

Ben war zu perplex, um weiter zu insistieren – so ein Verhalten hatte er in seiner ganzen Laufbahn nicht erlebt. Irritiert erhob er sich und steuerte auf die Tür zu. Kurz bevor er sie erreichte, fiel ihm noch etwas ein. Aus seiner Jackentasche zog er einen Farbausdruck der Großaufnahme von dem Gesicht des Mädchens aus der Folterkammer, den Tobias ihm am Morgen in die Hand gedrückt hatte. Er drehte sich um, ging zurück zu Minkwitz und hielt ihm das Foto hin. »Eine letzte Frage: Kennen Sie diese junge Frau?«

Minkwitz nahm das Blatt entgegen, offensichtlich erleichtert, dass es nicht noch einmal um die DNS seiner Tochter ging, und musterte es aufmerksam: »Ein hübsches Mädchen. Es sieht Lisa sehr ähnlich, aber nein, ich kenne es nicht. Hat die Frau mit diesem Fall zu tun, von dem Sie sprachen?«

Benjamin Rehder antwortete nicht auf die Frage des Unternehmers, holte stattdessen das Foto von Lisa hervor und hielt es neben den Ausdruck in Minkwitz' Händen: »Ja, die beiden sehen sich verdammt ähnlich, und genau das gibt uns zu denken. Die DNS Ihrer Tochter könnte uns einen Schritt voranbringen.«

»Nein«, erwiderte Minkwitz. »Glauben Sie mir, ich habe Gründe für meine Weigerung.«

Der Hauptkommissar begriff, dass er hier im Moment nicht weiter kommen würde und sagte: »Rufen Sie mich bitte an, wenn Sie sich das mit der DNS Ihrer Tochter doch noch anders überlegen. Auf Wiedersehen, Herr Minkwitz.« Damit ließ Benjamin den Mann stehen und verließ das Büro.

Katharina stand hinter der einseitig verspiegelten Scheibe und studierte Moritz Bredenbeck, der in dem dahinter liegenden Verhörraum saß. Sie war sich sicher, dass er ahnte, beobachtet zu werden, doch das machte nichts. Die Erfahrung hatte sie gelehrt, dass gerade Menschen, die sich beobachtet fühlten, besser einzuschätzen waren. Sie taten oder ließen dann Dinge oft ganz gezielt für ihre Zuschauer. Ein geschulter Beobachter wie sie konnte daraufhin seine eigenen Rückschlüsse ziehen, denn meist wollten die Beobachteten durch ein bewusst zur Schau getragenes Verhalten ihre wahren Gefühle vertuschen. Moritz Bredenbeck jedoch irritierte die Kommissarin. Seine Gelassenheit schien echt zu sein. Er zeigte keinerlei Nervosität oder gar Angst. Konnte es sein, dass er tatsächlich nichts zu verbergen hatte? Oder war er einer derjenigen Menschen, die sich stets im Recht sahen, selbst wenn sie von Gesetzes wegen Unrecht begangen hatten? Katharina nahm das Zweite an, so, wie Tobias das Gehabe des jungen Mannes auf der gestrigen Versammlung geschildert hatte, und so dominant, wie sie ihn auf den Fotos gesehen hatte.

Katharinas Magen begann zu knurren. Seit dem Brötchen von Tobi heute Morgen hatte sie nichts mehr gegessen. Sie schaute auf die Wanduhr. Im Grunde müsste ihr genügend Zeit bleiben, um zum Bäcker gegenüber zu laufen und sich ein weiteres Brötchen zu kaufen. Dann könnte sie dem Anwalt von Moritz Bredenbeck mit einigermaßen ruhigem Magen entgegentreten.

Als sie Moritz Bredenbeck am Morgen in seiner für einen Studenten erstaunlich großen Wohnung in der

Rosenstraße, die in unmittelbarer Nähe des Lüneburger Marktplatzes lag, aufgesucht hatten, war er bereitwillig mit ihnen gekommen. Vorher hatte er mit Erlaubnis der Kommissare seinen Vater informiert. Im Wagen hatte Bredenbeck junior dann verkündet, dass er nichts ohne seinen Anwalt sagen würde, der sich – beauftragt von seinem Vater – in Kürze aus Hamburg zum Lüneburger Kommissariat aufmachen würde.

Erneut warf Katharina dem jungen Mann hinter der Scheibe einen Blick zu, dann drückte sie die Klinke der Tür hinunter, die hinaus auf den Flur führte, woraufhin ihr Magen gleich noch einmal knurrte. Sie trat aus dem Raum heraus und wäre fast mit Tobias zusammengestoßen.

»Hui, immer langsam mit den jungen Pferden«, lachte Tobias sie an. »Woher weißt du, dass ich zu dir wollte?«

»Wusste ich nicht, aber wenn du etwas zu essen dabei hast, freue ich mich sogar, dich zu sehen«, lachte Katharina ebenfalls. »Tobi, ich geh kurz zum Bäcker. Falls in der Zwischenzeit Bredenbecks Anwalt auftaucht, vertröste ihn. Er lässt uns grad schon lange genug warten.«

»Das mit dem Anwalt mach ich gern, so etwas liebe ich. Ansonsten sorry, Kollegin, deinen Hunger wirst du wohl noch eine Weile mit dir herumtragen müssen. Conrad hat angerufen. Ein weiteres menschliches Körperteil ist aufgetaucht. Einer von uns soll sofort zu ihm kommen. Ich dachte, das machst besser du. Ich habe es ja nicht so mit dem Autopsiesaal.«

»Was?«, entfuhr es Katharina laut. »Schon wieder? Und wieso ruft Conrad dann an?«

»Conrad hat es heute Morgen selbst bei einer Geocachingtour gefunden. Die Spurensicherung müsste schon angefangen haben, den Fundort zu untersuchen – der

Cache steckte in der Kanone oben auf dem Kalkberg«, sagte Tobias.

»Oh nein, und was ist auf dem Polaroid zu sehen?«

Tobi fasste Katharina am Arm: »Du hast mir nicht richtig zugehört. Diesmal ist es kein Foto, sondern das reale Körperteil, das versteckt worden ist: eine abgeschnittene Zunge.«

Bereits eine Minute später war die Kommissarin auf dem Weg. Heute trug sie Turnschuhe, darum hinterließ jeder ihrer Schritte auf dem Boden zur Gerichtsmedizin ein kleines Quietschen, was ihr unangenehm auffiel. Da war Absatzgeklapper doch irgendwie angenehmer. Sie stieß die Tür auf und sah Helge Conrad, der über eine silberne Nierenschale gebeugt stand und aufblickte, als sie in den Saal trat.

»Hallo, Frau von Hagemann, gut, dass Sie so schnell kommen konnten«, begrüßte der Mediziner sie fahrig.

»Ja, ich bin so schnell gekommen, wie es ging. Momentan sind wir froh über jeden Strohhalm in diesem merkwürdigen Fall. Mein Kollege sagte mir, Sie haben heute bei Ihrer Tour eine menschliche Zunge gefunden. Ist sie da drin?«, fragte Katharina und deutete auf die Nierenschale.

»Ja, das ist sie«, sagte Conrad trocken und machte Katharina Platz, damit sie einen Blick in die Schale werfen konnte.

Katharina sah einen großen, dicken Fleischklumpen und musste würgen. Nicht so sehr, weil ihr der Anblick etwas ausmachte – sie hatte in den vergangenen Jahren schon so einiges sehen müssen und war inzwischen relativ abgestumpft –, sondern vielmehr, weil sie sich sofort die Qualen des Opfers ausmalte. Ein Schauer überlief sie und sie schüttelte sich, als ob sie fröstelte.

»Alles okay, Frau von Hagemann? Möchten Sie sich lieber setzen?«, fragte Conrad, der ihre Reaktion beobachtet hatte.

»Nein danke. Geht schon wieder«, antwortete Katharina. »Mein Gott, wer macht bloß so was? Meinen Sie ... meinen Sie, das Opfer hat noch gelebt, als ihm die Zunge herausgeschn... getrennt wurde?«

»Abgezwackt.«

»Was bitte?«

»Die Zunge ist mit einer glühenden Zange abgezwackt worden, und ohne sie bisher näher untersucht zu haben, gehe ich davon aus, dass das Opfer während des Eingriffs gelebt hat«, sagte Conrad und schien plötzlich in seinem Element. Mit einer Pinzette hob er die Zunge an, sodass Katharina ihren Rand genauer betrachten konnte: »Sehen Sie mal hier: Dort, wo die Zunge abgezwackt worden ist, wurde sie möglicherweise mit einem Brenneisen behandelt. Oder sie ist eben gleich mit einer glühenden Zange entfernt worden, wovon ich persönlich eher ausgehe. So eine Zange braucht dann übrigens ungefähr die Hitze eines auf mittlerer Stufe aufgedrehten Bügeleisens, also weniger, als Sie vielleicht denken würden, aber das nur am Rande. Die Zunge ist an sich ein überaus gut durchblutetes Organ, und um die Blutungen nach der Amputation zu stoppen, hat der Täter die Arterien sozusagen verschweißt, um mal nicht in Fachchinesisch zu sprechen. Das Verschmoren des Gewebes hilft in einem solchen Fall, das Entzündungsrisiko zu minimieren. Und das wäre schließlich nicht notwendig, wenn das Opfer bereits tot ist.«

»Das heißt, der Täter kennt sich in medizinischen Belangen aus?«, fragte Katharina.

Conrad erwiderte nachdenklich und nach wie vor in den

Anblick der Zunge versunken: »Nun ja, also wenn jemand genau weiß, was er erreichen will, könnte er das sicher nachlesen, im Internet findet man für fast alles irgendeine dubiose Anleitung. Aber so, wie es hier gemacht ist, und wenn man unter diesem Gesichtspunkt berücksichtigt, was auf den Polaroids zu erkennen war ...« Conrad machte eine kurze Pause und zog die Stirn kraus, bevor er fortfuhr: »Ja, davon können Sie wahrscheinlich ausgehen. Wobei heutzutage das Herausschneiden einer Zunge etwas moderner vonstattengeht.«

»Wann werden denn heute Zungen herausgeschnitten, außer wenn ein Mensch gefoltert wird?«, fragte Katharina überrascht.

»Bei einem Zungenkarzinom beispielsweise. Je nach Befall wird dann ein Teil der Zunge oder die ganze Zunge entfernt«, antwortete Conrad beflissen.

»Oh, aber das ist offensichtlich nicht der Fall«, meinte Katharina.

»Offensichtlich nein«, stimmte der Mediziner ihr zu. »Das sieht auch mir nach mittelalterlicher Folter aus. Zunge rausschneiden, blenden oder kastrieren waren im Mittelalter durchaus gängige Strafmethoden. Und damals wurden durch Amputationen hervorgerufene Blutungen meist mit einem Brenneisen gestoppt oder mit Pech, das auf die Schnittstelle geschmiert wurde. Dafür waren die Henker zuständig. Sie hatten für derartige *Operationen* Zangen in verschiedensten Größen zur Verfügung. Vielleicht haben Sie das mal auf einem alten Holzschnitt gesehen.«

»Nein, habe ich nicht, aber ich glaube Ihnen auch so«, sagte Katharina, angewidert von so viel Grausamkeit. »Wer macht so etwas?«

Sie erwartete keine Antwort und bekam auch keine,

außer einem betretenen Blick von Conrad. Als das Schweigen zwischen der Kommissarin und dem Mediziner unangenehm zu werden drohte, hörten sie eine Tür knarzen. Erleichtert wandten sie sich dem Geräusch zu und schauten Frauke Bostel entgegen.

Katharina mochte die Assistentin von Helge Conrad, die ungefähr in ihrem Alter war. Frauke Bostel war keine klassische Schönheit. Die kleine, stämmige Frau hatte braune, dünne zu einem Pagenschnitt geschnittene Haare, die ihr rundes Gesicht allzu sehr betonten, doch ihre stets fröhliche und freundliche Art machte sie auf eine ganz eigene Weise schön, sie schien von innen zu strahlen. So hatte Katharina es einmal Tobias beschrieben, als er angefangen hatte, sich über Frauke Bostel lustig zu machen. Tobias hatte daraufhin verwundert geguckt, aber sofort den Mund gehalten. Darüber hinaus war die Assistentin von Helge Conrad ehrgeizig, ohne jedoch an dem Stuhl ihres Chefs zu sägen, wie man sich erzählte, und dieser Charakterzug war Katharina mehr als sympathisch.

»Ach, das ist ja praktisch, dass Sie hier sind, hallo, Katharina!«, begrüßte Frauke Bostel die Kommissarin herzlich. »Dann brauche ich Sie nicht anzurufen und kann gleich hier mit der Tür ins Haus fallen. Da wir momentan nicht so viel zu tun haben – und das ist in unserem Job ja durchaus positiv«, setzte sie lächelnd hinzu, »habe ich mir gedacht: Nehm' ich der KTU mal ein bisschen Arbeit ab. Darum habe ich eben grad das Blut von diesem Fleischlappen da mit dem Blut von den Polaroids verglichen – wir haben gestern nämlich mitbekommen, dass es inzwischen zwei Fotos gibt, na ist ja egal. Auf jeden Fall: Was soll ich Ihnen sagen?« Sie zeigte auf die Nierenschale und machte eine kleine Kunstpause, in der sie Katharina auffordernd ansah.

Die spielte das Spiel mit, obwohl sie das Ergebnis bereits ahnte, und fragte: »Und?«

»Tja, das Blut ist identisch. Die Zunge gehört demselben Menschen, dessen Blut auf den Bildern verschmiert ist«, erklärte Frauke Bostel so begeistert, als würde sie von einem mittelgroßen Lottogewinn berichten.

Katharina wusste nicht, ob sie darüber glücklich sein sollte. Das bedeutete zwar, dass das Opfer aller Wahrscheinlichkeit nach noch lebte und der Täter nach ihrem jetzigen Erkenntnisstand kein weiteres Mädchen folterte. Ebenso stand damit aber auch fest, dass der Täter sein Opfer weiterhin quälte. Und bezüglich dieses Täters hatten sie bisher nur eine winzige Spur, die zu Moritz Bredenbeck führte.

»Einen DNS-Test habe ich auch gleich mal angesetzt. Das Ergebnis wird allerdings ein paar Tage auf sich warten lassen«, unterbrach Frauke Bostel Katharinas Gedanken.

»Einen DNS-Test? Wieso, gibt es denn eine Vergleichs-DNS?«, war Helge Conrad ehrlich überrascht.

»Soweit ich weiß, nicht, oder? Aber wie gesagt, ich habe im Moment Zeit übrig und dachte, vielleicht brauchen wir das in Kürze, und dann müssen wir nicht mehr so lange auf das Ergebnis warten. Ich habe sozusagen auf Vorrat gearbeitet«, sagte seine Assistentin und sah Katharina fragend an, die daraufhin verneinend den Kopf schüttelte: »Nein, leider haben wir keine Vergleichs-DNS, aber wenigstens haben wir heute einen Verdächtigen geladen.«

»Ach, Sie haben einen Verdächtigen? Wer ist es?«, fragte Helge Conrad nun noch überraschter, und Katharina wunderte sich über das Interesse des sonst auffallend teilnahmslos scheinenden Mannes.

»Eventuell haben Sie schon mal von ihm gehört, er heißt

Mo…« Katharina wurde von dem Klingeln ihres Handys unterbrochen. In der Annahme, es sei Tobias, der ihr mitteilen wollte, dass Bredenbecks Anwalt da wäre, nahm sie ab: »Tobi?«

»Tobi, dein werter Kollege? Nein, der bin ich glücklicherweise nicht. Hier ist Bene!«, schallte es ihr entgegen.

»Oh, hallo«, antwortete Katharina leise und entfernte sich mit einem Kopfnicken von Helge Conrad und Frauke Bostel. Sie wollte nicht, dass die beiden ihr Privatgespräch mitbekamen. Außerdem war hier in der Gerichtsmedizin fürs Erste alles gesagt.

»Warte mal einen Augenblick«, sagte sie in den Hörer, nahm ihn vom Ohr und verdeckte das Mikrofon mit ihrer freien Hand. »Ich melde mich wieder bei Ihnen, danke erst einmal«, raunte sie den Medizinern zu. Dann verließ sie den Autopsiesaal. Nachdem sich die Tür hinter ihr geschlossen hatte, hielt sie das Telefon erneut ans Ohr: »Bene, entschuldige bitte. Ich war im Gespräch. Ich weiß, ich wollte dich anrufen, doch bisher hat es irgendwie nicht gepasst.«

»Kein Problem. Der Knochen kommt halt nicht zum Hund, sondern der Hund zum Knochen. Ich wollte nur fragen, ob es bei heute Abend bleibt. Lecker eingekauft habe ich schon.«

»Ja, äh, ja, es bleibt bei heute Abend, sicher. Ich kann dir aber leider nicht sagen, wann ich komme. Wir haben noch eine Vernehmung und …«

»Kein Thema, ich bin hier und warte auf dich. Komm einfach, wenn du fertig bist«, sagte Bene gelassen.

Katharina war dankbar, dass er sie nicht unter Druck setzen und auf eine Uhrzeit festnageln wollte. Dann hätte sie die Verabredung lieber abgesagt. »Ich hoffe, du hast keine Zungenwurst gekauft«, versuchte sie einen Scherz, den er jedoch nicht verstand.

»Zungenwurst? Igitt, nein, wie kommst du denn darauf?« Bene ging auf Katharinas Bemerkung nicht weiter ein. »Für uns gibt es nur das Beste, inklusive Dessert ... Ich freu mich auf dich«, lachte Bene. Dann verabschiedeten sie sich und legten auf.

13.04 Uhr

Kurz, nachdem sie den Autopsiesaal verlassen und ihr Telefonat mit Bene beendet hatte, hatte Katharina die Info erhalten, dass der Anwalt von Moritz Bredenbeck eingetroffen und zu seinem Mandanten in den Verhörraum geführt worden sei. Trotzdem hatte sie beschlossen, draußen noch eine Zigarette zu rauchen, bevor sie mit der Vernehmung beginnen würde. Auf die paar Minuten kam es nun nicht mehr an, und sie brauchte dringend einen Nikotinschub. Katharina fröstelte trotz der Hitze, die der Tag jetzt zur Mittagszeit erreicht hatte. Der Bericht von Helge Conrad und seiner Assistentin und vor allem der Anblick der abgetrennten Zunge gepaart mit ihrer Fantasie ließ ihr noch im Nachhinein das Blut in den Adern gefrieren. Auch der Appetit war ihr gründlich vergangen, wenn sie auch hoffte, dass sich das bis zu dem angekündigten Festmahl bei Bene am Abend wieder ändern würde. Sie freute sich ehrlich darauf.

Während sie dastand und rauchte, versuchte sie, sich zu

sammeln und gedanklich auf die Vernehmung von Moritz Bredenbeck vorzubereiten. Durch ihre Weiterbildung zur Profilerin hatte sie einiges dazugelernt, was das professionelle Führen von Vernehmungen anging. Es lag ihr, und sie mochte diesen Teil ihres Jobs, weshalb sie sich gern anbot, wenn es darum ging, wer aus ihrem Team einen Verdächtigen befragte. Auch jetzt spürte sie fast so etwas wie Vorfreude oder zumindest eine starke Motivation, was glücklicherweise gleichzeitig die unschönen Eindrücke der letzten halben Stunde verdrängte. Sie würde diesen arroganten Schönling schon knacken und seinem Anwalt ordentlich Paroli bieten. Mit diesen positiven Gedanken im Kopf drückte sie ihre Zigarette in dem großen stählernen Aschenbecher aus, der an der Hauswand befestigt war, und trat durch die Tür ins Präsidium. Vor dem Verhörraum angelangt, sah sie Tobi in einiger Entfernung den Gang entlang kommen.

»Katharina, warte kurz!«, hörte sie ihn rufen. »Ich muss dir ...«

Doch sie winkte ab, lachte und rief fröhlich zurück: »Ich krieg das schon hin, Tobi, mach dir mal keine Sorgen!« Bestimmt wollte er ihr ein paar Tipps mit auf den Weg geben, aber Katharina fand das überflüssig. In diesem Bereich fühlte sie sich sicher, da musste der jüngere Kollege nicht noch seine Ratschläge auf den Tisch packen. Energisch ergriff sie die Türklinke, drückte sie hinunter und trat forsch ein. Der Anwalt saß mit dem Rücken zur Tür an dem kleinen Tisch, der in der Mitte des ansonsten leeren Raums stand, Moritz Bredenbeck saß über Eck neben ihm und sah Katharina geringschätzig an. Sie schloss die Tür hinter sich und ging auf den Tisch zu, als der Anwalt sich erhob und umdrehte. Tobi, der hinter der verspiegelten Scheibe im Nebenraum stand, hätte später nicht sagen können, wer von beiden überraschter oder schockierter ausgesehen hatte. Mit einem unguten Gefühl betätigte er den Lautsprecherknopf, der es ihm ermöglichte, dem Gespräch im Verhörraum zu folgen, und hörte, wie Katharina mit kehliger Stimme sagte: »Papa?«

13.11 Uhr

Benjamin Rehder musste hart auf die Bremsen treten, als er plötzlich die roten Lichter am Auto vor sich registrierte. »Verdammt«, schalt er sich selbst, »das wäre fast ins Auge gegangen.« Er wusste genau, dass er während der Fahrt in Gedanken versunken gewesen war und dem Verkehr nicht die nötige Aufmerksamkeit geschenkt hatte. Normalerweise passierte ihm das nicht, aber dieser Tag war total verkorkst. Alles hatte mit dem kurzen Zwist mit Mausner im Präsidium angefangen, der ihn zwar nicht belastet, aber dafür erheblich genervt hatte und es noch immer tat. Ben hatte über die Jahre gelernt, die Marotten seines Chefs weitestgehend zu ignorieren, doch diese Klüngelei, mit der Stephan Mauser vermeintlich wichtige Kontakte und sein persönliches Image vor die eigentliche Arbeit der Kripo stellte, brachte ihn in Rage. Ben hatte nie so gedacht, die lokale Politik war ihm gelinde gesagt egal, aber es widerstrebte ihm grundlegend, sich von Mausner vor dessen Karren spannen zu lassen. Wenn er ehrlich war, musste er natürlich zugeben, dass die Reaktion seines Chefs auf das Foto sie heute Morgen ein kleines Stück vorangebracht hatte, aber das besserte seine Laune auch nicht gerade.

Das Gespräch mit Minkwitz hatte dann genau in die gleiche Kerbe gehauen. Wieder so ein Wichtigtuer, der seine vermutlich nie eintretende politische Zukunft stärker gewichtete als das unerklärbare Verschwinden seines verwöhnten Töchterchens. Doch Minkwitz' hartnäckige Weigerung, Ben eine DNS-Probe von Lisa auszuhändigen, war damit nicht zu erklären und gab dem Hauptkommissar in höchstem Maße zu denken – was hatte der Mann zu verbergen?

Als die Ampel auf Grün sprang und der Wagen vor ihm sich in Bewegung setzte, fuhr Ben sachte an und bog kurz nach der Ampel rechts auf einen Parkstreifen. Er würde jetzt seine Mittagspause einschieben und die Zeit nutzen, wieder etwas runterzukommen und seine Gedanken zu diesem verworrenen Fall zu sammeln. Der Kommissar stieg aus und betrat den kleinen Döner-Laden an der Ecke. Er gab seine Bestellung auf und zog das Handy aus der Hosentasche, während er den jungen dunkelhaarigen Mann hinter dem Tresen beobachtete, der für den extrascharfen Döner alle möglichen Zutaten in die Brottasche füllte. Ben warf einen Blick auf das Display seines Handys und registrierte zwei Anrufe in Abwesenheit: einen von Tobi und einen von Katharina. Eine Nachricht hatte sie nicht auf der Sprachbox hinterlassen, Tobi hingegen hatte eine SMS hinterher geschickt. Als Ben sie öffnen wollte, stellte der junge Mann gerade den fertigen dampfenden Döner in das extra dafür gedachte Gestell auf dem gläsernen Tresen.

»Vier Euro bitte«, sagte er freundlich und lächelte den Kommissar an. »Und guten Appetit mit dem leckersten Döner der Stadt!«

Kommentarlos legte Benjamin Rehder einen Fünf-Euro-Schein auf den Tresen, murmelte ein knappes »stimmt so«, griff sich seinen Döner und zwei Servietten und verließ den Imbiss. Kurz überlegte er, ob er sich vor dem Imbiss in einen der Plastikstühle setzen und dort in Ruhe seine Mittagsmahlzeit essen sollte. Das Wetter war großartig und bot sich geradezu an. Doch die Dönerbude lag direkt an der Straße, und Ben fragte sich sonst oft, wenn er hier vorbeiging oder -fuhr, was die Leute dazu bewegte, sich ausgerechnet an so einen uncharmanten Ort zu setzen. In seinen Augen holte man sich einen Döner, weil man spontan Appetit darauf hatte, aber man ging nicht Döner essen. Allein die Vorstellung widerstrebte Ben, obwohl er es selbst ziemlich arrogant fand. So ließ er die Plastikstühle links liegen, öffnete mangels weiterer Alternativen die Fahrertür seines Dienstwagens und setzte sich hinein. Beim Versuch, das Handy wieder aus der Hosentasche zu ziehen, rutschte ein erster Schwung der üppigen Döner-Füllung in den Raum zwischen den beiden Vordersitzen. Ben fluchte. An diesem Tag ging wirklich alles schief. Er fasste erneut in die Hosentasche zum Handy, versuchte diesmal aber, den Döner in der Hand auszubalancieren. Als er das Handy zwischen seine Oberschenkel geklemmt hatte, biss er herzhaft in das immer noch dampfende Ungetüm in seinen Händen. Döner hin oder her – das tat jetzt einfach gut und würde seine Nerven bestimmt beruhigen. Er gönnte sich zwei weitere große Bissen, bevor er mit der linken Hand zum Handy griff und die SMS von Tobi öffnete.

Hallo, Chef. Neuer Fund in unserem Fall: kein Finger, sondern Zunge. Kein Foto, dafür die Zunge selbst. Näheres später, Katharina ist bei Conrad. Gruß Tobi.

Ben schnaufte, sah auf den Döner in seiner Hand und empfand den Geruch des gerösteten Fleischs darin mit einem Mal alles andere als lecker. Ohne lange zu überlegen, öffnete er die Tür, stieg aus und schmiss den noch reichlichen Rest seines Döners in einen nur wenige Meter entfernt stehenden Mülleimer. Dann ging er zurück zum Auto, sammelte mit spitzen Fingern notdürftig die heruntergefallenen Teile seines Mittagessens aus der Mittelkonsole ein und entsorgte sie ebenfalls. Er ließ beide vorderen Fenster herunter, startete den Wagen und fuhr zum Präsidium. Der auf einmal unangenehme Geschmack im Mund ließ nicht nach. Er versuchte, sich auf seine Arbeit zu konzentrieren. Die SMS von Tobi war über eine Dreiviertelstunde alt. Wenn er ins Büro kam, hatten seine Mitarbeiter sicher nähere Infos für ihn. Und mit etwas Glück sogar neue Erkenntnisse, die sie endlich ein Stück voranbringen würden.

13.13 Uhr

»Guten Tag, Katharina.« Henning von Hagemann streckte seiner Tochter förmlich die Hand entgegen. »Das ist in der Tat eine Überraschung.« Er räusperte sich, bevor er weitersprach. »Ich bin der Anwalt von Moritz Bredenbeck. Dein Vorgesetzter wird doch sicherlich dieses unangebrachte Verhör führen, vermute ich. Wann gedenkt er, aufzutauchen? Mein Mandant hat Verpflichtungen und keine Zeit, grundlos so lange festgehalten zu werden.«

Zorn stieg in Katharina auf. Sie musste sich sehr bemühen, das nach außen nicht zu zeigen. Ihr Vater hatte sich, seit sie ihn vor mehr als zwei Jahren zuletzt gesehen hatte, kein bisschen verändert. Als sie aus München nach Lüneburg gezogen war, hatte sie kurz ihre Eltern in Hamburg besucht und ihnen von ihrer Rückkehr nach Norddeutschland berichtet. Die Geschehnisse aus München waren ihren Eltern in groben Zügen bekannt, das hatte sich gar nicht vermeiden lassen, doch Katharina hatte das Thema vermieden, so gut sie konnte. Während ihre Mutter sich ehrlich gefreut hatte, ihre Tochter wieder näher bei sich zu wissen, hatte ihr Vater die ganze Entscheidung sofort infrage gestellt. »Wenn du bei der ersten kleinen Schwierigkeit davonläufst und dich versetzen lässt, solltest du dir vielleicht endlich einen neuen Job suchen«, hatte er zu ihr gesagt und etwas später noch hinzugesetzt: »Ich habe dir gleich gesagt, dass du diesem Beruf nicht gewachsen bist, aber du wolltest ja nicht auf mich hören.« Seitdem hatte Katharina auf weitere Besuche in ihrem Elternhaus verzichtet. Ihre Mutter hatte sie ein paar wenige Male zum Essen getroffen, und sie telefonierten in unregelmäßigen Abständen. Mit dieser Lösung war es Katharina in den vergangenen Jahren recht gut gegangen. Auf den Gedanken, dass sie ihrem Vater in seiner Position als Anwalt einmal gegenüberstehen könnte, war sie nie gekommen. Zumal er – so hatte sie es zumindest in Erinnerung – ausschließlich als Wirtschaftsanwalt tätig war, nicht aber als Strafverteidiger. Ihre ursprüngliche Motivation für die Vernehmung war wie weggeblasen, doch sie war nicht bereit, das Feld zu räumen. Jetzt erst recht, dachte Katharina und sah ihrem Vater in die Augen.

»Das Verhör, das im Übrigen keines ist, sondern vorerst lediglich eine Zeugenvernehmung, führe ich«, sagte sie so sachlich, wie es ihr möglich war, und hielt seinem überraschten Blick stand. »Wir können also sofort beginnen.«

13.27 Uhr

Aufgehalten durch einen Stau parkte Ben später als geplant vor dem Präsidium und sah, wie Tobi gerade aus dem Haus kam und in die andere Richtung davoneilte. »Tobi, warte!«, rief Benjamin Rehder, sprang aus seinem Wagen und setzte zu einem kurzen Sprint an. Der sonst so lockere Tobias wirkte leicht gehetzt, als sein Chef bei ihm ankam.

»Sorry, Chef, ich muss dringend los. Wir haben den Namen des Mädchens auf den Fotos mit Bredenbeck, ich bin schon auf dem Weg zu ihr. Ich fahre zusammen mit einer Kollegin von der Streife.«

»Hat er auch die Adresse seiner Folterkammer rausgerückt? Und wo ist Katharina, warum fährt sie nicht mit?«, fragte Ben verwundert.

»Katharina vernimmt Moritz Bredenbeck. Daher kennen wir überhaupt den Namen des Mädchens. Aber die Adresse seiner Schreckenskammer hat er uns dank seines Anwalts dann nicht mehr verraten. Der hat ihn mitten im Reden gestoppt. Und ob du es glaubst oder nicht: Bredenbecks Anwalt ist Katharinas Vater!« Tobias konnte ein schräges Grinsen nicht ganz unterdrücken. »Ich muss jetzt echt los, Chef, alles andere erklären Katharina oder ich dir später!«

»Habt ihr schon was zu diesem Gravert?«, wollte Ben noch schnell wissen.

»Nein, ich habe eben mit den Kollegen gesprochen. Die Ortung von seinem und Anna Bechsteins Handy ist aktiv, doch er scheint beide Handys konsequent ausgeschaltet zu halten. Bisher haben die null Ahnung, wo er ist«, informierte Tobias seinen Chef knapp, dann verfiel er in einen leichten Laufschritt und verschwand um die Hausecke, während Benjamin Rehder ihm kopfschüttelnd hinterher sah.

»Katharinas Vater?« Er erinnerte sich, dass Katharina mal nebenbei erwähnt hatte, dass ihr Vater eine eigene Kanzlei führte, aber ansonsten nie etwas von ihren Eltern erzählte. Was war denn das für ein verrückter Zufall? Ben betrat das Präsidium und ging direkt zu dem kleinen Zimmer neben dem Verhörraum. Er wollte auf keinen Fall in die Vernehmung hineinplatzen, erst musste er sich ein Bild machen. Durch die Scheibe hindurch sah er Katharina. Außerdem erkannte er den jungen Bredenbeck, den er am Morgen auf den abstoßenden Fotos gesehen hatte. Die dritte Person im Raum war ein älterer, gut aussehender, jedoch verhärmt wirkender Mann im teuren Anzug und mit handgenähten Schuhen. Das typische Outfit erfolgreicher Anwälte, wie sie Benjamin Rehder schon zuhauf begegnet waren. Eine Ähnlichkeit zwischen ihm und Katharina konnte er nicht im Ansatz feststellen. Er drückte den Lautsprecherknopf und verfolgte das Gespräch für ein paar Minuten. Spätestens dann hatte sich seine Vermutung bestätigt: Katharina brauchte ihn nicht, sie war der Situation trotz aller Skurrilität absolut gewachsen. Ben würde sie zwar von hier aus im Auge behalten, um sie notfalls unterstützen zu können, aber er war sich sicher, dass das weder nötig noch in Katharinas Sinne war. Er nahm sich einen der Klappstühle, die in dem kleinen Raum herumstanden, und setzte sich so vor die große Scheibe, dass er sowohl Katharina als auch Moritz Bredenbeck und dessen Anwalt gut im Blick hatte.

Der Hauptkommissar beobachtete Katharina und war beeindruckt, wie cool sie, zumindest äußerlich, mit der sicherlich nicht angenehmen Situation umging. Auch wenn er nicht wusste, was für ein Verhältnis Katharina zu ihrem Vater hatte – falls sie von seinem Erscheinen vorher nichts geahnt hatte, und davon ging er aus, war das hier absolut keine Standardsituation. Ben dachte zurück an den Tag vor ungefähr zwei Jahren, als Katharina ihm von seinem Chef Stephan Mausner vorgestellt worden war. Er konnte sich gut daran erinnern, denn er war alles andere als begeistert gewesen – ganz abgesehen von ihrem merkwürdigen Verhalten am ersten Tag aufgrund der Verwechslung mit seinem Zwillingsbruder. Viel lieber hätte er damals einen erfahrenen Mann in sein Team bekommen, der im besten Fall aus der Gegend war und nicht wie Katharina aus einer Großstadtmetropole wie München. Seine Bedenken waren vielfältig gewesen: von der Großstadt ins beschauliche Lüneburg, dann eine etwas undurchsichtige und durchaus traumatische Vorgeschichte, die zur Versetzung nach Lüneburg geführt hatte. Obendrein eine Zusatzausbildung zur Profilerin, was ihn auf eine übermäßig ehrgeizige und vermutlich eingebildete Emanze hatte spekulieren lassen, und zuletzt der simple Fakt, dass sie eine Frau war. Der Hauptkommissar hatte Zickereien, Gejammer und Schlimmeres befürchtet. Nun musste Ben über sich schmunzeln, als er sich klarmachte, wie schnell Katharina diese Vorurteile aus seinem Kopf verdrängt hatte. Schon im ersten gemeinsamen Fall hatte sie ganz klar ihre Kompetenz bewiesen. Vor allem ihre psychologischen Kenntnisse hatten sich als extrem hilfreich herausgestellt, und wenn Katharina eines garantiert nicht war, dann eine Zicke. Im Gegenteil ... Ben wusste inzwischen, wie außerordentlich teamfähig und belastbar sie war. Ehrgeizig war sie tatsächlich, aber das immer nur im Interesse des aktuellen Falls, und nicht, um sich vor den Kollegen zu profilieren. Erst vor Kurzem hatte Ben mit seinem besten Freund Alexander darüber gesprochen und die Kollegin in so hohen Tönen gelobt, dass Alexander ihn am Ende des Abends ernsthaft gefragt hatte, ob es sein könnte, dass Bens Schwärmerei über das Berufliche hinausgehe. Ben hatte das vehement bestritten und darauf hingewiesen, dass er ausschließlich von Katharinas professionellen Qualitäten gesprochen habe, doch insgeheim musste er sich eingestehen, dass er sie auch als Mensch ziemlich vermissen würde, wenn sie Lüneburg verließe.

Der Kommissar riss sich aus seinen abschweifenden Gedanken und wandte sich konzentriert der Vernehmung im Nebenraum zu. Moritz Bredenbeck saß mit verschränkten Armen und betont arrogantem Gesichtsausdruck zurückgelehnt in seinem Stuhl, als ginge ihn das Ganze gar nichts an. Ben hörte Henning von Hagemann sagen: »Ich wiederhole mich ungern, aber es scheint mir leider nötig zu sein: Mein Mandant wird sich zu diesen ungeheuerlichen Anschuldigungen nicht weiter äußern. Er hat ohnehin schon mehr gesagt, als ich ihm geraten habe, damit müssen Sie sich zufriedengeben.«

Benjamin Rehder stutzte. Hatte er sich verhört oder siezte der Anwalt seine eigene Tochter? Professionalität hin oder her – das war sogar für den Hauptkommissar übertrieben und in dieser Situation keineswegs erforderlich. Bevor er weiter zuhören und sich überzeugen konnte, dass er sich nicht verhört hatte, klingelte es. Ben zog sein Handy aus der Hosentasche und nahm nach einem kurzen Blick auf das Display das Gespräch an: »Hallo, Tobi, was gibt es?«

»Hi, Chef, ich hab das Mädchen von den Fotos, Jasmin Brunner, angetroffen. Am Bahnhof. Glaub' es oder glaub' es nicht: Sie gibt an, dass sie alles, was wir auf den Fotos gesehen haben, freiwillig gemacht hat! Wo es stattgefunden hat, wollte oder konnte sie mir nicht sagen. Sie sagt, sie sei betrunken gewesen und wisse die Adresse nicht.«

»Freiwillig?«, rief Benjamin Rehder erstaunt in den Hörer. »Du meinst, das Mädchen hat sich freiwillig foltern lassen?«

»Na ja«, erwiderte Tobias, »sie behauptet, es sei um reine Sadomaso-Spielchen gegangen, und sie würde darauf stehen.«

»Und hältst du das für glaubwürdig?«, wollte Ben von seinem Kollegen wissen.

»Schwer einzuschätzen«, antwortete Tobi, »aber Fakt ist, dass wir das Gegenteil nicht beweisen können und dafür auch keine Anhaltspunkte haben. Sie ist offensichtlich nicht verletzt, macht keinen verängstigten Eindruck und wäre grundsätzlich bereit, ihre Aussage schriftlich zu bestätigen.«

»Was heißt, sie wäre grundsätzlich bereit?«, hakte der Hauptkommissar nach.

»Ich habe sie am Bahnhof erwischt. Sie ist eben in den Zug gestiegen und in den Urlaub gefahren. Einen Grund, sie aufzuhalten, hatte ich nicht …«

»Okay, Tobi«, sagte Benjamin Rehder stirnrunzelnd. »Wenn das so ist, werden wir Moritz Bredenbeck nicht länger festhalten können. Ich gebe Katharina Bescheid, und du kommst am besten wieder her. Bis gleich!« Ben beendete das Telefonat und steckte das Handy weg. Dann stellte er den Stuhl an die Seite, wo er ihn hergeholt hatte, drehte die Lautsprecher ab und betrat den Verhörraum. Drei Augenpaare sahen ihn überrascht und fragend an.

»Katharina, kann ich dich kurz sprechen«, sagte Ben, was eindeutig als Aufforderung und nicht als Frage zu verstehen war. Katharina trat zu ihm und ging mit ihm vor die Tür, die sie sorgsam hinter sich zuzog.

»Katharina, du musst abbrechen. Tobi hat das Mädchen gefunden, sie bestreitet, das Opfer von Bredenbeck zu sein, und behauptet steif und fest, alles freiwillig mitgemacht zu haben. Wir haben nichts gegen ihn in der Hand für den Moment. Eine Observation wegen der Adresse seiner Folterkammer würden wir deswegen beim Staatsanwalt auch niemals durchbekommen, leider, und selbst wenn, wäre dieser Bredenbeck wahrscheinlich nicht so dämlich, uns da hinzuführen.«

»Shit!«, entfuhr es Katharina. Sie runzelte die Stirn. »Diesen arroganten kleinen Mistkerl hätte ich gerne in U-Haft gesehen. Gibt es schon was zu Martin Gravert? Der kennt die Adresse ja auch.«

»Nein, die Kollegen haben ihn noch nicht aufgespürt. Brich die Vernehmung ab und lass Bredenbeck gehen«, forderte Ben sie auf. Er konnte Katharina ihren Groll nicht verdenken, aber sie hatten unter den gegebenen Umständen keine Wahl. »Tobi ist auf dem Rückweg, alles Weitere sehen wir dann.«

Ben drehte sich um und ging den Flur entlang in Richtung seines Büros. Aus den Augenwinkeln sah er, wie Katharina vor der Tür mit ernstem Gesicht leise etwas zu ihrem Vater sagte, während Moritz Bredenbeck mit triumphierendem Grinsen wartete. Einer spontanen Eingebung folgend blieb Ben stehen. Er hatte das Gefühl, es wäre gut, wenn er mit Katharina gemeinsam Bredenbeck und seinen Anwalt hinausbegleiten würde.

Erst als Ben und Katharina die beiden am Haupteingang förmlich verabschiedet hatten und dem davonfahrenden BMW mit Katharinas Vater am Steuer und Moritz Bredenbeck auf dem Beifahrersitz hinterher blickten, schenkte Katharina dem Hauptkommissar ein dankbares Lächeln.

»So«, sagte sie, »das war echt starker Tobak. Stell dir vor, der Anwalt ist mein Vater!«

»Ja, Tobi hat es mir erzählt. Und weißt du was? Wir besprechen uns jetzt und danach holen wir deinen Vorschlag von gestern nach und gehen zu zweit was essen«, meinte Ben lächelnd.

»Das geht leider nicht«, antwortete Katharina leise und blickte ihm dabei nicht in die Augen. »Ich habe mich mit meinem Vater verabredet. Wir ... wir haben ein paar private Dinge zu klären.«

17.31 Uhr

»Hallo, Papa!« Katharina setzte sich an den kleinen Tisch auf der Terrasse des Hotels *Heideglanz*, an dem ihr Vater sie bereits erwartete. »Schön, dass du warten konntest.«

»Hallo, Katharina«, antwortete er kühl. »Du hast mich allerdings recht lange warten lassen, viel Zeit habe ich nun nicht mehr, ich habe schließlich noch andere Termine.«

Katharina merkte, wie der Zorn erneut in ihr empor-
stieg, doch sie bemühte sich, ruhig zu bleiben. »Reicht es
für ein gemeinsames Essen?«, fragte sie so freundlich, wie
es ihr möglich war.

»Ich fürchte, nein«, erwiderte Henning von Hagemann
knapp. »Deine Mutter und ich sind mit Freunden in Hamburg verabredet. Dabei handelt es sich übrigens, nur zu
deiner Information, um die Eltern von Moritz Bredenbeck, dem jungen unbescholtenen Studenten, den ihr aus
unerfindlichen Gründen zu diesem lächerlichen Verhör
bestellt habt. Ich darf den armen Eltern erklären, dass ausgerechnet meine Tochter den Anstoß zu dieser Lächerlich-
keit gegeben hat.«

Sein Gesichtsausdruck verriet Katharina deutlich, dass
ihr Vater jedes Wort genau so meinte, wie er es sagte, und
sie konnte ihre Empörung darüber nur schwer im Zaum
halten. »Zeugenvernehmung, nicht Verhör. Ist das deine
einzige Sorge?«, fragte sie so ruhig, wie es ihr möglich
war. »Dass deine piekfeinen hanseatischen Freunde dir
das Verhalten deiner Tochter übel nehmen könnten?« Sie
atmete tief durch, bevor sie weitersprach: »Zu deiner Information: Ich mache hier nur meinen Job, und den mache
ich verdammt gut. Wenn dieser arrogante und verwöhnte
Schnösel mit seinen perversen Sexspielchen auffällt, ist das
allein sein Problem. Vielleicht sollten seine Eltern sich mal
fragen, wie es mit ihrem braven Söhnchen so weit kommen konnte.«

»Katharina, du bist mal wieder unsachlich und unpro-
fessionell«, antwortete Henning von Hagemann kalt. »Die
Bredenbecks sind eine äußerst angesehene Hamburger
Familie, und ganz sicher sind die ...«, er hüstelte verlegen, »nun ja, die persönlichen Leidenschaften ihres Soh-

nes alles andere als in ihrem Sinne. Ich weiß selbst am besten, dass man mit der Erziehung der eigenen Kinder oft an seine Grenzen stößt, weil sie sich einem verweigern.« Er sah Katharina bei diesen Worten genauso wenig direkt an wie vorher. »Aber damit hat er sich noch lange nicht strafbar gemacht, und dass ihr ihn einem Verhör unterziehen wolltet, wie es einem Schwerverbrecher gerecht würde, war maßlos überzogen! Da könnt ihr das Zeugenvernehmung nennen oder wie ihr wollt, ich kenne diese Spielchen.« Nun blickte er seine Tochter an. »Du wirst wohl spätestens jetzt einsehen, dass ich immer recht hatte mit meiner Einschätzung. Du bist für diesen Beruf nicht geeignet. Als Anwältin in meiner Kanzlei dagegen hätten dir alle Türen offen gestanden, doch du …«

Katharina konnte es nicht mehr ertragen. Sie sprang von ihrem Stuhl auf, der mit lautem Scharren nach hinten rutschte, und sah ihren Vater mit zornrotem Gesicht an. Trotz aller Wut hatte sie ihre Stimme in der Gewalt und sagte deutlich, ohne jedoch zu schreien: »Lass es sein. Ich habe gedacht, ich könnte mit dir ein vernünftiges Gespräch führen, so wie es eine erwachsene Tochter von ihrem ach so wohlmeinenden Vater erwarten dürfte.« Sie sah mit Befriedigung, wie ihr Vater sich erschrocken auf der großen Terrasse umsah, auf der zahlreiche Gäste saßen und der Auseinandersetzung mehr oder weniger auffällig lauschten. »Du bist ein egoistischer, verbohrter und in meinen Augen einsamer Mensch. Ich bin unendlich froh, mich gegen eine Karriere in deiner Kanzlei entschieden zu haben, in der ich jeden Tag nach deiner Pfeife tanzen müsste, denn auch dort würdest du mir nichts zutrauen. Werde glücklich mit deinen reichen Mandanten, die du Freunde nennst, und warte nicht darauf, dass ich noch ein weiteres Mal auf dich zugehe.« Katharina nahm ihre Jacke vom Stuhl, sah ihren Vater noch einmal an und fügte leiser hinzu: »Du tust mir einfach nur leid, Papa.« Dann drehte sie sich um und verließ mit stolz erhobenem Kopf und unter den neugierigen Blicken aller Anwesenden die Terrasse in Richtung Lüneburger Altstadt. Erst als sie sich sicher sein konnte, außer Sichtweite zu sein, blieb sie stehen, griff in ihre Jackentasche und holte mit zitternden Händen ihre Zigarettenschachtel hervor. »Leer – verdammt! Heute läuft wirklich nichts so, wie es soll!«, fluchte sie vor sich hin und steuerte auf einen kleinen Laden auf der anderen Straßenseite zu, um sich eine neue Schachtel zu kaufen. Als sie wieder ins Freie trat, zündete Katharina sich umgehend eine Zigarette an, nahm einen tiefen Zug und lehnte sich erleichtert an die Hauswand.

Was für ein total verkorkster Tag! Sie hatte sich schwergetan, ihren Vater nach diesem unerwarteten Aufeinandertreffen bei der Vernehmung um ein Treffen zu bitten, hatte aber nicht so mit ihm auseinandergehen wollen. Jetzt, im Nachhinein, bereute sie diese Entscheidung. Wieder einmal hatte er ihr deutlich gemacht, wie wenig er von ihr hielt. Das war definitiv das letzte Mal, schwor sie sich, einen nächsten Versuch von ihrer Seite würde es nicht geben. Nicht mal ihrer Mutter zuliebe, die im Zweifel ebenfalls die angeblich so wichtigen Kontakte in Hamburg einem guten Verhältnis zu ihrer Tochter vorziehen würde – ob aus eigenem Antrieb oder unter Druck ihres Mannes, Katharina war sich da nicht sicher, und eigentlich war ihr das inzwischen auch egal.

Sie sah auf die Uhr. Das Treffen mit Bene hatte sie per SMS abgesagt, als sie sich spontan mit ihrem Vater verabredet hatte. Jetzt ärgerte sie sich darüber, denn ein unkomplizierter und vermutlich sehr entspannender Abend hätte ihr gutgetan, aber bei Bene nachzufragen, ob es doch noch klappen könnte, war ihr unangenehm. Sie beschloss, sich stattdessen ein bisschen die Beine zu vertreten und das schöne Wetter zu genießen, nachdem sie die meiste Zeit des Tages drinnen verbracht hatte. Katharina schlenderte zum Rathausmarkt, auf dem bereits die Stände für das morgige Stadtfest aufgebaut worden waren, und bog dann links in Richtung Schröderstraße ein, wo es einen schönen Laden gab, in dem sie sicher etwas finden würde, um sich selbst etwas Gutes zu tun. Dafür war es mal wieder an der Zeit. Auf halbem Weg dorthin kam ihr plötzlich eine ganz andere Idee. Sie hatte im Vorbeigehen die Ankündigung des kleinen Programmkinos in der Apothekenstraße gesehen. Das war es! Sommerwetter hin oder her – sie würde sich einen Film ansehen und dadurch von diesem dämlichen Tag ablenken lassen. Obwohl sie es normalerweise verpönte, auf der Straße zu rauchen, zündete sie sich für das letzte Stück Weges noch eine Zigarette an, schlenderte deutlich besser gelaunt die Straße entlang und betrat nur Minuten später das Kino. Der Film würde erst um 19.30 Uhr beginnen, doch das machte ihr nichts. Im Kino gab es ein kleines Bistro. Dort setzte sie sich hin, bestellte sich einen Caesar Salad und sinnierte erst über den verkorksten Tag und dann über den *Polaroid-Fall*. Dazu holte sie einen kleinen Block und einen Kugelschreiber aus ihrer Tasche. Nachdem sie die wenigen Fakten zum Fall in Stichworten aufgeschrieben hatte, begann sie die Zeit bis zum Beginn des Films zu nutzen und ein Profil des Täters zu erstellen.

Moritz Bredenbeck trat aus seiner Dusche, wickelte sich
ein Handtuch um die Hüften und sah in den Spiegel über
dem Waschbecken. Voll Wohlgefallen grinste er sein Spiegelbild an, denn ihm gefiel, was er dort sah. Der Tag war
wahrlich nicht nach seinem Geschmack gelaufen, aber am
Ende hatte er wieder auf ganzer Linie gesiegt.

Als die Bullen am Morgen vor seiner Tür gestanden und
ihn aufgefordert hatten, mitzukommen, war er kurzzeitig
etwas unruhig geworden. Natürlich hatte er bereits eine
üble Vermutung gehabt, worum es gehen könnte, hatte
jedoch gehofft, dass es lediglich um sein Engagement für
die ›PRO HANSE‹ ging. Sicherheitshalber hatte er seinen Vater angerufen, was ihm nicht allzu schwer fiel. Er
wusste auch dort, welche Knöpfe er drücken musste, um
sein Ziel zu erreichen. Ein, zwei Sätze zur Erklärung –
und sein alter Herr hatte zugesagt, ihm umgehend seinen
Anwalt nach Lüneburg zu schicken. Der sei zwar eigentlich Wirtschaftsanwalt, doch in jedem Fall richtig gut und
mit der Familie schon seit Langem in geschäftlichem Kontakt. Bis dahin solle Moritz der Polizei gegenüber am besten gar nichts sagen. Das hatte der Student sowieso nicht
vorgehabt, aber der Gedanke, dass er von einem Nobelan-
walt aus Hamburg vertreten wurde, gefiel ihm durchaus.
Über den unerwarteten Zufall, dass dieser Anwalt ausgerechnet der Vater dieser Kripo-Emanze war, verzog sich
sein Grinsen zu einer gehässigen Grimasse. Mann, hatte
die dämlich geguckt, als sie in den Verhörraum gekommen
war. Dann hatte dieses blöde Weibsstück ihm plötzlich die
Fotos vorgelegt, und er hatte sich sehr beherrschen müs-

sen, nicht auszurasten. Noch immer zermarterte er sich das Hirn, wer diese Fotos gemacht haben könnte. Er hatte wie üblich alles bedacht, und die Abwicklung mit Jasmin war so simpel gewesen, wie er es erwartet hatte. Seine Menschenkenntnis hatte ihn bei dieser kleinen Schlampe nicht im Stich gelassen, denn er war sich sicher gewesen, dass sie für ein kleines Schweigegeld so einiges mit sich würde machen lassen. Vermutlich hatte sie sogar Gefallen an seinen Spielchen gefunden, wer wusste das schon. Obwohl – dann hätte er sich die 5.000 Euro eigentlich sparen können ... Nein, er hatte nichts falsch gemacht, da war Moritz sich absolut sicher. Nur, dass irgendein verdammtes Arschloch ihn beobachtete, Fotos machte und diese der Polizei in die Hände spielte – damit hatte er nicht gerechnet. Ob es noch weitere solcher Aufnahmen von anderen Gelegenheiten gab?

Der junge Mann streifte das Handtuch von den Hüften, begutachtete im Spiegel ein weiteres Mal selbstzufrieden seinen Körper und zog die bereitgelegten Jeans an. Er hatte nach der muffigen Luft im fensterlosen Verhörzimmer dringend eine Dusche nötig gehabt – und eine Erfrischung, denn es gab noch einiges zu regeln, nachdem ihn die Vernehmung eine Menge Zeit gekostet hatte.

Noch immer mit nacktem Oberkörper trat Moritz Bredenbeck an das große Wohnzimmerfenster, durch das er auf die Fußgängerzone schauen konnte. Er ließ seinen Blick schweifen, bis er auf einmal stutzte. Was für ein amüsanter Zufall: Die Kommissarin Katharina von Hagemann schlenderte unter seinem Fenster vorbei, eine Kippe in der Hand und mit einem ziemlich genervten Gesichtsausdruck. Moritz überlegte kurz, ob er es auf eine direkte

Konfrontation auf der Straße ankommen lassen sollte. Nicht, dass er ihr drohen wollte oder Ähnliches, aber ihr ein paar Takte zu erzählen, danach stand ihm durchaus der Sinn. Doch er besann sich schnell. Das würde nichts bringen und ihm unter Umständen nur schaden. Er musste es geschickter angehen. Es war ohnehin mal wieder an der Zeit, seinen Eltern einen Besuch in Hamburg abzustatten, nach der Aktion und dem Anruf bei seinem Vater heute ließ sich das vermutlich gar nicht vermeiden. Und dann würde Moritz es sich nicht nehmen lassen, die Qualitäten seines Anwalts ins rechte Licht zu rücken. Wie er seine Mutter kannte, wäre das für sie ein willkommener Anlass, um aus dem Nähkästchen zu plaudern, und Moritz könnte auf diesem Wege einiges über die Kommissarin in Erfahrung bringen. Irgendwo hatte schließlich jeder eine Leiche im Keller. Er hoffte sehr, irgendeinen dunklen Fleck in der Vergangenheit dieser dämlichen Kommissarin ausfindig machen zu können – womöglich könnte ihm das in speziellen Situationen eine große Hilfe sein ...

22.42 Uhr

»Bene? Bene, wach auf!«, drang Katharinas Stimme wie durch einen Nebel zu ihm durch.

»Gleich, Süße, lass uns noch ein wenig kuscheln«, murmelte Benedict Rehder, drehte sich zur Seite und suchte mit den Händen nach der warmen, weichen Frau, mit der er auf einer Wiese an einem der Ochtmissener Teiche lag und den wohligen Moment noch ein bisschen auskosten wollte. Zu seiner Verwunderung fühlte er nicht den erwarteten Körper, den er vor einer Weile so leidenschaftlich liebkost hatte, sondern eine glatte, kalte Fläche. Er schlug die Augen auf – im Nu verschwand mit einem Klicken das Licht, das bis eben durch seine Lider geschimmert hatte. Wo war die Sonne geblieben?

»Mist«, hörte er Katharina sagen. Mit einem Ruck setzte Bene sich auf, wobei ihm etwas Kantiges in die Wirbelsäule stieß. Er registrierte ein weiteres Klicken, und das Licht ging wieder an. Neben ihm stand Katharina, und sie befanden sich keineswegs auf einer grünen Wiese, sondern in einem Hausflur.

»Bene, steh auf«, meinte Katharina lächelnd. »Was machst du überhaupt hier vor meiner Tür?«

»Ich … äh … entschuldige, ich muss eingeschlafen sein. Ich habe auf dich gewartet«, sagte Bene mit rauer Stimme und rappelte sich schwerfällig hoch. Dabei kam die Erinnerung zurück:

Nachdem Katharina ihm heute am späten Nachmittag eine SMS mit der Bitte geschickt hatte, ihre Essensverabredung auf einen anderen Tag zu verschieben, hatte er zu seinem Saxofon gegriffen, um sich den Frust über das geplatzte Date von der Seele zu spielen. Seit Monaten ging das nun so. Wieder und wieder kam ein Treffen aus den unterschiedlichsten Gründen nicht zustande. Manchmal hatte es an ihm gelegen, doch meist, so empfand er es zumindest, an Katharina. Heute war er sich wirklich sicher gewesen, dass es klappen würde. Am Morgen hatte sie so spontan zugesagt, und auch bei seinem zweiten Anruf gegen Mittag schien sie sich noch immer auf die Verabredung mit ihm zu freuen, obwohl sie im Stress gewesen war. Natürlich wusste er, dass Katharina keinen nine-to-five-Job hatte und das Verbrechen ihre Dienstzeiten bestimmte. Dennoch war er maßlos enttäuscht gewesen, als ihre Absage-SMS bei ihm eingegangen war. Trotz des Saxofonspiels war er noch immer niedergeschlagen gewesen, als er sein Instrument zurück in den Ständer stellte. Er hätte gern länger gespielt, doch das beharrliche Pochen seiner Nachbarn von unten an die Zimmerdecke hatte ihn davon abgehalten. Sie machten oft Stress wegen seiner Musik, und er wollte unnötigen Ärger vermeiden. Bene hatte sein Saxofon angestarrt und sich gefragt, was er mit dem Abend anfangen sollte, als ihm plötzlich eine Idee gekommen war, die seine gute Laune wieder hob. Katharina hatte in ihrer SMS nichts davon geschrieben, dass sie ihn, Bene, nicht sehen wollte. Sie hatte nur geschrieben, dass es bei ihr so spät werden könnte, dass sie dann gleich zu sich nach Hause wollte. Und wie hatte er bereits heute Mittag am Telefon festgestellt? Kommt der Knochen nicht zum Hund, kommt der Hund zum Knochen!

Bene hatte in sich hinein gegrinst, während er das vorbereitete Essen für sich und Katharina in verschieden große Vorratsdosen – eines der typisch praktischen Geschenke seiner Mutter – verpackt und in seiner Sporttasche verstaut hatte. Dazu hatte er einen spritzigen Weißwein und eine Flasche Martini gepackt. Anschließend hatte er noch eine Weile ferngesehen, um sich dann am späteren Abend seine Jacke zu greifen, die gepackte Tasche zu schultern und sich pfeifend zu Fuß auf den Weg in die Münzstraße zu machen. Vor Katharinas Haustür angekommen, hatte er geklingelt, doch sie war tatsächlich noch nicht zu Hause. Plötzlich war er sich seiner Sache nicht mehr so sicher gewesen. Er hatte sich gefragt, ob Katharina sich über seinen nett gemeinten *Überfall* freuen würde. Außerdem hatte seine Schulter, über die er die prall gefüllte Sporttasche gehängt hatte, langsam zu schmerzen begonnen. Was sollte er mit dem ganzen Essen darin anfangen? Es wieder zurück in seine Wohnung zu tragen, hatte er keine Lust, zumal er die nächsten Tage aufgrund des Stadtfestes kaum zu Hause sein würde und es womöglich wegschmeißen müsste. Natürlich hätte er es zu Julie und seiner Tochter hochbringen können. Diesen Gedanken hatte er aber schnell verworfen, da er davon ausgegangen war, dass Leonie bereits schlief, und Julie sich sehr wundern würde, wenn er unangekündigt und noch dazu mit einer Tasche voller Leckereien bei ihr auftauchte. Außerdem hatte Julie es nicht verdient, als Lückenbüßer herhalten zu müssen, was sie bei ihrem feinen Gespür unter Umständen sogar merken würde. Bene hatte gewusst, dass er dann in Erklärungsnotstand kommen könnte, zumal er nicht mit Julie über die Art seiner Beziehung zu Katharina diskutieren wollte. Schon deshalb, weil er sie selbst nicht genau durchschaute. Vor zwei Jahren hatte es fast so ausgesehen, als würde etwas Festes zwischen ihnen beiden entstehen, doch dann hatte Katharina sich von ihm zurückgezogen und in ihr Schneckenhaus verkrochen. Sie hatte das konsequent mit ihrer Arbeit begründet, was damals für Bene völlig in Ordnung gewesen war. Hin und wieder nette Treffen, in denen sein sexuelles Verlangen gestillt wurde von einer Frau, die er nicht nur äußerst anziehend fand, sondern die zudem keinerlei Ansprüche an ihn stellte, waren ihm damals sehr recht gewesen. Inzwischen sah die Sache für ihn aber etwas anders aus. Er hätte nichts gegen einen Menschen in seinem Leben, mit dem er auch seinen Alltag, seine Freuden und Nöte, teilen konnte. Wenn er an einen solchen Menschen dachte, kam ihm jedes Mal nur Katharina in den Sinn. Das war ihm heute Morgen klar geworden, und auch deswegen hatte er sie eingeladen – sie mussten ja nicht gleich zusammenzuziehen. Das dann doch nicht. Außerdem hatte sie vor ein paar Tagen im Supermarkt und vorgestern im Café so einsam ausgesehen, und er wollte gern derjenige sein dürfen, der sie aus dieser Einsamkeit herausholte. Gut, seine Entscheidung war also gefallen – er würde auf Katharina warten, bis sie nach Hause käme, er hatte bis morgen früh alle Zeit der Welt ...

»Okay, dann mal los«, hatte Bene nach dieser Erinnerung an seine morgendlichen Gedanken zu sich gesagt, und die Sporttasche auf seine andere Schulter verfrachtet. Dann war ihm eingefallen, dass er gar nicht wusste, wie er in das Wohnhaus gelangen sollte. In der kleinen Gasse wie ein Hausierer zu warten, war für ihn nicht infrage gekommen, Julie, die einen Zweitschlüssel besaß, war für ihn auch keine Lösung gewesen, und irgendwo zu klingeln, um zumindest in den Hausflur zu gelangen, genauso wenig. Dafür war es bereits zu spät, und Katharina hätte das sicher nicht gern gesehen.

Mann, Bene, da hast du mal wieder nicht nachgedacht, du alter Kindskopf, hatte er sich zurechtgewiesen und sein Portemonnaie aus der Hose gezogen. »Es ist immerhin für einen guten Zweck«, hatte er gemurmelt, seine EC-Karte herausgeholt und sie vorsichtig zwischen Türrahmen und Haustürschloss geschoben. Bald darauf hatte sich das Schloss entriegelt, und Bene war in den Hausflur des Altbaus geschlüpft.

Vor Katharinas Wohnung war er stehen geblieben und hatte seine Sporttasche abgesetzt. Kurz hatte er überlegt, ob er auch ihre Wohnungstür öffnen sollte, doch ein Blick auf das Sicherheitsschloss hatte ausgereicht, um ihn von diesem Plan abzubringen. Das Risiko, dass seine EC-Karte dabei zerbrach und die Tür trotzdem verschlossen blieb, war ihm zu groß gewesen. Zudem hatte er Katharina nicht in dieser Form überfallen wollen. Er hatte sich also einfach auf die Fußmatte gesetzt, gehofft, dass Julie nicht aus der gegenüberliegenden Tür treten würde, und war entgegen seiner Planung irgendwann eingeschlafen. Wenigstens hatte ihm das einen schönen Traum beschert.

»Wie komme ich denn zu dieser Ehre?«, fragte Katharina nun, während sie ihre Wohnungstür aufschloss. »Und warum hast du diese Tasche da mit? Bist du aus deiner Wohnung rausgeflogen, weil du wieder mal zu laut Saxofon gespielt hast, und möchtest jetzt von mir Asyl?«

»Nur für diese eine Nacht«, parierte Bene und fing sich dafür einen argwöhnischen Blick von Katharina ein. Dann zuckte sie mit den Schultern und ließ ihn eintreten. Sofort brachte er seine Sporttasche in die Küche und packte den gesamten Inhalt auf die Arbeitsplatte.

»Sag bloß, du hast das ganze Essen hierher geschleppt«, sagte Katharina mit einem leichten Vibrato in der Stimme, das Bene nicht einzuordnen wusste.

»Na ja, ich habe es halt für uns eingekauft, und bevor es bei mir zu Hause vergammelt ... Außerdem dachte ich, dass du vielleicht Hunger hast nach deinem langen Tag und ...«

»Oh Bene, manchmal kannst du echt lieb sein«, sagte Katharina überraschend sanft, und Bene war sich sicher, eine Träne entdeckt zu haben, die über ihre Wange lief. Als er genauer hinsehen wollte, drehte Katharina sich abrupt weg und tat so, als würde sie sich die langen Haare aus dem Gesicht streichen, was ihn in seiner Vermutung bestätigte.

Bene war ernsthaft irritiert. Er hatte gehofft, dass Katharina sich freuen würde, doch dass sie vor Glück gleich in Tränen ausbrechen würde, damit hatte er nicht gerechnet. Und er glaubte es auch nicht. Da musste etwas anderes dahinterstecken.

»Hey, was ist denn los?«, fragte er sanft.

»Ach nichts«, sagte Katharina, gab sich aber nicht länger Mühe, das aufgesetzte Lächeln aufrechtzuerhalten. »Es geht schon wieder. Alles in Ordnung. Heute war nur ein echter scheiß Tag. Darum habe ich dir vorhin abgesagt.«

»Soll ich wieder gehen, möchtest du doch lieber allein sein?«, meinte Bene verunsichert, da er Katharina so bisher nie erlebt hatte. Ihre unerwartete Verletzlichkeit rührte ihn, und er wusste nicht, wie er damit umgehen sollte. Diese Situation war neu für ihn.

»Nein«, sagte Katharina schnell. »Ich freu mich, dass du da bist. Wirklich!«

»Gut, dann bleibe ich. Ich habe ehrlich gesagt auch gar keine Lust, das ganze Essen wieder zurückzuschleppen«, erwiderte Bene, um einen lockeren Ton bemüht, und wandte sich seinen Vorratsdosen zu, als wäre nichts gewesen. Dann setzte er wie beiläufig hinzu: »Willst du drüber reden?«

»Im Moment nicht, aber danke für das Angebot«, antwortete Katharina wesentlich entspannter. Sie ließ ihren Blick über die vielen Dosen wandern, die Bene ausgepackt hatte. »Unglaublich, was du da alles angeschleppt hast«, sagte sie lächelnd und griff zu einer Scheibe rauchig duftenden Schinkens, die sie in ihren Mund verschwinden ließ. »Schön, dass du so genau weißt, was ich mag«, setzte sie hinzu und sah Bene tief in die Augen. Tatsächlich hatte er sich in den vergangenen zwei Jahren Katharinas Vorlieben gemerkt und war entsprechend einkaufen gewesen. Und er wusste auch diesen speziellen Blick von Katharina zu deuten. Sie wünschte sich Ablenkung, und er würde sich diesem Wunsch nicht widersetzen, auch wenn er inzwischen gern einen anderen Platz in ihrem Leben eingenommen hätte. Bene schnappte sich eine Olive aus einer der kleineren Dosen, biss die Hälfte ab und trat einen Schritt auf Katharina zu. »Ich bin nicht sicher, ob ich das wirklich immer so genau weiß …«, sagte er lächelnd, aber mit klarer Botschaft im Blick. »Ich fürchte«, ergänzte er leise, »du musst mir da doch noch etwas entgegenkommen.« Auffordernd hielt er den Rest der blau schimmernden Olive vor ihre Lippen. Katharina lächelte darüber so frei wie noch in keinem Moment an diesem Tag, hob den Kopf und nahm mit ihren Lippen vorsichtig die Olive aus seinen Fingern entgegen. Ohne den Blick von ihm zu lassen, schluckte sie und sagte: »Die sind so lecker, dazu brauche ich nicht einmal einen Martini.« Sie trat dichter an ihn heran und raunte ihm zu: »Du hast da noch Öl an deinem Mund.«

Bene hätte dieses Spielchen nicht mehr lange durchgehalten, aber gern noch ein wenig ausgereizt, doch Katharina ließ ihm keine Zeit. Ohne dass er ihren letzten Worten etwas hinzufügen konnte, wischte sie ihm langsam mit dem Daumen das Tröpfchen Öl ab und zog seinen Kopf zu sich herunter. Als ihre Lippen sich fanden, sah er in ihrem Blick nicht nur die warme Lust, die ihn auch sonst so an ihr faszinierte. Da war auch etwas anderes, Unbekanntes, das er nicht deuten konnte. Dann schloss sie ihre Augen, und ihr Kuss wurde immer fordernder, während sie sich an ihn presste und Bene davon abhielt, weiter darüber nachzudenken.

Noch in der Küche zogen sie sich gegenseitig aus. Dann griff Bene Katharina sachte um die Taille, hob sie hoch und trug sie ins Schlafzimmer. Nur kurz trennten sich ihre Münder, als Bene Katharina behutsam auf dem Futon absetzte und sich anschließend über sie beugte. Erneut blitzte in seinem Kopf ein kurzer, verwunderter Gedanke auf. Auch das, was gerade geschah, war in gewisser Hinsicht anders und neu. Bisher waren sie immer mindestens leicht angeheitert, wenn nicht sogar recht stark alkoholisiert im Bett gelandet, und ihr Sex war leidenschaftlich und egoistisch gewesen. An diesem Abend aber schien Katharina ihn unmerklich in eine andere Richtung zu lenken, oder war er es, der sich etwas anderes wünschte? Er wollte nicht weiter denken, er wollte diese neue Situation genießen und fühlen, als er sich sanft auf sie legte und in ihre erwartungsvollen Augen sah.

Sie waren zärtlich und umsichtig miteinander. Kein Tsunami riss sie mit, sondern sie ließen sich wie auf einer großen ruhigen Welle treiben, erkundeten und entdeckten den anderen, als wäre es das erste Mal. Beide kamen gleichzeitig zum Höhepunkt, und auch in diesem Moment überwog vor allem ein gemeinsames Gefühl unendlicher Wärme.

Erst nach einer ganzen Weile lösten sie sich voneinander. Katharina begann unaufgefordert, zu erzählen. Das, was sie durfte, von dem Fall, der so verworren war und immer neue Gräueltaten hervorbrachte, von Maximilians Brief und seiner versteckten Drohung an sie und von dem unschönen Zusammentreffen mit ihrem Vater. Während der ganzen Zeit hielt Bene sie eng umschlungen, sagte kein Wort und ließ Katharina einfach nur reden. Auch als sie fertig erzählt hatte, blieb er schweigsam, gab ihr aber durch die eine oder andere zärtliche Berührung das sichere Gefühl, dass er da war, dass er wach war. Was hätte er auch sagen sollen? Vielmehr versuchte er sie spüren zu lassen, wie gern er für sie da war, ohne im Gegenzug etwas von ihr zu verlangen. Bald darauf schliefen sie dicht aneinandergeschmiegt ein.

»An sich ist nichts weder gut noch böse,
das Denken macht es erst dazu.«

(aus: Hamlet, William Shakespeare)

5. KAPITEL:

7.28 Uhr

Eigentlich hatte Benjamin Rehder heute mit Frühstücksbrötchen im Kommissariat ankommen wollen. Zum einen,
weil er in dieser Hinsicht in der letzten Zeit ein wenig
nachlässig geworden war, und zum anderen, um Katharina
eine kleine Freude zu machen. Nachdem ihr Vater gestern
so überraschend als Anwalt von diesem Bredenbeck aufgetaucht war und sie diesen hatten laufen lassen müssen,
war ihre Laune auf den Tiefpunkt gerutscht. Außerdem
war Ben ein ungutes Gefühl nicht losgeworden, wenn er
an Katharinas gemeinsames Essen mit ihrem Vater dachte.
Kein Wunder, Henning von Hagemann hatte eine Kälte
ausgestrahlt, mit der sich nur die Eisbären in Hagenbecks
Tierpark wohlfühlen konnten.
 Gerade als Ben nach seinem Handy gegriffen hatte, um
Katharina per SMS zu fragen, was für Brötchen er ihr mitbringen sollte, war eine Nachricht von ihr angekommen.
Die SMS war nicht nur an ihn, sondern auch an Tobi gegangen. Katharina hatte ihnen mitgeteilt, dass sie heute das
Frühstück und einen Mittagssnack à la Italia ausgeben
würde und dass sie ihre Kollegen mit ordentlichem Appe-

tit um acht Uhr im Besprechungsraum erwarten würde. Dann wollte sie sie beim gemeinsamen Frühstück über das von ihr grob erstellte Täterprofil informieren.

Überrascht hatte Ben sein Handy in die Hosentasche zurückgesteckt.

Katharina hatte wohl entgegen seiner Annahme einen angenehmen Abend mit ihrem Vater verlebt und war jetzt noch so guter Laune, dass sie ihre Kollegen daran teilhaben lassen wollte. Er freute sich für sie und machte sich nun mit ebenso guter Laune auf ins Kommissariat.

Im Büro wurde Ben von herrlichem Kaffeeduft empfangen, der stärker wurde, je mehr er sich dem Besprechungsraum näherte. Dort hörte er Katharina vor sich hin summen. Er hatte sich also nicht getäuscht: Sie hatte gute Laune.

»Guten Morgen«, sagte er beim Eintreten. »Lass mich raten: Du hattest gestern einen schönen Abend!«

»Allerdings!«, strahlte Katharina ihn an, die gerade dabei war, drei Becher Kaffee von einem Tablett zu nehmen und auf den Tisch zu stellen.

»Das freut mich ehrlich für dich. Dann scheinen du und dein Vater Berufliches und Privates gut trennen zu können«, gab Ben zurück.

»Mein Vater?«, fragte Katharina verwundert. Auf einmal wirkte sie fast verlegen, was Ben nicht deuten konnte, und antwortete hastig: »Ach so, du meinst … ja … äh … nein, können wir eigentlich nicht, aber … ach, ist auch wurscht …«

»Wurst? Hab ich da was von Wurst gehört? Das klingt gut! Ich mag herzhaftes Frühstück«, schob sich Tobias, der eben ins Büro gekommen war, neugierig an Ben vorbei und linste auf den Besprechungstisch. »Ups, da steht ja noch gar nichts! Dabei hängt mein Magen bis zum Boden, ich habe nämlich aus lauter Vorfreude auf mein erstes Frühstück zu Hause verzichtet. Helmchen hat mich schon gefragt, ob ich krank bin!«

»Helmchen? Dann ist sie also nicht auf große Kreuzfahrt gegangen?«, fragte Katharina, und Ben schien es, als sei sie irgendwie erleichtert, das Thema wechseln zu können, aber vielleicht bildete er sich das auch nur ein.

»Nee, also jetzt wäre das sowieso noch nicht gewesen, aber sie hat sich tatsächlich dagegen entschieden. Sie bleibt. Ich konnte sie überzeugen, dass ich ihr Kapitän bin und wir gemeinsam das Boot schon schaukeln«, grinste Tobias schalkhaft und sah sehr glücklich aus. »Aber was ist denn nun mit dem versprochenen Frühstück?«

»Ach, das freut mich echt für dich und Helmchen«, sagte Katharina und ging in die Ecke des Raums, wo eine Sporttasche stand. »Sieht ganz so aus, als wenn es wirklich was Ernstes ist mit euch«, lachte sie Tobias an, der das nicht kommentierte. »Ich habe unser Essen hier drin. Wenn ihr mir schnell helft, steht gleich alles auf dem Tisch, und wir können anfangen.«

»Na logo«, meinte Tobias und trat ebenfalls an die Tasche heran, um die erste Vorratsdose entgegenzunehmen, die Katharina ihm reichte. »Wie kommen wir eigentlich zu der Ehre?«

»Och, einfach so«, erwiderte Katharina leichthin, holte zwei weitere Dosen heraus und hielt sie ihrem Chef hin, der noch immer am Türrahmen lehnte. »Magst du helfen?«

So direkt angesprochen löste Ben sich aus seiner Erstarrung. Als er die Sporttasche gesehen hatte, war er wie vor den Kopf geschlagen gewesen. Er kannte sie gut. Er selbst hatte sie seinem Zwillingsbruder letztes Jahr zu Weihnachten geschenkt. Auch die Vorratsdosen, die Katharina aus der Tasche holte, hatte er erkannt. Exakt die gleichen hatte seine Mutter Bene vermacht. Er wusste das so genau, weil Bene sie an ihn hatte weiterreichen wollen, er jedoch dankend abgelehnt hatte. Natürlich gab es viele schwarze Sporttaschen und es gab auch viele Vorratsdosen, die so aussahen wie diese hier, aber in Kombination konnte es eigentlich nur heißen, dass sein Bruder Katharina beides mitgegeben hatte. Und das wiederum hieß mit ziemlicher Sicherheit, dass Katharina nicht mit ihrem Vater zusammen gewesen war, sondern mit Bene. Hatte sie sich deswegen eben so verhaspelt, als er sie auf ihre gute Laune angesprochen hatte? Weil sie ihn gestern angelogen und eine Verabredung mit ihrem Vater vorgeschoben hatte, um nicht mit ihm was trinken zu gehen, stattdessen jedoch seinen Zwilling zu treffen? Ben wusste nicht, was ihm einen tieferen Stich versetzte: dass Katharina ihn aller Wahrscheinlichkeit nach angelogen oder mindestens angeschwindelt hatte, oder dass sie seinen Bruder ihm vorzog. Sie konnte machen, was sie wollte, aber Ben hatte gedacht, dass sich im Laufe der Zeit ihr rein berufliches Verhältnis weiterentwickelt hatte. Ja, einfach etwas mehr als das war, freundschaftlicher. Die Verbindung zwischen Katharina und seinem Bruder war ihm nicht neu, doch hatte er angenommen, dass sie sich mittlerweile kaum noch sahen, was ihm – wie er gerade feststellen musste – ganz recht gewesen war. Schließlich hatte er erlebt, wie Bene Julie damals einfach fallen gelassen hatte, und er wollte nicht, dass Katharina dasselbe passierte, auch wenn sein Zwilling sein Leben inzwischen umgekrempelt hatte. Bens gute Laune war schlagartig verflogen. Verstimmt nahm er

Katharina die Dose ab, öffnete den Deckel und stellte sie auf den Tisch.

Nachdem die Sporttasche leergeräumt, alle Dosen geöffnet auf dem Tisch standen und sich jeder einen Teller und Besteck geholt hatte, setzten sie sich.

»Langt ordentlich zu, wie ihr seht, ist genug da, und ich möchte nichts wieder mitnehmen«, forderte Katharina ihre Kollegen auf.

»Jetzt fehlen nur noch Kerzen auf dem Tisch und das Candlelight-Dinner wäre perfekt. Sag mal, wenn wider Erwarten doch was übrig bleibt, darf ich das dann haben? Mein Helmchen würde sich sicher freuen. Schließlich habe ich ihr versprochen, ihr die Welt zu Füßen zu legen, wenn sie bei mir bleibt. Ich könnte dann heute Abend gleich mit Italien anfangen, und ein paar Kerzen finde ich bestimmt auch noch«, scherzte Tobias. Dann kräuselte er übertrieben die Stirn und grinste breit: »Obwohl, das mit den Kerzen lasse ich besser. Sonst werden wir nicht zum Essen kommen, weil Helmchen sich vor lauter romantischen Gefühlen sofort in meine Arme stürzt.«

»Das wär doch nicht das Verkehrteste«, lachte Katharina verschmitzt, woraufhin Ben sich nicht verkneifen konnte zu murmeln: »Du musst es ja wissen.«

Erstaunt sah Katharina ihn an, und Ben glaubte zu bemerken, dass ihre Wangen sich leicht röteten. Ben hielt ihrem Blick stand, bis sie ihren senkte und auf ihren noch leeren Teller schaute, als gäbe es darauf etwas Besonderes zu entdecken. Damit fühlte er sich in seiner Vermutung bestätigt: Katharina hatte gestern Abend nicht ihren Vater, sondern seinen Zwillingsbruder getroffen und ihn, Ben, angelogen.

Tobias bemerkte nichts von der plötzlich veränderten Atmosphäre und schaufelte sich fröhlich seinen Teller mit den aufgetischten Leckereien voll.

»Hmmm, das ist echt lecker, Katharina. Danke«, sagte er mampfend in die Runde.

»Ja danke«, sagte Ben mit einer ungewollten Kälte in der Stimme, für die er sich sogleich schämte. Sie hatten einen Fall zu lösen, und Katharina war seine Mitarbeiterin. Private Empfindlichkeiten hatten da nichts zu suchen. Schon gar nicht im Moment. Sonst war er doch auch nicht so ein Sensibelchen! Darüber hinaus ging es ihn nichts an, wie Katharina ihr Privatleben gestaltete. Er musste sich am Riemen reißen und professionell bleiben.

Ben räusperte sich, tat sich ebenfalls ein paar der Köstlichkeiten auf den Teller, obwohl ihm der Appetit vergangen war, und sagte weitaus freundlicher: »So, dann lasst uns anfangen. Katharina, du hast in deiner SMS geschrieben, dass du ein Profil von unserem Täter erstellt hast, richtig?«

Katharina schien erleichtert, zur Tagesordnung übergehen zu können. Sie nahm ihren Notizblock, den sie neben ihren Teller gelegt hatte, und begann: »Es ist erst einmal nur ein grobes Profil, und vorweg muss ich euch außerdem gestehen, dass ich am Anfang nicht ganz unvoreingenommen an die Erstellung gegangen bin. Die Fotos aus Annas Dropbox mit Moritz Bredenbeck haben mich durchaus beeinflusst. Wir konnten ihm zwar gestern nichts nachweisen, aber der Kerl hat meiner Meinung nach auf jeden Fall Dreck am Stecken und ist, wenn er nicht der Täter sein sollte, in irgendeiner Weise in den Fall verwickelt. Leider ist das nur ein Gefühl, und ich kann es nicht beweisen.«

»Mein Gefühl sagt mir das Gleiche«, stimmte Ben zu, und auch Tobias nickte heftig.

»Ich habe aufgelistet, was wir inzwischen haben – das ist bekanntlich nicht viel«, machte Katharina weiter. »Wir können mithilfe der Polaroids und aufgrund der Zunge davon ausgehen, dass unser Opfer gequält wird. Der Täter ist demnach ein Sadist. Inwieweit sein Motiv sexueller Natur ist, kann ich nicht sagen, grundsätzlich ist Sadismus eine Form von Lusterleben am Leiden anderer. Bei Sadisten geht es um Quälen um des Quälens willen und um das Demonstrieren von Macht. Sich selbst und dem Gequälten gegenüber. Laut der Psychologie entstammt Sadismus einem Destruktionstrieb, der sich bei einigen gegen die eigene Person wendet, doch das ist hier augenscheinlich nicht der Fall. Und wie bei einem Drogenabhängigen brauchen Sadisten in der Regel nach und nach eine immer größere Dosis, um ihre Lust zu befriedigen. Wenn die Reihenfolge der Funde – zuerst das Ohr, dann die Finger und nun die Zunge – der Reihenfolge der … ähm … Verstümmelung unseres Opfers entspricht, finde ich, dass dies eine Steigerung ist. Zumindest die Zunge.«

Ben und Tobias nickten auch hierzu.

»Okay, ich habe mir dann überlegt, warum der Täter gerade auf diese Art sein Opfer quält. Warum das Ohr, die Finger, die Zunge? Wir haben von Anfang an an Folterungen wie im Mittelalter gedacht. In diese Richtung habe ich im Internet recherchiert: Das Abschneiden von Ohren, Fingern und auch Zungen gehörte im Mittelalter zu den sogenannten Verstümmelungsstrafen. Sie wurden entsprechend der Bibel verhängt. Wir kennen alle den Spruch *Auge um Auge, Zahn um Zahn.* Diese Strafen sollten im Mittelalter nicht töten, sondern den Verbrecher lebenslang kennzeichnen und andere potenzielle Verbrecher abschrecken. Ich gehe daher davon aus, dass unser

Täter sich mit dem Mittelalter auskennt, wahrscheinlich sein Opfer gezielt ausgesucht hat, um es zu strafen und zugleich ein Exempel zu statuieren.«

»Bedeuten denn die einzelnen Strafen etwas? Konntest du das herausfinden?«, fragte Ben.

»Ja, warte«, sagte Katharina und holte ihr Handy heraus, um damit ins Internet zu gehen. Gestern im Bistro des Kinos hatte sie es für ihre Recherche genutzt und die Seiten gespeichert, die ihr die notwendigen Informationen geliefert hatten. Eine davon rief sie jetzt auf. »Das Abschneiden von Ohren wurde beispielsweise häufig an Frauen verübt. Meist bei Diebstahl. Fingerabschneiden hat man bei einem Meineidigen gemacht, was in unserem Fall passen würde, denn wie auf dem Foto gesehen, handelt es sich dabei um die Schwurfinger. Einige Quellen sagen zwar, dass der Daumen der Schwurfinger war, aber heutzutage sind es ja auf jeden Fall Zeige- und Mittelfinger. Auch mit dem Abschneiden der Zunge wurde der Meineid bestraft oder im weitesten Sinne die Lüge oder der Verrat. Die Sache mit dem Meineid passt auch zu dem Nickname, den unser Cacheversteckter, der ja höchstwahrscheinlich der Täter ist, benutzt.«

»Hm, solange wir das Opfer nicht haben, werden wir nicht wissen, was es sich genau hat zuschulden kommen lassen«, meinte Tobias nachdenklich.

»Stimmt. Allerdings kann es sein, dass das Opfer nur als Stellvertreter fungiert«, warf Katharina ein.

»Du meinst, es muss nicht selbst etwas getan haben oder nicht einmal nur im Auge des Täters?«, fragte der Hauptkommissar aufmerksam.

»Genau«, bestätigte Katharina. »Aus diesem Grund können wir nicht wissen, wann die Verstümmelungen aufhören. Nur der Täter allein weiß, was sein Opfer alles getan hat, beziehungsweise wofür er meint, sein Opfer stellvertretend bestrafen zu müssen.«

Für einen Moment herrschte Schweigen im Besprechungsraum.

»Wir haben es also mit einem Sadisten zu tun, der firm in mittelalterlicher Geschichte und Brauchtum ist und dessen Strafen sich höchstwahrscheinlich steigern. Und zumindest die Verstümmelungsstrafe mit dem Ohr passt dazu, dass das Opfer eine Frau ist. Dass es sich um eine Frau handelt, wissen wir übrigens seit gestern Abend definitiv. Frauke Bostel hat angerufen, aber ihr beiden wart schon weg. Wir haben es ja schon durch die Form und Beschaffenheit des Ohrs stark vermutet, aber ein Chromosomentest hat es nun bestätigt. Den Test hat sie nämlich auch noch durchgeführt, nur vergessen, es dir zu erzählen, Katharina«, fasste Ben zusammen. »Hast du noch was für uns, Katharina? Zum Beispiel das Alter des Täters, männlich oder weiblich?«

»Nein, das Alter kann ich nicht eingrenzen, außer, dass ich von einem Erwachsenen ausgehe. Solche Taten würde ich keinem Kind oder Jugendlichen zutrauen, wobei die Veranlagung zum Sadismus sich bereits in der Kindheit zeigt. Für Außenstehende allerdings meist nicht erkennbar, da es dann gern einfach als höchst aggressives Verhalten abgetan wird. Generell gibt es Sadisten in jedem Alter, aber wie gesagt, die Art der Taten steigert sich.«

»Und was ist mit diesem Geocaching? Das ist doch eher ein junges Hobby. Hast du das in deine Überlegungen mit einbezogen?«, fragte Ben.

»Ohne dir vorgreifen zu wollen, Katharina«, schaltete sich Tobias ein, »ist Geocaching zwar, was seine Popularität angeht, noch einigermaßen jung, aber bei den Cachern findest du jedes Alter. Das Hobby hat ja mehr mit der Liebe zur Natur und gleichzeitig der – wie soll ich sagen? – Lust am Schatzsuchen zu tun – und so was findet sich bei Jung und Alt. Denk nur an Lorenz Winter. Der war schließlich auch nicht der Jüngste.«

»Besser hätte ich es nicht sagen können, Tobi«, stimmte Katharina zu. »Leider steht es mit Sadisten und ihrem Geschlecht ähnlich. Hier findet man Männer und Frauen gleichermaßen.«

»Echt? Solche Gräueltaten wie Zunge abschneiden machen auch Frauen?«, wollte Tobias es nicht glauben.

»Tobi, du bist Polizist. Du weißt, wozu Frauen fähig sind. Gut, man sagt immer, sie greifen lieber zu Gift oder Ähnlichem, und statistisch ist das richtig. Zumindest, wenn es sich um Mord handelt. Aber erstens will ein Sadist nicht unbedingt töten, denn dann würde er seine Quälereien nicht fortführen können, zweitens passt Töten nicht in das Schema unseres Täters, wenn wir mit den Verstümmelungsstrafen recht haben, die schließlich nicht das Ziel haben, zu töten. Was aber wichtig sein kann für unsere Ermittlungen: Unser Täter oder die Täterin – ach, ich find das anstrengend, immer beides zu sagen –, also unser Täter kennt sich einigermaßen in der Medizin aus. Vielleicht handelt es sich um einen Arzt oder eine Krankenschwester, das wissen wir spätestens, seit wir die Zunge haben. Helge Conrad hat mir das bestätigt. Tja, das war es leider schon. Mehr hab ich im Augenblick nicht«, schloss Katharina.

»Hm, wenn ihr mich fragt, passt das doch wie die Faust aufs Auge auf diesen Bredenbeck. Wie der sich so benimmt, und dann die Bilder …«, sagte Tobias.

»Bisher haben wir keinen Hinweis auf eine medizinische Vorbildung«, sagte Katharina, wobei man ihr ansah, wie schade sie das fand.

»Aber bei Martin Gravert«, meldete sich Ben zu Wort. »Simon Minkwitz hat nebenbei erwähnt, dass Martin früher oft bei seinem Vater in der Tierarztpraxis ausgeholfen hat.«

»Die beiden kennen sich«, überlegte Katharina laut. »Was wäre, wenn sie im Team zusammenarbeiten? Beide sind als Mitglieder der ›PRO HANSE‹ mit den Bräuchen des Mittelalters vertraut. Bredenbeck hat, wie die Fotos gezeigt haben, eindeutig eine sadistische Ader. Und wenn Gravert in der Praxis ausgeholfen hat, hat er sicher seinem Vater oft genug über die Schulter geguckt, um zu wissen, wie man kleinere Operationen durchführt. Er könnte Bredenbecks Helfer sein. Tobi, du hast selbst erzählt, wie Bredenbeck ihn auf der Versammlung vor Publikum mit diesem Schandkragen gedemütigt hat, und dass Gravert dennoch gekuscht hat … Eventuell hat er sogar die Caches versteckt, um Bredenbeck auf eine verquere Art seine Unterdrückung heimzuzahlen.«

»Vorstellbar ist das. Und beide kennen Lisa Minkwitz, womit wir wieder beim möglichen Opfer sind. Wenn die Kollegen Gravert nicht bald finden, sollten wir die Fahndung nach ihm ausweiten, egal was Mausner und der Staatsanwalt sagen«, ergänzte Ben.

Gedankenverloren nahm Katharina sich eine Peperoni, knabberte daran und fragte in die Runde: »Warum hat Lisas Vater sich eigentlich so vehement gegen eine DNS-Probe seiner Tochter gesträubt? Hätten wir die, wüssten wir wenigstens, ob sie das Folteropfer ist. Ich glaube nämlich inzwischen, dass das Opfer der Schlüssel ist. Wenn wir das Opfer haben, werden wir vermutlich auch wissen, wer der Täter ist.«

Katharina saß auf dem Beifahrersitz, während Benjamin Rehder den Dienstwagen durch den Stadtverkehr lenkte. Bei der Lagebesprechung im Kommissariat hatten sie beschlossen, bei Familie Minkwitz erneut auf die Herausgabe einer DNS-Probe ihrer Tochter zu drängen. Jetzt waren sie auf dem Weg zur Privatadresse des Marmeladenproduzenten. Ein DNS-Abgleich und damit die Erkenntnis, ob es sich bei dem Folteropfer um Lisa Minkwitz handelte oder nicht, würde sie einen kleinen Schritt in ihren Ermittlungen weiterbringen.

Katharina sah ihren Chef unauffällig von der Seite an und versuchte, in seiner Mimik zu lesen. Er hatte sich vorhin beim gemeinsamen Frühstück im Büro merkwürdig verhalten, und sie hatte nicht einordnen können, woran das gelegen hatte. Allerdings war sie auch nicht sicher, ob sie sich die Mühe machen wollte, es herauszufinden, denn sie hatte momentan andere Dinge im Kopf. Gleichzeitig war sie froh, inzwischen ein aus ihrer Sicht recht freundschaftliches Verhältnis zu Ben aufgebaut zu haben, das sie ungern aufgeben wollte. Ihr Start vor zwei Jahren war nicht perfekt gelaufen, und ihr war ein gutes Klima zwischen den Kollegen wichtig. Bei Tobias war das einfach, der rückte unumwunden damit heraus, wenn ihm etwas nicht in den Kram passte, aber er war ohnehin sehr unkompliziert. Benjamin Rehder dagegen konnte Katharina nie so ganz durchschauen. Immer wenn sie dachte, sie wären auf einem guten Weg und sie würde ihn gut kennen, überraschte er sie garantiert mit einem Verhalten, das sie verwirrte.

»Was ist?«, fragte Ben in diesem Moment, »beobachtest du mich?« Katharina fühlte sich ertappt und suchte nach einer schnellen und unverfänglichen Erklärung.

»Nein, quatsch, warum sollte ich?«, lachte sie etwas zu künstlich. »Ich … ich habe nur auf den Verkehr geschaut. Mir ist eingefallen, dass es in der Stadt vermutlich einige Sperrungen oder Umleitungen gibt.« Ben sah sie fragend an.

»Na ja«, erklärte Katharina weiter, »das Stadtfest beginnt heute, und außerdem herrscht im Landkreis immer noch Katastrophenalarm wegen des Hochwassers. Die Lage hat sich nicht wirklich entspannt, auch wenn wir in Lüneburg das nicht so mitbekommen.«

»Du hast doch niemanden in deinem Umfeld, der betroffen ist, oder?«, fragte Ben.

»Nein, das nicht«, gab Katharina zu. »Aber ich habe kurz mit Julie gequatscht, und die ist ziemlich im Stress, weil sie in der Buchhandlung für die Benefizlesung verantwortlich ist, die kurzfristig auf die Beine gestellt worden ist.«

Ben erwiderte darauf nichts. Sie fuhren den Rest der Strecke schweigend weiter, ohne dass Katharina es als unangenehm empfand.

Als sie wenig später vor der Tür der Familie Minkwitz parkten, sah Katharina Ben an und fragte: »Glaubst du, dass es sich bei dem Opfer um Lisa Minkwitz handelt?«

»Ehrlich gesagt, habe ich keine Ahnung«, gab Benjamin Rehder zu. »Aber deshalb ist es umso wichtiger, dass wir heute mit einer DNS-Probe hier wegfahren. Wir müssen in diesem verworrenen Fall endlich vorankommen. Und so oder so müssen wir Lisa finden.«

Die beiden Kommissare stiegen aus und klingelten an der feudalen Haustür. Eine attraktive Frau, die Katharina

273

auf Mitte 40 schätzte, öffnete ihnen die Tür. »Ja bitte?«, fragte sie und Katharina bemerkte, wie müde die Frau aussah.

»Kripo Lüneburg, mein Name ist Hauptkommissar Benjamin Rehder«, stellte Ben sich vor. »Meine Kollegin, Kommissarin von Hagemann, und ich würden gern mit Simon Minkwitz sprechen.«

»Mein Mann ist nicht zu Hause«, erwiderte die Frau und sah die Kommissare fragend an. »Wissen Sie etwa, wo Lisa ist?«

»Nein, leider nicht«, antwortete Ben. »Aber vielleicht könnten wir uns drinnen weiter unterhalten?«

Ellen Minkwitz kam der versteckten Aufforderung sofort nach und bat die beiden Kommissare ins Haus. »Bitte lassen Sie uns ins Wohnzimmer gehen«, sagte sie und zeigte den Flur entlang. Die Kommissare folgten ihr, und während Ben sich auf das große, raumfüllende Ledersofa setzte, blieb Katharina stehen und sah sich im Raum um. Er war elegant eingerichtet und penibel sauber. Insgesamt also sehr chic, für Katharinas Geschmack jedoch furchtbar steril.

»Bitte sagen Sie doch«, fragte Ellen Minkwitz Ben, »gibt es irgendeine Spur von Lisa?«

»Es tut mir leid, Frau Minkwitz«, erwiderte Benjamin Rehder ohne Umschweife, »bisher haben wir leider keinen Hinweis, wo Ihre Tochter sich aufhalten könnte. Darum brauchen wir unbedingt Ihre Unterstützung. Wir ...«

Katharina fiel ihrem Chef ins Wort, weil ihr spontan eine Idee gekommen war: »Frau Minkwitz, ich habe eine Bitte. Könnte ich einen Blick in Lisas Zimmer werfen?« Sie schickte Ben einen kurzen entschuldigenden Blick hinüber, fuhr aber unbeirrt fort. »Wissen Sie, es würde helfen, mir ein Bild von Ihrer Tochter zu machen, ein Gefühl für sie zu entwickeln. Und möglicherweise finde ich sogar einen Hinweis, der uns weiterbringt.«

Ellen Minkwitz zögerte spürbar, wenn auch nur kurz, bevor sie sagte: »Lisa hat eine eigene Wohnung hier im Haus. Sie ist ja kein Kind mehr und braucht ihren Freiraum.« Ihre Stimme begann zu zittern. »Sie … Sie werden nichts finden. Mein Mann und ich haben gleich nachgeschaut, ob wir irgendetwas entdecken, was uns hilft, aber da war nichts.«

»Nichts für ungut«, hakte Katharina nach, »ich würde mir die Wohnung trotzdem gern ansehen. Vielleicht fällt mir doch etwas auf. Als neutrale Person, verstehen Sie, was ich meine?« versuchte Katharina, Lisas Mutter zu überzeugen. »Ich verspreche Ihnen, ich werde nichts durcheinanderbringen, es ist ja auch keine Hausdurchsuchung. Ich möchte mir wirklich nur ein eigenes Bild machen.« Katharina sah Ellen Minkwitz auffordernd an. »Bitte Frau Minkwitz, geben Sie mir den Schlüssel zu Lisas Wohnung. Herr Rehder wird Sie in der Zwischenzeit über den Stand unserer Ermittlungen informieren, und in ein paar Minuten sind Sie uns wieder los.«

Ellen Minkwitz stand wortlos auf, ging in den Flur und kam mit einem Schlüssel zurück, während Ben Katharina fragend und wenig begeistert ansah. Katharina war klar, dass er ihr Verhalten nicht großartig fand. Sie war ihm ins Wort gefallen und hatte den geplanten Ablauf eigenmächtig verändert. Doch es gab Situationen, in denen Katharina ihrem Bauchgefühl und Instinkt mehr vertraute als jeder vorangegangenen Absprache. Sie nahm den Schlüssel entgegen, den Ellen Minkwitz ihr reichte. »Ist die Wohnung oben?«, fragte sie. »Ja, im Flur gehen Sie einfach die Treppe hoch«, antwortete Ellen Minkwitz immer noch verunsichert, machte jedoch keine Anstalten, zu widersprechen oder Katharina zu begleiten.

Eine Minute später betrat Katharina die Einliegerwohnung der Studentin. Auch hier war alles penibel sauber, sodass die Kommissarin vermutete, dass eine Putzfrau regelmäßig im ganzen Haus aktiv war. Nach Studentenbude sah es in der Wohnung jedenfalls nicht aus. Sie sah sich in den modern eingerichteten Räumen um, konnte aber auf den ersten Blick nichts Auffälliges entdecken. Gezielt ging sie ins Bad, um ihr eigentliches Anliegen in der Wohnung zu erledigen. Katharina hatte Glück. Neben dem Waschbecken stand ein kleiner Weidenkorb, der verschiedene Bürsten enthielt. Katharina lauschte, ob Ellen Minkwitz ihr auch tatsächlich nicht gefolgt war. Dann schob sie eine Hand in die Tasche ihrer Jeans, holte eine kleine Plastiktüte hervor und griff von unten hinein. Geschickt zog sie auf diese Weise einige Haare aus der Bürste in die Tüte, bevor sie sie verschloss und in ihrer Hosentasche verstaute. Mission erfüllt, dachte die Kommissarin zufrieden. Sie warf noch einen Blick auf den Schreibtisch, der in einer Ecke des geräumigen Wohnzimmers stand, und über die Bücherauswahl im Wandregal. Dann beschloss sie, die Wohnung zu verlassen und wieder nach unten zu gehen, bevor Lisas Mutter noch misstrauisch wurde. Ben würde von ihrem Alleingang nicht begeistert sein, da war Katharina sich sicher. Genau so sicher war sie aber auch, dass er die Idee nicht gutgeheißen hätte, sich unerlaubt eine DNS-Probe zu besorgen, wenn sie ihn vorher gefragt hätte. Im Endeffekt würde es sie nun aber weiterbringen, egal wie das Ergebnis des

DNS-Abgleichs der Haare von Lisa mit dem Blut auf den Fotos und der Zunge ausfallen würde – und für Katharina war das am wichtigsten. Sie würde Ben auf der Rückfahrt alles erklären, dann würde er es schon einsehen.

Als sie jetzt das Wohnzimmer von Ellen und Simon Minkwitz betrat, hörte sie die Dame des Hauses gerade sagen: »Herr Rehder, es tut mir leid. Wenn mein Mann Ihnen die Probe nicht geben wollte, wird er seine Gründe gehabt haben, und ich werde ihm nicht in den Rücken fallen. Und ich kann ihn jetzt auch nicht erreichen, er hat alle Hände voll zu tun mit der Eröffnung des Stadtfestes. Sie können sich vorstellen, dass es für ihn nicht einfach ist, unter den Augen der gesamten Stadt seinen Job professionell auszuüben, während wir nicht wissen, wo unsere Tochter ist.« Als sie Katharina registrierte, stand Ellen Minkwitz auf und sagte scharf: »Ich denke, damit hätten wir für den Moment alles geklärt. Und ich hoffe, Sie haben in Lisas Zimmer nichts in Unordnung gebracht. Lisa hasst es, wenn jemand ungefragt in ihrem Zimmer ist.«

Ben erhob sich ebenfalls, und sein Gesicht sprach Bände, als Katharina ihn ansah.

»Gut, Frau Minkwitz, wenn Sie uns partout nicht helfen wollen, kann ich Sie nicht zwingen«, sagte er und versuchte offensichtlich erst gar nicht, besonders freundlich zu wirken. »Mir gibt Ihr unkooperatives Verhalten allerdings sehr zu denken, das sollte Ihnen klar sein. Es rückt Lisas Verschwinden in ein ganz anderes Licht.« Mit diesen Worten ließ er die sichtlich entrüstete Ellen Minkwitz im Wohnzimmer stehen, gab Katharina ein Zeichen und ging in Richtung Haustür. Bevor Ellen Minkwitz ihnen nachkommen konnte, hatte er Katharina die Tür geöffnet, war danach selbst herausgetreten und hatte sie mit einem deutlichen Knall ins Schloss geworfen. Katharina musste fast schmunzeln, war sich aber klar, dass das wenig angebracht war. Es kam selten vor, dass Benjamin Rehder seinen Gefühlen auf diese Art Ausdruck verlieh. Eher war er bekannt dafür, sich in jeder Situation im Griff zu haben. Vielleicht nicht die schlechteste Gelegenheit, um ihn mit der unverhofften DNS-Probe zu überraschen, dachte sie, als sie ins Auto stieg.

10.13 Uhr

Martin Gravert hockte auf der kleinen Eckbank und starrte geistesabwesend vor sich hin. Nachdem er mitbekommen hatte, dass auf der Sitzung ein paar Kripo-Beamte aufgetaucht waren und nach einem Martin gefragt hatten, hatte er sich aus einem unguten Gefühl heraus lieber erst einmal verzogen. Auch wenn er es in den Augen von Moritz Bredenbeck noch nicht an die Spitze geschafft hatte, er war schließlich nicht blöd. Offensichtlich hatte Anna gequatscht, und das, obwohl nichts passiert war. Die Tussi war schließlich abgehauen, bevor es richtig zur Sache gegangen war. Bei dem Gedanken daran verzog Martin Gravert das Gesicht, der Schmerz, als sie ihm irgendwas zwischen die Beine gerammt hatte, war noch gegenwärtig. Dieses hinterlistige Biest! Erst scharfmachen und dann nicht ranlassen. Er sah auf das Handy, das vor ihm auf dem Tisch lag. Wenigstens das hatte er abgestaubt. Sein eigenes war alt und funktionierte obendrein nicht mehr richtig. Mit dem Smartphone von Anna hatte er perfekte Fotos machen können. Die würden ihm sicher noch gute Dienste leisten.

Der junge Mann sah sich in der Hütte um. Es schien selbst an diesem sonnigen Tag nur wenig Tageslicht hinein, da sie mitten im Wald stand. Ausgerechnet Moritz Bredenbeck hatte er diesen Unterschlupf zu verdanken. Der hatte ihm vor ein paar Wochen von der Jagdhütte seines Vaters erzählt, die seit Jahren nicht benutzt wurde, weil der alte Herr keine Zeit mehr für die Jagd hatte. Martin Gravert schüttelte verächtlich den Kopf. Das war mal wieder typisch für diese reichen Hamburger Schnösel. Als ihm die Bredenbeck'sche Hütte in den Sinn gekommen war, hatte er noch bis zum Morgengrauen gewartet und sich dann im Wald auf die Suche danach gemacht. Moritz hatte sowohl die Lage als auch die Hütte gut beschrieben, sodass Martin nicht lange gebraucht hatte, sie zu finden. Das simple Schloss zu knacken, war ebenfalls kein großes Problem gewesen. Nun hatte er zumindest für ein paar Nächte einen Unterschlupf. Mit Lebensmitteln und Kerzen hatte er sich vorher in einem Discounter versorgt, und da er nicht davon ausging, dass man eine Großfahndung nach ihm ausgelöst hatte, fühlte er sich ziemlich sicher. Er dachte an Moritz Bredenbeck. Er konnte ihn nicht verraten haben, der dachte viel zu sehr an den guten Ruf der ›PRO HANSE‹. Ganz sicher war es Anna gewesen, die kleine Schlampe. Wahrscheinlich hatte sie maßlos übertrieben mit dem, was zwischen ihnen gelaufen war. Was würde Moritz der Polizei erzählen, wenn sie ihn befragten? Martin machte sich keine großen Illusionen, dass Moritz ihn schützen würde. Obwohl ... Wer sollte dann in Zukunft die ganzen Hausarbeiten für den Herrn Anführer schreiben? Oder die anderen Handlangerjobs ausführen, die Moritz so gern Spezialaufträge nannte? Martin lachte leise auf. Was hatte er nicht alles getan, um Moritz' Gunst zu erringen. Unzählige Arbeiten fürs Studium, die er sich nicht mal hatte anständig bezahlen lassen, und dann noch diese ganzen miesen anderen Sachen. So dämlich würde er künftig nicht mehr sein. Und mit den Fotos hatte er nun endlich etwas in der Hand, was Moritz nicht ignorieren konnte. Und falls das mit der Polizei wegen Anna tatsächlich eskalieren sollte, müsste Moritz ihm helfen. Schon deshalb müsste er sich nicht ewig verstecken. Wahrscheinlich war das eh alles nicht so dramatisch und er hatte einfach überreagiert, als er nach der Sitzung abgehauen war. Na ja, jetzt war er auf jeden Fall hier und hatte genug Zeit, um seinen spektakulären Auftritt beim Stadtfest zu planen. Denn den wollte er auf jeden Fall machen, Polizei hin oder her. Und selbst wenn sie ihn dort einkassierten, würde das seinem Auftritt nur noch die richtige Würze geben. Die Rolle, die Moritz ihm zugewiesen hatte, widerstrebte ihm nach wie vor, aber er hatte bereits eine Idee, wie er sie zu seinen Gunsten wandeln konnte. Er hatte sich das ganze Wissen über die mittelalterlichen Gebräuche und Rituale nicht umsonst angeeignet. Jetzt würde sich all das auszahlen und er es bis an die Spitze schaffen. Moritz würde das akzeptieren müssen.

Er nahm das Handy in die Hand und klickte sich zum wiederholten Male voller Stolz durch die Fotogalerie, als plötzlich die Tür der Hütte aufgerissen wurde. Mit hochrotem Kopf, zornigem Blick und funkelnden Augen stand Moritz Bredenbeck im Türrahmen. Martin zuckte unwillkürlich zusammen, ganz im Widerspruch zu den Gefühlen, denen er sich eben noch hingegeben hatte. Verärgert über sich selbst versuchte er, eine lässige Haltung einzunehmen und einen selbstbewussten Blick aufzusetzen, was ihm nur mühsam gelang. Mit zwei langen Schritten war Moritz bei ihm am Tisch, riss ihm das Handy aus der Hand und sagte mit bedrohlich ruhiger Stimme: »Wusste ich es doch, dass du armer Idiot diese Fotos gemacht hast! Das ist dein Untergang, das verspreche ich dir. Ich weiß noch nicht genau, was ich mit dir anstellen werde, aber sei dir sicher, es wird dir nicht gefallen.«

Bei diesen Worten brannte bei Martin eine Sicherung durch. Voller Hass schlug er dem ›PRO HANSE‹-Anführer seine Faust ins Gesicht, sodass dieser nach hinten kippte. Dann rannte er ohne sich umzudrehen aus der Hütte hinaus in den Wald. Erst nach etwa 400 Metern hielt er an, rang nach Atem und überlegte. Was passierte da gerade in seinem Leben? Wo hatte er sich bloß hineingeritten und vor allem: Wo sollte er jetzt hin? Kaum hatte er den letzten Gedanken zu Ende gedacht, fiel ihm die Antwort ein, die ihm ein Lächeln entlockte. Wesentlich entspannter suchte er sich seinen Weg, bis er an der großen Ausfallstraße angelangt war. Dort reckte Martin Gravert seinen Daumen empor und hoffte, dass schnell ein Auto anhalten und ihn mitnehmen würde.

10.32 Uhr

Ben startete den Motor und rollte im Rückwärtsgang die Einfahrt des Minkwitz'schen Anwesens hinunter. Nein, eigentlich rollte er nicht, er fuhr ziemlich scharf an. Das war heute einfach nicht sein Tag. Erst die komische Nummer mit dem Frühstück von Katharina und die Erkenntnis, dass sein Bruder in ihrem Leben noch immer eine bedeutende Rolle spielte, und jetzt das hier. Er hatte darauf gebaut, dass Simon Minkwitz aufgrund des Stadtfestes nicht zu Hause sein würde und sie es mit seiner Frau leichter haben würden, die DNS-Probe zu bekommen. Er war sich nicht sicher, ob Ellen Minkwitz sich hinter der Entscheidung ihres Mannes versteckte oder selbst einen Grund sah, diese Probe zu verweigern, aber eigentlich war es ihm gleich. Fakt war, dass sie nicht einen Schritt weitergekommen waren. Ben sah auf die Uhr. Gerade mal halb elf – und seine Laune war bereits auf dem Tiefpunkt angekommen.

»Sehr sauer?«, fragte Katharina von der Seite, was er in diesem Moment ziemlich unpassend fand.

»Was heißt hier sauer?«, sagte er barsch, »den Weg hätten wir uns sparen können.«

»Nicht unbedingt …«, lächelte Katharina und zog ein kleines Plastiktütchen aus ihrer Hosentasche. Sie hielt es ihm entgegen, und obwohl er während der Fahrt nur einen kurzen Blick darauf werfen konnte, erkannte er deutlich einige blonde Haare.

»Was hast du …? Bist du verrückt?«, fuhr er die erschrockene Katharina an.

Katharina fasste sich schnell wieder und erwiderte trocken: »Was soll's, Hauptsache ist doch, wir haben, was wir wollten. Und weil ich wusste, dass du so reagieren würdest, habe ich dich gar nicht erst gefragt.«

Ben schwankte zwischen Wut und einem Gefühl, das er nicht benennen konnte. Katharina hatte recht, er hätte es nicht genehmigt. Er war nun mal darauf bedacht, sich an die Spielregeln zu halten, auch wenn sie ihm nicht immer gefielen. Er war einmal über die Grenzen gegangen, vor

Jahren, als es um Bene ging. Damals war es für ihn gut ausgegangen, aber er wollte den Bogen nicht überspannen. Gleichzeitig empfand er leichte Bewunderung oder sogar einen gewissen Neid auf Katharina, dass es ihr viel weniger schwerfiel, die Vorschriften zu umgehen, wenn es der Sache diente. Und in diesem Fall war sie kein Risiko eingegangen, so wie vor zwei Jahren bei ihrem Alleingang auf der Suche nach Laura.

Als er an einer roten Ampel stoppen musste, drehte Ben sich zu Katharina um: »Okay, du hast gewonnen. Ich gebe zu, dass ich froh bin, dass wir die Probe haben, egal unter welchen Umständen. Auch wenn du weißt, dass ich …«

»Dass du solche Alleingänge, die rechtlich nicht ganz sauber sind, hasst«, fiel Katharina ihm lächelnd ins Wort, »ich weiß.« Sie zögerte kurz, bevor sie weitersprach. »Ben, nachdem wir das geklärt haben – es gibt da etwas, was ich dir dringend erzählen muss, bevor du es von jemand anderem hörst.«

Ben zuckte innerlich zusammen. Wollte Katharina ihm jetzt etwa von einer neuen Entwicklung ihrer Beziehung zu seinem Bruder erzählen? Danach stand ihm im Moment nicht der Sinn.

»Muss das jetzt sein?«, fragte er mürrisch.

»Entweder gleich oder auf dem Kommissariat. Auf jeden Fall unter vier Augen. Es wird nicht lange dauern, aber es ist mir wirklich wichtig.«

Ben überlegte, sah sich um und lenkte den Wagen auf einen Parkplatz, der zu einem Bäcker gehörte. Außer ihnen stand hier nur ein weiteres Auto.

»Okay, dann jetzt gleich«, sagte er. »Ich hol uns da vorn kurz einen Kaffee, und dann sagst du mir, was du mir zu sagen hast.«

Ehe Katharina etwas erwidern konnte, war er ausgestiegen und schnellen Schrittes auf die Tür der Bäckerei zugegangen. Als Katharina ebenfalls ausgestiegen war und sich neben dem Auto stehend eine Zigarette anzündete, kam er mit zwei dampfenden Pappbechern wieder heraus. Er stellte beide Becher auf das Wagendach und sah Katharina an. Eigentlich wollte er nicht hören, was er erwartete, aber er würde ohnehin nicht drum herum kommen. »Also schieß los«, sagte er daher und versuchte so neutral wie möglich zu klingen.

Katharina atmete tief durch, bevor sie zu sprechen begann. »Es geht um Maximilian. Du kennst meine Geschichte aus München in groben Zügen, ich hoffe, das muss ich nicht alles noch mal erzählen, oder?«

Benjamin Rehder war ehrlich überrascht. »Wieso Maximilian? Ich dachte … egal, nein, du musst das nicht alles erzählen. Ich weiß, was damals passiert ist, und ich weiß, wer Maximilian ist.« Ben sah Katharina aufmerksamer an. Täuschte er sich oder wirkte sie auf einmal viel zarter und verwundbarer als noch vor ein paar Minuten? Konnte es sein, dass allein der Name dieses Mannes, der ihr und ihrer Freundin so viel angetan hatte, ihr immer noch einen solchen Schrecken verursachte? Schon bereute er seine kindischen Gedanken in Bezug auf seinen Bruder. Katharina schien ein echtes Problem zu haben – und er schlug sich mit irgendwelchen albernen Eifersüchteleien herum. Ben legte seine Hand auf Katharinas Arm und deutete mit der anderen auf eine Bank, die ein paar Meter entfernt stand.

»Wollen wir uns da drüben hinsetzen? Da redet es sich besser als mitten auf dem Parkplatz.«

Katharina lächelte bejahend, und sie gingen wortlos hinüber. Ben stellte die Kaffeebecher auf den Steinboden, setzte sich neben Katharina und wandte sich ihr zu. Er wollte es ihr einfacher machen, obwohl ihm nicht ganz wohl war. Bisher hatten sie nie ausführlich über ihre letzte Zeit in München gesprochen, Katharina hatte das Thema weitestgehend ausgespart. Vorsichtig begann er, das zusammenzufassen, was er wusste. Katharina hörte ihm nur zu. Hin und wieder nickte sie, um ihn zu bestätigen.

»Er konnte dank euch gestellt und verurteilt werden und sitzt jetzt in München im Gefängnis«, brachte Ben seine knappe Schilderung des Sachverhalts zu Ende. Als er Katharina nun direkt anblickte, wurde ihm bewusst, was sie durchgemacht hatte. Hätte er sie nicht viel früher fragen müssen, wie sie das verarbeitet hatte? Kam jetzt alles wieder hoch, und er hatte es nicht bemerkt? Das schlechte Gewissen nagte an ihm. Er hob die beiden Kaffeebecher auf, gab einen davon Katharina und lächelte sie an. »Das ist mein Stand der Dinge. Was möchtest du mir erzählen?«

»Er hat mir einen Brief geschickt«, sagte Katharina sofort und ohne zu zögern. Ben hatte das Gefühl, dass sie es unbedingt loswerden wollte, und nahm sich vor, sie nicht zu unterbrechen.

»Vor ein paar Tagen habe ich an die Kommissariats-Adresse einen Brief erhalten. Weißt du noch? Du hast ihn mir selbst gegeben«, setzte sie nach. »Er hat ihn direkt aus der JVA an das Lüneburger Kommissariat zu meinen Händen geschickt. Und er hat mich in diesem Brief bedroht.«

Nun musste Ben doch kurz einhaken. »Aber wenn du sagst, er hat den Brief offiziell aus der JVA abgeschickt, wie kann er dir da offen drohen? Die Briefe werden doch gecheckt, bevor sie rausgehen?«

»Die Drohung war so verpackt, dass nur ich sie verstehen kann«, erklärte Katharina. »Ich weiß nicht genau, was ich davon halten soll. Er wird noch viele Jahre im Gefängnis bleiben, eigentlich kann er mir keine Angst machen. Es war mir aber wichtig, dass du davon weißt.« Sie sah ihn direkt an, und einmal mehr bewunderte er die Fassung seiner Kollegin. »Und ich wäre froh, wenn ich wüsste, dass ich mit dir darüber sprechen kann, wenn ich nicht weiter weiß oder etwas Neues in dieser Angelegenheit passiert«, ergänzte Katharina. »Mehr wollte ich für den Augenblick gar nicht.« Sie lächelte ihn an, und obwohl er sah, dass dieses Lächeln nicht die Augen erreichte, akzeptierte er, dass sie momentan nicht mehr dazu sagen wollte. »Würdest du mir den Brief zeigen?«, fragte er vorsichtig.

»Sicher«, antwortete Katharina, ohne zu zögern. »Ich habe ihn im Büro, weil ich ihn nicht in meiner Wohnung haben will. Albern, oder?«

»Weiß Gott nicht«, antwortete Ben verständnisvoll, »ich würde das eher als vernünftig bezeichnen.«

»Okay«, sagte Katharina etwas zu betont fröhlich, »dann war es das. Lass uns ins Kommissariat fahren. Ich gebe dir dort den Brief. Du kannst dann Tobi über unseren Besuch bei der Minkwitz informieren, ich gehe gleich in die Gerichtsmedizin.« Sie grinste – und nun sah es ehrlich aus. »Wenn ich schon im Alleingang die Probe besorge, dann bringe ich das auch zu Ende und bitte Frauke Bostel um einen inoffiziellen Abgleich. Die war gestern ganz rührig.«

Katharina schnappte sich den Autoschlüssel aus Bens Hand und setzte hinzu: »Und außerdem fahre ich das letzte Stück. Meinetwegen haben wir Zeit verloren, die holen wir schneller auf, wenn ich fahre, Chef!« Schon war sie auf dem Weg zurück zum Auto, während Benjamin Rehder die Kaffeebecher in den Mülleimer neben der Bank schmiss und ihr lächelnd nachschaute.

Das leichte Ruckeln ihres Sarges riss sie aus ihrem Dämmerzustand. Sie hatte darauf gewartet. Darum blieb die Panik aus, die sie sonst überfiel. Sie hatte aufgegeben, wünschte sich nichts sehnlicher als den Tod und hoffte, dieses Mal würden ihre Henker ihr diesen Wunsch erfüllen und zu Vollstreckern werden. Als sie auf ihrem nackten Körper den Luftzug spürte, der jedes Mal kam, wenn sich der Sargdeckel hob, öffnete sie die Augen und legte all das Flehen in ihren Blick, das sie ohne Zunge nicht in Worte fassen konnte. In der Erwartung der sich über sie beugenden wohlbekannten Henkerskappe entwich ihr bei dem Anblick dennoch ein kurzer erschreckter Schrei, der tief aus ihrem Hals kam. Danach folgte die Erleichterung – und mit ihr nahm die Todessehnsucht ein so jähes Ende, dass sie am ganzen Leib Gänsehaut bekam. Sollte sie tatsächlich gerettet sein? Vielleicht war der Anblick nur ein Hirngespinst? Sie schloss die Augen, um sie gleich darauf erneut zu öffnen, doch sie sah es noch immer: ein Gesicht, das ihr bekannt vorkam und sie aufmerksam betrachtete. Sie wollte ihren Arm danach ausstrecken, es mit der Hand berühren. Wollte fühlen, ob es echt war oder ob sie wie bei einem Geist hindurchfassen konnte, aber ihr Arm war an das Bett gefesselt.

»Pscht«, flüsterte das Gesicht freundlich, »ganz ruhig. Alles wird gut.«

Das Gesicht gehörte einem Mann. Es war nicht hübsch, jedenfalls hätte sie es früher nicht als hübsch bezeichnet, hingegen kam es ihr jetzt vor, als sei es das Gesicht eines Engels oder einer anderen himmlischen Gestalt. Vielleicht gab es wirklich einen Gott, und dieser Mann war Petrus, der sie in den Himmel einlassen würde. War sie also doch längst gestorben, hatte nur die Hölle auf ihrem Weg hierher durchmachen müssen?

Eine Welle der Dankbarkeit durchströmte sie. Sie hatte keine Schmerzen mehr, so als hätten der Luftzug und der Atem des Mannes sie weggepustet. Sie wollte seinen Atem riechen – sie dachte, er müsse nach Lavendel oder Ähnlichem duften –, doch die Nasenschläuche verhinderten, dass sie etwas wahrnehmen konnte.

Eben hatte sie das Gesicht in seiner Gänze aufgenommen, jetzt schaute sie sich jedes Detail an und hoffte, dass das Gesicht sich nicht abwenden würde. Eigentlich hatte sie sich Petrus mit einem Bart vorgestellt, aber dieses Gesicht wies um die dünnen Lippen herum nur ein paar Bartstoppeln auf. Sie ließ ihren Blick nach oben wandern. Die Nase des Mannes war schmal und von ein paar roten Äderchen überzogen. Dann gelangte ihr Blick zu den Augen. Sie erstarrte. Sie kannte die Farbe dieser wässrig grauen Augen! Sie würde sie nie vergessen! Es war genau die Farbe, die sie während der letzten Tage hinter den Sehschlitzen der Henkersmaske gesehen hatte. Mein Gott, dann war es doch noch nicht zu Ende! Sofort kamen die Schmerzen wieder. Ihr Henker stand vor ihr, aber wieso hatte er seine Kappe nicht übergezogen? Was hatte das zu bedeuten?

»Pst, alles wird gut«, sagte er ein weiteres Mal und strich ihr über die Wange. Sie erkannte seine Stimmfarbe. Die Henkerskappe hatte sie sonst dumpfer klingen lassen. Ob der Schwarze ebenfalls hier war?

»Ich will nur kurz deine Wunden untersuchen. Sonst passiert heute nichts weiter«, sagte der Henker, und in seiner Stimme schwang Beruhigung mit, die sie noch mehr in Panik versetzte. Wieso war er heute so nett zu ihr?

Zuerst machte er sich an ihrem Ohr zu schaffen. Dann an ihrer verstümmelten Hand. Nachdem er beides freigelegt hatte, fotografierte er es.

»Fürs Familienalbum. Das habe ich versprochen«, erklärte er ihr und lächelte entrückt. Danach erneuerte er die Verbände. Sie ahnte, dass nun ihr Mund dran war. Schon spreizten seine Finger ihre Lippen auseinander, doch sie biss die Zähne fest aufeinander. Sie wollte es ihm nicht einfach machen. Wollte zeigen, dass sie immer noch ihren eigenen Willen besaß.

»Komm schon«, sagte er und versuchte, ihre Kiefer auseinanderzudrücken. »Ich habe dir doch gesagt, dass ich nur gucken will. Mach den Mund auf, sonst muss ich dir wehtun.«

Wider besseren Wissens widersetzte sie sich ihm. Was hatte sie auch zu verlieren? Selbst vor Schmerzen graute ihr nicht mehr. Hatte sie nicht bereits alle Erdenklichen gefühlt? Konnte es schlimmer werden als bisher?

»Nun gut, du hast es nicht anders gewollt«, sagte er, und in seinen Augen lag Enttäuschung. Oder war es Traurigkeit? Er drehte sich von ihr weg, ging ein paar Schritte, stoppte kurz und kam zurück. In den Händen hielt er etwas, das aussah wie ein Glätteisen für die Haare. Dass es keines war, erkannte sie, als er es direkt vor ihr Gesicht hielt und auf- und zuklappen ließ. Es sah furchterregend aus, und sie wand sich in ihrem Sarg. Versuchte sich aufzubäumen, doch die Fesseln hielten sie zurück. Als er das Gerät an ihre Zähne setzte, um ihr Gebiss aufzuhebeln, hörte sie eine weitere Stimme, die in den Raum rief: »Was machen Sie da?«

Das Marterwerkzeug verschwand vor ihren Augen. Ihr Henker wirbelte herum. »Oh hallo, wie … wie sind Sie hereingekommen? Warten Sie einen Augenblick vorn, ja? Ich … ich komme gleich zu Ihnen, ich muss nur noch etwas an der Leiche hier … ach, das kann ich auch später machen.«

»Leiche?«, sagte die fremde Stimme voller Skepsis. Sie gehörte eindeutig einer Frau. »Seit wann bewegen sich Leichen? Lassen Sie mich Ihre *Leiche* mal sehen.«

»Nein, das …«, sträubte sich ihr Henker. Dann hörte sie das Klicken einer Pistole. Sie kannte dieses Geräusch aus vielen Filmen.

»Hände über den Kopf und weg von der *Leiche*! Stellen Sie sich dort in die Ecke«, schleuderte die Frauenstimme ihm hart entgegen. Was hatte das zu bedeuten? Zu wem gehörte die Frauenstimme? War diese unbekannte Frau hier, um sie zu retten?

Der Henker legte das Gerät, mit dem er eben noch ihren Mund hatte aufzwingen wollen, auf ihren nackten Bauch, der sich sogleich unter der Kälte des Eisens verkrampfte. Sie konnte sehen, wie er seine Arme langsam hob und über dem Kopf kreuzte. Erneut trafen sich ihre Blicke, und sie meinte zu erkennen, dass sich Wasser in seinen Augen sammelte.

»Es tut mir leid«, flüsterte er kaum hörbar, und sie wusste, dass es für sie bestimmt war. Dann drehte er sich um und verschwand aus ihrem Blickfeld.

Kurz darauf hörte sie ein weiteres Klicken mit einem nachhallenden, einrastenden Ton. Auch dieses Geräusch kannte sie aus Filmen, und wenn sie nicht irrte, waren gerade Handschellen zugeschnappt.

Ein neues Gesicht beugte sich über sie. Hatte sie eben

noch gehofft, endlich gerettet worden zu sein, war diese Hoffnung jetzt zerstört. Das lag weniger an dem fein geschnittenen Gesicht, welches sie musterte, sondern an den roten Locken, die dieses wild umrahmten und nur eines bedeuten konnten: Ihr Henker war von einer Hexe abgelöst worden! Obwohl sie lag, wurde ihr schwindelig und dann schwarz vor den Augen, ohne dass sie sie hatte schließen müssen.

11.46 Uhr

»Ehrlich, das hätte ich nie und nimmer gedacht. Helge Conrad! Da arbeitet man jahrelang mit einem Menschen zusammen und hat ihn auf einmal als grausamen Täter vor sich«, sagte Ben und schüttelte betrübt den Kopf.

»Ja, und wie schnell das alles ging. Noch heute Morgen haben wir im Trüben gefischt – und dann ertappst du ihn auf frischer Tat. Bist halt ein Glückskind, Katharina«, sagte Tobias und sah seine Kollegin anerkennend an.

»Also, ob man in einem solchen Fall von Glück sprechen kann, bezweifle ich. Klar, er ist eindeutig der Folterer und hat es ja auch schon gestanden, aber irgendwie … Er hat sich überhaupt nicht gewehrt, als ich so plötzlich in seiner Leichenkammer stand, und er sich gerade an seinem Opfer zu schaffen machen wollte. Er schien sogar erleichtert zu sein, als ich ihm die Handschellen angelegt habe. Und in das Profil des Täters, das ich erstellt habe, passt er meiner Meinung nach absolut nicht«, sagte Katharina ärgerlich.

»Vielleicht hast du dich einfach mit dem Profil geirrt«, gab Tobias vorsichtig zu bedenken. »Also, wenn du die Kollegen hier im Haus so hörst, die trauen Conrad so eine Tat zu, so komisch und eigenbrötlerisch, wie der immer ist.«

»Schon klar«, erwiderte Katharina schroff. »Die lieben Kollegen … Nur weil jemand zurückgezogen lebt, ist er ja nicht gleich ein Folterknecht, und so kam er nun wirklich nicht rüber. Ich jedenfalls hätte ihm das nicht zugetraut und bin nach wie vor absolut irritiert. Herrje, ich war mit ihm auf Geocaching-Tour, einen ganzen Vormittag lang. Außer, dass er nicht gerade redselig war, fand ich ihn ansonsten sogar ausgesprochen freundlich, und ich hätte viel darauf gewettet, dass er keiner Fliege freiwillig etwas zuleide tut«, ergänzte sie nachdenklich. »Aber ja, möglicherweise habe ich diesmal tatsächlich mit dem Profil daneben gelegen. Vielleicht auch nicht. Wir werden sehen, was Conrad uns zu sagen hat, und was für ein Motiv er angibt. Warum er keinen Anwalt haben möchte, ist mir schleierhaft. Führst du das Verhör, Ben?«, fragte Katharina. Sie standen in dem kleinen Raum vor dem Verhörzimmer und betrachteten den Gerichtsmediziner Helge Conrad, der zusammengesunken auf einem Stuhl saß, den Kopf auf die Hände gestützt, durch den einseitigen Spiegel. Er bot ein Bild der Verzweiflung.

»Ja, ich verhöre ihn, aber ich möchte, dass du dabei bist. Und du, Tobi, veranlasse bitte, dass man einen Pflichtverteidiger für Conrad bestellt, und kümmere dich in der Zwischenzeit um die Identifikation der Frau. Wir wissen noch immer nicht, wer Conrads Opfer ist«, ordnete Benjamin Rehder an.

»Auf jeden Fall nicht Lisa Minkwitz, dafür ist sie nicht

jung genug«, stellte Katharina fest und fragte: »Wie machen wir jetzt weiter mit der Suche nach ihr?«

»Das entscheiden wir morgen. Heute ist Conrad dran«, beschloss ihr Chef und schickte sich an, die Tür zum Verhörzimmer zu öffnen, ließ es dann jedoch bleiben, da es im selben Moment an der anderen Tür klopfte.

Staatsanwalt Bent-Ove Friedberg betrat den Raum und strahlte über das ganze Gesicht: »Frau von Hagemann, wusste ich doch, dass ich Sie hier finde. Toll, was Sie geleistet haben. Mir kam dieser Conrad nie koscher vor. Sie haben den richtigen Riecher gehabt und gehandelt. Glückwunsch!«

Er griff nach Katharinas rechter Hand und schüttelte sie ausgiebig. Erst danach begrüßte er Benjamin und Tobias mit einem leichten Nicken.

»Na ja, richtiger Riecher ... ganz so war es nicht ...«, wollte Katharina erklären, doch Friedberg fiel ihr ins Wort: »Jaja, aber dieser Fall ist vom Tisch, und Sie haben ihn gelöst. Das ist einfach fantastisch! Und bei Familie Bredenbeck habe ich mich bereits in Ihrer aller Namen für die Unannehmlichkeiten entschuldigt.«

»Na, dann ... entschuldigen Sie uns jetzt bitte, wir haben ein Verhör zu führen«, sagte Ben knapp, drückte die Tür, an der er stand, auf und ging mit Katharina hinein zu Helge Conrad.

Katharina genoss den kleinen Fußmarsch vom Kommissariat zu sich nach Hause. Was für ein nervenaufreibender Tag! Vor allem war es für sie alle ein Schock gewesen, dass der Täter die ganze Zeit mitten unter ihnen gewesen und sogar in gewisser Weise an den Ermittlungen beteiligt war.

Katharina musste gähnen und hob automatisch die Hand vor den Mund. Das Verhör mit dem Gerichtsmediziner hatte unendlich lange gedauert und war ermüdend gewesen, doch unterm Strich war nicht wirklich Erhellendes herausgekommen. Bis auf die Tatsache, dass Conrad ein volles Geständnis abgelegt hatte, der Folterer zu sein, war er stumm geblieben wie ein Fisch. Nach seinem Motiv gefragt, hatte er nur mit den Schultern gezuckt und wie ein Mantra »Es tut mir leid, ich konnte nicht anders«, vor sich hin gemurmelt. Seine Beweggründe waren für die Ermittler ein Rätsel. Wenigstens wussten sie inzwischen, wer sein Opfer war. Die 39-jährige Hamburgerin hatte im Krankenhaus während eines lichten Moments ihren Namen genannt, bevor sie wieder in eine Schockstarre verfallen war. Wobei genannt hatte sie ihren Namen nicht wirklich. Durch das Fehlen ihrer Zunge brachte sie, wie Tobias berichtet hatte, kein klar verständliches Wort heraus, und sie hatte ihren Namen und ihre Anschrift mithilfe einer Krankenschwester aufgeschrieben. Sie hieß Karin Reimers und lebte mit ihrem Mann Reinhard Reimers, den man sofort verständigt hatte, in Hamburg-Harburg. Er war keine Stunde später im Krankenhaus angekommen und verständlicherweise völlig durch den Wind gewesen, hatte Tobias geschildert. Auf die Frage, warum

Reinhard Reimers seine Frau nicht als vermisst gemeldet habe, hatte dieser unter Tränen ausgesagt, dass er aufgrund einer SMS seiner Frau sicher gewesen sei, dass sie ihn verlassen hatte.

»Wegen einer einzigen SMS?«, hatte Katharina Tobias überrascht gefragt. »Ich weiß, dass Jugendliche inzwischen per SMS miteinander Schluss machen, aber die beiden sind erwachsen und wohl nicht erst seit gestern verheiratet. Und er hat sich echt damit zufriedengegeben?«

Tobias hatte resigniert mit den Schultern gezuckt: »Ja, hat mich auch gewundert. Die sind übrigens seit 15 Jahren verheiratet. Allerdings war es scheinbar nie eine wirklich gute Ehe. Der Reimers hat mir erzählt, dass seine Frau ihn schon des Öfteren betrogen hat, und er deshalb angenommen hatte, sie sei mit einem ihrer Lover durchgebrannt. Er hat dabei recht mutlos geklungen. Sie war psychisch offenbar immer schon ein bisschen instabil und launisch. Deswegen hat er nicht versucht, sie zu finden. Er hat es als aussichtslos angesehen und einfach gehofft, sie käme zu ihm zurück, wenn sie den anderen über hat.«

»Hm«, hatte Ben gemacht und gefragt: »Hast du die SMS gesehen?«

»Nein«, hatte Tobias kopfschüttelnd erwidert, »er hat sie bereits gelöscht.«

Tobias hatte weiter berichtet, dass bisher keinerlei Verbindung zwischen Karin Reimers und Helge Conrad festgestellt worden war. Weder kannte Reinhard Reimers Conrad, noch hatten sie bei einer von dem Mann sofort gestatteten Durchsuchung des Reimers'schen Hauses in Harburg und der Sichtung von Karin Reimers privaten Unterlagen einen Hinweis finden können. Zwar bestand aufgrund der Aussage von Karin Reimers' Ehemann die

Möglichkeit, dass Helge Conrad eine ihrer vielen Affären gewesen sein könnte, doch wissen konnten sie dies nicht.

»Vielleicht hat Karin Reimers Geocaching betrieben, und sie sind sich dabei mal über den Weg gelaufen?«, hatte Ben überlegt.

»Auch das habe ich den Ehemann gefragt. Dem sagte Geocaching nichts, und als ich ihm erklärt habe, was es ist, hat er gemeint, so etwas würde seine Frau nie machen«, hatte Tobias geantwortet.

Hauptsache, die Frau ist gerettet und wir haben den Täter, dachte Katharina und war froh, dass dieser schreckliche Fall ein Ende hatte. Sie war inzwischen in der Altstadt angekommen. Ein leichter Regen hatte eingesetzt. Dennoch war die Stadt proppenvoll mit Festbesuchern. Sie schaute sich um und sah von Weitem den Cocktail-Stand des Hotels *Heideglanz*. Ohne lange zu überlegen, lenkte sie ihre Schritte durch die Menge darauf zu. Der Stand war gut besucht und Bene als Cocktailmixer in seinem Element. Katharina musste lächeln, während sie ihn beobachtete. War es tatsächlich erst letzte Nacht gewesen, dass sie in seinen Armen Ruhe und Geborgenheit gefunden hatte? Gestern Nacht hatte sie gedacht, dass es vielleicht doch etwas Engeres zwischen ihr und Bene werden könnte – und sie betrachtete ihn liebevoll.

»Ja, er ist schon ein Süßer, unser Bene«, meinte plötzlich eine Stimme hinter ihr.

»Julie, was machst du denn hier? Ich dachte … musst du nicht bei der Benefizlesung sein?« Katharina drehte sich überrascht um und fühlte, wie sie rot wurde, weil sie sich bei ihrer spontanen Bene-Schwärmerei ertappt fühlte.

»Hey, du wirst ja so rot wie meine Tochter, wenn ich sie auf ihren Klassenkameraden Henry anspreche«, lachte Julie auf. »Wir haben gerade Pause, und da dachte ich mir, ich schlendre kurz über unser schönes Stadtfest, tja, und dann habe ich dich entdeckt. Und, wie sieht es aus mit dir und Bene? Habt ihr euch gestern nun endlich mal entschlossen, aus eurer losen Beziehung was Ernstes zu machen?«

»Ähm, wie kommst du denn da drauf?«, antwortete Katharina, baff über Julies direkte Frage, und versuchte auszuweichen. Dazu waren Gegenfragen immer gut. Immerhin war Julie lange mit Bene zusammen gewesen und hatte eine Tochter mit ihm. Außerdem wusste Katharina nicht genau, wie sie auf Julies Frage antworten sollte. Ihr war klar, dass Julie sich ihren Teil dachte, was Katharina und Bene betraf, aber bisher hatten sie nie über dieses Thema gesprochen, und das war der Kommissarin sehr recht gewesen.

»Na ja, schließlich hat er die letzte Nacht bei dir verbracht. In der Vergangenheit hat er sich doch immer bei Nacht und Nebel aus deiner Wohnung geschlichen«, erklärte Julie.

»Woher weißt du das mit letzter Nacht, hast du uns etwa ... ich meine ...« Katharina verstummte und schaute ihre Freundin mit einem Anflug von Scham vermischt mit schlechtem Gewissen an. Gleichzeitig versuchte sie, in Julies Worten irgendeine Spitze zu finden, deren Gesichtsausdruck war jedoch völlig arglos und freundlich. Jetzt lachte sie ein weiteres Mal herzlich auf: »Nein, keine Bange, Süße, ich habe euch nicht gehört, sondern gestern Abend Leonies Schuhe, die wie immer vor der Tür standen, reingeholt, und da habe ich ihn vor deiner Tür selig schlafen sehen, den alten Kindskopf. Und heute Morgen ist er mir pfeifend im Hausflur begegnet. Er sah ziemlich glücklich aus. Na ja, und außerdem bin ich nicht von gestern und habe eins und eins zusammengezählt. Ehrlich, ich würde mich für euch freuen. Und Leonie fände es sicher auch klasse. Ihr inzwischen heiß geliebter Papa mit der von ihr so bewunderten Frau Kommissarin!«

»Das ist lieb, dass du das sagst, Julie, aber ich weiß nicht, was das mit Bene ist oder noch wird«, gab Katharina unumwunden zu, und ihr fiel ein Stein vom Herzen, dass Julie das alles so locker nahm.

Julie sah auf ihre Armbanduhr, gab Katharina ein freundschaftliches Küsschen rechts und links und drückte sie kurz: »Tut mir leid, ich muss zurück, aber wenn du mal über Bene quatschen willst, du weißt ja, wo ich wohne. Klingt vielleicht komisch, wenn gerade ich das sage, aber er ist echt in Ordnung, zumindest scheint er inzwischen zuverlässiger geworden zu sein. Glaub mir. Macht wahrscheinlich das Vatersein. Außerdem weiß ich, dass er dich ziemlich gern hat, genauso wie sein Bruder übrigens. Wir sind alle froh, dass es dich nach Lüneburg verschlagen hat. Also, tschüß und bis bald!« Mit diesen Worten ließ Julie Katharina stehen und wühlte sich durch die Menge, um pünktlich zur nächsten Lesung in der Buchhandlung an der Ecke des Rathausplatzes zu sein. Auch Katharina wandte sich ab. Mit gesenktem Kopf schlug sie die entgegengesetzte Richtung ein. Sie musste nachdenken. Was hatte Julie eben gesagt? Genauso wie sein Bruder? Diese Feststellung von Julie hatte sie mehr verwirrt als die Lockerheit, mit der ihre Freundin über sie und Bene gesprochen hatte. Bisher hatte sie sich kaum Gedanken darüber gemacht, wie Ben zu ihr stand. Im Job kamen sie ziemlich gut miteinander klar, und sie freute sich jeden Tag, ihn zu sehen, privat hatten sie allerdings kaum Kontakt. Dass sie ihn gefragt hatte, ob er mit ihr was trinken gehen wollte, war dem Brief von Maximilian geschuldet. Und wenn sie außerhalb des Jobs tatsächlich mal loszogen, war immer auch Tobi mit von der Partie. Natürlich kam es vor, dass sie sich zufällig bei Julie trafen, aber das war eher eine Ausnahme, und Katharina war bisher ganz zufrieden damit gewesen. Nach ihren Erlebnissen in München wollte sie versuchen, Job und Privatleben voneinander zu trennen, auch wenn ihr klar war, dass das nicht immer möglich war. Es gab Momente, in denen Katharina Ben nicht als ihren Chef sah, sondern als Mann. In letzter Zeit war das häufiger vorgekommen, musste sie sich jetzt eingestehen. Katharina schüttelte den Kopf und versuchte, diese Gedanken zu verscheuchen, die sie momentan so gar nicht gebrauchen konnte. Bestimmt hatte Julie das nur so daher gesagt, und es hatte überhaupt keine Bedeutung. Außerdem hatte sie nur von Mögen gesprochen. Tobi mochte sie ebenfalls, sie waren eben ein gutes Team. Entschlossen, nicht länger darüber nachzudenken, drehte Katharina sich um und schlug den direkten Weg zu ihrer Wohnung ein. Erst zu Hause fiel ihr auf, dass sie Bene an seinem Stand nicht einmal begrüßt hatte.

»(...) Bezüglich des ersten Punktes, warum in dem so gebrechlichen Geschlechte der Weiber eine größere Menge Hexen sich findet, als unter den Männern, frommt es nicht, Argumente für das Gegenteil herzuleiten, da außer den Zeugnissen der Schriften und glaubwürdiger- (Männer) die Erfahrung selbst solches glaubwürdig macht. (...) Also schlecht ist das Weib von Natur, da es schneller am Glauben zweifelt, auch schneller den Glauben ableugnet, was die Grundlage für die Hexerei ist. (...) Daher ist es kein Wunder, daß es eine solche Menge Hexen in diesem Geschlechte gibt.«

(aus: Der Hexenhammer, J. Sprenger, H. Institoris, aus dem Lateinischen übersetzt von J.W.R. Schmidt)

6. KAPITEL:

SAMSTAG, 15. JUNI 2013,
2. TAG DES LÜNEBURGER STADTFESTES

6.58 Uhr

Ben wusste das Geräusch nicht einzuordnen. Es hatte ihn aus einem wirren Traum gerissen, in dem es um abgeschnittene Ohren, Finger und Zungen ging, die mit Petersilie dekoriert als Festessen auf dem Besprechungstisch im Kommissariat standen. Kerzenlicht erfüllte den Raum, in dem er mit Katharina allein saß. Als sie gerade lächelnd zu ihm sagte: »Lang ordentlich zu, es ist genug da«, hatte es zum ersten Mal neben seinem Kopf gesummt. Oder war es darin gewesen? Nein, jetzt summte es erneut. Benjamin Rehder öffnete schlaftrunken die Augen. Im Zimmer war es schummrig. Er griff nach seinem Wecker auf dem Nachttisch neben dem Bett und fegte dabei sein Handy, das neben dem Wecker gelegen hatte, herunter. Es war sieben Uhr morgens. Ben stöhnte auf, denn er hatte nach Tagen mal wieder ausschlafen wollen. Der Fall war gelöst, und es war Wochenende, es hatte perfekt gepasst. Wieder summte es, jetzt dumpfer, und das Geräusch erklang nicht mehr neben seinem Kopf, sondern von irgendwo unter dem Bett hervor. Ja klar, da versuchte jemand, ihn anzurufen! Er hatte gestern im Verhör mit Helge Conrad sein

Handy auf Vibration gestellt und danach total vergessen, es zurück auf laut zu stellen. Anfängerfehler! So etwas durfte ihm als Hauptkommissar nicht passieren. Schließlich war er immer im Dienst, weil immer etwas sein konnte. Mörder hielten sich an keine Tageszeit, schon gar nicht an die Nachtruhe, von Wochenenden ganz zu schweigen. Seufzend stellte Benjamin Rehder den Wecker zurück, lehnte sich über seine Bettkante und angelte nach seinem vibrierenden Handy. Gerade als er es zu fassen bekommen hatte, hörte die Vibration auf. Er schaute auf das Display. *1 Anruf in Abwesenheit von Katharina* stand da. Ja, abwesend war er in der Tat gewesen. Ben drückte auf Rückruf, und ohne dass er ein Klingelzeichen hörte, war Katharina sofort am Apparat: »Hi, Ben, gut, dass du zurückrufst, ich muss unbedingt mit dir reden.«

»Jetzt? Es ist Samstag und außerdem erst sieben Uhr! Ist was passiert? Ist es wegen dieses Briefs aus München?«, fragte Ben mit vom Schlaf rauer Stimme. Er räusperte sich.

»Oh, ich hab dich geweckt, oder? Das tut mir leid«, sagte Katharina, doch es klang nicht wirklich reumütig. »Nein, es ist nichts passiert. Ich konnte nicht mehr schlafen und habe ehrlich gesagt nicht auf die Uhr geguckt, als ich bei dir angerufen habe.«

»Aha«, sagte Ben wenig begeistert und setzte sich in seinem Bett auf. Katharina machte nicht den Eindruck, als würde sie ihm noch etwas Schlaf gönnen. Er sollte recht behalten.

»Aber jetzt, da du ohnehin wach bist, können wir reden, oder?«, fragte sie rhetorisch und setzte hinzu: »Eigentlich musst du auch erst mal nur zuhören.«

»Na dann schieß los«, sagte Ben ergeben. Katharina würde sowieso nicht lockerlassen.

Katharina wählte ihre Worte mit Bedacht: »Ich habe über Helge Conrad nachgedacht und über das Profil, das ich zum Täter erstellt habe. Ehrlich gesagt, Ben, ich glaube nicht, dass ich mich bei der Profilerstellung geirrt habe. Ich habe es gestern Abend neu aufgesetzt und bin zu denselben Ergebnissen gekommen. Tja, und meines Erachtens passt es nicht auf Conrad. Natürlich ist er ein komischer Kauz, und ich kenne ihn nicht so lange wie du, und man steckt in einem Menschen nicht drin. Dennoch: Conrad ist in seiner ganzen Art zu defensiv, wenn du verstehst, was ich meine.«

»Katharina, du weißt, dass ich deine Profiler-Kompetenz nicht anzweifle, aber in diesem Fall ... Conrad hat gestanden, die Frau gefoltert zu haben. So unschön es ist, wir müssen uns damit abfinden, dass er unser Täter ist«, sagte Ben und unterdrückte ein Gähnen.

»Ja, ich weiß, dass er gestanden hat, ich habe ihn schließlich auf frischer Tat ertappt, das will ich ja gar nicht infrage stellen.«

»Dann habe ich nicht verstanden, worauf du hinaus willst«, gab Ben zu und erhob sich aus dem Bett. Er brauchte dringend einen Kaffee – und noch viel dringender musste er mal im Bad verschwinden, wobei das schlecht mit Katharina am Hörer funktionierte.

»Ist wohl noch zu früh für dich, was?«, lachte Katharina, bevor sie ernst ergänzte: »Ich glaube, Helge Conrad ist nur der Helfer und arbeitet dem wahren Sadisten zu.«

Ben war inzwischen in seiner Küche angelangt und füllte Wasser in seine gestern Abend mit Filter und Kaffeepulver vorbereitete Kaffeemaschine, was seinen Blasendruck erhöhte und seine Konzentration entsprechend schwächte. »Entschuldige, was hast du gesagt? Ach, weißt du was, Katharina, ich ruf dich gleich zurück, okay?«, beendete Ben von einem Bein auf das andere tretend das Telefonat, ohne eine Antwort abzuwarten, und eilte ins Bad. Während er sich Erleichterung verschaffte, dachte er zusehends entspannter über Katharinas Worte nach. Ob sie recht hatte? Konnte es sein, dass Conrad im Team gearbeitet hatte? Ganz abwegig war der Gedanke nicht – sie hatten schließlich schon ein paarmal darüber nachgedacht, ob im *Polaroid-Fall* möglicherweise mehrere Täter im Spiel waren. Ben drückte die Spültaste, zog sich rasch eine Jogginghose über, ging wieder in die Küche, schenkte sich einen Becher Kaffee ein und rief Katharina zurück. Wie bereits vor ein paar Minuten nahm sie sofort ab und redete weiter, als hätte es keine Unterbrechung gegeben: »Also wie gesagt, ich halte Conrad eher für einen defensiven Typen und könnte mir gut vorstellen, dass er – aus welcher Motivation heraus auch immer – für jemand anderen nur den Handlanger gespielt hat, weil demjenigen die medizinischen Kenntnisse fehlen. Vielleicht ist er sogar erpresst worden oder so …«

»Weißt du was? Lass uns das Ganze abkürzen. Wir treffen uns um neun Uhr auf dem Kommissariat und nehmen uns Conrad noch einmal vor. Irgendwann muss er ja mal anfangen, über sein Motiv zu reden«, schlug Ben vor.

»Sehr schön, darauf wollte ich die ganze Zeit hinaus«, sagte Katharina zufrieden, dann wurde sie wieder ernst: »Aber da ist noch was. Ich habe mir Kopien von den Fotos des Opfers, Karin Reimers, mit nach Hause genommen und noch einmal angesehen. Sie ist zwar fast doppelt so alt, aber vom Typ her sieht sie aus wie Jasmin Brunner und Lisa Minkwitz.«

»Du meinst …?«

»Ja, ich meine, dass Lisa nach wie vor verschwunden ist, und es sein kann, dass sie – wenn wir richtig liegen und Conrad nicht allein gearbeitet hat – noch immer in der Gewalt des zweiten Folterers ist«, sponn Katharina den Faden weiter.

»Und du denkst da wieder an …«

»Genau, Moritz Bredenbeck.«

»Aber wenn er es – nur mal angenommen – tatsächlich ist, wieso hat er dann Jasmin Brunner laufen lassen?«

»Auch das müssen wir herausfinden.«

7.38 Uhr

Moritz Bredenbeck stand vor seinem vom Dunst beschlagenen Badezimmerspiegel. Mit dem Handtuch rieb er sich eine kleine Stelle frei, beugte sich über das Waschbecken dicht vor den Spiegel und begutachtete das Veilchen um sein rechtes Auge. Gravert, dieser Arsch! In den nächsten Tagen würde die Verfärbung dunkler werden, sodass er jeden Morgen eine weitere Regenbogenfarbe kennenlernen würde. Na toll! Bisher hatte ihn niemand dermaßen verunstaltet gesehen. Er musste sich dringend eine Geschichte überlegen, wie er zu dem Veilchen gekommen war, die Wahrheit war zu demütigend. Man würde ihn für einen Schlappschwanz halten, wenn er zugeben würde, dass dieses Weichei Martin Gravert ihm eins übergezogen hatte. Da könnte er noch so viele Erklärungsversuche starten, überzeugend wären sie nie. Nein, besser war es, wenn er überall herumposaunen würde, dass Gegner der ›PRO HANSE‹ ihm aufgelauert und so zugerichtet hatten. Ja genau, das war eine gute Story. Er würde damit gleich zwei Fliegen mit einer Klappe schlagen: seine Gegner schön verunglimpfen, und zugleich als Held dastehen. Nicht nur die Frauen würden ihm zu Füßen liegen, auch alle anderen Mitglieder der ›PRO HANSE‹, weil sein Veilchen dafür stehen würde, wie sehr er sich für die gemeinsame Sache einsetzte. Außerdem würde es gleichzeitig den Eindruck vermitteln, dass die ›PRO HANSE‹ bereits so große Bedeutung gewonnen hatte, dass ihre Feinde sich nicht mehr anders zu helfen wussten, als Schläger auf den Anführer anzusetzen. Moritz Bredenbeck grinste seinem Spiegelbild zu. Oh ja, diese Story würde die Motivation der ›PRO HANSE‹-Mitglieder ordentlich anheizen, er musste sie nur geschickt verbreiten. Nichtsdestotrotz blieb da noch das Gravert-Problem. Er brauchte ihn jetzt. Und dann war da noch diese verdammte Fotosache. Moritz musste unbedingt wissen, ob Martin weitere Aufnahmen gemacht hatte als nur die, die die Polizei ihm vorgelegt hatte. Wenn dem so war, wäre das eine ziemliche Scheiße. Auf dem Handy waren keine mehr drauf, das hatte Moritz gleich gecheckt, nachdem er in der Hütte wieder auf die Beine gekommen war und das Handy neben sich gefunden hatte. Außer den Fotos von sich und dieser Abzockerin Jasmin waren nur noch Bilder von posierenden Schulmädchen gespeichert. Ein Mädchen kam sehr viel häufiger vor als andere, und zudem sah es so aus, als hätte das Mädchen sich selbst fotografiert. Moritz hatte eins und eins zusammengezählt, sich zusätzlich die verschiedenen Nachrichten auf dem Handy durchgelesen und war sich schließlich sicher gewesen, dass er nicht das Handy von Martin Gravert in Händen hielt, sondern das der kleinen Tussi, die Martin hatte durchziehen wollen. Da hatte der Typ doch tatsächlich das Handy der Kleinen mitgehen lassen! Wie dämlich war der denn eigentlich?

Während er jetzt zu dem Regal ging, wo er das Handy des Mädchens zum Aufladen hingelegt hatte – er hatte glücklicherweise ein ganz ähnliches Model und somit das passende Ladekabel –, fragte er sich, warum Martin die Bilder der Polizei hatte zukommen lassen. Darauf konnte er sich so überhaupt keinen Reim machen. Wollte er sich mit den Fotos bei der Polizei freikaufen? Schließlich hatte die Polizei bereits vor den Aufnahmen begonnen, nach Martin wegen der Sache mit dem Schulmädchen zu suchen. So ein dummdreister Versuch wäre typisch Gravert, aber selbst, wenn es einen anderen Grund gab, er würde ihn herausfinden – und er wusste auch schon wie.

Moritz nahm sein eigenes Handy zur Hand und begann in seinen Kontakten nach Martin Gravert zu suchen. Als er ihn gefunden hatte, überlegte er es sich jedoch anders. Möglicherweise würde Martin nicht ans Telefon gehen, wenn er die Nummer von Moritz auf dem Display sah. Bredenbeck nahm das Handy des Mädchens vom Regal. In der Hoffnung, dass Gravert nicht seine gegen ihre SIM-Karte ausgetauscht hatte, gab er in diesem Handy Martins Nummer ein. Glück musste man haben! Schon nach dem zweiten Klingeln nahm am anderen Ende jemand ab, der vorsichtig, wenn nicht sogar ängstlich und ohne seinen Namen zu nennen »Hallo?« in das Telefon flüsterte. Moritz erkannte an der Stimme, dass es Martin war. Überaus freundlich sagte er: »Martin, hier ist Moritz, leg nicht auf, ich möchte dir etwas sagen. Es ist wichtig.«

Nach einer längeren Pause, in der nur schweres Atmen zu hören war, sagte Martin: »Was willst du?«

»Ich will mich bei dir entschuldigen«, hörte Moritz sich sagen und hätte sich für seine Worte verachtet, wenn er sie ernst gemeint hätte.

»Du willst was?«, fragte Martin auch gleich hörbar erstaunt.

»Na ja, es war nicht die feine Art von dir, mich k.o. zu schlagen, aber ich sehe ein, dass ich es verdient habe. Ich habe dich in der letzten Zeit weiß Gott übel provoziert. Tut mir echt leid, Alter«, sagte Bredenbeck und verzog den Mund. Mann, was konnte er doch für ein Schleimer sein. Er zollte sich selbst Respekt.

Martin schien wirklich verblüfft zu sein. Nach einer weiteren Pause sagte er verhalten: »Ey, ich find's echt cool, dass du das so siehst. Das hätte ich nie von dir gedacht. Entschuldigung angenommen, wenn du das tatsächlich ernst meinst!«

»Klar doch, Alter! Mensch, man muss seine Fehler auch einsehen können. Apropos: Du hast sicher gesehen, dass ich nicht von meinem Handy angerufen habe?«, sagte Moritz, bemüht, einen lockeren Ton beizubehalten. Er war schließlich fast am Ziel, das spürte er förmlich. Martin war ziemlich weich gekocht. Was für ein Idiot!

»Äh, ja, stimmt. Aber was ist das für eine Nummer? Sie kommt mir bekannt vor. Telefonierst du mit dem Handy von Anna?«, fragte Gravert leicht verunsichert.

»Wenn die kleine Schla…, ähm, die Kleine, die du klarmachen wolltest, so heißt, dann ja«, gab Moritz zurück.

»Willst du mich erpressen? Du weißt, dass die Polizei mich sucht«, sagte Martin nun wieder deutlich nervös.

»Bullshit, wie kommst du denn da drauf? Ich will dir helfen! Dafür müssen wir uns aber sehen. Wo bist du, ich komm da hin«, sagte Moritz und grinste in sich hinein. Jetzt hatte er den Penner so weit.

»Nein, das geht nicht. Du kannst nicht hierher kommen«, sagte Martin, und Moritz stieß einen leisen Seufzer aus, bevor er sagte: »Okay, ich kann verstehen, wenn du mir nicht traust, ich war echt ein Arsch in der letzten Zeit, aber ich will das wieder gutmachen. Wir können uns auch woanders treffen. Schlag du was vor.«

Langsam wurde nun auch Bredenbeck nervös. Es war doch keine so gute Idee, mit dem Handy der Tussi zu telefonieren. Falls die Polizei versuchen würde, es zu orten, sollte er das Gespräch schnellstmöglich beenden.

»Ich denk drüber nach. Ich schick dir gleich eine SMS«, sagte Martin in die Überlegung von Moritz hinein, der eilig erwiderte: »Aber dann auf mein Handy«, und auflegte. Zügig schaltete er das fremde Handy aus. Moritz Bredenbeck hoffte, dass er und Martin nicht schon zu lange telefoniert hatten und eine mögliche Ortung bereits gegriffen hatte. Er würde das Handy so schnell es ging verschwinden lassen müssen.

Zehn Minuten später hörte Bredenbeck sein eigenes Mobiltelefon summen. Es war das Signal für eine eingegangene SMS. Er atmete erleichtert auf, da er befürchtet hatte, Martin würde sich doch nicht bei ihm melden. Die Absendernummer auf dem Display kannte er nicht. Wahrscheinlich hatte Martin einen lichten Moment gehabt und sich noch ein weiteres Handy besorgt. Bredenbeck rief die SMS auf, die ihm mitteilte: *Lass uns treffen. Heute um neun in deinem Folterspielzimmer. Weißt schon* ☺.

Was sollte das denn jetzt? Folterspielzimmer und dann ein lachendes Smiley! Moritz fand, diese Emoticons waren nur was für Frauen – echte Männer wie er würden diese albernen Dinge nie benutzen. Einmal mehr hatte er den Beweis vor Augen, dass Martin Gravert ein Weichei war.

7.51 Uhr

Martins Hände zitterten. Noch immer lag das Handy in seiner Rechten. In seinem Kopf ratterte es: Wieso wollte Moritz ihn treffen? Konnte er ihm wirklich trauen? Trotz der Beteuerungen des ›PRO HANSE‹-Anführers, dass ihm sein Verhalten leidtue und er ihm helfen wolle, blieb Martin skeptisch. Wenn er sich von jemandem nicht vorstellen konnte, dass er sich freiwillig und ohne Hintergedanken entschuldigte, dann war es Moritz Bredenbeck. Schon gar nicht, wenn man ihn vorher k.o. geschlagen hatte.

Martin schaute sich in seinem neuen Unterschlupf um, in dem er bereits eine Nacht verbracht hatte. Hier, in einer der leeren Boxen im Pferdestall der Tierklinik seines Vaters, fühlte er sich sicher. Warum war er nicht gleich hierhergekommen und hatte stattdessen die Jagdhütte der Bredenbecks gewählt? In diesem Pferdestall kannte er jeden Schlupfwinkel. Bereits als Kind hatte er sich an diesem Ort erfolgreich versteckt, wenn er Ärger gemacht und sein Vater ihn auf seine unnachahmliche Art dafür hatte bestrafen wollen.

Für einen Moment hielt Martin Gravert den Atem an, um zu lauschen. Bis auf Hufescharren aus einer anderen

Box hörte er nichts. Er öffnete die kleine Holztür und trat heraus, um gleich nebenan wieder einzutreten. Elliot, das Pferd seiner Mutter, begrüßte ihn mit einem freudigen Schnauben. Schon immer hatte Martin die Nähe dieser edlen Tiere gesucht, wenn er nachdenken musste. Und das musste er jetzt so dringend wie selten zuvor in seinem Leben. Sollte er Moritz Bredenbeck treffen? Konnte er ihm vertrauen? Und selbst wenn, wie wollte Bredenbeck ihm helfen außer mit einem Anwalt? Martin wusste ja selbst noch nicht einmal, wie tief er in der Patsche saß. Gut, die Sache mit Anna war nicht astrein gewesen, aber er hatte nicht gewusst, dass sie minderjährig war. Da konnte man ihm doch keinen Strick draus drehen, oder? Um kein Risiko einzugehen, würde er aber besser doch nicht beim Stadtfest auftauchen. Er musste sein Schicksal ja nicht herausfordern. Vielleicht wollte Bredenbeck ihm mit seinen Andeutungen auch nur Angst machen. Spätestens seit Martin ihn mit dieser Blondine, von der er im ersten Augenblick gedacht hatte, sie sei Lisa, in diesem mit Folterinstrumenten ausgestatteten Raum beobachtet hatte, wusste er, dass Bredenbeck Lust dabei empfand, Angst und Schrecken zu verbreiten. Natürlich hatte er vorher schon erkannt, dass der ›PRO HANSE‹-Führer ein Machtmensch war, aber dass er seine Machtgelüste auch sexuell auslebte, hätte Martin sich in seinen kühnsten Träumen nicht ausmalen können. Ob Moritz auch Lisa auf diese Weise seine Macht demonstriert hatte? Er hoffte inständig, dass dem nicht so war, denn nach allem, was er gesehen hatte, hatte er sich gewundert, dass das andere Mädchen überhaupt lebend davongekommen war.

Nachdem er sich an dem bewussten Abend vor der Polizei in der Nähe des Versammlungshauses versteckt hatte, war er später Moritz und der Blondine bis auf den nahe gelegenen Campingplatz gefolgt. Eigentlich hatte er Moritz wegen des Schandkragens zur Rede stellen wollen, doch es war anders gekommen. Moritz und die Blonde, ein müder Abklatsch von Lisa, waren in einen Caravan gestiegen, der in einem entlegenen Winkel des Campingparkplatzes stand. Als sie die Tür hinter sich zugezogen hatten, war Martin aus purer Neugier um den Caravan herumgegangen. An allen Fenstern waren die Gardinen vorgezogen, doch plötzlich hatte sich ein Vorhang bewegt, und Moritz hatte hinausgespäht. Martin hatte sich eng an den Caravan gedrückt – das Fenster war genau über seinem Kopf gewesen –, sodass Moritz ihn nicht hatte sehen können. Erst nach einer ganzen Weile hatte Martin sich getraut, sich wieder zu bewegen. Er hatte lieber gehen und Moritz am nächsten Tag wegen des Schandkragens anrufen wollen. Das hatte er dann allerdings wegen der Polizeigeschichte, die ihm erst später so wirklich bewusst geworden war, vergessen. Und dann war die Sache mit Moritz in der Hütte passiert. Martin hatte sich noch einmal umgedreht, als er vom Caravan wegging, und dabei zu seiner Überraschung bemerkt, dass Moritz die Gardine nicht wieder ordentlich zugezogen hatte. In diesem Moment war seine Neugierde erwacht, und er hatte sich nach etwas umgesehen, um von einer höheren Position in das Fenster hineinspähen zu können. Er hatte sich für einen wenige Meter entfernt stehenden Mülleimer entschieden, ihn unter das Fenster geschoben und war hinaufgeklettert. Schon als er die Innenausstattung des Caravans sah, hatte es ihm den Atem verschlagen. Offensichtlich hatte Moritz sich einen Sadomaso-Raum eingerichtet. Zuerst hatte Martin nur wie gebannt zusehen können bei dem, was Moritz mit dem Mädchen trieb, und zu seinem eigenen Widerwillen hatte es ihn erregt. Irgendwann hatte er, ohne groß darüber nachzudenken, die Fotos gemacht, dann hatte er wieder nur zugeschaut. Er hatte überlegt, ob er eingreifen sollte. So etwas konnte doch eine Frau nicht freiwillig wollen? Er hatte sich jedoch nicht rühren können. Als Moritz mit der Blondine fertig gewesen war, hatte er ihr ihre Klamotten hingeschmissen. Erst da hatte Martin sich losreißen können, um schleunigst in der Dunkelheit zu verschwinden.

Martins Gedanken wanderten zu Lisa. Er kannte sie schon eine Ewigkeit. Früher war sie oft gemeinsam mit ihrer Mutter zu seinem Vater in die Praxis gekommen. Sie hatte ihn, Martin, nie wirklich beachtet, und dennoch hatte er sich in sie verknallt. Da war er etwa zwölf gewesen. Mit den Jahren hatte seine geheime Schwärmerei für Lisa zugenommen, und als er den Zenit der Pubertät erreicht hatte und sich abends – und manchmal auch morgens – ausführlich um eine bestimmte Region seines Körpers kümmerte, hatte er stets Lisa vor Augen gehabt. Die vollkommene Lisa. Manchmal, nein sogar meistens, war das bei diesen Gelegenheiten noch heute so.

Er hatte immer gewusst, dass er bei Lisa keine Chancen hatte, dennoch war er enttäuscht gewesen, als sie irgendwann nicht mehr mit ihrer Mutter mitkam. So war es für ihn wie ein Wink des Schicksals gewesen, als er sie an der Uni wiedergetroffen hatte und sie ihn plötzlich nicht nur grüßte, sondern auch ab und an in der Mensa das Wort an ihn richtete. Lisa war es auch gewesen, die ihm Moritz vorgestellt hatte. Zuerst hatte Martin gedacht, die beiden seien ein Paar, doch dann hatte er ein paarmal auf Studentenpartys mitbekommen, wie Lisa Bredenbeck hatte abblitzen lassen, und war beruhigt gewesen. Wenn Lisa selbst einen Typen wie Bredenbeck nicht wollte, hätte wohl kein Mann Chancen bei ihr, und Martin hatte sich getrost weiterhin seinen Fantasien von der vollkommenen und deswegen in seinen Träumen jungfräulichen Lisa hingeben können.

Obwohl sie es absolut geheim gehalten hatten, hatte Lisa irgendwie herausbekommen, dass Martin für Moritz Bredenbeck Hausarbeiten und Referate schrieb. Sie hatte ihn prompt gebeten, ihr ebenfalls zu helfen und für eine Klausur mit ihr zu lernen. Martin hatte ihre Bitte im ersten Moment für einen Scherz gehalten, da alle Welt wusste, was für eine hervorragende Studentin sie war, doch sie hatte darauf beharrt, dass sie mit ihm lernen wolle. Das war vor eineinhalb Monaten gewesen, und er würde den Tag ihres Treffens niemals vergessen. Martin vergrub seinen Kopf in der Mähne des Pferdes, schloss die Augen und berauschte sich an der Erinnerung, die ihn die Nähe zu seiner Traumfrau dermaßen körperlich spüren ließ, als würde alles Geschehene jetzt, in diesem Moment, passieren.

Da er zu diesem Zeitpunkt nachmittags bei seinem Vater in der Praxis ausgeholfen hatte, dessen Assistent wegen einer schweren Grippe ausgefallen war, und Martin für diese Tage sein altes Zimmer bezogen hatte, war Lisa zu ihm in sein Elternhaus nach Uelzen gekommen. Zuerst hatten sie tatsächlich gelernt, wobei das Lernen aus einer Diskussion zu einer von Lisa aufgestellten These bestand. Danach hatte Lisa einen kurzen Blick in den Stall werfen wollen. Ein krankes Pferd ihrer Mutter war im Stall der Tierklinik eingestellt. Sie waren durch die Hintertür des Hauses, das zugleich die Praxis beherbergte, hinausgegangen. Darum hatten sie nicht mitbekommen, dass vor dem Haus der Wagen von Lisas Vater stand. Erst beim Betreten des Stalls hatten sie die lauten Stimmen von Lisas Eltern hören können, die allem Anschein nach einen heftigen Streit hatten, bei dem es um ihre Tochter ging – zumindest war der Name *Lisa* ein paarmal hintereinander gefallen. Lisas Augen hatten vor Aufregung geglänzt, und sie hatte Martin verschmitzt angesehen, während sie ihn in eine freie Box gleich am Eingang gezogen und ihm ihren zarten Finger auf die Lippen gelegt hatte, um dann gemeinsam mit ihm zu lauschen: »Aber wir müssen es Lisa endlich sagen. Sie ist über 18, und außerdem habe ich Angst, dass sie es irgendwann herausfindet«, hatte Ellen Minkwitz mit weinerlicher und doch fordernder Stimme gesagt.

»Ach, papperlapapp. Was willst du ihr denn sagen? Dass sie die Tochter eines Vergewaltigers ist und ihre Mutter promiskuitiv ist und darüber hinaus noch einen größeren Dachschaden hat?«, hatte Simon Minkwitz barsch geantwortet. Unwillkürlich hatte Martin Lisa angeguckt, die sich die flache Hand auf den Mund gedrückt hatte, um nicht laut loszuschreien. Jegliche mädchenhafte Verschmitztheit war von einem Moment auf den anderen aus ihrem Gesicht gewichen.

»Nein, das darf sie natürlich nie erfahren. Das würde sie kaputt machen. Aber dass wir sie adoptiert haben, müssen wir ihr erzählen«, hatte Lisas Mutter mit Nachdruck geantwortet.

»Wozu? Sie ist doch glücklich, unsere Tochter zu sein, und so wie ich sie kenne, würde sie dann auf eigene Faust herausfinden wollen, wer ihre leibliche Mutter ist. Willst du das?«, hatte Simon Minkwitz eindringlich gefragt.

»Nein, natürlich nicht, aber …«

»Nichts aber. Hast du gehört? Ich will nicht, dass Lisa irgendetwas erfährt. Ich bin ihr Vater und du ihre Mutter, und damit basta. Sie kann schließlich nichts dafür, dass du keine Kinder bekommen kannst. Und ich übrigens auch nicht. Du kannst froh sein, dass ich dich damals nicht verlassen und mir eine andere gesucht habe. Klar gebe ich dieser Reimers jeden Monat eine Stange Geld, damit sie nicht auf die hirnrissige Idee kommt, Lisa zu kontaktieren oder an anderer Stelle alles hinauszuposaunen. Aber das ist es mir allemal wert. Alle Menschen sind käuflich. Und so eine Schlampe wie Karin Reimers sowieso. Ehrlich gesagt bezweifle ich inzwischen sogar, dass sie vergewaltigt wurde. Bestimmt war das nur eine erfundene Geschichte, damit sie Lisa so schnell wie möglich loswerden und Geld dafür einheimsen konnte. Außerdem war die Adoption rechtlich absolut nicht sauber, das weißt du genau. Und in meiner Position kann ich es mir nicht leisten, dass so was jemals ans Tageslicht kommt. Es wäre also niemandem damit geholfen. So, und jetzt lass uns gehen. Ich treffe mich nachher mit dem Bürgermeister und möchte mich vorher umziehen. Der Gestank nach Pferdestall ist da denkbar unpassend«, hatte Simon Minkwitz der Auseinandersetzung ein Ende gesetzt, und seine Frau hatte nicht weiter insistiert. Kurz darauf war das Ehepaar aus der Box ihres Pferdes getreten, und Lisa und Martin hatten das Einrasten des Riegels gehört. Dann hatten sich die Schritte entfernt.

Erst nach einer Weile war Lisa in sich zusammengesackt, sodass sie wie ein Häufchen Elend auf dem Boden gehockt hatte. Das Gesicht in den Händen vergraben hatte sie zu weinen begonnen. Martin war ratlos gewesen. Auch er hatte unter Schock gestanden, obwohl das Gehörte ihn nicht betraf. Lisa in den Arm zu nehmen, hatte er sich nicht getraut, stattdessen hatte er geduldig und regungslos abgewartet. Als Lisa sich einigermaßen beruhigt hatte, hatte sie mit großen verweinten Augen zu ihm hochgeguckt, ihn jäh an der Hand gegriffen und zu sich heruntergezogen. Sie hatte seinen Kopf gepackt, ihn wild geküsst und dabei erst ihm und dann sich die Kleider vom Leib gerissen, bevor sie sich auf ihn gesetzt hatte. Sie hatte sofort begonnen, ihn wild zu reiten. Ihre schweren Brüste waren vor seinen Augen auf und nieder gehüpft, und in dem Augenblick, als er nach ihnen hatte greifen wollen, war ein nie gekanntes Gefühl durch seinen Körper geströmt. Und dann war es so schnell vorbei gewesen, wie es gekommen war, was zweifelsfrei an Martin gelegen hatte und wofür er sich noch jetzt, bei der Erinnerung daran, schämte. Lisa hingegen war dadurch schlagartig wieder in die Wirklichkeit zurückgelangt. Sie hatte sich erhoben, sich notdürftig mit einer Handvoll Heu sauber gemacht und sich wortlos angezogen. Dann hatte sie mit eisiger Stimme gesagt: »Sag niemandem etwas. Nicht von dem hier eben und nicht von dem, was du über mich gehört hast.«

»Nein, mach ich nicht«, hatte Martin gestammelt und seine Hand, wie er es bei der ›PRO HANSE‹ gelernt hatte, zum Schwur hochgestreckt. »Ich schwöre es dir. Du kannst dich auf mich verlassen. Immer.«

Lisa hatte sich schweigend abgewandt und war gegangen.

Wie in jenem Moment vor eineinhalb Monaten traten Tränen aus Martins Augen hervor. Und auch heute hatte er keine Ahnung, ob vor Glück oder aus Traurigkeit, weil er wusste, dass diese Art des Zusammenseins mit Lisa eine einmalige Angelegenheit bleiben würde. In den Tagen danach waren sie sich nur ab und zu in der Uni oder bei Treffen der ›PRO HANSE‹ über den Weg gelaufen. Bei diesen Gelegenheiten hatte Lisa ihn jedes Mal an seinen Schwur erinnert und war jedem Versuch von ihm, sich mit ihr zu verabreden, beharrlich ausgewichen.

Martin wischte sich die Tränen aus dem Gesicht. Inzwischen hatte er Lisa seit über einer Woche nicht mehr gesehen. Weder an der Leuphana Universität noch bei der ›PRO HANSE‹-Demo oder der Veranstaltung des Vereins. Er machte sich Sorgen. Natürlich, vielleicht hatte sie sich, nachdem sie von ihrer Adoption erfahren hatte, eine kleine Auszeit von Lüneburg genommen. Doch hätte sie das nicht gleich getan? Warum erst ein paar Wochen später? Außerdem passte es so gar nicht zu der ehrgeizigen Studentin, die Vorlesungen zu schwänzen. Bei ihren Dozenten hatte sie sich nicht abgemeldet, das hatte er herausgefunden. Wieder kam Martin seine Beobachtung von Moritz und der Blondine in den Sinn, die Lisa so ähnlich gesehen hatte. Konnte es sein, dass Moritz etwas mit Lisas Verschwinden zu tun hatte? Er musste es herausfinden.

Martin Gravert schaute auf das Handy in seiner Hand. Kurz entschlossen setzte er eine SMS an Moritz ab, um ihm seine Bereitschaft für ein Treffen sowie Zeit und Ort durchzugeben. Genau in diesem Augenblick hörte er entfernte Sirenengeräusche und erinnerte sich daran, dass es besser wäre, sein Handy auszuschalten. Er ärgerte sich über seine Gedankenlosigkeit und hoffte inständig, dass er nicht wichtig genug für die Polizei war, um seinetwegen eine Handyortung vorzunehmen. Das hatte er vorhin beim Einschalten gehofft, als er schauen wollte, ob Nachrichten eingegangen waren. Doch dann hatte Moritz angerufen und ihn völlig aus dem Konzept gebracht. Bestimmt galten die Sirenen nicht ihm, doch er täuschte sich. Als er das erkannte, war es zu spät, denn er sah bereits durch die Ritzen des Stallgebäudes blaues Licht hindurchscheinen. Dann hörte er mehrere Leute in den Stall laufen und eine Stimme, die ihn anbrüllte: »Polizei. Martin Gravert, Sie sind festgenommen!«

11.57 Uhr

Helge Conrad saß apathisch auf einem der Stühle im Verhörraum und starrte auf die weiße Tischplatte. Fast drei Stunden lang, unterbrochen von mehreren Pausen, hatte Katharina versucht, eine Aussage zu seinem Motiv aus ihm herauszubekommen und ob er im Team gearbeitet hatte, doch der Pathologe schwieg beharrlich. Sie hatte ihm auch das Foto von Lisa Minkwitz hingehalten, ihn gefragt, ob die Studentin ebenfalls ein Opfer von ihm war, woraufhin Conrad verständnislos das Bild gemustert und kaum wahrnehmbar mit dem Kopf geschüttelt hatte. Nach wie vor hatte er nicht nach einem Anwalt verlangt. Ihm schien, nachdem er gefasst worden war, alles egal zu sein. Katharina wusste für den Moment nicht mehr, was sie noch versuchen sollte. Sie war keinen Schritt vorangekommen. Resigniert gab sie dem jungen Schutzpolizisten, der wachsam in der Ecke des Verhörraums stand, ein Zeichen, dass er bleiben sollte, während sie auf die Tür zum Nebenraum zusteuerte. Benjamin Rehder erwartete sie dort bereits, den Blick ratlos auf die große Glasscheibe gerichtet, hinter der Helge Conrad regungslos verharrte. Katharina schloss die Tür hinter sich und sah ihren Chef an: »Tut mir leid, Ben, ich bin mit meinem Latein am Ende. Ich hatte wirklich gedacht, heute Morgen wäre er bereit zu reden, aber ich krieg ihn nicht geknackt, egal, wie ich es versuche.«

»Ich habe es beobachtet«, antwortete Ben, »ich denke auch, dass wir abbrechen sollten. Er wird nichts sagen, zumindest jetzt nicht.«

Katharina blickte ebenfalls durch das Fenster. Es bot sich ihr das gleiche Bild von dem Mann, der bis gestern ein Kollege gewesen war, nur aus einer anderen Perspektive. Entschlossen drehte sie sich von der Scheibe weg und wandte sich Ben zu: »Halt mich meinetwegen für bescheuert, ich weiß, was Conrad getan hat. Aber trotzdem möchte ich ihn nicht wie jeden anderen von dem uniformierten Kollegen in Handschellen wegbringen lassen.« Sie machte eine kurze Pause und überlegte, ob sie sicher war. »Ich bringe ihn selbst zurück in die Untersuchungshaft, wenn das okay für dich ist.«

Ben sah seine Kollegin irritiert an. »Was versprichst du dir davon? Oder ist das irgendeine Form weiblichen Mitgefühls, das ich nicht verstehe? Wie du richtig sagst, das, was dieser Mensch mit seinem Opfer getan hat ...«

Katharina ließ Ben nicht ausreden. »Ich weiß es, Ben. Es ist einfach nur ... nenne es Mitleid, um ihm einen Rest seiner Würde zu lassen oder, ach ... keine Ahnung, vielleicht hoffe ich auch unterbewusst, dass er mir doch noch etwas mitteilt – eigentlich glaube ich das aber kaum. So blöd das klingt – ich halte Helge Conrad nicht für pauschal gefährlich. Er wird mir nichts tun, da bin ich mir sicher. Und ja, ich kann nicht ignorieren, dass er bis gestern ein Kollege von uns war.«

Ben sah Katharina einen Moment eindringlich an, bevor er sich zu einer Antwort entschloss: »Okay, meinetwegen. Aber der Kollege von der Schupo begleitet dich und bekommt die Order, wachsam zu sein. Und wenn Conrad nur einmal zuckt, klicken die Handschellen.«

»In Ordnung«, sagte Katharina und sah ihren Chef dankbar an. »Dann mache ich mich mal auf den Weg.«

Sie gingen gemeinsam zurück in den Verhörraum. Während Benjamin Rehder leise mit dem uniformierten Kollegen sprach und ihm Anweisungen erteilte, trat Katharina auf Helge Conrad zu: »Kommen Sie bitte, Herr Conrad. Wenn Sie nicht bereit sind, mit uns zu reden, geht es zurück in die Untersuchungshaft. Sie wissen selbst am besten, wie das Ganze läuft, denke ich.«

Der Gerichtsmediziner verzog keine Miene, sondern erhob sich wortlos von seinem Stuhl. Katharina versuchte zum wiederholten Mal an diesem Morgen, Blickkontakt herzustellen, als sie zu ihm sagte: »Ich weiß nicht genau, warum, aber ich will keinen Spießrutenlauf und werde deswegen auf Handschellen verzichten. Ich hoffe, ich bereue das nicht.«

Zum ersten Mal, seit Helge Conrad um kurz nach neun in den Verhörraum geführt worden war, sah er Katharina für einen kurzen Augenblick direkt an, und die Kommissarin meinte, in seinen Augen einen Schimmer von Dankbarkeit lesen zu können. Doch bevor sie diese Gefühlsregung nutzen konnte, war der Blick des Gerichtsmediziners wieder leer und starr auf den Boden gerichtet. Widerstandslos folgte er Katharina und dem jungen Polizisten auf den Flur des Kommissariats und ging neben der Kommissarin her. Als sie um die Ecke des Ganges traten, sah Katharina Tobias aus der anderen Richtung auf sie zukommen – sie hatte ihn heute Morgen benachrichtigt, dass sie und Ben auf dem Kommissariat wären, um Conrad erneut zu verhören. Tobias kam in Begleitung einer blonden Frau, deren Gesicht von ihren langen Haaren verdeckt war, während sie im Gehen in ihrer Handtasche kramte. Sie waren nur noch wenige Meter voneinander entfernt, als die junge Frau den Kopf hob und Katharina schlagartig erkannte, wen Tobi da aufs Kommissariat brachte: Lisa Minkwitz!

Tobi musste von Weitem ihren überraschten Blick gesehen haben, denn er grinste breit, als er über den Gang rief: »Da staunst du, Kollegin, oder? Ich habe Frau Minkwitz sehr entspannt mitten auf dem Stadtfest angetroffen und dachte mir, ich bring sie gleich mal hierher.«

Katharina hatte die letzten Worte von Tobi nicht richtig wahrgenommen, denn Helge Conrad war abrupt stehen geblieben. Erschrocken drehte sie sich zu ihm, weil sie befürchtete, dass er diese unerwartete Ablenkung zur Flucht nutzen wollte. Stattdessen erkannte sie, dass Conrads Blick starr auf Lisa Minkwitz gerichtet war, die lächelnd auf Tobias blickte. Conrad murmelte etwas vor sich hin, aber so leise, dass Katharina dicht neben den Gerichtsmediziner treten musste, um ihn zu verstehen.

»Es tut mir leid, Lisa«, murmelte Helge Conrad immer wieder, »es tut mir leid, ich habe es nicht zu Ende gebracht. Ich habe versagt.«

Er regte sich nicht, wiederholte nur leise diese Worte. Inzwischen waren Tobias und Lisa Minkwitz fast auf gleicher Höhe des Flurs angekommen wie Katharina und Helge Conrad. Der Blick von Lisa Minkwitz ruhte nun auf Helge Conrad, der seinen daraufhin zu Boden senkte. Katharina meinte, ein kurzes Blähen ihrer Nasenflügel zu bemerken. Hier war etwas merkwürdig. Aus dem Bauch heraus raunte Katharina Tobias zu: »Bring Frau Minkwitz bitte in den Verhörraum, dort haben wir mehr Ruhe, und erkläre ihr das auch so.« Tobias sah seine Kollegin irritiert an und wollte etwas erwidern, doch ein nachdrückliches »Bitte« von Katharina ließ ihn verstummen. »Ich bin gleich da«, fuhr Katharina fort und bat den jungen Kollegen in Uniform, mit Helge Conrad in den zweiten Verhörraum zu gehen. Katharina beobachtete, wie Tobias die junge Frau dorthin führte, wo sie selbst gerade herkam. An Lisa Minkwitz war keine Regung zu erkennen. Irgendwas stimmt hier absolut nicht, dachte Katharina wieder. Sie versicherte sich, dass Helge Conrad gut bewacht blieb, und ging den Weg zurück. Ben, der inzwischen von Tobi benachrichtigt worden war, traf im selben Moment vor dem Verhörraum ein wie Katharina, deren Handy in diesem Moment klingelte. Sie zog es aus der Hosentasche und erkannte auf dem Display die Nummer der Assistentin von Helge Conrad. Kurz entschlossen nahm sie das Gespräch an, lauschte, sagte dann ein tonloses »Danke, Frauke«, und legte auf.

»Katharina, was ist los?«, fragte Tobi.

Katharina antwortete ihm nicht, sondern sah Benjamin Rehder an. »Ich habe eine Vermutung. Ehrlich gesagt ist die ziemlich irre, aber definitiv stimmt hier irgendwas nicht.«

»Ich habe keine Ahnung, was du meinst«, antwortete Ben stirnrunzelnd. »Geht's genauer? Warum hast du Conrad nicht in die Untersuchungshaft zurückgebracht? Willst du es mit einem anderen Verhörraum versuchen? Meinst du, der hat eine andere Atmosphäre und löst seine Zunge? Und was soll Lisa Minkwitz im anderen Verhörraum? Warum setzt Tobi sich für ihre Aussage nicht mit ihr in unser Büro? Sie ist aller Wahrscheinlichkeit ein Opfer, auch wenn es Gott sei Dank so aussieht, als sei sie nicht verletzt worden.«

»Siehst du«, erwiderte Katharina, »und ich glaube, genau da liegen wir falsch.«

Ben sah seine Kollegin fragend an. »Was meinst du?«

»Ich kann es nicht genau erklären. Conrad hat auf Lisa Minkwitz reagiert, das habt ihr beide nicht mitbekommen. Und zwar auf eine Art, die, ja, die eben merkwürdig war. Frauke Bostel hat mir mitgeteilt, dass die DNS-Analyse eine gewisse Übereinstimmung erbracht hat – und jetzt kommt's: Lisa Minkwitz ist mit unserem Opfer verwandt, und zwar sehr eng!«

Sowohl Ben als auch Tobi sahen die Kollegin überrascht an. Ben fand als Erster seine Sprache wieder: »Okay, Katharina, wenn du einen Plan hast, vertraue ich dir. Ich gehe mit dir rein zu Frau Minkwitz, Tobi, du gehst zu Frauke Bostel und lässt dir das mit dem DNS-Vergleich schriftlich geben. Außerdem haben die Kollegen Gravert gefasst. Lass dir bitte von ihnen Bericht erstatten, okay?«

»Danke«, sagte Katharina, während die Gedanken in ihrem Kopf hin und her sprangen. Zusammen mit Ben betrat sie zum wiederholten Mal an diesem Morgen den Verhörraum, nicht ahnend, mit welchen Fakten sie konfrontiert werden würden.

»Mann, Mann, Mann, jetzt brauche ich erst mal einen Schnaps, oder zwei. Am liebsten einen *Heidegeist*. Und als Grundlage eine leckere Bratwurst«, verkündete Tobias. »Wer hätte das gedacht? Wie kann eine so schöne Frau auf so grausame Ideen kommen? Und was ist das für ein Mann, der das mitmacht?«

»Ja, ich kann das Ganze auch immer noch nicht glauben. Mir kommt die letzte Woche wie ein langer böser Traum vor. Und was Conrad angeht: Schon mal was von Hörigkeit gehört, Tobi?«, sagte Benjamin Rehder betrübt.

»Hörigkeit? Nee, das Wort gibt es nicht in meinem Sprachschatz«, meinte Tobias und steuerte auf einen Bratwurststand zu.

»Ach kommt schon«, schaltete sich Katharina in das Gespräch ein. »Ihr habt die Minkwitz doch auch angeguckt wie das Kaninchen die Schlange und ihr im ersten Augenblick die Unschuld vom Lande komplett abgenommen.«

»Na, aber sie sieht auch echt scharf aus«, verteidigte Tobias sich und schickte Ben einen Blick hinüber, der wenigstens bei ihm um Verständnis heischte. »Da kann Mann sich auch mal vergessen. Trotzdem würde ich niemals für irgendjemanden einen anderen Menschen foltern. Selbst nicht für so eine Hammerfrau. Das ist doch krank. Echt krank. Und was die Unschuld vom Lande angeht, das hat sie drauf. Als ich sie auf dem Stadtfest angesprochen und gebeten habe, mit mir aufs Kommissariat zu kommen, um ein paar Fragen zu klären, war sie gleich total freundlich und ist bereitwillig mitgekommen. Was hätte ich denn da denken sollen?«

Inzwischen waren die drei Ermittler beim Würstchen-stand angelangt. Nachdem sie den *Polaroid-Fall* dank Katharinas intuitivem Handeln so überraschend abge-schlossen hatten, war keiner von ihnen in der Stimmung gewesen, nach Hause zu gehen. Ben hatte den Vorschlag gemacht, gemeinsam das Stadtfest zu besuchen.

»Ich nehme auch eine Wurst, und du, Katharina?«, fragte Ben. Katharina nickte und Tobias bestellte für sie alle.

»In gewisser Form ist Hörigkeit eine Krankheit. Eine Suchtkrankheit, durch die man sich selbst aufgibt und einem anderen Menschen komplett unterwirft. Das hat etwas Sklavisches«, sagte Katharina nachdenklich, wäh-rend sie sich und den anderen beiden Servietten aus dem Spender herauszog und auf dem Tresen platzierte. »Übri-gens, wenn ich darüber nachdenke, passt Hörigkeit zu Conrads Profil. Menschen, die sich völlig auf eine andere Person fixieren und fraglos alles für sie tun, haben in der Regel kaum andere soziale Kontakte und wenig Selbstbe-wusstsein. Sie definieren sich nahezu ausschließlich über den anderen Menschen, den sie außerdem völlig idealisie-ren. Das heißt, sie übernehmen dessen Rechts- und Moral-vorstellungen, selbst wenn sie es als Kind anders gelernt haben. Conrad kennt Lisa Minkwitz schon seit zehn Jah-ren. Da war sie natürlich noch ein Kind, aber er war ihr trotzdem sofort verfallen. Sie war seine kleine Lolita, wobei er wohl nur aus der Ferne für sie geschwärmt hat. Als sie dann vor einigen Wochen bei ihm aufgetaucht ist, konnte er sein Glück kaum fassen und hat ihr sofort aus der Hand gefressen. Und die letzte Woche muss für ihn der Himmel auf Erden gewesen sein. Da hat sie schließlich bei ihm gewohnt, ihr Leben mit ihm geteilt. Sie muss sich fast nur in seiner Wohnung aufgehalten haben. Darum hat man sie nirgendwo in der Stadt gesehen. Sie hat sogar, wenn es mal notwendig war, nur mit Conrads Handy telefoniert. Sie hat also alles getan, um unentdeckt zu bleiben. Heute hat sie es dann nicht mehr ausgehalten und musste mal wieder unter Menschen. Aber sie hatte ja auch gemerkt, dass alles wie am Schnürchen lief, und wollte durch ihr Untertauchen nicht länger auffallen.«

»Na, aber ein wenig hat Helge sich von dem Erlernten wenigstens erhalten können. Schließlich ist er es gewesen, der versucht hat, dir bei einer Tour das Geocachethema näher zu bringen, und derjenige, der die Polaroids als Cache versteckt hat und so auf sich aufmerksam machen wollte«, warf Ben ein und nahm die gebratene Wurst entgegen, die der fröhlich pfeifende Wirt ihm über den Tresen reichte.

»Auf sich nicht, aber auf eine Frau, die gefoltert wird«, sagte Katharina hart. »Ich kann es immer noch nicht fassen, dass ich mit ihm in der Heide spazieren gegangen bin und so gar nichts gemerkt habe. Na ja, aber viel geredet haben wir ja auch nicht …«

»Ein Glück, ist dir nichts passiert!«, sagte Ben, dem erst jetzt so richtig bewusst wurde, dass Katharina noch vor wenigen Tagen mutterseelenallein mit dem Folterer unterwegs gewesen war.

»Ich hätte mich schon zu wehren gewusst«, sagte Katharina leichthin.

»Das glaub' ich gern«, warf Tobi ein. Dann wollte er wissen: »Hat Conrad erzählt, was für Karin Reimers geplant war, falls wir, ich meine du, Katharina, ihn nicht gestoppt hättest? Er hätte sie ja nicht ewig in einem seiner Leichenkühlschränke dahinvegetieren lassen und ihr

immer mal irgendein Körperteil abschneiden können.«
Während Tobias interessiert auf eine Antwort wartete,
biss er herzhaft in die Wurst, die er gerade entgegengenommen hatte.

»Boah, du bist geschmacklos«, sagte Katharina.

»Wieso, stimmt doch. Und geschmacklos bin ich nicht,
ich find die Wurst ausgezeichnet«, feixte der junge Kommissar schmatzend.

»Also mir ist der Appetit vergangen. Hier.« Katharina
schob ihre noch nicht angerührte Bratwurst zu Tobias hinüber und sagte: »Conrad hat es nicht erzählt. Dafür war er
zu fertig, aber die Minkwitz war umso redefreudiger. Und
glaub mir, sie hat es so erzählt, als würde sie sich schon an
der Vorstellung berauschen.«

»Ja, das ist mir auch aufgefallen«, stimmte Benjamin
Rehder zu. »Sie ist fast in Ekstase geraten, als sie uns ziemlich detailliert geschildert hat, dass sie vorhatte, Karin
Reimers eine sogenannte Folterbirne von Conrad in die
ähm …«

»Vagina«, kam Katharina ihm zu Hilfe.

»Ja, genau in die einführen zu lassen. Die anderen Folterungen sind wohl mit lokaler Betäubung vonstattengegangen, bei dieser sollte Karin Reimers alles spüren, und Lisa
wollte sich ihr dabei zu erkennen geben. Danach sollte sie
wie eine Hexe verbrannt werden. Natürlich im Krematorium und nicht auf dem Scheiterhaufen«, informierte der
Hauptkommissar Tobias, der gleich nachfragte: »Folterbirne? Nie gehört.«

»Das macht dich sehr sympathisch«, sagte Katharina
und erklärte: »Wir wussten auch nicht, was das ist, aber
Lisa Minkwitz hatte ein Buch über die Foltermethoden
des Mittelalters dabei. Ihre Bibel, wie sie es nannte …

Unter Folterbirne stand, dass sie aus mehreren löffelarti-
gen Schalen besteht, die birnenförmig angeordnet und mit
einem Gewindemechanismus verbunden sind. Die Birne
wird vom Folterer eingeführt und die Löffel mithilfe dieses Mechanismus aufgespreizt. Das führt erst zur Über-
dehnung und dann zu ernsthaften Verletzungen.«

»Autsch«, machte Tobias und verzog das Gesicht.

»Allerdings«, übernahm Rehder. »Die Schmerzen müssen unmenschlich sein. Im Mittelalter wurden mit diesem
Ding Frauen gefoltert, die angeblich Geschlechtsverkehr
mit dem Teufel hatten.«

»Ah kapiere, der Teufel ist im Fall von Karin Reimers
ihr Vergewaltiger«, kombinierte Tobias. »Mein Gott, was
Menschen sich für Rechtfertigungsbrücken bauen, um
einen anderen zu quälen. Unglaublich. Aber wieso hat
die Minkwitz sich an ihrer leiblichen Mutter rächen wollen? Warum nicht an ihrem echten Vater? Das würde ich
zwar auch nicht verstehen, aber wenigstens nachvollziehen können.«

»Karin Reimers hat die Vergewaltigung niemals ange-
zeigt. Nur das Ehepaar Minkwitz wusste auch davon.
Nicht mal ihrem Ehemann hat sie es jemals erzählt. Das
ist zumindest Lisas Version. Darum hat sie nicht herausfinden können, wer ihr Erzeuger ist, falls er überhaupt
gefasst worden wäre. Lisa hat das mit ihrer Adoption rein
zufällig erfahren, weil sie ein Gespräch ihrer Adoptivel-
tern belauscht hat, in dem sie beschlossen, es ihr niemals zu
erzählen. Die Adoption war zudem nicht offiziell. Simon
Minkwitz hat Lisa der jungen Mutter abgekauft und zahlt
ihr bis heute monatlich ein Schweigegeld. Das lief nie über
die Behörden. Ich schätze, deshalb wollte er keine DNS-
Probe von Lisa herausrücken. Er hatte Angst, dass wir

im Laufe der Ermittlungen auch von ihm und seiner Frau eine DNS-Probe einfordern und so feststellen würden, dass sie nicht Lisas leibliche Eltern sind«, sagte Katharina.

»Da hat der Herr Unternehmer ziemlich um die Ecke gedacht«, sagte Tobias, »wir hätten für eine Probe von den beiden keinen Grund gehabt.«

»Oder er hat zu viele Krimis im Fernsehen gesehen«, brummte Rehder.

»Jedenfalls hat sich Lisa die Kontoauszüge ihres Vaters vorgenommen und ist so auf Karin Reimers gestoßen. Sie hat es ihrer leiblichen Mutter übel genommen, dass sie sie wie ein Stück Vieh verkauft, verleugnet und dazu noch gelogen hat«, fuhr Katharina fort.

»Wieso gelogen?«, fragte Tobias.

»In Lisas diffuser Wahrnehmung ist es lügen, wenn jemand nicht zu seinem Kind steht«, sagte Ben tonlos.

»Na, dann sag das mal meinen Eltern, denen war ich schon als Kind peinlich, und sie haben nicht zu mir gestanden«, grinste Tobi. »Vor allem, wenn wir essen gegangen sind. Einmal hat mein Vater einem Kellner erklärt, dass ich nur sein Neffe sei, und sich übertrieben für mein Geschmatze entschuldigt. Na ja, egal. Aber jetzt begreife ich, warum Conrad seine Caches unter dem Nickname *Meyneid* eingestellt hat. Irre Geschichte, das Ganze ... Wie habt ihr Lisa Minkwitz geknackt? Als ich sie aufs Kommissariat gebracht habe, und als sie Conrad auf dem Flur gegenübergestanden hat, wäre ich im Leben nicht draufgekommen, dass sie die Strippenzieherin sein könnte. Die ist so cool und unbeteiligt geblieben, echt unglaublich.«

»Wir haben ihr erzählt, dass Conrad ein volles Geständnis abgelegt hat, ohne genauer darauf einzugehen, was er gesagt hat – das ging ja auch nicht, weil es von uns gelogen war. Und außerdem habe ich gepokert und ihr auf den Kopf zugesagt, dass wir über den DNS-Vergleich festgestellt haben, dass sie die Tochter von Karin Reimers ist. Ehrlich gesagt war mir in dem Moment absolut nicht klar, welche Rolle sie in dem ganzen Fall gespielt hat. Aber dann ist sie plötzlich vollkommen ausgerastet und hat uns, wahrscheinlich ohne es zu merken, ihr Geständnis geliefert, sodass wir nicht weiter nachzufragen brauchten«, erzählte Katharina noch immer überrascht von dem Verlauf, den das Gemurmel von Conrad auf dem Flur und ihr Bauchgefühl hervorgerufen hatten.

»So, ich bin fertig!«, schnaubte Tobi nach einer kurzen Gesprächspause. »Ich würde sagen, auf zur Schnapsbude?«

Die Drei machten sich auf und schlenderten weiter über das Stadtfest, um einen Stand zu finden, an dem es den in der Gegend begehrten *Heidegeist* gab. Sie hingen alle ihren eigenen Gedanken nach, bis Katharina sagte: »Wisst ihr, woraus ich mir einen Vorwurf mache? Als ich in Lisas Wohnung war, sind mir ihre vielen Bücher zum Thema Mittelalter aufgefallen. Leider habe ich mir nichts dabei gedacht, weil sie für mich ein Opfer gewesen ist. Dabei war sie unsere Täterin, wenn auch nicht die Ausführende.«

»Du musst dir keine Vorwürfe machen«, sagte Benjamin und schaute seine Kollegin von der Seite an. »Wir haben das alle so gesehen.«

»Und so richtig schön danebengelegen«, ergänzte Tobias. »Dass dieser Bredenbeck keinen Dreck am Stecken haben soll, kann ich mir allerdings auch nicht vorstellen. Hatte Lisa Minkwitz was mit diesem Arsch? Würde passen. Der mit seinem Folterkabuff.«

»Bis auf die Tatsache, dass er seine Hausarbeiten und Referate von Martin Gravert hat schreiben lassen und somit die Uni betrogen hat, können wir ihm nichts anhängen. Lisa hat allerdings davon gewusst. Und sie kennt auch Bredenbecks Raum mit den Folterinstrumenten. Er hat ihn ihr mal gezeigt, um vor ihr anzugeben, was insofern geklappt hat, als dass sie einmal in dem Raum Sex miteinander hatten. Bei diesem einen Mal ist es aber geblieben. Wie hat Lisa gesagt, Katharina?«, wandte sich Ben fragend an die Kommissarin.

»Dass sie generell zwar nicht darauf steht, gequält zu werden, aber mal wissen wollte, wie es sich anfühlt«, sagte Katharina mit Verachtung in der Stimme. »Die Folterinstrumente für ihre Mutter hat sie sich übrigens bei Bredenbeck ausgeliehen. Ihm hat sie erzählt, sie bräuchte sie für ein Referat an der Uni. Grad heute Morgen hat sie ihn noch getroffen, um sich die Folterbirne zu holen, die Bredenbeck angeblich nur als Deko für seinen Raum benutzt. Sie wusste nicht, dass wir Conrad hatten, weil sie von gestern auf heute bei einer Freundin in Hamburg gewesen ist. Sie hat die Birne in seine Wohnung gebracht und ist dann aufs Stadtfest gegangen, um die Heimkehrerin zu spielen. Von ihrer Freundin, bei der Ellen Minkwitz angerufen hatte, wusste Sie nämlich, dass wir sie suchen, und sie wollte nichts riskieren. Darum ist sie auch mit dir, Tobi, so bereitwillig mitgegangen. Und als sie Conrad bei uns im Kommissariat auf dem Flur begegnet ist, dachte sie, das sei normal, weil er Gerichtsmediziner ist.«

Aus heiterem Himmel blieb Katharina jetzt stehen und sah die beiden Männer an. Ihr war eine Idee gekommen, deren Umsetzung ihr mit Sicherheit guttun würde. »Wisst ihr was? Geht ihr mal allein euren Schnaps trinken. Mir ist nicht mehr danach. Seid nicht böse. Wir sehen uns am Montag im Büro, okay?«

»Och nö«, meinte Tobi enttäuscht.

»Doch, doch«, gab Katharina zurück und schaute in die Richtung eines bestimmten Standes. Ben folgte ihrem Blick und wusste plötzlich, wohin es Katharina zog und warum sie ihre beiden Kollegen nicht dabei haben wollte. Er schluckte, bevor er mit belegter Stimme sagte: »Reisende soll man nicht aufhalten. Wir sehen uns am Montag.« Leiser fügte er an: »Und grüß mir meinen Bruder.«

Katharina verabschiedete sich mit einem schuldbewussten Lächeln und machte sich zielstrebig davon. Ben sah ihr mit gemischten Gefühlen hinterher. Mit einem Mal fiel ihm etwas ein, das er über dem Trubel am Tag völlig vergessen hatte. Aus seiner Hose zog er einen zerknitterten Briefumschlag, den er heute Morgen von Katharinas Schreibtisch genommen hatte. Es war aus einer spontanen Regung heraus geschehen, weil er nicht gewollt hatte, dass sie den darin enthaltenen Brief alleine las. Er hob seine Hand mit dem Umschlag, schwenkte ihn hin und her und rief: »Katharina, warte«, doch sie hörte ihn nicht. Vielleicht war es besser so. Sie sollte wenigstens ihr restliches Wochenende unbesorgt genießen, was nach diesem grausigen Fall ohnehin schwer genug sein würde. Benjamin Rehder ließ seine Hand sinken und steckte den verschlossenen Umschlag aus der JVA München zurück in seine Hosentasche. Dann klopfte er seinem Kollegen auf die Schulter und sagte unternehmungslustiger, als ihm zumute war: »Komm, Tobi, wir beide lassen uns jetzt von einem anständigen *Heidegeist* den Abend versüßen.«

»Hilflos in die Welt gebannt,
Selbst ein Rätsel mir,
In dem schalen Unbestand,
Ach, was soll ich hier?

– Leiden, armes Menschenkind,
Jede Erdennot,
Ringen, armes Menschenkind,
Ringen um den Tod.«

(Marie von Ebner-Eschenbach)

EPILOG:

15.28 Uhr

Sie konnte nicht anders. Sie hatte sich zu sehr daran gewöhnt: Wie in den vergangenen Tagen – oder waren es bereits Wochen? – lag sie lang ausgestreckt auf dem Rücken. Ihre Augen waren fest geschlossen. Den Wunsch, sich wie eine Katze zusammenzurollen, verspürte sie nicht mehr. Diese Position gehörte einer fernen Vergangenheit an. Wenn sie an diese Zeit zurückdachte, kam sie ihr vor wie ein alter Heimatfilm, der ungeachtet aller Irrungen und Wirrungen am Ende alles in Harmonie erblühen ließ.

Jetzt, hier und in diesem Moment, sah sie kein Ende. Natürlich, man hatte ihr gesagt, sie sei gerettet, doch sie fühlte das nicht. Noch immer dröhnte es trotz des schmerzstillenden Morphiumpräparats in ihrem Kopf, als würde ein Orchester seine Instrumente stimmen. Warum schnitten sie ihr nicht die Schädelkappe auf, damit dieser zermarternde Missklang sich aus ihrem Kopf verflüchtigen konnte?

Wenigstens hatten ihre angeblich wohlmeinenden Retter den Schraubstock um ihren Kopf mit Erfolg entfernt.

Ebenso hatten sie ihr die Arm- und Fußfesseln abgenommen, was nicht notwendig gewesen wäre, da sie sich sowieso nicht regen wollte und ihre erschlafften Muskeln es ihr auch kaum erlaubten. Wahrscheinlich wussten sie von ihrer Bewegungsunfähigkeit und sahen keinen Grund, sie vor sich selbst zu schützen. Sie waren doch letztlich alle gleich, egal, ob sie Weiß oder Schwarz trugen.

Die Nasenschläuche schlängelten sich nach wie vor wie parasitäre Würmer an ihren Nasenwänden empor, und sie hatte das Gefühl, sie machten sich bereits an ihrem Hirn zu schaffen. Sie wusste nicht, ob die Schläuche ausgewechselt worden waren. Es war ihr egal, denn es änderte nichts an ihrer Empfindung. Gern hätte sie um eine Sauerstoffmaske gebeten, um die wurmartigen Plastikfortsätze in ihrer Nase loszuwerden. Sie hatte es versucht, aber bis auf röchelnde Laute nichts hervorgebracht.

Wie ein alberner Wackeldackel auf der Hutablage eines fahrenden Wagens kam sie sich vor, als sie jetzt ihren Kopf hin und her schwang – was für eine absurde Assoziation in ihrer Lage … Doch sie hatte schnell gelernt, dass dies immerhin für einen Augenblick das Dröhnen minderte, weil ihr Kopf mit anderem beschäftigt war. So hatte sie es sich zumindest erklärt. Unerwartet glitt mit einem Mal der Absauger aus ihrem Mund. Reflexartig öffnete sie die Augen und sah zu, wie er an seiner Strippe hinunterfiel, bis er knapp über dem Boden zum Pendeln kam und sie an einen Bungee-Jumper erinnerte. Sogleich sammelte sich Speichel in ihrer Mundhöhle, bis er sie ganz ausfüllte, sodass er langsam aus ihren rissigen Mundwinkeln herausrann. Zungenlos, wie sie war, fiel es ihr enorm schwer, den Schluckreflex auszulösen. Sie ließ es bleiben. Sollte sich der Speichel doch seinen eigenen Weg aus ihrem Körper suchen.

Sie schloss erneut die Augen – und als wäre dies das Signal zu einem weiteren Akt im tragischen Theater ihres Lebens, hörte sie mit ihrem vorhandenen Ohr, wie sich eine Tür öffnete und zaghafte Schritte näherkamen. Sie erkannte sie sofort. Darum hielt sie es für besser, so zu tun, als schliefe sie. Es waren die Schritte ihres Mannes.

Sie fühlte, wie sich eine Hand unter ihre Decke schob und sich über ihre legte. Über die, an der die Finger noch vollzählig waren. Mit geschlossenen Augen blieb sie stocksteif liegen, ließ den Speichel aus ihrem Mund laufen und lauschte. Sie hörte nichts, bis auf das angestrengte Atmen ihres Mannes. Einst war dieses Atmen die schönste Musik für sie, die sie entspannte, weil sie sie mit dem Gefühl der Sicherheit einlullte, ihr zeigte, dass sie nicht allein war. Doch das war lange vorbei, bevor sie zu einer lebenden Gefangenen in einem Sarg wurde.

Ihr Mann hatte sie schon nach den ersten Monaten ihrer Ehe enttäuscht, weil er seine Liebe zu ihr nicht im Griff hatte. Sie zu sehr ihr eigenes Leben leben ließ, als dass es ein gemeinsames sein konnte. Er war schnell zu hündisch geworden, was nicht verkehrt gewesen wäre, wäre er zu einem Wolf mutiert, vor dem man Respekt haben konnte, und nicht zu einem Golden Retriever, der sie höchstens aus traurigen Augen anblickte, anstatt anderen an die Kehle zu gehen, die in sein Revier eindrangen.

Natürlich hatte sie seine Unterwürfigkeit ausgenutzt. Nicht so sehr, weil sie Freude an der Paarung mit anderen hatte, sondern eher, um ihren Mann zu provozieren. Ihn aus der Reserve zu locken in der Hoffnung, doch noch seine Entwicklung zum Wolf zu bewirken. Bereits ein Jahr nach der Hochzeit hatte sie begonnen, von den Babys zu träumen, die sie verfolgten und Schrecken in ihr verbreiteten.

Plötzlich durchzuckte sie ein furchterregender Gedanke und versprühte lauter kleine Funken, die sich in ihren Gliedern einschraubten wie Zecken. Vielleicht hatte man sie gar nicht gerettet, sondern alles war ein abgekartetes Spiel? Vielleicht hatte ihr Mann die Henker bestellt, um sich auf diese Weise für ihre jahrelangen Provokationen zu rächen? Sie lag überhaupt nicht in einer echten Klinik! Das machten ihr alle Beteiligten nur weis, damit sie nicht vor lauter Panik schlappmachte und sie sie weiter quälen konnten. Man hatte sie aus einem geschlossenen Sarg in einen offenen verlegt! Ja, so musste es sein: Ihr Mann, der Hund, instruierte alle. Er war der Auftraggeber und nicht, wie man ihr erzählt hatte, die inzwischen erwachsen gewordene Mörderpuppe, die aussah wie ihr eigenes Spiegelbild vor 20 Jahren und angeblich ihr Kind war! Das Kind, das sie gegen ihren Willen empfangen, ausgetragen und geboren hatte, um es für Geld in fremde Hände zu geben.

Ihr Herz begann zu rasen, und sie hoffte, dass ihr Mann es nicht merkte. Er sollte weiterhin glauben, dass sie schlief.

Sie wunderte sich über sich selbst. Wieso konnte sie in ihrer Situation so klar denken? Hatte das mit dem Adrenalin zu tun, das ihr Körper zusammen mit der Angst unablässig ausschüttete? Oder war es das Morphium? Noch immer fühlte sie sich schwach und ausgeliefert, wie das letztgeborene Kaninchen eines großen Wurfs. Doch dafür hatte sie diese plötzliche Einsicht in die Dinge, die ihr eine unerwartete Stärke schenkte und eine Euphorie, wie sie sie kaum jemals verspürt hatte. Wie schon einmal keimte mit dieser Stärke ein Entschluss in ihr auf. Das letzte Mal war ihr seine Durchführung misslungen. Heute würde sie es schaffen – gerade gestern hatte man ihr in diesem Raum unwissentlich dazu die Macht verliehen.

Selbst wenn sie sich in ihrem Mann täuschen sollte und er nicht der Auftraggeber war, würde sie es tun. Letztlich war es sowieso gleich, denn in dem Leben, das sie erwartete, würden ihre Albträume nie enden. So oder so.

Während der Speichel weiter aus ihrem Mund heraustropfte, wartete sie, bis ihr Mann seine Hand von ihrer nahm, ihn seine Schritte zur Tür trugen, und diese sich gewissenhaft hinter ihm schloss. Sie empfand Genugtuung darüber, dass er nicht versucht hatte, ihr den Absauger in den Mund zu schieben. Wahrscheinlich hatte er nicht bemerkt, dass er ihr herausgerutscht war. Oder aber es war ihm nicht wichtig gewesen.

In ihrem Kopf zählte sie langsam bis 100. Erst dann wühlte sie ihre gesunde Hand unter der schweren Decke hervor und befreite sich mit einem Ruck von den Nasenschläuchen, was im Vergleich zu ihren bisher ertragenen Schmerzen nur ein wenig kitzelte. Die Braunüle aus ihrer gesunden Hand zu ziehen, war schon schwieriger, da sie ihre verstümmelte nicht dazu nutzen konnte. Ihre Zähne konnte sie auch nicht einsetzen. Sie wollte ihren Mund nicht öffnen, in dem sich weiterhin der Speichel wie in einem eigens dafür angelegten Wasserbecken sammelte und glücklicherweise, wie sie jetzt dachte, nur in Rinnsalen herauslief. So drückte sie ihren Handrücken mit der darin steckenden Braunüle fest auf die Matratze und schob ihn solange hin und her, bis sie mitsamt dem darüber geklebten Leukoplast-Streifen aus ihrer Vene herausrutschte. Der erste Teil ihres Vorhabens war erledigt. Sie hatte nicht gedacht, dass es so einfach sein würde.

Gestern hatte ihr eine weiß gekleidete Frau beigebracht, wie sie ohne Zunge wieder den Schluckreflex auslösen konnte. Sie hatte mitgemacht, ohne es wirklich mit Leidenschaft zu wollen. Sie hatte sich dabei verschluckt und husten müssen, allerdings nicht so stark wie sonst, wie vor ihrem Leben im Sarg. Die Frau hatte ihr auf den Rücken geklopft und erklärt, dass dies am Morphium liege. Ein solches Präparat unterdrücke den Hustenreflex und dämpfe die Panik, die aufgrund der Atemnot in einem derartigen Fall mit einhergehe. Sie hatte sich gefragt, was sie mit dieser medizinischen Erklärung anfangen sollte. Heute war sie dankbar dafür.

Sie holte das Gelernte aus ihrer Erinnerung hervor und fühlte erneut Genugtuung in sich aufsteigen: Sie würde ihr Leben und die Gestalten, die es verdammten, mit ihren eigenen Waffen schlagen und somit am Ende als Siegerin dastehen.

Jetzt endlich öffnete sie ihre Augen. Warum, wusste sie nicht. Ihr war einfach danach. Sie hätte sie auch geschlossen halten können, denn sie würde sich eh nicht beim Sterben zusehen können. Möglicherweise wollte sie aber das Leben aus ihrem Sichtfeld verschwinden sehen. Sie hatte nicht die Geduld, weiter darüber nachzudenken …

Sie sammelte all ihre verbliebene körperliche Kraft zusammen. Dabei überlegte sie, ob sie ihr Leben vor sich Revue passieren lassen wollte, entschied sich jedoch dagegen. Es war kein schönes Leben gewesen. Wozu also? Konnte sie das überhaupt steuern? Sie würde es bald erfahren …

Wie eine Musterschülerin setzte sie konzentriert das gestern Gelernte um. Gleich beim ersten Mal klappte ein leichtes Schlucken, und sie beförderte ein wenig von dem gesammelten Speichel hinab in ihre Speiseröhre. Sie war stolz auf sich. Ihr Vorhaben würde glücken. Sie übte es ein weiteres Mal mit Erfolg. Jetzt öffnete sie den Mund. Da sie auf dem Rücken lag, rann nicht so viel Speichel heraus, wie sie angenommen hatte. Gut so. Mit offen stehendem Mund sog sie nun tief Luft in ihre gespreizten Nasenlöcher ein und schleuderte dabei ihren Kopf von links nach rechts und von rechts nach links, so gut ihre Kräfte es zuließen. Die Luft rauschte ihre Nasenwände hinab und gelangte sekundenschnell in ihre Luftröhre. Wieder schluckte sie. Diesmal heftiger.

Nur eine kleine Menge Speichel hatte den Weg in die Speiseröhre gefunden, der Rest war in die Luftröhre gelangt. Sofort begann sie zu husten. Schnell schloss sie ihren Mund. Mit all ihrer Willenskraft und unterstützt vom Morphium unterdrückte sie den Hustenreiz fast restlos, und ihr Kehlkopf krampfte. Wenn sie in ihrem Leben auf etwas hatte vertrauen können, dann war es die Stärke ihres eigenen Willens, und er ließ sie auch jetzt nicht im Stich. Der Weg für die lebensnotwendige Sauerstoffzufuhr war ihrem Körper versperrt. Genauso wie die Panik, die ohne das Drogengemisch in ihr aufgestiegen wäre und sie zum Überleben gezwungen hätte.

Noch konnte sie klar denken. Sie wusste, dass es unendlich lange Minuten dauern konnte, bis sie von diesem unwerten Leben erlöst sein würde, und sie hoffte inständig, nicht vorher gefunden zu werden. Während es weiter in ihrem Hals krampfte und es sie zunehmend schüttelte, fixierte sie mit aufgerissenen Augen einen kleinen schwarzen Fleck oben an der schneeweiß gestrichenen Decke. Mit einem Mal schien der Fleck größer zu werden und an den vormals scharfen Ecken zu verschwimmen. Sie ahnte, dass sich nun nach und nach ihr Gehirn mangels Sauerstoff abschaltete. Ihre fest aufeinandergedrückten Lippen verzerrten sich zu einem Lächeln. Gleich war es geschafft. Sie spürte eine lang vergessene Entspannung durch ihren Körper strömen. Dann verlor sie das Bewusstsein.

Im ENDE wohnt stets ein ANFANG.

DANKSAGUNG

Auch dieses Buch wäre so nicht entstanden, gäbe es Claudia nicht. Deswegen gilt mein erster Dank wieder ihr, meiner zur Freundin gewordenen Schreibpartnerin, mit der ich so herrlich rumspinnen kann und mir eigentlich immer einig bin.

Doch zum Schreiben gehört auch eine gute Portion Energie. Und so danke ich vor allem den Menschen, die mir durch ihre aufrichtige Freundschaft immer wieder so selbstlos Kraft geschenkt haben, wenn das Leben (wie so gern gerade im letzten Jahr) abseits meines Schreibtischs Purzelbäume geschlagen hat.

Zu diesen Menschen zählen ebenso meine großartigen Kinder Vincent, Katharina und Amelie, die mir jeden Tag aufs Neue ein wunderbares Geschenk sind (auch wenn sie das nicht immer merken ...), meine mich stets mit ihren Worten und ihrem Glauben an mich begleitende Mutter und mein lieber Piffi, der, wenn er nicht mein Vater wäre, mir diesen Namen für ihn nie verzeihen würde.

Kathrin Hanke

*

Wo fange ich an, wenn ich ganz vielen Menschen danken möchte, die all das, was ich erleben darf, ermöglicht haben? Ganz klar bei Andreas, der immer hundertprozentig hinter mir steht, egal ob mich Zweifel plagen, ich einen Anstoß suche oder eine starke Schulter brauche. Und natürlich bei meinen Eltern, ohne deren Unterstützung und Vorbild ich meinen Weg so nicht hätte gehen können. All das hätte aber so nicht funktioniert, wenn nicht Kathrin vor vielen Jahren meinen Weg gekreuzt hätte - noch heute für mich ein schicksalhafter Moment, denn aus der von Beginn an großartigen Zusammenarbeit ist eine wunderbare Freundschaft entstanden, und ich freue mich auf viele weitere gemeinsame Projekte. Nicht zu vergessen meine Freunde, denen ich für ihr Verständnis und für die positive Unterstützung danke. Wer so viele tolle Menschen um sich hat, muss glücklich sein, und wer glücklich ist, geht seinen Weg einfach viel leichter – DANKE euch allen!

Claudia Kröger

＊

Gemeinsam bedanken möchten wir uns bei all unseren Lesern, die Katharina von Hagemann, Benjamin Rehder und Co. bereits bei ihrem ersten Fall so treu begleitet und uns auf diese Weise gezeigt haben, dass wir unsere Kommissare weiter ermitteln lassen sollen.

Und wir bedanken uns wieder bei Hella, die uns bei fachlichen Fragen rund um den Polizeiapparat so geduldig mit Rat und Tat zur Seite gestanden hat. Ebenso bedanken wir uns bei Dr. Hartmut Niefer, der uns mit seinem medizinischen Know-how auf seine humorvolle Art für besondere Szenen in Heidegrab den richtigen Weg gewiesen hat. Falls wir trotz dieser beiden Profis auf ihrem Gebiet einen Fehler hineingeschrieben haben, liegt das einzig an uns.

Außerdem möchten wir uns bei Tine und Philippe von Goldene Heimat Film bedanken, die mit ihren großartigen Ideen und ihrer professionellen Arbeit die wunderbaren Trailer zu unseren Geschichten zaubern und Ralph für die musikalische Begleitung mancher unserer Lesungen.

Ein besonderer Dank gilt außerdem unserer selbst zu nachtschlafender Zeit erreichbaren Lektorin Claudia Senghaas, ihrer Assistentin Christina Jabs, die soviel jonglieren muss, einem aber dennoch das Gefühl der Einzelbetreuung gibt und dem gesamten Team beim Gmeiner Verlag. Wir könnten uns keinen besseren Verlag wünschen.

Kathrin Hanke & Claudia Kröger

Weitere Titel finden Sie auf den folgenden Seiten und im Internet:

WWW.GMEINER-VERLAG.DE

Kathrin Hanke im Gmeiner-Verlag:

GMEINER SPANNUNG

WWW.GMEINER-VERLAG.DE
Wir machen's spannend

Mario Bekeschus
Im Eichtal
Kriminalroman
384 Seiten, 12,5 x 20,5 cm,
Paperback
ISBN 978-3-8392-0599-0

Dichter Nebel umhüllt das Eichtalviertel, als unweit
der Oker eine zerstückelte Leiche gefunden wird.
Noch vor seinem ersten Arbeitstag in Braunschweig
eilt Kommissar Wim Schneider zum Fundort. Wenig
später taucht eine Fingerkuppe im Naturhistori-
schen Museum auf. Eine Vermisstenanzeige führt die
Ermittler zu einem Jagdverein und einer Hannover-
schen Förderstiftung, doch Intrigen erschweren die
Polizeiarbeit. Wim und seine Teampartnerin Rosalie
ahnen, dass der Täter sie bereits ins Visier genommen
hat und sein Werk noch nicht vollendet ist.

GMEINER SPANNUNG

WWW.GMEINER-VERLAG.DE
Wir machen's spannend